Sophie Villard

Peggy Guggenheim und der Traum vom Glück

Roman

 PENGUIN VERLAG

Die Zitate auf S. 78/79 und 148/149 stammen aus Peggy Guggenheims Autobiografie *Ich habe alles gelebt*, erschienen bei Bastei Lübbe.
Das Zitat auf S. 5 und S. 442 stammt aus dem Film *Peggy Guggenheim – Ein Leben für die Kunst* von Lisa Immordino Vreeland.

Penguin Random House Verlagsgruppe FSC® N001967

3. Auflage
Copyright © 2020 by Sophie Villard
Copyright © 2020 by Penguin Verlag
in der Penguin Random House Verlagsgruppe GmbH,
Neumarkter Straße 28, 81673 München
Dieses Werk wurde vermittelt durch die
Literaturagentur Hille und Schmidt
Umschlag: Hafen Werbeagentur, Hamburg
Umschlagmotiv: © Ildiko Neer/Trevillion;
© VitalyEdush/iStock; Lightix/shutterstock; Surasak/iStock
Redaktion: Lisa Caroline Wolf
Satz: Buch-Werkstatt GmbH, Bad Aibling
Druck und Bindung: CPI books GmbH, Leck
Printed in Germany
ISBN 978-3-328-10488-9

www.penguin-verlag.de

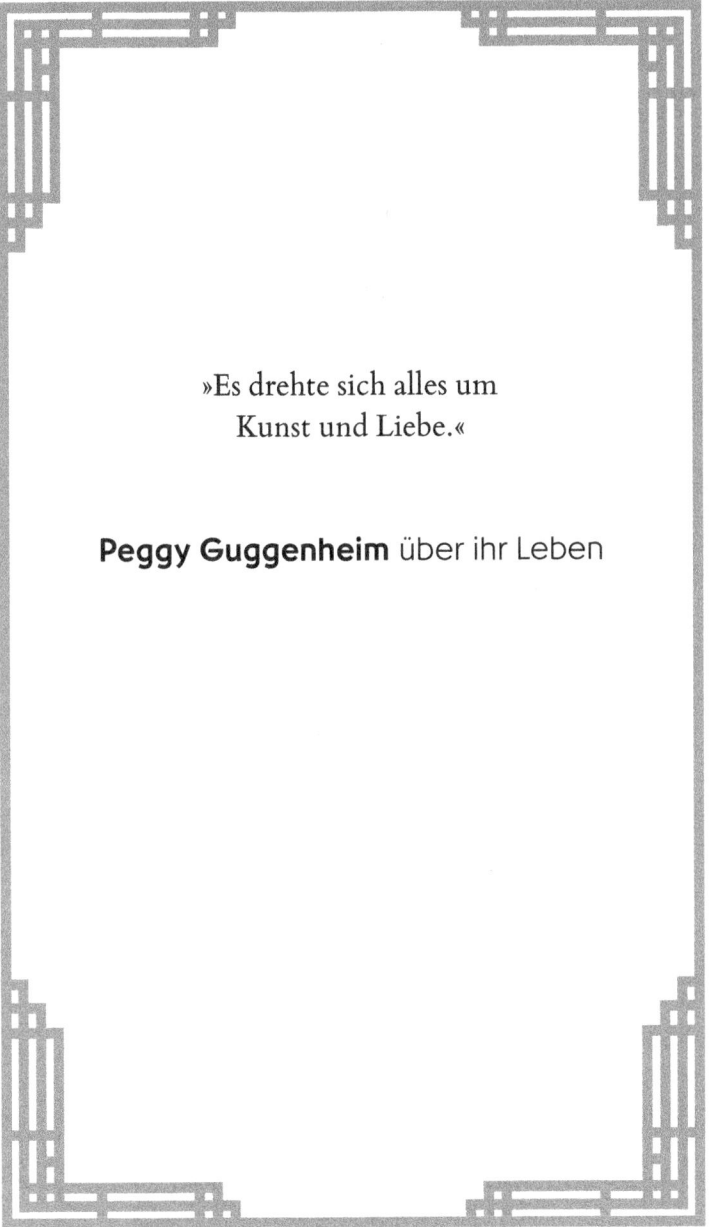

»Es drehte sich alles um
Kunst und Liebe.«

Peggy Guggenheim über ihr Leben

Erster Teil:

Galerie Guggenheim Jeune,
Beckett – und eine Idee

1937–1939

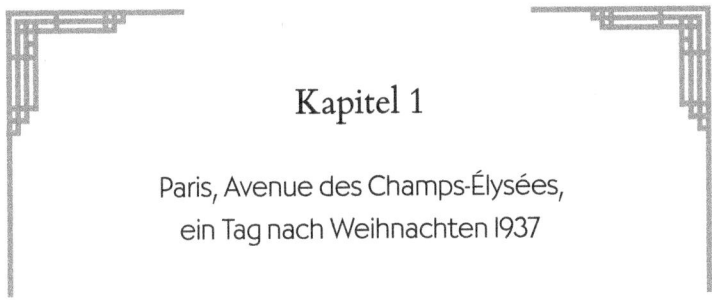

Kapitel 1

Paris, Avenue des Champs-Élysées,
ein Tag nach Weihnachten 1937

Peggy schwang die Pelzstiefeletten aus dem Taxi auf das nasse Trottoir vor dem Eckhaus und zog den Zobel enger um sich. Die Fenster des Fouquet's leuchteten ihr durch den Schneeregen golden entgegen, als sie dem Lachen, dem Swing und den Stimmen zueilte. Ein wenig Wehmut begleitete sie, denn dies sollte eine ihrer letzten Nächte hier in Paris werden. Der Stadt, in der sie als junge Frau die Liebe gefunden hatte und die sie nun verließ, um ihrer neuen Liebe zu frönen. Einer Liebe, die nichts mit Männern zu tun hatte, sondern die einem deutlich edleren Interesse diente, wie sie fand.

Die Einladung zu James Joyce' Dinnerparty heute Abend hatte sie trotz der Reisevorbereitungen gerne angenommen. Denn die Partys des berühmten Schriftstellers waren stets ein ausgesprochen anregendes Vergnügen. Wie froh sie war, dass diese Freundschaft ihre Scheidung von Laurence überdauert hatte, denn das war absolut nicht mit allen Bekannten der Fall.

Schnell schob sie die trüben Gedanken fort, öffnete die Tür und trat durch den schweren Samtvorhang in die Wärme des Fouquet's. Heute schien etwas Besonderes auf sie zu warten in dieser altehrwürdigen Brasserie, deren holzgetäfeltes und mit rotem Jacquard gestaltetes Interieur sich zu einem Lieblingsort der Joyce entwickelt hatte. Ihr selbst war das Ganze viel zu viktorianisch. Aber so waren sie nun mal, diese Leute von den Britischen Inseln.

Sie überließ dem Kellner den Zobel und überprüfte den Sitz ihrer Marlene-Hose im barockumrandeten Spiegel. Die Jüngste war sie mittlerweile tatsächlich nicht mehr, dachte sie, als sie den Hut vom zerdrückten Haar nahm und die durch Trauer und Schlafmangel entstandenen Augenringe betrachtete, die selbst das dicke Make-up nicht verdecken konnte. Aber sie war noch hier! Sie richtete sich gerade auf, drückte die Brust raus, so wie es ihr damals im Ballettunterricht eingebläut worden war. Und nun hatte sie auch noch diesen Plan entwickelt! Diesen verrückten, aber perfekten Plan. Warum war sie nicht schon viel früher darauf gekommen? Denn es war ja genau das, was sie immer hatte tun wollen: Künstler fördern und mit ihnen zusammen sein. Die letzten knapp zwanzig Jahre hatte sie das als Ehefrau und Lebensgefährtin beeindruckender Männer getan. Aber jetzt, mit beinahe vierzig, war es Zeit für einen neuen Lebensabschnitt. Sie würde selbst etwas Besonderes schaffen! Einen Ort, an dem Menschen Kunst hautnah erlebten, sie lieben lernten und ins Nachdenken kamen.

Und schon in knapp vier Wochen würde es so weit sein: Im lebhaften London, in der Cork Street Nummer 30, hatte sie passende Räume in der ersten Etage gemietet. Dort würde sie, Peggy Guggenheim aus New York, ihre erste eigene Galerie eröffnen, mit Kunst handeln und sich schon bald einen ausgezeichneten Namen in der Branche gemacht haben. Allerdings! Schon bald wäre sie eine anerkannte Geschäftsfrau.

Daran bestand kein Zweifel! Absolut keiner. Und kein Mann würde ihr bei diesem Vorhaben in die Quere kommen, jetzt nicht mehr. Sie war eine erwachsene Frau und konzentrierte sich ab sofort auf ihre Arbeit statt auf Männer.

Peggy schritt kerzengerade hinter dem Kellner über den dicken roten Teppich durch den Saal. Die Blicke der dinierenden Pariser Gesellschaft an den weiß gedeckten Tischen richteten sich durch den Zigarettenqualm auf sie, als offensichtlich wurde, dass sie die Gruppe des großen Schriftstellers ansteuerte, zu der illustre Gäste zählten.

»Peggy!« James Joyce erhob sich, umarmte und küsste sie, die Nickelbrille rutschte von seiner Nase, er richtete sie. James trug eine irische Weste, die er von seinem Großvater geerbt hatte, wie er stolz erzählte, als Peggy ihn auf die besondere Stickerei ansprach. Nora winkte ihr, dass sie neben ihr Platz nehmen sollte. Wie lange waren die beiden nun schon verheiratet? Peggy wusste es nicht mehr. Doch bereits als sie ihnen zum ersten Mal begegnet war, 1923 in Villerville in diesem gruseligen Ferienhaus mit der Badewanne im Keller, das Laurence für sie nach der Geburt von Sindbad gemietet hatte, waren sie unzertrennlich. So unzertrennlich, wie Peggy und Laurence es nie gewesen waren. Außer auf der ausgedehnten Hochzeitsreise, als sie Capri, Ägypten und Israel besucht hatten. Da schon. Aber auf Hochzeitsreisen war das ja auch nicht so schwierig. Nach acht Jahren war es Zeit geworden, sich aus dieser Ehe, dieser Amour fou, zu befreien. Überfällig und richtig, bestärkte sich Peggy wieder einmal. Laurence hatte ihr zwei wunderbare Kinder geschenkt, das war gewiss, und diese beiden wollte sie auch nie und nimmer missen. Er hatte sie zu Beginn ihrer Ehe mit seinem blonden Strandjungen-Look und seinem Charme verzaubert und sie in die Pariser Künstlerszene eingeführt. Aber als seine Karriere nicht voranging und er immer frustrierter wurde – als die Tritte, Schläge, Wutanfälle überhandnahmen –, da hatte sie das einzig Richtige getan und war gegangen. Bedauerlicherweise war die Scheidung sehr teuer für sie geworden, die Berichterstattung in der Presse schmerzhaft. Und die Kinder hatte man aufgeteilt: Sindbad zu Laurence und Pegeen zu ihr. Wie gut, dass sie die Schlammschlacht von ihnen weitestgehend hatten fernhalten können, weil ihre Lebensmittelpunkte inzwischen die Internate waren. Nein, es hatte keine andere Möglichkeit gegeben. Schließlich hatte sie sich befreien müssen. Sie hatte ihre Würde – und vermutlich auch ihr Leben – retten müssen.

Peggy verdrängte die traurigen Erinnerungen und zwang sich zu einem Lächeln, als sie endlich neben Nora Platz nahm, die wie immer etwas plump und gewöhnlich aussah. Auch der knallrote Lippenstift auf ihrem schlaffen Mund und die frische schwarze Farbe in ihrem störrischen Haar konnten nichts daran ändern. Dass diese Frau das Vorbild für Joyce' berühmteste Frauenfigur Molly Bloom sein sollte, war ihr nach wie vor unbegreiflich. Sofort fing Nora an, von James' Gedichtsammlung zu erzählen, die dieses Jahr erschienen war. James stoppte sie, indem er das Glas erhob.

»Auf diesen Abend, den wir mit lieben Freunden in Frieden verbringen dürfen, auch wenn die Welt um uns herum anfängt, verrückt zu spielen. Solange wir können, trinken wir: Auf die Liebe, auf die Worte, auf Paris!«

»Auf die Liebe, auf die Worte, auf Paris!«, erklang es aus den zehn Kehlen am Tisch, die alle offenbar zu trocken waren. Jeder stürzte den Champagner hinunter.

Aus dem Grammofon sang Fred Astaire »They Can't Take That Away From Me«, und Peggy nahm sich die Zeit, die übrigen Gäste näher zu betrachten. Die Martins kannte sie. Nette Menschen aus Devon, mit denen sie und Laurence bereits an der Côte d'Azur geurlaubt hatten. Aber wer war das? Ihr genau gegenüber? Der junge Mann, er mochte vielleicht so um die dreißig sein, kam ihr vage bekannt vor. Er war hager und offenbar sehr groß, soweit sie das im Sitzen erkennen konnte. Sein billiger französischer Anzug beulte und hatte abgeschabte Ellenbogen. Aber er trug ihn mit der Eleganz eines Marquis aus einer anderen Zeit. Die schwarzen üppigen Haare hatte er offenbar mühsam mit Zuckerwasser gebändigt. Die blauen Augen über der scharfen Nase schauten traurig aus einem erstaunlich ernsten Gesicht für seine jungen Jahre. Sein Blick war in die Ferne gerichtet, und seine Gedanken schienen sich mit schwerwiegenden Dingen zu beschäftigen, jedenfalls nicht mit dem Studium der Speisekarte, die er in der Hand hielt.

»Peggy, du kennst sicherlich unseren Freund Sam«, sagte Nora, die ihren Blick wohl bemerkt hatte. »Samuel Beckett, James' guter Bekannter und Helfer? Ich glaube, ihr hattet schon das Vergnügen.«

Peggy nickte ihm zu, und da fiel es ihr wieder ein. Der junge Mann korrigierte für Joyce Druckfahnen und erledigte Korrespondenzen. Sie hatte von ihm gehört, und vor ungefähr zehn Jahren war er bei einer Party bei ihr und Laurence in der Avenue Reille dabei gewesen, im Schlepptau der Joyce. Damals noch ein halbes Kind, Herrgott! Deshalb hatte sie ihn als Mann nicht wahrgenommen. Aber jetzt! Himmel hilf! Wie er sich zurücklehnte und rauchte, als ob ihn das alles hier nichts anginge. Famos!

»Was macht die Kunst?«, fragte Nora, nachdem sie ihre Speisekarte zugeklappt hatte.

Natürlich war das keine ernst gemeinte Frage. Niemand wusste bislang von Peggys Plänen. Es war reine Höflichkeit, dass Nora sich erkundigte, was in ihrem Leben los war, vielleicht sogar Mitleid. Denn was war das für ein Jahr gewesen! Nicht nur, dass sie noch immer unter der Scheidung und der Trennung von ihrem Sohn litt – auch ihre Mutter war im November verstorben. Sie schob die Bilder von den schwarz gekleideten Menschen bei der Beerdigung in New York, von der sie gerade erst zurückgekehrt war, mit Vehemenz beiseite. Fünfundzwanzig Jahre hatte ihre Mutter ihren Vater überlebt. Ein Schauder stieg in Peggy auf, als sie an die Umstände seines ungewöhnlichen Todes dachte, der die Familie damals mehrere Jahre gelähmt hatte. Schnell griff sie nach der Champagnerschale und nippte an dem perlenden Getränk. War es denn nicht endlich einmal Zeit für glücklichere Umstände?

»Was meinen Sie, was eine Frau glücklich macht, Peggy?«, fragte auf einmal James mitten in ihre Gedanken hinein, als ob er sie gelesen hätte. »Sind es Kinder, Kleider, Autos oder Männer?« Er lachte schon über seinen eigenen Scherz. Aber ganz so unernst hatte er das wohl gar nicht gemeint.

»Es sind die Zeiten im Leben, in denen sie mit sich und ihren Entscheidungen vollkommen im Einklang ist«, sagte Peggy prompt und stellte das leere Champagnerglas auf das Tischtuch.

Ein kleines Lächeln erschien auf dem traurigen Gesicht ihr gegenüber. Nur ein kleines, aber Peggy hatte es gesehen.

»Haben Sie denn in diesem Jahr Entscheidungen getroffen, die Sie glücklich machen?«, fragte Joyce weiter.

Peggy nickte. »Eine sehr wichtige: Ich werde im Januar eine Galerie für moderne Kunst in London eröffnen.« Sie fingerte eine Zigarette aus dem Elfenbein-Etui und ließ sich von James Feuer geben.

»In London, wie deprimierend«, sagte Nora. »Und dann auch noch ganz alleine?«

»Wie meinen Sie?« Peggy zog die Augenbrauen hoch und blies den Rauch aus. Hoffentlich meinte Nora es nicht so, wie es klang.

»Na, Sie als Frau?«

Natürlich hatte sie es so gemeint. Nora war eben doch so plump, wie sie aussah. »Das sollte doch wohl kein Hinderungsgrund mehr sein heutzutage«, entgegnete Peggy.

Nora verzog das Gesicht. »Also, ich bin der Meinung, der Platz einer Frau ist an der Seite eines hart arbeitenden Mannes.« Sie streichelte über James' Arm.

Der nahm ihre Hand, wandte sich aber dann an Peggy: »Meinen herzlichen Glückwunsch. Wen stellen Sie aus?«

»Jean Cocteau ist der Erste.« Wie gut es sich anfühlte, das sagen zu können. Schließlich war der verrückte Universalkünstler in aller Munde. Und regelmäßig in den Skandalspalten der Zeitungen.

Joyce kaute an seinem Baguette, das der Kellner soeben gebracht hatte. »Cocteau? Alle Achtung. Wie ist Ihnen denn das gelungen?«

»Marcel hat mir geholfen.«

»Duchamp? Sie hat er also auch unter seine Fittiche genommen?« Er lächelte. »Sein Gemälde *Akt, eine Treppe herabsteigend* war mit dieser perfekten Illusion von Bewegung natürlich tatsächlich genial, seine *Fountain* provokant und wegweisend, das muss ich zugeben. Aber dass er sich nach diesen Treffern gleich als schaffender Künstler zur Ruhe setzt, finde ich ein wenig befremdlich.« Er lachte. »Dafür ist er ja nun sehr bewandert in der Förderung des weiblichen Kunst-szene-Nachwuchses, wie man hört.«

Peggy bog den Rücken durch. »Er ist mein Berater. Mehr nicht.«

Wenn Joyce wüsste, wie lange sie den alten Freund schon kannte; seit wann genau konnte sie gar nicht mehr sagen. Irgendwann in den Zwanzigerjahren war er bei einer Party aufgetaucht, zusammen mit einer ihrer Bekannten. In-zwischen hatte er wohl mit fast all ihren Freundinnen ge-schlafen, auch wenn er kurzzeitig mit dieser armen, reichen, hässlichen Erbin verheiratet gewesen war. Wie hieß sie noch gleich? Egal. Jedenfalls – sie und Marcel? Niemals.

Die blauen Augen des jungen Mannes fixierten sie über den Tisch hinweg unter Rauchkringeln. Benny Goodman und Ella Fitzgerald sangen »Goodnight My Love«.

»Natürlich nicht.« Joyce goss sich und Nora Wasser nach.

Das war immer so, Peggy hatte das schon beobachtet. Fami-lie Joyce blieb stets verhältnismäßig nüchtern und betrachtete das zunehmende Chaos um sich herum mit einer gewissen Distanz. Nur einmal hatte sie James sturzbetrunken erlebt, in seiner Wohnung am Square de Robiac. Dort allerdings hatte er randaliert und auf den Trümmern der Möbel getanzt und verdorbene Lieder gesungen.

»Ich meine gehört zu haben, dass Cocteau nur noch vor sich hindämmert?«, sagte er nun.

»Aber nein, mitnichten«, rief Peggy, vielleicht ein wenig zu laut. Denn ganz falsch lag James mit seiner Vermutung nicht.

»Du nimmst Cocteau«, hatte Marcel mit fester Stimme gesagt und den Fuchskragen seines Mantels gegen den Wind hochgeschlagen, als sie nach einem gemeinsamen Lunch am Ufer der Seine entlangspaziert waren. Es war so erleichternd gewesen, in ihm nun einen Freund an der Seite zu wissen, der sie unterstützte und in die Welt der modernen Kunst einführte. Denn obwohl Peggy seit Jahren im Freundeskreis von Surrealisten, Expressionisten und Dadaisten umgeben war, gehörte ihr Herz doch der klassischen Malerei. Wie hatte sie als Jugendliche die Touren durch die europäischen Museen genossen, die die Eltern mit ihr, Hazel und Benita unternommen hatten. Sie hatte sie alle im Original gesehen, die alten Meister: Rembrandt, Turner, van Gogh, Monet, Tizian. Und sie liebte sie nach wie vor. Marcel hatte sie in den letzten Monaten mit dem Unterschied zwischen Surrealismus und abstrakter Malerei vertraut gemacht, hatte ihr viele seiner Künstlerfreunde vorgestellt. Sie hatte sich sogar bei einem Besuch im Atelier spontan in eine dieser hübschen Bronzeskulpturen von Arp verliebt und sie auf der Stelle gekauft. Die zarte erste Liebe zur modernen Kunst war also aufgekeimt. Aber jetzt gleich Cocteau?

Peggy schüttelte heftig den Kopf.

»O ja«, sagte Marcel. »Den oder keinen. Er ist genau der Richtige für die Eröffnung. Mensch, Mädchen, du brauchst ein wenig *scandal* in deinen Räumen. Sollen die Leute sich zu Tode langweilen?«

»Aber Cocteau!« Peggy wand sich. »Doch nicht Cocteau!«

»Aber ja!«

Tags darauf hatten sie ein verräuchertes Zimmer im zweiten Stock eines Hotels an der Rue de Cambon betreten. Cocteau lag im King-Size-Bett und rauchte etwas, das angenehm roch, wie Peggy fand, bis ihr Marcel hinterher erzählte, es sei Opium gewesen. Vor dem Bett stehend stupste sie Marcel an, der glücklicherweise das Sprechen übernahm. Als er geendet hatte, wälzte sich der Meister auf die andere Seite, drapierte das Kopfkissen um und nickte. Eine Ausstellung in Peggys kleiner neuer Galerie in London, das sei nach seinem Geschmack, würde sie denn die Bettlaken nehmen?

Erschrocken schaute Peggy wieder zu Marcel, der mit ein paar Nachfragen das Rätsel löste: Es ging um zwei Betttücher, auf die Cocteau erst kürzlich einige explizite Szenen mit der Feder gezeichnet hatte. Sie seien ihm äußerst wichtig, ein Ausdruck seiner neuen Schaffensphase. Sie müssten mit. Ohne die Bettlaken ginge es nicht. Sie müssten nach London!

Das hatte der britische Zoll am Flughafen in Croydon am Tag des Transports zunächst ein wenig anders gesehen. Peggy hatte bei der Anhörung insistiert, dass antike Kunst ebenfalls solche Szenen zeige und dass diese das englische Königreich sicherlich schon des Öfteren beehrt hätte. Die Zollbeamten hatten genickt, aber weiterhin Anstoß genommen an der akkuraten Darstellung der Schamhaare. Schamhaare reisten nicht nach England ein und belästigten die Öffentlichkeit. God save the King!

Nach fast einstündiger Verhandlung war Peggy auf die Idee gekommen zu behaupten, sie würde die Bettlaken nur in ihren privaten Räumen zeigen.

Erleichtert hatten die Beamten die Papiere abgestempelt.

Cocteau höchstselbst wollte zum Hängen in der Galerie anreisen, hatte er angekündigt. Peggy hoffte, dass er es nicht schaffen würde. Marcel würde viel freier und besser agieren, wenn Cocteau nicht nörgelnd daneben stand. Aufgeregt sah sie den noch leeren Raum mit den hohen weißen Wänden an der Cork Street vor sich. Dort würden sich bald die Menschen drängen, um ihr, Peggy Guggenheim, Kunstwerke abzukaufen. Das würden sie doch, oder?

»Würden Sie mir wohl einmal den Salzstreuer reichen?«, sagte Samuel Beckett von der anderen Tischseite. Seine traurigen Augen waren auf Peggy gerichtet. Sie hatte beobachtet, dass er bereits zwei Gläser Champagner getrunken hatte sowie einen Brandy, den er sich zwischendurch bestellt hatte. Offenbar führte das nun zur plötzlichen Gesprächigkeit. »Sie träumen wohl gerne?«, fragte er auch noch hinterher, vermutlich weil sie, als sie über Cocteau nachgedacht hatte, so lange geschwiegen hatte.

Sie nahm sich zuerst selbst den Streuer und würzte. »Träumen ist das Wichtigste im Leben, finden Sie nicht?«

»So?« Er lächelte und schob sich ein Stück Foie gras in den Mund.

Sie nickte so heftig, dass ihr Ohrgehänge schaukelte. »In der Tat. Ohne Träume sind wir doch tot.«

Er kaute, seine Augen wurden wieder dunkler. Schon war er nicht mehr in diesem Raum.

Was war los mit diesem Mann? Peggy versuchte, ihn wieder in die Wirklichkeit zu holen, und drückte ihm den Salzstreuer in die Hand. Ihre Finger berührten sich kurz. »Es fehlt Ihnen wohl die Würze heute Abend?«

Die Augen kamen zurück und lächelten mit kleinen Falten rundherum. »Die Würze ist nicht die Hauptsache an einem Essen. Entscheidend ist doch das Dessert, finden Sie nicht?«

Schnell beugte sie sich über ihre eigene Foie gras. Ihr Herz, das sich schon zur Ruhe gesetzt hatte, wollte wieder schneller schlagen. Sie zwang sich, nichts Frivoles zu antworten. Sie würde diesen Beckett nicht reizen. Er sollte sie in Ruhe lassen, verdammt nochmal. Sie war jetzt eine Geschäftsfrau und interessierte sich nicht mehr für Männer. Punkt.

»Was schreiben Sie gerade?«, begab sie sich deshalb auf ein vermeintlich unverfängliches Gebiet, denn sie erinnerte sich jetzt auch, gehört zu haben, dass er selbst ein aufstrebender Schriftsteller war und Joyce ihn förderte.

Er lehnte sich zurück und schob den leer gekratzten Vorspeisenteller von sich. »Ich rede nicht gerne über meine Arbeit.«

Peggy lachte. »Ein Mann, der nicht gerne über seine Arbeit spricht?«

Er antwortete nicht. Die blauen Augen schauten nach innen. Er war wieder weg.

Peggy seufzte und wandte sich nach links. Dort saß Djuna und hatte bereits eine Batterie von leeren Gläsern vor sich stehen. Champagner, Brandy, Likör, alles durcheinander. Die Kellner waren wirklich nicht die schnellsten beim Abräumen. Peggy nahm Djunas Arm und drückte ihn.

»Wie verkauft sich *Nachtgewächs*? Sind Faber und Faber zufrieden?«, fragte sie. Es hatte sie so gefreut, als der zweite Roman der Freundin bei dem Verlag angenommen worden war. Immerhin war er größtenteils in einem Rokokogästezimmer im ersten Stock von Peggys ehemaligem Landhaus Hayford Hall in Devon entstanden.

Djuna winkte ab. »Erzähl mir lieber, was du noch in London geplant hast. Wer arbeitet für dich außer Marcel? Das kannst du doch nicht alles allein hinkriegen. Die ganze Administration und so weiter.« Sie griff nach dem Brandyglas und hielt in der Bewegung inne, als sie feststellte, dass es leer war.

»Wyn hilft mir.«

»Die Henderson?« Djuna lachte, der kunstvolle Seidentuchturban, den sie um ihre dunklen Haare gewunden hatte, bebte. »Ist das dein Ernst?«

»Sie ist sehr kompetent, kann gut mit der Presse umgehen und mit zahlungskräftiger Kundschaft auch. Sie ist perfekt für den Job.«

»Aber, meine Liebe, sie passt noch nicht mal auf einen normalen Stuhl, geschweige denn auf ein Foto.« Djuna winkte dem Kellner, der gerade vorbeikam, und deutete auf ihr Brandyglas.

»Dafür ist sie stets klar im Kopf«, schoss Peggy zurück und erntete einen giftigen Blick von Djuna, die aufstand und zur Toilette wankte.

Peggy seufzte und sah ein Lächeln auf Becketts Gesicht, bevor er sich tief über sein Bœuf Bourguignon beugte.

Die Crêpes Suzette wurden hinter Peggys Rücken flambiert; sie spürte die Wärme der offenen Flammen und sah der Arbeit des Kochs über den Spiegel hinter Beckett zu; aber Beckett und die Crêpes waren bei Weitem nicht das Heißeste im Raum. Über das Bœuf Bourguignon hinweg war es zu einem Streit zwischen Joyce und Mr. Martin gekommen. Es ging um die Frage, ob die Deutschen mit diesem Verrückten an der Spitze, der in diesem Jahr die Werke der Expressionisten, Dadaisten und Surrealisten aus den deutschen Museen hatte

21

verbannen lassen, in nächster Zeit einen Krieg anzetteln würden. Joyce hatte mit der Wassertrinkerei heute Abend schnell aufgehört, und nun war es gut, dass der Tisch zwischen den Männern stand. Sonst wären Fäuste geflogen. Jeden anderen Gast und seine Gesellschaft hätte man ab einer gewissen Lautstärke sicherlich vor die Tür gesetzt. James Joyce aber durfte bleiben.

»Schmeckt Ihnen das Dessert?«, wandte sich Peggy schnell an Beckett, weil Djuna immer noch nicht von der Toilette zurückgekehrt und Nora ganz auf den erregten Joyce fixiert war. Vielleicht sollte sie einmal nach Djuna schauen und entkäme so der leidigen Diskussion?

»Sehr gut, danke der Nachfrage«, antwortete Beckett höflich durch den Lärm zurück, bevor er ihr wieder seinen gezuckerten Haarschopf zeigte.

Warum war er so wortkarg? Das war ja grauenvoll, dachte Peggy, die inzwischen ihren vierten Champagner leerte. Ein so wunderschön aussehender junger Mann in seinen besten Jahren – so voller Komplexe? Wie kam das? Sie sah, wie Joyce und Martin sich über den Tisch hinweg die Hand reichten; die Sache war offenbar erledigt. Peggy genoss nun den Geschmack von Orangenlikör und Zucker auf der Zunge. Die Marlene-Hose spannte in der Bauchregion etwas, stellte sie fest, vielleicht hätte sie auf den Nachtisch verzichten sollen. Aber, erinnerte sie sich, das war doch auch völlig egal. Sie wollte ja niemanden beeindrucken. Schon gar keine Männer. Zumindest nicht jetzt, in der Anfangsphase ihrer neuen Karriere. Darauf galt es sich schließlich zu konzentrieren. Nur darauf. Sie legte das Dessertbesteck auf den Tellerrand und lehnte sich zurück.

Beckett auf der anderen Seite des Tisches tat es ihr gleich, ohne den Blick von der Tischdecke zu heben, und zündete sich eine Zigarette an.

Die Gesellschaft verabschiedete sich auf dem Trottoir vor dem Fouquet's von den Joyce. Der Schneeregen hatte aufgehört, die Luft war frisch, klar und kalt. Peggy wollte durch die Avenue Georges V zu der Wohnung von Freunden schlendern, die verreist waren und ihr das Heim für das Wochenende überlassen hatten. Ihre eigene Wohnung hatte sie längst gekündigt. Wie würde sie die Stadt vermissen, wenn sie bald in London arbeitete! Tränen stiegen in ihr auf. Es waren die schönsten und die schlimmsten Zeiten gewesen, die sie hier verbracht hatte, dachte sie, als sie Schritte hinter sich hörte und plötzlich Beckett neben sich hatte.

»Ich begleite dich nach Hause«, sagte er bestimmt und verzichtete auf das förmliche Sie. Ihr Bauchgefühl, das sie am Anfang des Abends gehabt hatte, hatte sie also nicht getrogen.

Er fasste ihren Arm und führte sie galant durch die Pariser Nacht. Nur noch wenige Automobile fuhren in der Straße an ihnen vorbei. Die Schaufenster der Boutiquen und Interieur-Läden waren längst erloschen. Die Straßenlaternen sandten Lichtkegel auf die Bürgersteigplatten. Der Schnee hatte Pfützen hinterlassen, um die herum sie lachend und sich an den Händen haltend balancierten. Beckett erzählte nun doch von seiner Arbeit und bat sie, seine Gedichte und den Roman *Murphy* zu lesen, für den er Anfang Dezember nach vierzig Absagen endlich einen Verleger gefunden hatte. Sie versprach, es zu tun.

So erreichten sie die Rue de Lille. Vor ihrer Haustür blieb

sie stehen, er schaute sie nur stumm an. Sie schloss auf, er folgte ihr die Stufen in den zweiten Stock hinauf. Das Glas Wodka, das sie ihm noch anbot, landete auf dem Boden und zersplitterte, als er sie gegen die Wand drückte und küsste.

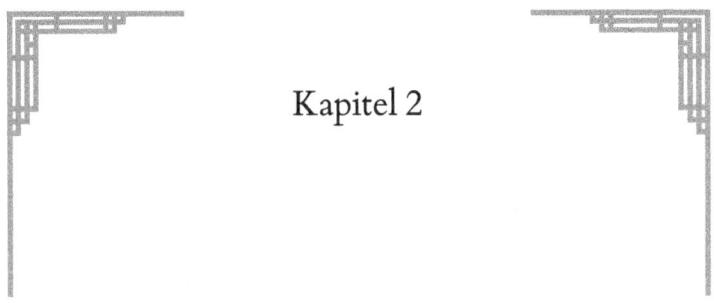

Kapitel 2

»Guten Morgen.« Sanft streichelte sie über seine störrischen schwarzen Haare, die auf dem gestärkten Leinenkopfkissenbezug so wunderbar zur Geltung kamen.

Er öffnete ein Auge und schaute durch das Zimmer, als ob er nicht ganz sicher sei, wo er war. Dann verzog sich sein Mund zu einem Lächeln. »Bonjour, ma belle.« Er zog sie zu sich heran und küsste sie sanft. »Schon wach? Du hast doch gesagt, man kann nie genug träumen.«

»Ich hätte da noch einen Traum. Einen Tagtraum.« Sie ließ ihre Hand unter der Bettdecke über seine behaarte Brust nach unten wandern.

Er lachte und hielt die Hand fest. »Ich bin ein irischer Hugenotte, weißt du. Wir übertreiben nichts.«

»Du meinst, mit deinen katholischen Landsleuten würde ich besser fahren?«

Er lachte. »Vermutlich.«

Sie befreite ihre Hand aus seinem Griff. »Die reizen mich aber nicht. Allein du bist für mich interessant. Warum schauen deine Augen stets so traurig?«

Er stopfte das Kissen gegen die Wand und lehnte sich an. »Wer könnte nicht trauern, bei allem, was in der Welt passiert.«

Peggy lachte. »Herr Nachwuchsschriftsteller, Sie klingen wie ein frustrierter Greis. War denn früher alles besser?«

Er lächelte kein bisschen. »Ich habe die letzten zwei Jahre in Deutschland gelebt und bin viel gereist. Ich habe gesehen, wie die modernen Bilder von den Museumswänden in Hamburg, Berlin und München genommen und in die Kellerdepots getragen wurden, habe geschaudert bei diesem ewigen ›Heil Hitler‹ allerorts. Da braut sich was zusammen. Und es ist leider kein Bier. Obwohl die das so gut können.«

Sie schwieg und betrachtete seine Augen, die gerade aus dem Zimmer hinaus in die offensichtlich finstere Welt blickten. Er war also ernsthaft besorgt. Aber es lag noch etwas Tieferes in diesem Blick. Und das machte ihr viel mehr Angst: Schwermut. Unendliche Schwermut.

Mit einem Ruck setzte er sich plötzlich auf, die blauen Augen kehrten zu ihr zurück. »Gibt es hier keinen Champagner?«

Erleichtert verließ sie nackt das Bett, um in der Küche nach dem Gewünschten zu suchen. Schließlich fand sie einen guten alten Veuve und kehrte mit zwei Gläsern zu Beckett zurück. »Dein Roman ist doch endlich angenommen worden. Wenn das kein Grund ist, die Schwermut hinter sich zu lassen und ab jetzt nur noch die Korken knallen zu lassen.«

»Ganz genau. Das wird jetzt zu meiner neuen Lieblingsbeschäftigung.« Er trank den ersten Schluck. »Aber um ehrlich zu sein, sieht mein Leben hier ein wenig anders aus. Ich hause, seit ich vor ein paar Wochen in Paris angekommen bin, im nicht eben sicheren und hygienisch etwas fragwürdigen Hotel Liberia in Montparnasse und leiste mir eine einzige Mahlzeit am Tag. Die aber sehr ausgedehnt und in einem Café, weil da immerhin geheizt ist.«

Peggy schmunzelte. »Und ansonsten machst du Arbeiten für Joyce und schreibst selbst etwas Neues?«

»*No comment*.« Er schenkte sich und ihr Champagner nach. »Erzähl mir lieber von deinem Leben.« Er ließ ein wenig Champagner auf ihren Bauchnabel perlen.

Sie lag ganz still, nur die Bauchdecke zuckte leicht. »Was willst du wissen?«

Er beugte sich vor, um den Champagner abzulecken. Sie musste sich sehr beherrschen, um ihn nicht an sich zu ziehen. Die Stuckdecke des alten Appartements hatte viele verstaubte Rosetten, stellte sie fest und klammerte sich an das Laken.

»Ich will alles wissen: woher du kommst, wohin du gehst, was du denkst.« Er küsste sich vom Bauchnabel in Richtung Hals vor.

»Wenn es nach meinem Elternhaus gegangen wäre, wäre ich seit knapp zwei Jahrzehnten eine Upper-East-Side-Ehefrau mit fester Hutmacherin, die Teegesellschaften gibt und auf ihren sie stets betrügenden Ehemann wartet.«

»Wie grausam realistisch.« Er küsste ihre Brustwarze.

»Naturalistisch eher. Meine Mutter hat nämlich genauso gelebt, weißt du. Bis die Geliebte meines Vaters die Gangway der RMS Carpathia herunterkam, auf der die Titanic-Überlebenden geborgen worden waren. Du weißt ja: Frauen und Kinder zuerst. Ein überlebender Steward hat uns später berichtet, wie Vater und sein Diener die Schwimmwesten ablegten, sich ihre feinsten Anzüge anzogen und im Salon Platz nahmen, als das Schiff bereits erhebliche Schlagseite hatte.«

Sam lachte nicht mehr und hörte auf zu küssen.

Sie zog sein Gesicht wieder an ihren Busen. »Wirst du wohl?«

Er grinste und setzte seinen Weg fort.

»Ich jedenfalls fand es daraufhin entschieden bodenständiger, mich mit Dadaisten, Surrealisten und jungen irischen Schriftstellern hier in Paris herumzuschlagen. Und nun schicke ich mich also an, reichen Engländern abstrakte Kunst in London anzudrehen.«

»Wie vernünftig von dir.« Seine Küsse erreichten ihren Mund und ließen sie verstummen. Er stieß gegen die Champagnerflasche; sie rollte vom Bett und ergoss sich auf dem Parkett.

»Kann man mit Ihnen auch ernsthaft reden, Madame Guggenheim? Also länger als fünf Minuten, bevor Sie wieder über mich herfallen«, sagte er eine halbe Stunde später.

»Ich? Wer war denn das eben?«

Er lächelte und streichelte ihr über den Nasenrücken. Ausgerechnet. Sie hasste sie so sehr, diese Nase, und musste sie doch jeden Tag sehen, seit die Schönheitsoperation vor mittlerweile beinahe zwanzig Jahren misslungen war. Sie hatte sich nicht getraut, einen zweiten Versuch zu unternehmen nach diesen Schmerzen, dieser Schmach. Sie stoppte seine Hand und setzte sich auf. »Der Champagner ist wohl leider aus.«

»Und jetzt?«

»Ich schlage vor, du holst neuen, unten im Café an der Ecke.« Sie zog einen Schein aus ihrem Handtäschchen und hielt ihn hoch.

»Wird erledigt«, rief er und stand auf.

»Und bring gleich ein paar Croissants mit.«

»Lieber Sandwiches, non?« Er sprang in seine Hose und war im nächsten Augenblick aus der Tür.

Peggy rutschte in die Horizontale. Trüber Schneehimmel

hing draußen vor dem Fenster über der Stadt. Noch vor ein paar Wochen hätte dieses Wetter perfekt zu ihrem Leben gepasst. Jetzt nicht mehr! Sie hatte einen Liebhaber, einen sehr feschen jungen Schriftsteller. Gut, besonders erfolgreich war er nicht. Sie musste seinen *Murphy* wohl mal lesen, wenn er endlich herauskam. Aber er war so irisch, so groß, knurrig und verwegen.

Und dabei war er noch nicht mal das Beste an ihrem neuen Leben. Das war eindeutig die Galerie, die sie in weniger als vier Wochen eröffnen würde. Wyn hatte den perfekten Namen gefunden: Guggenheim Jeune. Wie frisch, neu und französisch das klang. Genau das Richtige für London und seinen versnobten Geldadel. Wie schön der Briefkopf und das Logo aussahen, das Wyn entworfen hatte. Gut, dass sie die alte Freundin gebeten hatte mitzumachen. Als gelernte Schriftsetzerin wusste sie eben genau, wie Druckerzeugnisse heutzutage auszusehen hatten. Besonders die so wichtigen Kataloge würde sie hervorragend gestalten, da war Peggy sich sicher. Und auch mit den Kunden würde Wyn einwandfrei umgehen, schließlich kannte sie sich in der gehobenen Gesellschaft aus.

Dass sie ein paar Kleidergrößen mehr hatte, als en vogue war, konnte dabei überhaupt nicht schaden. Schließlich waren die meisten Gattinnen der Kaufinteressenten vom selben Kaliber und fühlten sich dann vielleicht eher wohl, als wenn dort nur Hungerhaken wie Djuna oder sie selbst herumliefen. Sie hielt ihren Arm hoch und betrachtete die knochige Hand und die Elle, die sich deutlich unter der Haut abzeichnete. Der Kummer der letzten Wochen nach dem Tod ihrer Mutter hatte ihr noch weniger Appetit beschert als sonst. Sie sollte wohl mal wieder eine Köchin einstellen in London. Immer nur die paar Happen in den Cafés zwischen den Gesprächen, das genügte nicht. Jetzt, wo sie als Geschäftsfrau täglich präsent und auf der Hut sein musste. Die Konkurrenz in London war raubtierhaft – besonders in der Cork Street, der alten Galeriestraße in Mayfair.

Sie angelte nach ihrem Handtäschchen, zog die Gauloises heraus – wo war nur die Zigarettenspitze, sie musste sie im Fouquet's liegen gelassen haben – und steckte sich eine an. Es war wirklich großes Glück gewesen, dass sie ausgerechnet in der Cork noch eine Fläche hatte ergattern können. Natürlich war das allein Wyns Hartnäckigkeit zu verdanken. Und ihrer eigenen. Was hatten sie sich die Hacken abgelaufen.

Ihr Magen knurrte und übertönte ihre Gedanken. Wann Sam nur mit den verdammten Sandwiches kam? Sie blickte auf ihre schmale goldene Armbanduhr. Viel Zeit hatte sie nicht mehr. Schließlich musste sie zum Essen mit Jean Arp, den sie für eine Skulpturenausstellung im Frühjahr gewinnen wollte. Was war das aber auch für eine schöne kleine Bronzestatue, die sie von ihm gekauft hatte. Sie hatte sie eigentlich nur betrachten wollen, neulich beim Besuch mit Marcel im Atelier, aber Arp hatte sie ihr in die Hand gegeben. Und ab dem Moment, wo sie das kalte, glatte Material so weich und perfekt geformt unter ihren Fingerkuppen gespürt hatte, war es um sie geschehen. Sie hatte sie haben müssen. Aber ab sofort würde sie selbstverständlich nichts mehr selbst kaufen. Schließlich wollte sie doch nicht sammeln, sondern handeln und Geld verdienen. Kunst sammeln, das war doch etwas für die Super-Superreichen. Zu denen sie nun mal nicht zählte. Onkel Solomon und die anderen Brüder ihres Vaters hatten nach dessen Tod ihr Erbe zwar so solide und langfristig angelegt, dass sie ihr Leben lang in keiner Weise am Hungertuch nagen würde. Es reichte für einen sehr komfortablen Lebensstil, den das Gros der Leute wohl als Luxus bezeichnet hätte. Aber für Eskapaden blieb dennoch kein Platz. Die einzigen Extravaganzen, die sie sich leistete, waren, dass sie einige Künstlerfreunde so wie Djuna mit monatlichen Stipendien bedachte. Und natürlich nun ihre Galerie. Wobei diese selbstverständlich schon in Kürze schwarze Zahlen schreiben würde. Gar kein Zweifel.

Onkel Solomon in New York hingegen, der sammelte wirklich. Besonders seit er diese deutsche Geliebte hatte, Hillachen. Baronesse Hilla Rebay von Ehrenwiesen, konnte man denn ernsthaft so heißen? Sie würde Onkel Sol mit ihrem Ehrgeiz und ihrem schlechten Geschmack schon noch das ein oder andere faule Ei in die Sammlung legen. Die beiden schickten sich nun sogar an, ein eigenes Museum aufzumachen. Sinnvoll wäre es sicher, denn die vielen Kunstwerke passten nicht mehr in seine Achtzimmersuite im Plaza Hotel, und auch die Räume, die er eigens dafür in der Carnegie Hall angemietet hatte, wurden zu klein. Regelrechte Kauforgien hatten die beiden in Europa veranstaltet. Wie man hörte, sollte Sol inzwischen an die fünfzig Kandinskys besitzen, hatte den Maler eigens in Dessau am Bauhaus aufgesucht.

Sie erinnerte sich an eine Begegnung mit den beiden in Hillas Atelier in New York, vielleicht vor fünf Jahren. Hilla malte damals noch selbst. Ihre zugegebenermaßen nicht mal schlechten Porträts in Öl lehnten an den Wänden, darunter auch eines von Solomon – möglicherweise dasjenige, in dessen Erschaffungsprozess die junge Malerin zur Geliebten des Onkels geworden war.

31

Hilla hatte ein Tuch um die Haare geknotet und Ölfarbe an den Fingern und bot Peggy einen Drink an. Während Onkel Sol den Arm um die Schultern seiner »Lieblingsnichte«, wie er Peggy nannte, gelegt hatte, berichtete Hilla von der wachsenden Sammlung und ihren Plänen, sie der Öffentlichkeit permanent zugänglich zu machen. Die New Yorker Bürger und die Besucher der Stadt sollten die Möglichkeit bekommen, die Kunstschätze täglich zu erleben. Der Erfolg, den die Erbinnen Rockefeller, Bliss und Sullivan mit dem Museum of Modern Art schon seit 1929 hatten, schien sie dabei anzustacheln. Das Gebäude für das Museum sollte allein schon ein Kunstwerk werden. Sie stritten noch, welcher Architekt beauftragt werden sollte, welchen Stil sie wählen wollten, um bereits die Behausung der Sammlung zu einem Wahrzeichen der Stadt zu machen.

Peggy hatte während der angeregten Diskussion im Atelier herumgeschaut. Das Handwerk beherrschte Tante Hilla wirklich gut. Das bewiesen die Porträts. Aber die abstrakten Gemälde, die sie an Miró erinnerten, weckten keinerlei Gefühl in Peggy, blieben leblos und entfachten keinen Zauber.

Nach einer halben Stunde und ohne sich viel nach der Familie oder Peggys Befinden erkundigt zu haben, hatten die beiden sie verabschiedet, weil sie zu einem Spendendinner mussten.

Peggy streifte die Zigarettenasche am Rand des Nachttischchens ab. Aber was gingen sie eigentlich Onkel Sol und Tante Hilla an? Sie würde nun diesseits des Atlantiks ihre eigene kleine Galerie aufbauen und handeln, davon sehr gut leben können und sich in kürzester Zeit einen Namen machen.

Wo blieb Beckett nur? Das Warten ging ihr allmählich

auf die Nerven. Hatte er sich festgequatscht an der Bar? Unwahrscheinlich, dass sich einer wie er festquatschte. Eher festgetrunken. Sie warf den Zigarettenstummel in die leere Champagnerflasche und stellte sie ordentlich neben das Bett, als endlich der Schlüssel im Schloss zu hören war und Beckett vor ihr stand. »Voilà, deux baguettes avec du fromage.«

»Aber hoffentlich nicht der olle Stinkekäse aus der Normandie?« Peggy schaute ängstlich auf das Sandwich. »Ich bin mehr für den unverwüstlichen amerikanischen Scheibenkäse zu haben.«

Er lachte und streifte einfach so Hemd und sämtliche Hosen ab, um zu ihr ins Bett zu kommen – und der Hunger war vorerst vergessen.

Vier Stunden später rutschte sie an den Bettrand und verschwand im Badezimmer, um zu duschen und sich anzukleiden. Als sie wieder herauskam, war auch er angezogen, und der schreckliche französische Anzug verhüllte den Körper, der ihr so viel Freude bereitet hatte.

»Es tut mir leid, dass ich los muss, aber Arp hat kein Telefon«, sagte sie. Im selben Moment klingelte dasjenige in der Ecke des Raumes.

Sie hob ab und hörte Nora Joyce' Stimme: »Ist Sam bei dir? Er ist nicht in seinem Hotel angekommen gestern Abend.«

»Wir sind gerade im Begriff aufzubrechen.«

»Er ist bei ihr!«, hörte sie Nora rufen, offenbar zu James im Hintergrund. »Dann ist gut. Wir waren schon etwas nervös. Man weiß ja nie, was einem jungen Mann in diesem fragwürdigen Quartier nachts alles passieren kann.«

Peggy musste lächeln und schaute zu Beckett, der seinen

noch schäbigeren Lammfellwintermantel über den Anzug streifte. Sie hielt den Hörer zu. »Die Joyce haben sich Sorgen um dich gemacht.«

Er zog die Augenbrauen hoch. »Sag ihnen, ich bin wohlauf und komme jetzt zu ihnen.«

Peggy richtete es aus und legte auf. »Bist du ihr Ziehsohn?«

Er lächelte. »Sieht so aus. Irisches Blut, weißt du?«

Sie stiegen die Stufen hinunter und blieben vor der Haustür stehen.

»Danke«, sagte er und gab ihr einen Kuss auf die Wange. »Es war schön, solange es anhielt.«

Damit drehte er sich um und schlenderte die Straße hinunter, die Hände in den Taschen des furchtbaren Mantels versenkt.

Sprachlos blieb Peggy zurück. Was war denn das für eine Verabschiedung? *Es war schön, solange es anhielt?* Ging er etwa davon aus, dass sie sich nicht wiedersehen würden? Sie blickte ihm immer noch hinterher, bis er um die Hausecke in die Avenue Georges V bog. Dann stampfte sie mit dem Pelzstiefel auf. Wahrscheinlich spukte ihm eine neue Romanidee im Kopf herum, und darum hatte er keinen Platz mehr darin frei, um sich angemessen um menschliche Beziehungen zu scheren. Sie jedenfalls würde nicht aktiv dafür sorgen, dass sie sich wiedersahen. Sie nicht! Das würde sie ihm überlassen. Oder dem Schicksal.

Im Übrigen war ihre Galerie jetzt viel wichtiger als irgendein dahergelaufener Ire, so blau seine Augen auch sein mochten, so aufregend seine Küsse ... Ach, zum Donnerwetter! Sie ballte die Fäuste und stapfte in die entgegengesetzte Richtung davon. Sie war eine eigenständige Frau mit einem eigenen

Business! Sie würde sich doch jetzt nicht von so einem jungen Bengel aus dem Konzept bringen lassen. Das Business galt es nun zu fördern. Sonst nichts. Gleich würde sie Arp überreden, bei der Frühjahrsausstellung mitzumachen. Und morgen im Café de Flore würde sie Marcel dazu bringen, mit ihr nach London zu reisen und die Cocteau-Ausstellung selbst zu hängen. Schließlich war es die Eröffnung. Da musste alles perfekt sein. Und wer würde solch ein Ereignis besser in Szene setzen können als der Meister der Inszenierung?

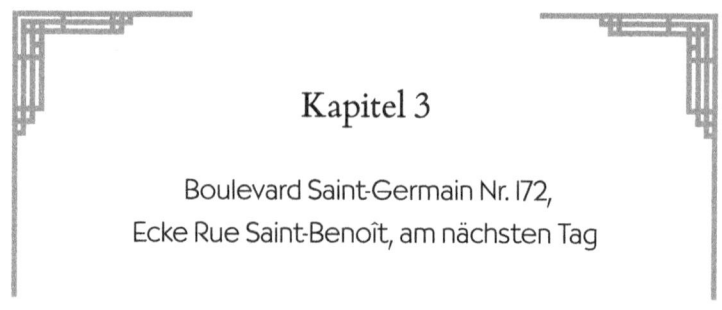

Kapitel 3

Boulevard Saint-Germain Nr. 172,
Ecke Rue Saint-Benoît, am nächsten Tag

Das Café de Flore war das Café de Flore. Darauf konnte
man sich verlassen, dachte Peggy, als sie gegen Mittag an
einem der runden Marmortischchen am bodentiefen Fenster Platz nahm und einen Kaffee bestellte. Ein Cafébesuch in
diesem Hause war ihr bevorzugtes Medikament gegen De-
pression. Was brauchte sie Therapie? Sie ging einfach ins Café
de Flore, badete zwei Stunden in Kaffeeduft und babyloni-
schem Stimmengewirr, las vielleicht eine internationale Zeitung, bekam ein Kompliment vom Kellner, und schwupp war
jeder graue Nebel verschwunden. So auch heute, wobei ohnehin nur vereinzelte irische Nebelschwaden durch ihre Seele
waberten. Ansonsten schien die Sonne der Vorfreude – grell
geradezu – und passte damit zu dem für die Stadt ungewöhnlich freundlichen Winterwetter vor dem Fenster. Viele Pariser schienen es ausnutzen zu wollen, denn die Trottoirs waren
gefüllt mit Paaren, Leuten mit Hunden an der Leine oder Zeitungen unter dem Arm, die in dicke Mäntel gehüllt mit Hüten
und Fellmützen dahinflanierten. Vielleicht sollte sie nachher
auch einen ausgedehnten Spaziergang unternehmen.

Aber nun betrat erst einmal Marcel das Café. Wobei »betrat«
kaum der passende Ausdruck war. Er trat auf! Langsam und

milde lächelnd, kopfnickend zu diesem und jenem Bekannten, bahnte er sich in seinem langen Pelzmantel mit dem extragroßen Fuchskragen seinen Weg an den Tischen und Kellnern vorbei, die ihn allesamt begeistert grüßten. Zu Recht, fand Peggy, schließlich hatte dieser Mann, ob man seinen Kleidungsstil mochte oder nicht, früh und radikal die Kunstwelt revolutioniert. Erst mit seinem vor dem Auge des Betrachters wie in Bewegung erscheinenden kubistischen Gemälde *Akt, eine Treppe herabsteigend* und dann natürlich – sie musste schmunzeln –, als er das handelsübliche Urinal, betitelt als *Fountain*, 1917 bei der *Big Show* in New York eingereicht hatte. Die Malerei sei passé, überhaupt die retinale Kunst, wie er es nannte, die Kunst, die nur die Augen erfassten. Er hatte auf der Straße gefundene Alltagsgegenstände wie Schneeschaufeln und Räder von Fahrrädern zu Kunst erklärt, denn der Akt der Konzeption von Kunst sei allein schon zu hinterfragen. Peggy war für sich zu einem anderen Schluss gekommen, aber das tat dem Respekt, den sie Marcel entgegenbrachte, keinen Abbruch. Sie war ihm enorm dankbar, dass er sich ihrer Galerie annahm. Er öffnete ihr die Türen zu vielen Ateliers. Für ihre zukünftigen Ausstellungen in der Guggenheim Jeune waren seine Kontakte das Lebenselixier. Gemeinsam mit Laurence hatte sie hier in Paris in den letzten zwei Jahrzehnten die Künstlerszene kennengelernt. Gemeinsam mit Marcel trat sie nun als Geschäftsfrau in London auf. Wie schön, dass er wie Joyce zu ihr hielt. Vermutlich hatte er Laurence ohnehin nie richtig gemocht – ihn und seine dadaistischen Gehversuche.

Sie beobachtete, wie Marcel nun theatralisch Platz nahm. Der geflochtene Stuhl und der kleine Marmortisch wirkten viel zu simpel, als dass eine Erscheinung wie er daran sitzen könnte. Aber Marcel residierte hier fast jeden Tag, so wie Peggy selbst. Er musste gar keine Bestellung aufgeben, sondern bekam sofort einen Pastis und einen Espresso, in dem er so viel Zucker versenkte, wie das Tässchen es zuließ. »Hat es geklappt mit Arp?«, fragte er statt einer Begrüßung.

»Bien sûr.« Peggy legte ihre schwarz-weiß gemusterte Kaschmirstola ab, denn ihr war warm geworden inmitten des Dampfes der Tassen, Suppen und Gäste. Sie winkte dem Kellner, um einen zweiten von diesen äußerst starken Kaffees zu bekommen. Der erste ließ ihre Beine bereits unter dem Tisch trappeln. Sie sollte nachher wirklich unbedingt einen Spaziergang machen. »Wie sieht's aus? Kommst du mit mir nach London, um die Ausstellung zu hängen?«

Er nippte am Pastis. Wieder einmal wunderte sich Peggy, dass ihm dieses Bauerngetränk wirklich schmeckte. »Wollte Cocteau das nicht selbst übernehmen?«, fragte er. »Oder geht's ihm zu schlecht?«

»Hat abgesagt. Auch für die Vernissage. Nur das Vorwort zum Katalog schreibt er.«

»Immerhin.« Marcel schluckte den Espresso und den ganzen Zucker in einem hinunter und winkte sofort nach einem zweiten Espresso, der postwendend vor ihm stand. »Bin dabei. Aber nur, wenn Mary mich begleitet.«

»Unbedingt!« Das würde ein Spaß werden, wenn ihre alte Jugendfreundin Mary Reynolds mitkäme. Sie war die Erste von ihnen gewesen, die damals nach Paris gegangen war, und nun war sie schon seit geraumer Zeit mit Marcel liiert, ohne dass die beiden so gemein bürgerliche Manieren entwickelten, wie sich eine gemeinsame Wohnung zu nehmen.

»Sie lässt dich herzlich grüßen, sie ist in Arcachon für eine Weile, und ich soll dir den Schlüssel für ihre Wohnung geben. Vielleicht kannst du sie als Bleibe für die letzten Tage noch gebrauchen?«

Peggy nahm den Schlüssel entgegen. Das traf sich gut, denn die Freunde, deren Appartement sie jetzt bewohnte, kamen heute Abend wieder, und sie hatte schon befürchtet, in irgendein Hotel ziehen zu müssen. Sie mochte Hotels nicht besonders, hatte sie doch einen Teil ihrer Kindheit im St. Regis an der East 55th Street gewohnt. Heimisch wurde man in solchen Kästen nie, fand sie und schauderte, als sie an die steifen Gänge durch die Hotellobby an der Hand ihrer Mutter dachte, bei denen sie stets zur Ruhe ermahnt worden war und zum Lächeln ermutigt. Wie hatte sie die täglichen Zimmermädchenbesuche gehasst, das Tätscheln über ihre Kinderhaare durch die stets wechselnden Frauen. Wie das unter Silberglocken servierte Essen, das sie und ihre Schwestern schweigend mit einem Kindermädchen eingenommen hatten, während die Eltern bei einer Abendveranstaltung waren.

Sie schob die Gedanken beiseite, zog die Briefbogen der Galerie aus der Tasche und zeigte sie Marcel.

»Perfekt«, sagte er. »Wunderschön geworden.«

»Nicht wahr?« Peggy ließ ihre Fingerkuppe über die erhabene Prägung gleiten.

»Was macht der Katalog?« Er wurde kurz abgelenkt, als eine junge Dame im Hosenanzug an den Tisch trat und Marcel mit Küsschen begrüßte.

Peggy wartete mit ihrer Antwort, bis er sie verabschiedet hatte. »Ist in Arbeit.«

»Deine Wyn ist wahrhaft eine Perle. Das wird eine grandiose

erste Ausstellung, von der die britische Hauptstadt noch lange sprechen wird.«

»Was meinst du, wen wir nach Cocteau fragen sollten?«

»Ich denke darüber nach. Hab schon eine Idee und versuche, dir einen Kontakt zu vermitteln.« Er zog Streichhölzer hervor und eine von seinen furchtbaren kubanischen Zigarren, die so stanken.

»Wer ist es? Welche Richtung?«

»Nicht so ungeduldig, junge Dame. Eins nach dem anderen. Jetzt hänge ich dir erstmal den Cocteau.«

Sie umarmte ihn und stand auf. »Schönen Gruß an Mary. Ich muss los.«

»Aber du kommst doch noch zu meiner Vernissage, bevor du abreist?« Er schaute durch die enorme Rauchwolke, die er beim Anzünden produziert hatte, zu ihr hoch.

»Aber natürlich. Wie könnte ich das verpassen?« War er verrückt geworden? Welcher kunstinteressierte Erdenmensch, der zurzeit in Paris weilte, würde sich denn wohl die Eröffnung der *Exposition Internationale du Surréalisme* entgehen lassen, für die Marcel zwar kein Kunstwerk beigesteuert, die er aber konzipiert und mit André Breton und Paul Éluard auf die Beine gestellt hatte.

»Es wird ein paar Überraschungen geben«, sagte er und lächelte.

»Kommt Dalí wieder im Taucheranzug?«

»Das wäre ja keine Überraschung mehr.«

»Auch wahr.« Sie rückte ihren Hut zurecht und setzte die Sonnenbrille auf. »Adieu, mein Lieber.«

Über das schöne grün-weiße Mosaik mit dem Namen des Cafés trat sie hinaus auf das Trottoir. Ein Abschiedsspaziergang durch Paris, einer der letzten in diesem Lebensabschnitt, der nun vorbeiging, bevor sich eine neue Welt für sie öffnen würde.

Die Stola unter dem Zobelcape eng um sich gezogen, wandte sie sich nach rechts und lief los. Sie freute sich, als sie den exquisiten Blumenladen passierte, in dem sie so oft üppige Mitbringsel für ihre zahlreichen Dinnereinladungen erworben hatte. Sie beobachtete, wie der alte Mann in dem typischen dunkelgrünen *kiosque* mit der kleinen Kuppel die Schlange abarbeitete und Zigaretten, Zeitungen, Illustrierte und Feuerzeuge herausreichte. Als sie an die Seine trat, roch sie den Fluss und hörte seine leichten Wellen gegen die Steine schwappen. Das Wasser zog sein braunes Band durch die Stadt, die sie so sehr liebte. Natürlich würde sie auch in London klarkommen, dem zukünftigen Dreh- und Angelpunkt der internationalen Kunstszene, wie all ihre Künstlerfreunde versichert hatten, und wo sie mit ihrer jungen Galerie nun mal genau am richtigen Ort war. Aber es war beileibe nicht der Platz auf Erden, der ihr am liebsten war. Würde sie jemals wieder hier leben? In Paris?

Sie hob den Zweig einer Uferbuche auf und warf ihn ins Wasser. Er trieb schnell und unaufhaltsam davon. Sie dachte an Marcels Ausstellung. In Deutschland wäre sie bereits völlig undenkbar. Im Nachbarland, nur wenige Stunden entfernt von hier. Wie absurd das war, wie beängstigend. Schnell drehte sie sich vom Ufer weg und schlenderte durch die Straßen vom Quartier Latin, ohne einem Plan zu folgen. Sie sah die Markisen der Cafés, in denen sie gelacht, getrunken und geküsst hatte. Die Schaufensterpuppen in den Auslagen der Boutiquen, in denen sie Kleider und Hüte für Empfänge und

Partys gekauft hatte. Die Apotheke mit ihren Mahagonischränken bis unter die Decke, in der sie diverse Mittelchen erworben hatte. Und dort hinter dem verschnörkelten Zaungitter gab es immer noch den kleinen Souterrain-Laden der Wahrsagerin. Ein paar Stufen führten zur grün gestrichenen Tür hinab. Das selbst gemalte Schild darüber zeigte eine Glaskugel und Tarotkarten. *Was bringt die Zukunft? Madame Gordon weiß es*, stand dazwischen in geschwungener Schrift.

Die grüne Tür war stets geschlossen gewesen, wenn sie vorbeigekommen war. Peggy war nie eingetreten in diese andere Welt, die sie durchaus anregte. Sie wusste von ihrer Schwester Benita, die in New York regelmäßig zur Wahrsagerin gegangen war, dass einige Vorausdeutungen tatsächlich eingetroffen waren. Sollte sie vielleicht doch einmal hineingehen? Nach ihrer Zukunft in London fragen?

Die Tür öffnete sich. Peggy hielt den Atem an und ging langsamer, um einen Blick ins Innere zu erhaschen – wie sah es wohl bei einer Wahrsagerin aus? –, als eine füllige Frau mit einer bunt gestrickten Stola in den Türrahmen trat. Schwarze voluminöse Haare mit grauen Strähnen durchsetzt umrahmten das Gesicht. Ihr Rock ging bis zum Boden, und sie mochte um die sechzig sein. Als sie lächelte, entblößte sie eine Zahnlücke auf der linken Seite. Peggy nickte grüßend und wollte schnell vorbei, aber die Frau sprach sie an: »Wollen Sie wissen, was vor Ihnen liegt? Bei Mann? Bei Arbeit?« Sie winkte heftig, Peggy solle eintreten. »Kommen Sie, ce sera vite fait – es geht schnell und tut nicht weh.«

Peggy beschleunigte ihre Schritte. »Herzlichen Dank! Keine Zeit!« Nein, sie wollte doch nichts hören. Lieber nicht.

»Viele Überraschungen und Zufälle sehe ich bei Ihnen

schon in naher Zukunft«, rief die Wahrsagerin, und ihre Augen, grau schimmernd wie eine Glaskugel, schienen sie zu durchbohren. »Schicksalsschläge. Treten Sie doch ein!« Sie winkte noch einmal.

Peggy machte, dass sie fortkam, und bog bei nächster Gelegenheit um die Ecke. Zufälle und Überraschungen. Na, hoffentlich waren die positiver Natur. Schicksalsschläge. Sie schauderte und blickte schnell zum Himmel hinauf, der noch wolkenlos und fröhlich war, genau wie das Geplapper der Passanten, das nun wieder an ihr Ohr drang, als sie einige Zeit später in einem Pulk von Menschen am Boulevard du Montparnasse stand und über die große Kreuzung wollte. Autos fuhren vorbei, Fahrräder klingelten, Busse hupten. Vergiss die Alte, dachte sie und schob sich mit auf die Straße. Wie üblich schaffte man es nur bis zur Verkehrsinsel, bevor die Fußgängerampel über die Gegenspur schon wieder rot wurde. Sie wandte ihr Gesicht der Sonne zu und schloss die Augen. Heute hatte sie Zeit. Sie nahm sich die Zeit. Die Besprechung mit Marcel war erfreulich verlaufen. Dank Marys Schlüssel würde sie heute Nacht kein Hotel aufsuchen müssen. Sie könnte zum Beispiel einfach … Auf einmal spürte sie, wie ein Kuss auf ihrer Wange landete, sie riss die Augen auf und erkannte sofort die störrische Frisur, die zackige Nase, die blauen Augen: Beckett!

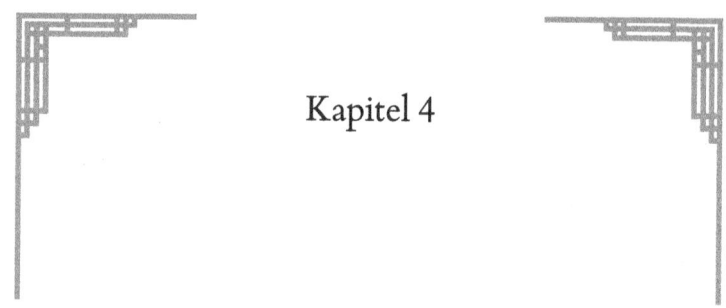

Kapitel 4

Lächelnd stand er vor ihr. »Na, schöne Frau, so allein unterwegs?«

»Was um alles …?« Pardon, Pardon, hörte sie um sich herum von den Leuten, denen sie im Weg standen.

Er drehte sie in die Richtung, aus der sie gekommen war. »Wie wäre es mit einem hervorragenden Wein in einem schönen Café?«

Sie starrte ihn nur an. Der Verkehr rauschte wieder.

Er trat sehr nah an sie heran und beugte sich zu ihrem Ohr. »Oder sollen wir direkt zum Champagner übergehen?«

Ihr lief ein Schauer der Erregung durch den Körper. Sie roch seinen Duft, die Gauloise, sie sah die Lachfältchen um seine Augen. »Was ist mit: *Es war schön, solange es anhielt*?«

»Aber es ist doch noch gar nicht vorbei!«

Eine halbe Stunde später wälzten sie sich in Marys Bett. Sie waren Hand in Hand im Sturmschritt zur Rue Hallé Nummer 14 marschiert, beinahe gerannt. Peggy ahnte nicht, dass sie die Wohnung zehn Tage nicht verlassen würden, zehn ganze Tage! Außer um schnell Champagner zu kaufen und eine Kleinigkeit zu essen oder Becketts Post aus dem Hotel zu holen. Und sein

Murphy-Manuskript. Es war gut, sie mochte es sehr. Ebenso wie der noch unveröffentlichte Essay über Proust, den er ihr scheu überreichte. Die Gedichte hingegen fand sie schlecht. Er fragte sie nach Laurence, den er damals erlebt hatte, als er vor zehn Jahren an ihrer Hausparty teilgenommen hatte. Er erkundigte sich nach den Kindern und war erstaunt, dass Sindbad bereits vierzehn Jahre alt war und Pegeen zwölf. Er freute sich zu hören, dass sie gerade in Megève bei Laurence und seiner neuen Frau Kay einen Winterurlaub verbrachten. Ob Peggy sie nicht vermisse? Die Kinder schon, Laurence und die Zicke Kay nicht so, gab Peggy zu verstehen. Zum Glück war verabredet, dass sie die Kinder an den internatsfreien Wochenenden oft bei sich haben würde, wenn sie mit der Galerie begann. Sie würden draußen auf dem Land in ihrem geliebten Ferienhaus Yew Tree Cottage entspannte Zeiten verbringen. Sie schwärmte Beckett von dem nach der alten Eibe benannten Anwesen vor – in der hügeligen Landschaft, mit dem großen Garten und dem Bach und den Kühen vor der Tür – und lud ihn ein, sie auch einmal dort in Hampshire zu besuchen. Aber er knabberte als Antwort nur an ihrem Ohr, seine Finger begaben sich auf Wanderschaft.

Es wurde Morgen, es wurde Abend. Es wurde wieder Morgen und wieder Abend. Peggy verlor das Zeitgefühl, und es war ihr egal. Sollte die Welt dort draußen sich doch weiterdrehen.

Sie war hier bei Sam.

Am zehnten Tag allerdings hatte sie einen Termin. Sie musste zu Cocteau, um ihn wegen des Einführungstextes für den Katalog zur Eile anzutreiben; der Katalog musste schließlich dringend in den Druck. Beckett kam mit heraus ans Tageslicht, blinzelte wie ein Murmeltier nach dem Winter. Sie versprachen, sich am Abend wiederzusehen. Als Peggy durch die Straßen lief, auf dem Weg zu Cocteau, summte sie beschwingt.

Der Termin verlief zufriedenstellend. Cocteau war ziemlich klar im Kopf und zeigte ihr, dass der Text schon fast fertig war. Sie konnte Wyn nach London telegrafieren, dass er in Kürze eintreffen würde. Sie wollte zu Sam, machte einen Abstecher in Marys Wohnung, zog sich ihr schönstes Negligé unter und begab sich auf dem schnellsten Weg zum Hotel Liberia, um ihn zum Essen abzuholen.

Wirklich keine sehr heimelige Ecke, dachte sie, als sie die dunkle, beinahe menschenleere Straße entlanglief. Nora hatte recht. Die Buchläden und Lebensmittelgeschäfte waren um diese Uhrzeit geschlossen, hier und da taumelten Paare aus einem Kellerlokal. Männer mit hochgestellten Mantelkrägen verschwanden in Etablissements mit rot blinkender Leuchtschrift. Peggy machte, dass sie zum Hotel kam – und entdeckte Beckett in einer Ecke der Halle, wie er gerade einer rothaarigen Schönheit einen Kuss gab! Ein Abschiedskuss wohl, denn die Rote ließ langsam ihre Hand aus der seinen gleiten, setzte eine Baskenmütze schief auf und verließ mit schnellen Schritten an Peggy vorbei das Hotel, gefolgt von Becketts Blick. Als er sie sah, erschrak er.

Was dann folgte, war eine lange Erklärung: Angeblich handelte es sich um eine alte Freundin aus Dublin, die zufällig in Paris aufgetaucht war. Gar nichts Ernstes. »Das war nur Sex ohne einen Funken Liebe, das ist doch wie Kaffee ohne Cognac.«

Liebe? Sprach er in dieser Situation von Liebe? Liebe. Das Wort zerriss ihr das Herz. Kurz war sie versucht, ihm zuzuhören, ihm zuzutrauen, dass er ihr tief verbunden war. Dass er ... Ach was! Er hatte gerade mit dem roten Feger geschlafen, verdammt!

»Cognac?« Peggy schrie das Wort heraus. Der Portier, der nicht weit weg stand, zuckte zusammen. »Du kannst mich mal mit deinem Cognac. Salut, mein lieber Sam. ES WAR SCHÖN, SOLANGE ES ANHIELT!«

Damit drehte sie sich um und rannte die dunkle Straße zurück zum Boulevard du Montparnasse. Tränen purzelten ihr die Wangen hinunter, und sie rannte und rannte durch die kühle Nacht. Diesmal ließ sie sich nicht von der dummen Ampel an der Kreuzung ihr Tempo diktieren, sondern schlängelte sich durch den dichten Verkehr, angehupt von Dutzenden Autos und von einem Fahrrad fast überfahren. Sie rannte, bis ihre Lunge zu bersten drohte.

Endlich blieb sie stehen. Wie eine Olympia-Teilnehmerin beugte sie sich vornüber und stützte die Hände auf die Knien ab. Die Wolken ihres Atems verflogen stoßweise.

Was zum Henker tat sie hier? Was ließ sie sich von diesem jungen Mann verrückt machen? Sie war eine selbstständige, bald erfolgreiche Geschäftsfrau, die den Männern abgeschworen hatte. Zumindest den Ehemännern. Es war ein nettes Abenteuer gewesen mit einem einigermaßen talentierten Schriftsteller, der vielleicht seinen Weg finden würde, vielleicht aber auch nicht. Sie jedenfalls war nicht dazu da, um ihn auf diesem Weg zu begleiten. Sie hatte Besseres zu tun.

Sie richtete sich auf, orientierte sich, wo sie war, änderte ihre Route, stürzte ins Café de Flore, direkt an die Bar, und bestellte einen von Marcels grässlichen Pastis, der sie augenblicklich vollkommen zur Vernunft brachte. Sie würde sich nicht wie eine Jämmerliche an Paris klammern und an die Gestalten, die sich hier herumtrieben. Diese Stadt mit ihrem amourösen Getue machte sie eindeutig zu weiblich, zu weich, zu einer Sklavin ihrer Hormone und Hirngespinste. Nein, sie würde ihren Aufenthalt hier abkürzen und unverzüglich nach London reisen, um Wyn in der Galerie zur Seite zu stehen. Dort war ab jetzt ihr Platz. Das Einzige, was sie hier noch zu erledigen hatte, war der Besuch von Marcels verrückter Vernissage. Das konnte sie partout nicht sausen lassen. Aber danach war Schluss mit dieser gefühlsduseligen Stadt. Finalement!

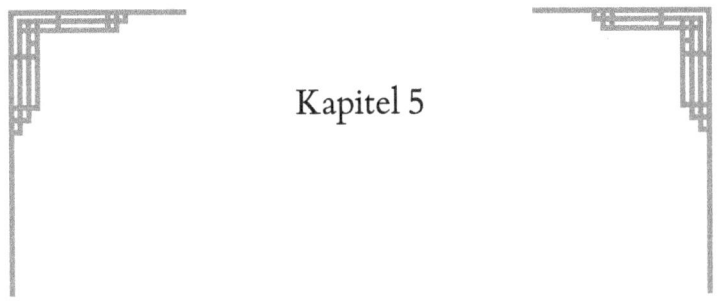

Kapitel 5

Am Tag vor der Abreise wälzte sie sich früh aus dem Bett und holte die Koffer hervor. Vieles hatte sie schon vorausgeschickt, nur noch ein paar Kleider galt es einzupacken. Dazu ihre Kosmetik und natürlich die vielen Schuhe. Gut, dass sie mit dem Sportwagen – ihrem geliebten Delage – fahren und die Fähre von Calais nach Dover nehmen würde, anstatt zu fliegen. So würde sie alles mitnehmen können. Es wäre ein sauberer Abgang, so als ob sie all ihre Spuren in dieser Stadt hinter sich aufkehrte.

Sie stellte sich ans Fenster und zündete eine Zigarette an. In diesem Moment klingelte das Telefon. Vielleicht Mary, die aus Arcachon anrief, um sich nach dem Befinden der Freundin zu erkundigen? Sie nahm den schwarzen Hörer ab und verheddete sich im Kabel, als sie versuchte, den Teekessel in der offenen Küchenzeile vom Herd zu ziehen, der in diesem Moment anfing zu pfeifen, sodass sie zunächst nicht mitbekam, wer sich meldete. Als sie das geschafft hatte, wusste sie, dass es nicht Mary war.

»Ich bin's«, sagte Sam. »Es tut mir leid.«

Sie zog an der Zigarette und blies hörbar den Rauch aus.

»Ehrlich. Ich habe mich wie ein Idiot benommen. Aber du

musst verstehen, sie ist eine sehr alte Freundin, und es hat wirklich nichts bedeutet. Ich konnte sie doch nicht kränken.«

Peggy lachte auf.

»Nun sag doch endlich etwas. Kann ich dich sehen?« Seine Stimme klang fast schon verzweifelt.

»Ich reise morgen in aller Frühe nach London. Es ist zu spät, Beckett.«

»Morgen ist morgen.«

»Ich bin jetzt verabredet.« Sie legte auf und goss kochendes Teewasser auf den Beutel Earl Grey. Mit der Tasse in beiden Händen bezog sie wieder ihre Position am Fenster, um dem Treiben unten auf der Rue Hallé zuzuschauen – und um zu lauschen, ob das Telefon noch einmal klingeln würde. Was es nicht tat.

Als sie am Abend an der Galerie Beaux-Arts in der Rue du Faubourg Saint-Honoré ankam, drängten sich bereits Hunderte neugierige Eröffnungsgäste vor der Tür. Sie sprach mit dem Einlasser, woraufhin er die Kordel entfernte und sie eintreten konnte. Marcel entdeckte sie in dem Gedränge nicht, dafür aber gleich am Eingang ein Taxi, auf dessen Fahrersitz ein ausgestopftes, grinsendes Krokodil saß – im Regen. Im Inneren des Wagens goss es nämlich ordentlich, nicht nur auf das Krokodil, sondern auch auf die blonde Schaufensterpuppe, die nackt auf dem Rücksitz thronte, die Füße in braunem Laub versenkt. Über ihren Plastikkörper krochen lebendige Schnecken. *Regentaxi* hieß die Installation.

»Ein echter Dalí, was?«, sagte neben ihr eine Frau und kicherte. »Das kann nur er.«

Peggy stimmte ihr zu und ging weiter. Der intensive Duft

von geröstetem Kaffee fiel ihr auf, der durch alle Räume waberte, obwohl es hier gar keinen Kaffee gab. Kohlensäcke hingen von der Decke herab, ein Stuhl in der Ecke hatte menschliche Beine. Noch mehr Schaufensterpuppen lungerten in den Ausstellungsräumen herum. Eine hatte einen Vogelkäfig über dem Kopf, eine andere posierte neben Dalís *Hummertelefon*, das in der Tat aussah, als ob der Hörer ein Hummer sei.

»Da bekomme ich doch gleich Appetit«, sagte ein Mann neben ihr und lachte über seinen Witz.

Durch einen Samtvorhang trat sie in einen abgedunkelten Raum und spürte, wie ihr eine Taschenlampe in die Hand gedrückt wurde. Als sie sie anknipste, erschien im Lichtkegel ein surrealistisches Kunstwerk, das mit *Der Hausengel* betitelt war und von diesem deutschen Künstler Max Ernst stammte, von dem alle so schwärmten, weil er angeblich so gut aussah; sie selbst konnte das nicht beurteilen, sie hatte ihn noch nie getroffen. Aber der *Hausengel*, dieses Monster im Sprung, das alles zu zerstören drohte, war ohne Frage sehr imposant.

»Mensch, du bist ja schon mittendrin.« Marcels Arm legte sich um ihre Schulter, als sie aus dem Raum trat und ihre Augen sich an die Helligkeit gewöhnten. Er trug einen Anzug ganz aus weinroter Seide, der sie stark an einen Schlafanzug erinnerte, und küsste sie links und rechts und noch einmal links. »Was sagst du?« Er schaute sie fast ein wenig ängstlich an.

»Es ist großartig.«

»Nicht wahr?« Er vollführte mit seinen Samtslippern einen kleinen Stepptanz.

»Da werde ich mir einige Präsentationsideen für die Jeune klauen.«

»Komm!« Marcel zog sie am Ärmel ihres Kleides davon. »Ich will dir ein paar Freunde vorstellen.«

Zwei Stunden später sank sie beinahe nüchtern in Marys Bett. Sie hatte sich zurückgehalten mit dem Anstoßen heute Abend. Denn schließlich begann morgen ihr neues Leben. Und das sollte man doch frisch antreten.

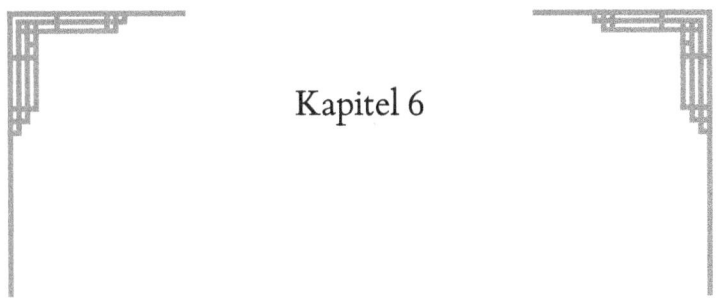

Kapitel 6

Die Koffer waren bereits im Delage verstaut, der schräg und verboten unten auf der Rue Hallé direkt vor dem Haus auf dem Trottoir parkte. Peggy schaute sich ein letztes Mal in der Wohnung um. Sie hatte Mary einen Zettel gemalt mit einem dicken Dankeschön. Sie freute sich darauf, die Freundin gemeinsam mit Marcel bald in London zu begrüßen. Ihr Blick blieb am Telefon hängen.

Immerhin hatte er gestern angerufen. Er hatte sich entschuldigt und in der Hotellobby beim Abgang der Roten sogar von Liebe gesprochen. Ob sie nicht doch wenigstens mal kurz Auf Wiedersehen sagen sollte? Ihr Körper erinnerte sich noch immer an die zehn intensiven Tage und Nächte. Zehn Nächte, die sie in seinen Armen, er zwischen ihren Beinen verbracht hatte. Sie trat einen Schritt näher an den Apparat heran, dann wieder einen Schritt weg. Du kennst die Nummer vom Hotel Liberia gar nicht, sagte die eine Stimme. Sie steht auf dem Briefkopf, den Beckett dir einmal abgerissen hat, damit du die Adresse findest, sagte die andere Stimme. Peggy hielt sich die Ohren zu und fixierte den schwarzen Apparat. Schon hatte sie die Wählscheibe gedreht und hörte den Portier.

»Monsieur Beckett, bitte«, sagte sie und wickelte die

geringelte Telefonschnur um den Zeigefinger, bis er weiß wurde.

»Es tut mir sehr leid, Ihnen das sagen zu müssen, Madame. Monsieur Beckett befindet sich im Krankenhaus.«

Um Himmels willen! Sie befreite den Finger aus dem Kabel.

»Er ist einem Messerstecher zum Opfer gefallen.«

»Was?«

»Gestern Abend auf dem Weg vom Kino nach Hause, gleich in der Nähe des Hotels. Zum Glück war er in Begleitung eines befreundeten Paares, das schnell die Polizei rief.«

»Wo ist er, in welchem Krankenhaus?« Sie suchte mit den Augen einen Stift in der Nähe, um die Adresse aufschreiben zu können.

»Das tut mir leid, Madame. Diese Information hat uns die Polizei nicht gegeben.«

Mit dem vollgepackten Delage raste Peggy zum ersten Krankenhaus, das ihr einfiel, das Hôpital Leopold Bellan. Kein Beckett. Eine weitere Klinik kannte sie, das Hôpital Saint-Louis. Als auch dort Beckett nicht zu finden war, bat sie den Pförtner, das Telefon benutzen zu dürfen, und rief Nora an. Und natürlich wussten die Joyce Bescheid. James und sie verabredeten sich vor dem Hôpital Broussais in der Rue Didot. Mit einem Strauß gelber Rosen wartete James bereits vor der Tür. Schweigend liefen sie nebeneinander durch die langen Flure und Wolken von Desinfektionsmittel, manchmal hörte man ein Stöhnen oder einen Schrei aus den Zimmern, die sie passierten. In einem Gemeinschaftssaal entdeckten sie endlich Beckett: Er dämmerte in einem der Dutzend Betten vor sich hin, bleich wie sein Laken und ganz offensichtlich sehr geschwächt.

Bevor sie auf ihn zustürmen konnte, stellte sich ihr ein Arzt in den Weg. Sie blickte über dessen Schulter hinweg zu der matten Gestalt in dem Bett und hatte Mühe, den Worten des Arztes zu folgen. Monsieur Beckett sei gerade erst aus dem Koma erwacht, berichtete er. Das Messer habe Lunge und Herz um Haaresbreite verfehlt, aber das Rippenfell durchbohrt. Ein Glück, dass er diesen dicken Wintermantel getragen habe. Der habe das Schlimmste verhindert und das Messer abgelenkt. Leider könne man den Patienten in seinem Zustand noch nicht in die Röntgen-Abteilung schieben, um sich das Ausmaß der Blutungen anzuschauen. Man könne nur hoffen, was den Zustand angehe und dass es zu keiner Lungenentzündung komme.

Peggy schob sich am Arzt vorbei und ans Bett heran. Beckett schaffte ein Lächeln, als er sie erkannte. Peggy nahm seine kalte, knochige Hand, war sie schon immer so knochig gewesen? Tränen standen ihr in den Augen. Was hatte sie getan? Hätte sie ihn gestern nur angehört, vielleicht hätten sie sich getroffen, er wäre mitgekommen zu Marcels Ausstellung, und das alles wäre nicht passiert!

»Mein Junge«, sagte Joyce und versteckte sein Gesicht hinter dem Rosenstrauß, aber Peggy sah, dass auch ihm zum Weinen zumute war.

»Ich bin doch noch da«, hörten sie Becketts Stimme sehr leise.

»Zum Glück haben die Beacons so schnell gehandelt«, sagte Joyce. »So viel man hört, hat die Polizei den Täter schon gefunden dank ihrer Aussagen. Es soll ein stadtbekannter Zuhälter sein.«

Becketts Stimme war kaum hörbar. »Er wollte uns in diese

Kellerbar ziehen, wir haben Nein gesagt. Dann wollte er Geld, ich hab ihn weggestoßen und …« Ihm ging die Luft aus.

Joyce bedeutete ihm, nicht weiterzusprechen.

Peggy streichelte seine Wange.

»Wann fährst du los?«, brachte er hervor.

»Eigentlich wäre ich schon auf dem Weg.« Sie strich eine störrische Strähne nach hinten.

»Fahr.« Er hustete.

»Aber …«

»Fahr.«

»Ich bin doch bei ihm«, sagte Joyce und stellte endlich die Blumen weg. »Ich sorge dafür, dass meine Ärztin sich um ihn kümmert und dass er ein Einzelzimmer kriegt. Das ist ja nicht auszuhalten hier.« Er machte eine Armbewegung durch das Stöhnen und Gemurmel, durch den Mief von einem Dutzend Leibern. »Sie wird genau auf dich achtgeben, mein Junge. Und es wird alles gut werden.«

»Fahr«, flüsterte Beckett Peggy zu. »Ich will, dass du die Kunstwelt eroberst.« Er schloss die Augen und war offenbar weggenickt.

Leise zogen sie sich zurück.

»Fahr«, sagte auch der alte Schriftsteller. »Hier kannst du nicht helfen. Bei mir und meiner Ärztin ist der Junge in den besten Händen, glaub mir.«

Nachdenklich verließ Peggy das Krankenhaus.

Dann setzte sie sich ans Steuer ihres Delage, gab Gas und fuhr zur Fähre nach Calais.

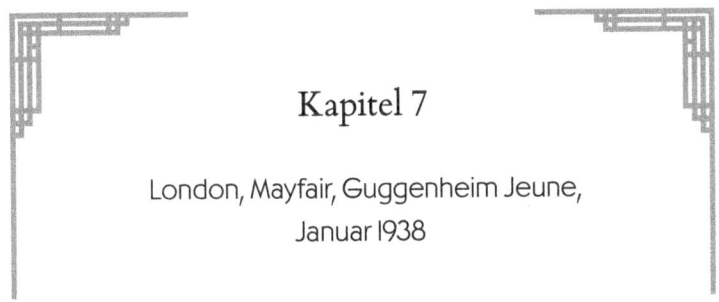

Kapitel 7

London, Mayfair, Guggenheim Jeune,
Januar 1938

Willkommenswetter sah anders aus, dachte Peggy, als sie durch den kalten Nieselregen stapfte, der die britische Hauptstadt in ein feuchtes Nebelloch verwandelte. Gleich als sie aus ihrer neuen Wohnung in der edwardianischen weißen Häuserzeile in Bloomsbury vor die Tür getreten war und das schwarze Eisenzaungitter des Vorgärtchens hinter sich geschlossen hatte, war die Kälte in ihren Mantelkragen gekrochen. Sie hielt den Kragen nun beim Laufen zusammen und bemühte sich, an den Straßenecken nicht in die Pfützen zu treten, als sie gemeinsam mit den vielen Menschen zwischen schwarzen Taxis und roten Bussen die Fahrbahn überquerte. Den Schirm zog sie noch tiefer über den Kopf. Sie hörte die Wortfetzen der Passanten in diesem feinen, steifen Englisch, sie roch die Parfumwolken der Damen im Tweed und die Zigarrenwolken der Herren unter den Melonen. Sie sah Butler und Dienstmädchen von Geschäft zu Geschäft eilen, bepackt mit den Wünschen der Herrschaften, und war froh, als sie endlich in die deutlich ruhigere Cork Street einbog und an den hell erleuchteten Galerien vorbei auf ihre eigene zusteuerte, dort im ersten Stock in der Hausnummer 30. Ihre eigene Galerie! Nun wurde ihr doch ein wenig wärmer ums Herz. Hier begann es also, ihr erstes eigenes

Abenteuer, dachte sie und stieg die Treppe hinauf. Sie öffnete die Tür zu dem weiß gestrichenen, luftigen Ausstellungsraum mit den großen Fenstern zur Straße, die viel Licht hereinließen. Aus dem mit einem Samtvorhang abgetrennten Hinterraum, in dem sich Platz zum Lagern von Kunstwerken, ein Schreibtisch und eine winzige Teeküche befanden, kam ihr Wyn in einem engen Bleistiftrock, der ihre Rubens-Figur betonte, sofort entgegen und hielt sich nicht mit langen Vorreden auf.

»Peggy, ich habe soeben Cocteaus Bettlaken ausgepackt. Ganz schön versaut!« Sie kicherte.

»Als ob dich so etwas schon mal gestört hätte.« Peggy erinnerte sich an ein Gespräch, das sie mit Wyn vor einiger Zeit geführt hatte. Die Freundin hatte versucht, all ihre Liebhaber zusammenzuzählen, als sie noch »rank und schlank« war, wie sie sich ausdrückte. Das Gespräch hatte sehr lange gedauert. Denn Wyn war auf knapp hundert Namen gekommen.

»Ich hoffe, die anderen Exponate sind auch so?« Wyn schaute sie erwartungsvoll an.

»Es sind hauptsächlich Requisiten von seinem Skandaltheaterstück *Les chevaliers de la table ronde*. Möbel, Geschirr und so. Und rund dreißig Tuschezeichnungen, die Hände zeigen.«

»Und was machen die Hände?« Wyn grinste.

»Wyn! Geh und kümmere dich um irgendwas oder trink einen Kamillentee, damit du auf andere Gedanken kommst. Wir haben einen Haufen Arbeit bis zur Eröffnung.«

»Wann treffen Marcel und Mary ein?«

»Sie müssten morgen da sein.«

»Bien, très bien«, sagte Marcel am nächsten Nachmittag, als er die Galerieräume abgeschritten hatte.

Auch Mary nickte anerkennend, und ihr modischer Bob-schnitt wippte. »Da habt ihr etwas Feines ausgesucht.«

Marcel zog einen Zollstock und ein paar Nägel aus der Lederaktentasche, die er gleich am Eingang abgestellt hatte. »Fangen wir also an.«

»Du hast sofort einen Plan?« Peggy war beeindruckt.

»Bien sûr. Und er wird wild.« Er gestikulierte zu Wyn. »Komm her, Schätzchen, und halt mir die Nägel.«

»Eine wilde Hängung? Ich bin gespannt.« Peggy zog Mary am Ärmel. »Und wir gehen los und kümmern uns um die De-koration und das Catering, in Ordnung?«

»Müssen wir da alles probieren?« Mary strahlte.

»Aber natürlich. Und dabei erzählst du mir, was es Neues in Arcachon gibt. Ist die Promenade immer noch so schön?«

Mary winkte ab. »Wie sollte sie nicht. Aber weißt du, mit wem ich dieses Mal dort war?«

Peggy schaute sie fragend an.

»Mit den Dalís. Sie sind gar nicht so verrückt, wie man denkt.«

»Glaube ich nicht.«

»Wenn ich es doch sage. Du musst sie einmal kennenlernen.«

»Mensch, nun haut schon ab und stört uns nicht bei der Arbeit!« Marcel wedelte sie aus der Galerie.

Lachend liefen die beiden Frauen auf die Straße, hakten sich unter und wendeten sich nach links zu den Burlington-Arka-den, um dort in der Nähe bei dem wunderbaren Floristen ein wenig Blumendekoration zu kaufen. Als sie sich dem Geschäft näherten, konnte Mary sich gar nicht sattsehen an der üppigen Pracht an Blüten, Ranken, Sträußen aus Rosen, Lilien, Tulpen, Hortensien, die im Schaufenster, um den Türrahmen herum und an der Fassade entlang wucherten, äußerst liebevoll und kunstvoll arrangiert.

»Es ist nun mal der beste Blumenladen in London. Und natürlich auch der Hoflieferant«, sagte Peggy und tätschelte den Arm der Freundin. »Wusstest du nicht, dass die Engländer besessen sind, wenn sie erst einmal einen Spleen für etwas entwickelt haben?«

Mary bückte sich und roch an der Blüte einer beerenfarbenen Rose. »Wie schön, dass wir hier so unbedarft an Blumen schnüffeln können, während den Leuten in Valencia Bomben auf den Kopf fallen.«

Peggy verdrehte die Augen. »Musst du denn ständig politisieren? Der Spanische Bürgerkrieg ist doch nun wirklich weit genug weg.«

»Ich erwäge, dorthin zu gehen und mich gegen Franco zu engagieren«, sagte Mary ernst.

Peggy nahm alle beerenfarbenen Rosen auf einmal aus der Vase und trug sie zum Verkaufstresen. »Tu, was du nicht lassen kannst«, sagte sie über die Schulter hinweg zu Mary, »aber verdirb mir nicht meine Premiere.«

Mary lachte. »Du hast recht. Es gibt im Leben Zeiten zum Feiern und Zeiten zum Kämpfen. Jetzt feiern wir erstmal, nicht wahr?«

»Und wie«, sagte Peggy und vertiefte sich in das Gespräch mit dem Floristen, der wissen wollte, wie sie sich die Sträuße vorstellte.

So beschäftigt verging die Zeit bis zur Ausstellungseröffnung wie im Flug, und plötzlich war der Abend des 24. Januars gekommen. Die Räume waren hell erleuchtet, Cocteaus Werke bedeckten die Wände, ganz zentral natürlich die Bettlaken. Die Requisiten, Möbel und Skulpturen standen und lagen überall im Raum verteilt auf dem blanken Fußboden, sodass die Besucher sie von allen Seiten betrachten konnten, aber bestimmt zunächst rätseln müssten, ob es sich um Kunstwerke handelte oder schlicht um Einrichtungsgegenstände der Galerie.

Peggys Hände zitterten, als sie den Reißverschluss ihres langen Paillettenkleids schloss und ihre Lieblingsohrringe, bestehend aus jeweils sechs untereinander hängenden Messinggardinenringen, anklippte. Vielleicht hätte sie doch noch zum Friseur gehen sollen, die grauen Strähnen wegfärben? Sie fuhr sich durch das Haar. Egal, es war zu spät. Und schließlich ging es ja nicht um sie, sondern um die Kunst. Nun würde sie ihr neues Leben als Kunstmaklerin beginnen. Diese spektakuläre Ausstellung war erst der Anfang – es würden noch viele, viele folgen. Sie lächelte in den mannshohen Standspiegel, als sie an das Telegramm dachte, das sie heute Morgen erhalten hatte: Beckett hatte aus Paris viel Glück gewünscht. Ihm ging es schon etwas besser – das wusste sie von Nora, mit der sie telefoniert hatte.

»Hier, meine Liebe!« Djuna war natürlich angereist und reichte ihr eine brennende Zigarette in der langen Elfenbeinspitze, die sie zum Glück doch noch irgendwo im Koffer gefunden hatte. »Bonne chance!« Die Freundin gab ihr einen Kuss auf die Wange und schob sie durch die Tür in den grell erleuchteten Galerieraum.

Die Gespräche der gut hundert Gäste verstummten.

Marcel in einem schwarzen Frack, allerdings mit Tennisschuhen an den Füßen, bot Peggy den Arm. Mary zwinkerte ihr aus dem Hintergrund zu und hielt die gedrückten Daumen hoch. Frauen in bodenlangen Satinroben und Spitzenkleidern musterten sie von oben bis unten. Männer im Smoking machten ihnen Platz, als sie in die Mitte des Raumes schritten. Peggy bemühte sich, ruhig zu atmen, und hoffte, die Pailletten glitzerten nicht zu verräterisch im schnellen Takt ihres Herzschlags.

»Liebe Gäste«, erhob sie die Stimme. »Ich heiße Sie ganz herzlich willkommen in meiner Galerie. Sie soll ein Ort der avantgardistischen Kunst, der Lebensfreude und der unkonventionellen Ideen sein. Bitte fühlen Sie sich frei, die Kunstwerke auf sich wirken zu lassen und zu genießen.«

Sie verfolgte, wie der Blick einer Satinrobenträgerin über das Bettlaken an der Wand wanderte. Sie wurde puterrot im Gesicht, ihr schienen beinahe die Beine wegzusacken. Jedenfalls lehnte sie sich schnell an ihren Mann, der sie beruhigend in den Arm nahm.

»Vieles wird Sie hoffentlich anregen und Ihnen gefallen. Manches wird Sie möglicherweise abstoßen. So ist Kunst, meine Damen und Herren, wir dürfen uns an ihr laben und reiben.«

Einer der Anzugmänner grinste frivol, ein Pressefotograf blitzte Peggy ins Gesicht. »Zum weiteren Laben gibt es in wenigen Minuten noch mehr Gelegenheit. Dann werden nette junge Damen durch den Raum gehen und Ihnen Champagner kredenzen und wunderbare Häppchen vom Hoflieferanten Smith & Sons servieren.«

Marcel drückte ihren Arm, vermutlich weil sie endlich aufhören sollte zu reden. Er hatte ja recht.

»Nun also recht angeregtes Vergnügen in der Guggenheim Jeune!«

Die Leute klatschten. Marcel umarmte sie und flüsterte in ihr Ohr: »Mann, es sind ja nur steife Blaublüter hier, Herrgott. Das drückt mir auf die Blase. Ich geh mal pissen.« Er ließ sie los und drängte sich durch die Menge davon; sie war sehr froh, als stattdessen Djuna mit einem Glas Champagner an ihre Seite trat.

»Hör dir das an!« Wyn fuhr mit dem Finger die Zeilen in der *Times* ab, als sie zwei Tage später morgens die Galerie aufgeschlossen hatten und sich sofort auf die Zeitung stürzten, die Wyn ganz frisch vom Newsstand mitgebracht hatte. »Sie schreiben, alles sei sehr lebhaft und kurzweilig gewesen.«

»Das will ich wohl meinen.« Peggy lehnte sich in dem Korbsessel der kleinen Sitzgruppe, die sie nun in der Mitte des Raumes für Kundengespräche aufgestellt hatten, zurück und nahm beruhigt einen Schluck von ihrem Morgenkaffee. Sie sah die vom Champagner erheiterten Gäste vor sich; nicht selten hatte sie Angst um die Exponate gehabt, weil brennende Zigaretten oder knallende Korken ihnen allzu nah gekommen waren oder weil ermattete Gäste einfach auf ihnen Platz genommen hatten.

»Hier steht, du sahst sehr schlank aus, hast sehr lebhaft gestikuliert. Aber stell dir vor: Man macht eine Bemerkung über deine grauen Haare.«

»Verdammt! Also muss ich sie doch färben.«

»Wenn du willst, dass die Reporter in Zukunft über deine Kunstwerke schreiben statt über deine Haare, offenbar ja.«

Es klopfte an der Tür, Wyn öffnete, Marcel trat ein. »Wir wollen los, zurück nach Paris, Mary und ich. Kommt ihr ab jetzt alleine klar?«

Peggy umarmte den Freund und bedankte sich überschwänglich.

»Wie gingen die Verkäufe?«, fragte Marcel.

Wyn wiegte den Kopf und nahm Peggy die Kaffeetasse ab, um sie in die Küchenzeile im Hinterraum zu schaffen.

Peggy wechselte das Thema. »Bleibst du mir denn weiterhin treu mit deinen Ratschlägen, Marcel?«

»Selbstverständlich. Hätte schon den nächsten.« Seine Augen blitzten.

»Ratschlag?«

»Künstler. Also nur ein Vorschlag, natürlich, wer dein nächster Gast sein könnte.«

Peggy sah ihn erwartungsvoll an.

»Kandinsky. Ich mache dir einen Termin mit ihm, und dann kommst du nach Paris, um ihn zu überreden. Eine Retrospektive seiner Werke zwischen 1910 und 1937 – wie wäre das?«

»Wie wäre das?« Peggy sprang in die Luft. »Wann soll ich kommen?«

Marcel lachte und umarmte sie zur Verabschiedung, bevor er in seinem langen Pelzmantel hinaustrat. Vom Fenster aus beobachtete Peggy, wie er unten auf der Straße den Fuchskragen hochschlug und zu Mary ins Auto stieg, die sofort anfuhr, noch bevor er die Tür zugeschlagen hatte.

Am Nachmittag setzte Peggy ihre Fellmütze auf, nahm den Muff und machte einen Spaziergang. Leichter Schneefall hatte eingesetzt. Sie passierte die erleuchteten Ausstellungsräume ihrer Nachbarn in der Cork Street. Die meisten hatte sie schon kennengelernt, sie waren selbstverständlich zur Eröffnung gekommen und hatten ihr Glück gewünscht. Es war ein hartes Pflaster, auf dem sie sich nun bewegte, das wusste sie. Aber alle hatten ihr Mut gemacht und sich ganz offensichtlich ehrlich über eine weitere Galerie gefreut, die neue Einflüsse brachte und die altehrwürdige englische Galeriestraße noch mehr belebte. Der Schnee wurde matschig unter ihren Stiefeln, als sie die Burlington-Arkaden passierte, in der die Skandalausstellung *International Surrealist Exhibition* stattgefunden hatte. Damals, im Sommer vorletzten Jahres, war sogar der Verkehr bis zum Piccadilly Circus zum Erliegen gekommen, weil so viele Besucher sich vor dem Eingang gedrängt hatten. Es ärgerte sie immer noch maßlos, dass sie dort Salvador Dalís Rede im Taucheranzug mit Atemmaske verpasst hatte, bei der er mit einem Billardstock seine Worte begleitet und etwas über einen Mann erzählt hatte, der eine Garderobe samt Spiegel aufaß. Zwei Windhunde hatten ihn flankiert, und am Ende musste ihm die Maske abgenommen und die Rede unterbrochen werden, damit er nicht erstickte. So etwas wollte sie auch veranstalten! Deshalb war sie hier. Auf diesen wenigen Quadratmetern nahe der Bond Street und Piccadilly Circus ballte sich schließlich die Kunst, alle waren überzeugt, dass diese paar Straßenzüge im Begriff waren, die wichtigste Kunstmeile der Welt zu werden. Genau deshalb hatte sie sich für den Standort in der britischen Hauptstadt entschieden. Musste ihre Galerie hier nicht zwangsläufig ein Erfolg werden?

Allerdings hatten sie am Eröffnungsabend erschreckend wenig verkauft. Sie schob es auf die Neuartigkeit der Expositionsstücke – eben nicht nur Bilder, sondern überdimensionierte Bettlaken mit Schmuddelszenen, die mit

Sicherheit kaum in ein Esszimmer passten, wollten die Gastgeber doch nicht, dass ihr Besuch sich verschluckte. Vielleicht war es doch ein Fehler, so etwas anzubieten. Möglicherweise war es zu gewagt, zu avantgardistisch. Schlicht und ergreifend unverkäuflich, und sie machte sich etwas vor, wenn sie glaubte, damit hier in London zur richtigen Zeit am richtigen Ort zu sein.

Würde sie etwa scheitern, bevor sie richtig angefangen hatte?

Sie lief schneller. Diese leise, fiese Stimme hörte nicht auf, ihr zuzuflüstern, dass sie die Guggenheim Jeune schon bald wieder schließen und sich würde eingestehen müssen, dass sie zur Kunsthändlerin nicht taugte. Dass sie zu gar nichts taugte, außer zur Frau an der Seite eines interessanten Mannes.

Ein Taxi hupte sie an, als sie die Straße überquerte, ohne auf den Verkehr zu achten, und brachte sie wieder zur Räson. Nein! Fort mit diesem Unsinn! Sie würde Erfolg haben. Und ihr persönlich gefielen Cocteaus Laken tatsächlich, was konnte sie schon für den veralteten Kunstgeschmack der Engländer. Sie beschloss in diesem Moment, eines der Laken unter falschem Namen zu kaufen, sollte es innerhalb der Ausstellungsperiode nicht weggehen. Schließlich konnte sie doch den armen Cocteau nicht deprimieren.

Sie kam am pompösen Hotel Café Royal vorbei und kehrte kurz entschlossen in den Grill Room ein, um einen Kaffee zu trinken. Es wurde klassische Musik gespielt, die Spiegel an den goldenen Säulen reflektierten ihr Bild: eine Frau um die vierzig, heute mal ganz in Schwarz mit passenden Augenringen. Sie inspizierte ihre grauen Strähnen und beschloss, die Haare ab morgen permanent schwarz gefärbt zu tragen. Weil er sie an die Bemerkung in der Zeitung erinnert hatte, ärgerte sie sich über den blöden Spiegelsaal. Abschlagen sollte man den ganzen Tand. Wer fand das heute noch gut, wo doch Bauhaus das Maß aller Dinge war. Möglicherweise sah das ihre Kundschaft allerdings etwas anders, dachte sie auf einmal, als sie eine Familie beobachtete, die fröhlich beim Afternoon Tea saß, eine Etagere mit Sandwiches und Scones vor sich. Vielleicht sollte sie doch genau dieses Ambiente hier wählen, um demnächst eine Vernissage feierlich enden zu lassen. Damit käme sie dem Zeitgeist und dem Empfinden ihrer Kunden ein ganzes Stück entgegen und steigerte so eventuell auch deren Kaufwillen. Denn den musste sie nun dringend wecken – und wachhalten. Bangemachen galt nicht!

Der livrierte Kellner brachte endlich den Kaffee und zwinkerte dabei kein bisschen. Wie anders es hier doch zuging als in Paris. Sie probierte den Kaffee. Er war zu dünn. Noch dazu ohne Cognac. Sie musste lächeln, weil sie das an Sam erinnerte. Er war auf dem Weg der Genesung. Sie hatte einen Brief von ihm bekommen. Ganz zittrige Handschrift noch, kaum aufgedrückt mit dem Federhalter. Er berichtete ihr, was er las, während er im Bett darauf wartete, wieder gesund zu werden. Was er aß. Was er schrieb.

Sie vermisste ihn. Ein Ziehen machte sich in ihrem Brustkorb breit. Sie bezahlte den Kaffee, schlenderte an den erleuchteten Warenhausschaufenstern der Bond Street mit den Tweed-Anzügen, Juwelen, Teddybären, Regenschirmen zurück und beschloss, so bald wie möglich nach Paris aufzubrechen, um Kandinsky für sich zu gewinnen – und um Beckett wieder in die Arme schließen zu können.

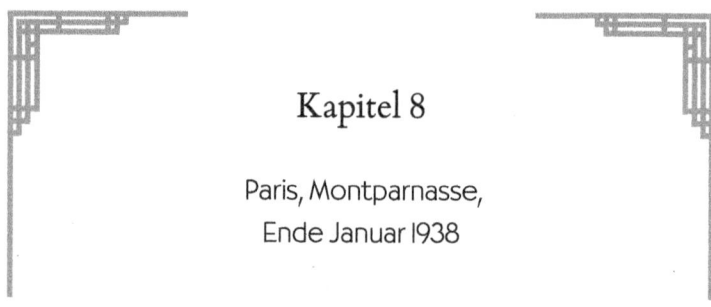

Kapitel 8

Paris, Montparnasse,
Ende Januar 1938

Schon wenige Tage später war Peggy in Paris angekommen, eilte dort jedoch nicht direkt zu Kandinsky, sondern erst einmal ins Hotel Liberia. Beckett lag in seinem kleinen, dunklen Zimmer im Bett, sah jedoch schon deutlich besser aus. Allerdings schien er nicht besonders erfreut, als Peggy ihren Mantel ablegte und ihm einen kleinen Strauß Vergissmeinnicht überreichte. Sie hatte sich ebenfalls ein Zimmer im Hotel genommen, um direkt bei ihm sein zu können.

Artig erkundigte er sich nach ihrer Galerie, begann dann aber herumzudrucksen.

»Was ist?« Peggy wollte es direkt wissen.

Und er war direkt. »Ich möchte nicht, dass du mich hier im Hotel belagerst.«

»Belagern?« Peggy runzelte die Stirn. »Ich wollte dich betreuen, nicht belagern.«

»Ich will aber nicht, dass du mich betreust.«

»Was willst du dann?«

Er schwieg und schaute zur Decke hinauf.

Es roch irgendwie ungut in dem Zimmer, stellte Peggy fest, und die ausgeblichene rote Seidentapete hing an einigen Stellen in Fetzen herunter. Der Teppich war mehr als fragwürdig.

»Willst du woanders hin? Soll ich mich um eine etwas komfortablere Unterkunft für uns kümmern?«

Er schüttelte den Kopf. »Für uns nicht. Für dich.«

Ihr wurde heiß. Er wollte sie loswerden. »Ich könnte vielleicht in die Ferienwohnung meiner Schwester Hazel auf der Île …«

»Großartige Idee.« Er schien sie sofort losschicken zu wollen.

»Und vielleicht könnte ich heute Abend wieder nach dir schau…«

»Lass mir lieber ein paar Tage Ruhe. Ich denke, zu Joyce' Geburtstag werde ich wieder aufstehen können. Vielleicht könnten wir am Tag davor gemeinsam Geschenke für ihn suchen. Ich habe schon eine ausgezeichnete Idee.«

Der Geburtstag war erst in vier Tagen. Bis dahin wollte er sie also gar nicht sehen? Eigenartig. Aber sie sagte zu, versprach, ihn dann rechtzeitig abzuholen, und verließ das Hotel Liberia.

Als sie am Nachmittag zum Haus der Kandinskys nach Neuilly fuhr, war sie sehr aufgeregt. Der über siebzigjährige Wassily empfing sie in feinem Zwirn äußerst herzlich direkt an der Haustür. Seine weißen Haare standen stellenweise zu Berge. Der Blick durch die Brille ruhte neugierig auf ihr. Er war fröhlich und charmant, und es wäre die reine Freude gewesen, bei ihm zu sein, wäre nur seine dreißig Jahre jüngere Frau Nina nicht anwesend gewesen. Aufgedonnert mit erheblich zu viel Make-up und Lippenstift, sah man sofort die Gier in ihren Augen, wenn sie bewundernd von der Arbeit ihres Mannes sprach.

»Wunderschön haben Sie es hier«, sagte Peggy, als sie durch den Salon in den Garten hinter dem Haus geführt wurde. Es blühte zwar noch nichts, aber das Zwitschern der Vögel, das langsame Ziehen der Wolken über dem Gipfel des erhabenen Ginkgobaumes bewirkten eine unglaubliche Ruhe.

»Wir genießen es sehr, hier leben zu können«, sagte Kandinsky, und sein russischer Akzent war so entzückend.

Zurück im Salon, bot Nina Tee und selbst gebackene Madeleines an. Ihre eng stehenden Augen huschten zwischen ihrem Mann und Peggy hin und her, während sie das Gespräch über den Ablauf der Ausstellung verfolgte. Kandinsky zeigte sich erleichtert und hocherfreut, endlich die erste eigene Einzelausstellung in England zu bekommen. Peggy konnte es kaum glauben, dass dem offenbar so war. Wie großartig, dass ausgerechnet sie diese für ihn ausrichten durfte. Er wurde immer entspannter und erzählte schließlich, wie es sich damals in Dessau zugetragen hatte, als Sol und Hillachen einkaufen gekommen waren. Er äußerte eine große Bitte: Er wollte Onkel Sol ein älteres Bild anbieten, das dieser damals eigentlich hatte haben wollen, aber letztendlich doch nicht mitgenommen hatte. Ob Peggy ihm nicht schreiben könne, um es ihm für seine Sammlung erneut anzubieten? Es gehöre zu den anderen Werken unbedingt dazu.

Peggy versprach, sich darum zu kümmern.

Das Bild des winkenden Malers in seiner Haustür noch vor Augen, fuhr Peggy anschließend in die Wohnung ihrer Schwester auf der Île Saint-Louis. Die Räume waren dürftig ausgestattet, nur ein Bett gab es und ein paar Bilder, die Hazel gemalt hatte. Keine Vorhänge, was aber den Vorteil hatte, dass alles sehr hell war. Peggy trat auf die große Terrasse mit Blick auf die Seine und atmete auf. Mit ihrer kleinen Schwester Hazel verband sie nur eine lockere, noch dazu schwierige Beziehung; enger war sie immer mit Benita gewesen. Selbst jetzt nach zehn Jahren kamen ihr immer die Tränen, wenn sie an den Tod der geliebten Schwester auf dem Kindbett dachte. Nicht mal dreiunddreißig Jahre war sie geworden, nicht mal das. Sie hingegen war noch da. Und Hazel. O Hazel ... Sie schauderte, als sie an die Geschichte dachte, die nie richtig aufgeklärt worden war, und trat schnell von der Terrasse herunter. Obwohl es natürlich eine andere Terrasse gewesen war, in der Heimat, in New York.

Heimat? New York war der Ort, wo sie aufgewachsen waren. Aber das machte diese kalte Stadt noch lange nicht zu ihrer Heimat. Wieder einmal wurde ihr klar, dass sie sich eigentlich nur hier heimisch fühlte, in Paris. Vielleicht noch in Südfrankreich, wo sie mit Laurence anfangs so schöne Jahre verbracht hatte in ihrem Haus in Pramousquier. Mit den Kindern. Auch wenn sie nun in den Internaten waren und sie sie selten sah, liebte sie sie doch abgöttisch. Sie war wohl nicht die beste Mutter auf dem Planeten, das musste sie zugeben. Aber Hazel ... Schnell verließ sie die Wohnung und machte sich auf, um Marcel und Mary zum Abendessen zu treffen.

Jeder Tisch in der Brasserie Lipp war besetzt, emsige Kellner flitzten zwischen den Gästen und der Küche hin und her, man musste fast schreien, um sich zu verständigen.

»Du wohnst diesmal in Hazels Wohnung?« Mary beugte sich so weit zu Peggy über den Tisch, dass sie mit der Oberweite fast auf dem Teller landete. »Wie geht es ihr inzwischen?«

Peggy zuckte die Achsel. »Sie macht weiter, nehme ich an.«

Mary schob ihre Kartöffelchen in die dunkle Soße. »Ich weiß nicht, ob ich das könnte.«

»Sie hat einen gewaltigen Schuss, das muss euch doch klar sein«, sagte Marcel und pfefferte sein Steak.

»Sprich bitte nicht so über meine Schwester.«

Marcel zuckte die Schultern.

»Es ist fast zehn Jahre her.«

»Ob die Zeit wirklich alle Wunden heilt?«, fragte Mary.

»Diese wohl kaum.« Marcel winkte dem Kellner. »Mehr Bordeaux bitte, wir brauchen dringend mehr Bordeaux.«

Peggy schwieg und schnitt an ihrem halb blutigen Steak, das sie sich ebenfalls bestellt hatte, um Kraft zu schöpfen. Sie hatte mit Hazel nie darüber gesprochen. Es war einfach unaussprechlich. Immer noch. Und es würde immer so sein. Aber die Schwester war nicht verurteilt worden. Man hatte sie für unzurechnungsfähig erklärt. Sie war für eine Weile in der Anstalt verschwunden. Jetzt war sie wieder draußen, hatte sogar noch einmal geheiratet. Vielleicht sollte man ihr das nun gönnen. Die Zeit nach dem Unfall war für die Familie die Hölle gewesen, am meisten sicherlich für Hazel selbst. Wie es genau hatte geschehen können, konnte sie nie erklären. Sie sagte, sie hätte mit dem Kleinen auf dem Schoß auf dem Geländer der Penthouseterrasse von Cousine Audrey im fünfzehnten Stock gesessen. Der Große, auch erst vier Jahre alt, sei auf sie zugerannt gekommen, weil er ebenfalls kuscheln wollte, und da seien die Kinder über die Brüstung in die Tiefe gestürzt.

Peggy schob ihr Steak weg und stand auf. »Tut mir leid, ihr beiden. Ich mache mich auf den Heimweg.«

Mary tätschelte ihr die Wange. »Verständlich. Wir sehen uns bei Joyce' Geburtstag?«

»Natürlich.« Sie verließ die Wärme, den Grillduft, das Licht und Besteckgeklimper und trat auf den zugigen Boulevard. Doch die Gedanken an Hazel und an die Familie ließen sie nicht los. Sie, Peggy, war nun mal eine Guggenheim-Schwester. Daran war nichts zu ändern. Und im Gegensatz zu Benita war sie noch da und stand mitten im Leben, das ihr weiterhin einige Abenteuer zu bieten schien. Sie war nicht besonders verrückt, also, verhältnismäßig, fand sie, als sie die kalte Winterluft so tief in die Lungen sog, dass es schmerzte, um die trüben Gedanken mit Macht zu vertreiben. Sie beschleunigte ihren Gang. Das waren doch wohl zwei Erkenntnisse, an die man sich klammern konnte, um positiv in die Zukunft zu blicken, ermutigte sie sich und setzte ihre Schritte fester. Und immerhin erwartete sie in Kürze ein Einkaufsbummel mit Beckett. Was er wohl für ein Geschenk für Joyce im Sinn hatte?

Beckett ging langsam. Er sah noch ein wenig käsig im Gesicht aus, deutlich käsiger als sonst. Aber er atmete vorsichtig die frische Luft und schien sich ganz gut zu fühlen, als er neben ihr den Boulevard du Montparnasse hinunterspazierte.

»Du musst ihm einen Spazierstock aus Schwarzdornholz kaufen. Und ich besorge ihm seinen Lieblingswein«, sagte er.

»Wieso muss ich ihm einen knorrigen Spazierstock schenken?«

Eine alte Dame im Pelzmantel kam ihnen mit einem von diesen hübschen Lhasa-Terriern an der Leine entgegen. Der Hund schnüffelte an Peggys Hosenbein und wedelte aufgeregt mit dem Schwanz. Sie beugte sich zu ihm hinunter und streichelte sein kuschliges Fell, bis das Frauchen zum Aufbruch mahnte. Freudig hechelnd setzte er seinen Weg fort.

»Weil ich mir den nicht leisten kann, ich aber weiß, er wird sich darüber freuen. Ich nehme dafür den Wein. Allerdings ist seine Lieblingsmarke schwierig zu bekommen. Ich habe es vor dem Überfall schon in zwei Weinhandlungen versucht.«

»Welcher ist es?«

»Ein Schweizer. Fendant de Sion.«

Peggy überlegte, und es fiel ihr ein, dass sie vor einigen Jahren mal mit James zusammen in diesem Schweizer Restaurant an der Rue Sainte-Anne essen gewesen war. »Lass uns hingehen, vielleicht verkaufen sie uns ein paar Flaschen.«

»Was würde ich nur ohne dich machen?« Beckett lachte zufrieden. Er schien nun eine ernste Sorge weniger zu haben.

Was würdest du machen ohne mich? Sie schaute ihn von der Seite an, wie er durch seine Brillengläser in die Zukunft blickte. Was sah er? Erfolg mit seinen Büchern? Eine Frau?

War sie diese Frau?

»Hier sind wir«, sagte sie, als sie vor dem Kellerrestaurant standen. Der Wirt war sehr angetan, als sie ihm erzählten, für wen der Wein sein sollte, und sofort einverstanden, ihnen zwei Flaschen zu verkaufen. Mit dem Wein in Becketts Umhängetasche verließen sie kurz darauf das Restaurant.

»Und nun noch der Spazierstock.« Beckett nickte eifrig. »Er wird sich sehr darüber freuen, glaub mir.«

Peggy rollte mit den Augen.

Die Geburtstagsfeier fand bei Joyce' Sohn Giorgio und seiner Frau Helen statt. Helen Joyce, ehemals Fleischman, kannte Peggy schon aus New York, und sie freute sich, die alte Freundin wiederzusehen, war jedoch ein wenig erschrocken, als sie feststellte, dass Helen sehr aufgekratzt, ja beinahe aggressiv wirkte und offensichtlich schon einiges getrunken hatte. Die Wohnung war bereits gut gefüllt. Das Grammofon spielte auf voller Lautstärke, und der Anzahl der leeren Flaschen nach zu urteilen, die an einer Wand aufgereiht waren, hatten die Gäste – nicht nur Helen – schon ziemlichen Durst gehabt. Helens zwei Perserkatzen hatten sich in die hinterste Ecke des Schlafzimmers verzogen, auf dessen Bett sich die Jacken und Mäntel immer höher auftürmten.

Auf dem Esstisch im Salon stand ein Plastikmodell von Dublin, durch das sich ein grünes Band spannte; es sollte den Lieblingsfluss von Joyce darstellen, den Liffey. Der große Schriftsteller tanzte ausgelassen durch den Raum. Als er Beckett sah, nahm er ihn gleich zur Seite und zeigte ihm jede Besonderheit des Dublin-Modells. Außerdem versprach er ihm hundert Francs, wenn er den Titel seines neuen Romans erriete, der in Kürze erscheinen würde. Beckett war mit der Geschichte vertraut, und als er eine Weile überlegt hatte, sagte er entschieden: »Finnegans Wake«. Damit hatte er hundert Francs gewonnen.

Peggy und er schmiegten sich beim Tanzen eng aneinander. Als es Zeit war, nach Hause zu gehen, begleitete er sie zwar durch die sternenklare Nacht zur Haustür von Hazels Wohnung, weigerte sich aber, mit nach oben zu kommen. Sie fragte, ob es an seinem Gesundheitszustand lag, aber er schüttelte den Kopf. Es sei ein wenig komplizierter als das.

Peggy hörte auf einmal die Seine gegen die Kanalmauern schlagen, den leichten Wind in den Uferbäumen, die wenigen Autos, die um diese Uhrzeit noch über den Boulevard brummten. Alles um sie herum war dunkel, außer Becketts Augen.

»Ich habe in meiner Zeit im Krankenhaus und beim Genesen im Hotel, als du in London warst, eine Frau gefunden. Eine Frau, mit der ich fest zusammen sein möchte.«

Peggy lehnte sich an die Haustür, die ihr Halt geben sollte.

»Sie ist die Richtige für mich.«

»Wer ist es?«, fragte sie leise.

»Suzanne Dechevaux-Dumesnil.«

Suzanne? Etwa diese ruhige, ziemlich langweilige Französin, die sie bereits einmal auf einer Party getroffen hatte: nicht besonders attraktiv, ein wenig maskulin, ernster Blick und noch dazu genauso alt wie sie selbst, also deutlich älter als Beckett? Pianistin war sie, wenn Peggy sich richtig erinnerte.

»Sie hat eine Wohnung für uns gefunden und näht schon die Vorhänge.«

»Sie näht Vorhänge.« Peggy sah ihn erstaunt an. Sie nähte Vorhänge. Er wollte eine Frau, die Vorhänge nähte?

»Sie kümmert sich um mich.«

»Natürlich.« Peggy drehte sich um und schloss die Haustür auf.

»Was sagst du dazu?«, fragte Beckett und drehte sie wieder zurück.

»Ich hoffe, die Vorhänge gelingen ihr.« Damit warf Peggy die Haustür vor seiner Nase zu und rannte die Treppen hinauf in die Wohnung, wo sie direkt auf die Terrasse stürmte und sich im Mantel, so wie sie war, auf die kalten Steine auf den Rücken legte und die Sterne nicht sehen konnte, weil sie so weinen musste.

Kapitel 9

London, Mayfair, Cork Street 30,
Februar 1938

Der Brief von Tante Hilla aus New York erreichte sie drei
Tage, nachdem sie aus Paris zurück war. Sie warf nur einen
Blick darauf, dann wankte sie zu der kleinen Korbstuhlsitz-
gruppe und sank aufs Kissen.

»Was ist?«, fragte Wyn, die mit einem Eimer und Leder-
lappen für die Fensterfront vorbeikam.

Peggy schloss die Augen. »Wir sind ruiniert, bevor wir richtig angefangen haben.«

Wyn ließ den Putzeimer stehen, setzte sich zu ihr und
schaute auf den Umschlag mit geprägtem Absender. »Von
Solomon?«

Peggy schüttelte den Kopf. »Eben nicht. Er hat nicht selbst
geantwortet, sondern Hilla schreiben lassen.« Wie hatte er das
tun können? Peggy war doch mal so etwas wie seine Lieblingsnichte gewesen, das hatte sie zumindest immer geglaubt.
Denn er hatte sich nach dem Tod des Vaters einfühlsam um
die Familie gekümmert und sie nie etwas anderes spüren lassen. Und jetzt das.

»Nun lies schon vor!« Wyn fingerte an dem Briefbogen, aber
Peggy entzog ihn ihr. Sie musste tief durchatmen, bevor sie
die Kraft hatte, laut zu sprechen:

»Liebe Mrs. Guggenheim *jeune*, ich wurde gebeten, Ihre Anfrage zu beantworten, ob wir einen Kandinsky erwerben möchten. Erstens kaufen wir nichts von Kunsthändlern, solange die großen Künstler ihre Werke selbst anbieten, und zweitens wäre Ihre Galerie die letzte, an die sich unsere Stiftung wenden würde.«

Wyn zog die Augenbrauen hoch. »Autsch.«

Peggy hatte Mühe weiterzulesen: »Gerade jetzt, wo der Name Guggenheim ein Ideal in der Kunst darstellt, wirkt es äußerst geschmacklos, wenn er zu kommerziellen Zwecken benutzt wird. Dadurch entsteht der falsche Eindruck, die großen philanthropischen Aktivitäten hätten nur dazu gedient, einen kleinen Laden zu fördern.«

»Jetzt werde ich aber gleich sauer«, sagte Wyn.

Peggy wischte eine Träne aus dem Augenwinkel und fuhr fort: »Wie Sie bald feststellen werden, ist die nichtgegenständliche Kunst keine Dutzendware, die sich mit Gewinn verkaufen lässt. Aus diesem Grund gibt es keinen Handel mit echter Kunst. In absehbarer Zeit werden Sie merken, dass Sie Mittelmäßigkeit propagieren, wahrscheinlich sogar Schund.«

Wyn lachte bitter. »Meint sie Kandinsky damit? Den Kandinsky, den sie selbst haufenweise besitzen?«

Peggy schluckte. »Ich nehme an, sie weiß noch nicht, dass er die nächste Ausstellung bei uns macht. Vermutlich hat sie von der Cocteau-Schau gehört und meint ihn.«

Wyn schnaubte. »Weiter?«

Peggy riss sich zusammen und las den Rest in einem Rutsch: »Dank der weisen Voraussicht eines bedeutsamen Mannes, der seit vielen Jahren echte Kunstwerke sammelt und schützt, und ebenso dank meiner Arbeit und Erfahrung steht der Name

Guggenheim für große Kunst. Und es ist unverschämt, diesen Namen, unsere Arbeit und unseren Ruhm aus billiger Profitgier herabzuwürdigen.

Hochachtungsvoll,

H. R.«

Wyn schwieg. Dann sprang sie auf: »Ein Schnaps?« Ohne auf die Antwort zu warten, verschwand sie schon im Hinterraum bei der Küche.

Peggy nickte verzögert hinterher, der Briefbogen rutschte von ihrer Strumpfhose auf den blanken Boden. Was war nur in die beiden gefahren? Das war ja eine regelrechte Kampfansage. Warum hatten sie nicht einfach die Größe, die bescheidenen Bemühungen der Nichte – noch dazu im fernen Europa – zu akzeptieren? Was sie hier las, das klang, als ob sie ihr spinnefeind wären. Wie kam das nur?

Vielleicht hatte Hilla schon damals, seit der Begegnung in ihrem Atelier, aus irgendeinem Grund einen Hass auf sie gehabt. Vielleicht weil sie Peggys Blicke auf ihre Gemälde richtig gedeutet hatte. Vielleicht weil Peggy als Lieblingsnichte Sol nahestand. Diese Nähe jedenfalls hatte sie ihm nun ganz offensichtlich erfolgreich ausgetrieben.

Sie sprang auf. Wenn die beiden begannen, Rufmord zu betreiben, war ihre kleine Galerie bald dem Untergang geweiht. Sie hatten genug Einfluss, sogar bis nach England, um ihr hier alles zu vermasseln. Sie lief kreuz und quer durch den Raum, nahm von Wyn im Vorbeigehen den endlich dargereichten Schnaps entgegen und stürzte ihn hinunter.

»Du wirst dich doch dadurch nicht einschüchtern lassen?« Wyn mit einem eigenen Glas und der Flasche in der Hand blieb in der Mitte des Raumes stehen und schenkte immer nach, wenn Peggy ihr das Glas entgegenstreckte. »Die haben kein Recht, dich so zu behandeln.«

Der nächste Schnaps rutschte die Kehle hinunter. »Haben sie nicht.«

»Haben sie nicht!« Wyn schenkte ihr einen weiteren ein. »Du leistest hier vorbildliche Pionierarbeit und bringst englischen Blaublütern und Steifröcken avantgardistische Kunst nahe. Da könnten die beiden da drüben eigentlich froh sein, dass eine Nichte mit gleichem Namen das Kunstinteresse schürt und ihnen auf diese Weise früher oder später Besucher zuspielt.«

Peggy schaute Wyn erstaunt an. So konnte man das wohl auch sehen. Und in der Tat – was bildeten sie sich eigentlich ein? Wer waren sie, dass sie den Kunstmarkt für sich allein beanspruchten? Na wartet, dachte sie und stürzte den nächsten Schnaps hinunter. Sie würde sich hier drüben einen ausgezeichneten Namen machen. Und wenn das Schicksal es wollte und sie eines Tages nach New York zurückkehren sollte, dann konnten Tante Hilla und Onkel Sol sich darauf gefasst machen, dass die nette Nichte nicht klein beigeben, sondern genau dort vor ihren Füßen etwas ganz Besonderes schaffen würde, was den Namen Guggenheim nicht in den Schmutz zöge, sondern, im Gegenteil, ihn erst recht glänzen ließe!

Wyn entriss ihr das Schnapsglas. »Jetzt siehst du wütend genug aus, dass wir wieder an die Arbeit gehen können und Hillachen erstmal vergessen, in Ordnung?«

Peggy nickte, sammelte den Brief vom Boden auf und faltete ihn fein säuberlich zusammen. »Ich werde ihr hierauf eine entsprechende Antwort zukommen lassen. Aber die richtige

Antwort, die bekommt sie erst, wenn ich einmal nach New York zurückkehre. Wann immer das sein wird.«

»Eher später als früher. Denn nun müssen wir alles für Kandinsky auf Hochglanz bringen.« Wyn nahm den Fenstereimer wieder auf und machte sich ans Putzen.

Die Kandinsky-Ausstellung öffnete am 18. Februar. Wassily und Nina trafen früh ein.

»Bonne chance«, sagte der alte Maler lächelnd zu Peggy.

Sie wünschte ihm ebenfalls viel Glück und freute sich, als sie sah, wie sehr er den Abend genoss, sobald die Galerie sich füllte. In seinem korrekten Anzug wirkte er zwar eher wie ein Börsenmakler als wie der Künstler, aber er parlierte mit den ihn umringenden und an seinen Lippen hängenden Besuchern und signierte fleißig Kataloge. Die Kameras der Pressefotografen blitzten um die Wette. In Ninas Augen leuchteten währenddessen die Pfundnoten, und Peggy hoffte für Kandinsky und für die Galerie, dass diese Augen nicht enttäuscht wurden. Anschließend lud sie ins Hotel Café Royal ein, so wie sie es sich vorgenommen hatte. Es wurde ein sehr gelungener Abend, und die Presse schrieb, es sei ein wichtiger Dienst, den die Galerie Guggenheim Jeune mit dieser Ausstellung in England leiste, indem sie diese umfangreiche Werkschau organisiert habe und die charakteristischen Gemälde, Aquarelle und Gouachen des großen Malers erstmals vereint zeige.

Die Verkaufszahlen hingegen gaben Peggy Rätsel auf. Wie kam es, dass so wenige Engländer Kandinsky haben wollten? Den konnte man doch nun wirklich getrost an die Esszimmerwände hängen. Sie traute sich nicht, Wassily und Nina zu beichten, wie schleppend der Verkauf lief, und kaufte selbst einige Werke unter falschem Namen.

Den Grund für das Desaster erfuhr sie erst einige Wochen später kurz vor Ende der Schau von einem New Yorker Freund am Telefon: Parallel zu ihrer Ausstellung hatte Hilla in New York angefangen, große Teile ihrer Kandinsky-Sammlung auf den Markt zu bringen – zu lächerlich niedrigen Preisen. Die Leute kauften wie verrückt.

Bei Hilla und Sol.

»Kannst du das glauben?«, fragte Peggy Wyn, nachdem sie sich bereits ein wenig beruhigt hatte, indem sie einen ausgiebigen, fast zweistündigen Sturmschrittmarsch durch das nasskalte Mayfair absolviert hatte. Nun rollte sie eine Transportkiste aus dem Hinterraum in die Galerie, um mit dem Abnehmen der immer noch zahlreichen Kandinskys zu beginnen.

»Sie muss dich wirklich sehr hassen, meine Liebe.« Wyn tätschelte ihr den Arm. »Wie gemein auch Kandinsky gegenüber.« Sie nahm das erste Gemälde von der Wand und reichte es Peggy.

Die verstaute es vorsichtig in der Kiste. »Nimm dich in Acht, Tante Hilla, da drüben am Hudson River!«

»Was hast du vor? Ich denke, du willst das hier in London jetzt weiter vorantreiben.« Wyn schaute ängstlich durch den Raum. »Ich habe mich auf eine gewisse Zeitspanne in diesem Projekt eingerichtet, weißt du, und andere Arbeitsangebote deswegen abgelehnt.«

»Beruhige dich, natürlich bleiben wir.« Sie versenkte den nächsten Kandinsky in der Kiste und rollte sie an Wyn vorbei in den Hinterraum. Dort stellte sie sie ordentlich an die

Wand und richtete sich auf, um die Hände in den schmerzenden Lendenwirbelbereich zu stützen.

»Du siehst müde aus«, sagte Wyn, die ihr gefolgt war. »Oder ist es etwas anderes?«

Peggy antwortete nicht, sondern zog die Tasse Tee, die in der kleinen Küchenzeile bereitstand, vor den Mund und pustete.

Wyn beobachtete sie offenbar genau. »Es ist keine Müdigkeit. Es ist Sehnsucht, stimmt's?« Sie tätschelte ihr die Schulter. »Du vermisst ihn.«

Peggy zuckte die Schultern. Heute Morgen auf dem Weg von ihrer Wohnung durch die Straßen von Bloomsbury und Mayfair, als sie beobachtet hatte, wie allerorts die Mülltonnen verstaut wurden, die die Müllabfuhr nachts geleert hatte, wie die Schaufenster geputzt, die Blumen auf Tischen im Eingangsbereich der Geschäfte sortiert, Blusen, Krawatten und Haare in Ordnung gebracht wurden für den Ansturm der Kundschaft, die gleich zu erwarten war – da hatte sie gespürt, wie hohl ihr das alles erschien. Wie wenig Liebe, wie wenig Freude, wie wenig Lebenslust sie hier in der steifen britischen Hauptstadt doch spürte. Es war nicht einmal nur Beckett, den sie vermisste; er hatte ihr eine so klare Abfuhr erteilt, dass es mit Sicherheit besser war, ihn zu vergessen. Nein, sie vermisste Leichtigkeit, Esprit, perlendes Leben. Hier perlte nichts. Hier schlug sie sich einmal mehr mit dem Zoll herum, der die Kunstwerke für ihre geplante Skulpturen-Ausstellung partout nicht ins Land lassen wollte. Es waren Statuen, Mobiles, Plastiken von Brancusi, Moore und Calder. Ja, einige davon waren aus Stein. Aber war das ein Grund, sie mit horrenden Zöllen belegen zu wollen, nur weil es ein Gesetz von 1932 gab, das den Import von Grabsteinen vom europäischen Kontinent nach England einschränken sollte, um englische Steinmetze zu schützen? Grabsteine! Der Zoll hatte den sogenannten Fachmann für Kunst konsultiert, den Direktor der Tate Gallery, J. B. Manson. Nur leider war dieser Mann als Hasser moderner Kunst bekannt; und prompt hatte er entschieden, dass die von Guggenheim Jeune eingeführten steinigen Objekte keine Kunst waren, sondern – und Peggy hatte sich den Wortlaut sehr genau gemerkt – exakt die »Sorte Zeug«, die er lieber nicht ins Königreich lassen würde.

»Was macht die Petition?«, fragte sie nach, auch um Wyn von Beckett abzulenken und zu verhindern, dass die Freundin versuchen würde, sie zu trösten.

»Läuft gut. Alle wichtigen Kunstkritiker haben unterschrieben, sogar Herbert Read. Die Presse ist ganz wild nach der Geschichte. Deshalb geht das Thema nächste Woche sogar ins Unterhaus.«

Peggy ließ die Tasse sinken. »Hör auf!«

»Wenn ich's doch sage.« Wyn grinste. »Daumen drücken, dass dort nicht so viele Verbohrte sitzen, wie Manson einer ist.« Sie nahm Peggy die leere Teetasse ab. »Und jetzt keine Müdigkeit mehr und keine Trauermiene. Wir haben eine Ausstellung zu planen.«

»Du meinst, die Stücke kommen alle durch?«

»Aber natürlich.«

Und so war es. Das Unterhaus beschloss, dass die Gegenstände Kunst seien und nach Großbritannien reisen durften, ohne hohe Zölle. Manson musste seinen Posten aufgeben, und Peggy wunderte sich nicht zu hören, dass er darüber auch noch offenbar seinen Verstand verlor und bald darauf einem Reporter des *Time Magazine* erklärte, er habe bei einem offiziellen Essen in einem Pariser Restaurant auf einmal gekräht wie ein Hahn.

Tragisch natürlich, sehr tragisch, dachte sie, als sie eines Vormittags, nachdem die Ausstellung mit den Skulpturen längst eröffnet war und gut lief, einem Kunden einen Katalog verkaufte und ihn mit der Bitte verabschiedete, er möge sie zur nächsten Vernissage beehren. Tragisch, aber nicht ihre Angelegenheit. Nicht ihre Angelegen…

»Nun fahr doch endlich nach Paris, verdammt!«, rief Wyn und nahm ihr den Katalogstapel aus dem Arm. »Tu mir den Gefallen. Das ist ja nicht auszuhalten mit dir als Trauerkloß hier.«

»Und du kommst auch wirklich allein zurecht?«

Wyn reichte ihr ihre Jacke und schob sie ohne ein weiteres Wort aus der Galerietür.

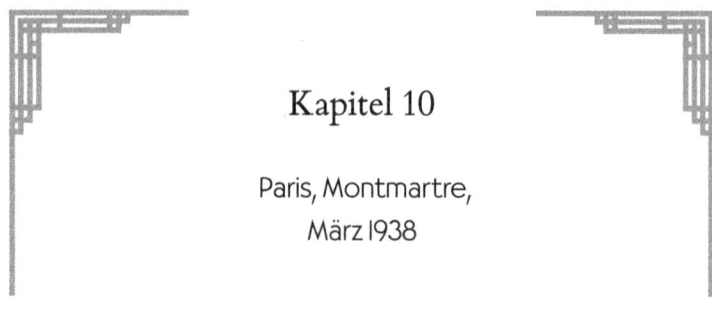

Kapitel 10

Paris, Montmartre,
März 1938

Die Glocken von Sacré-Cœur übertönten alles. Peggy blieb stehen, als ob ihre Beine bei diesem Lärm nicht laufen könnten, und schaute am Glockenturm hinauf. Ihre Gedanken, diese eigenwilligen Biester, stoppte das Läuten allerdings nicht; sie schwirrten in ihrem Kopf von hier nach da nach dort. Aber immer deutlicher in eine ganz bestimmte, fatale Richtung, die strahlende Augen hatte und hochgewachsen war ... Natürlich konnte sie fleißig Gespräche mit Künstlern führen und sie für kommende Ausstellungen einladen. Sie konnte an der Seine spazieren gehen und einfach nur im Café de Flore über ihrem Kaffee sitzen und es genießen, in Paris zu sein.

Oder sie könnte wohl auch nur mal kurz schauen, was Beckett ...

Stopp, schalt sie sich. Non, das konnte sie nicht. Beckett hatte ihr erklärt, er gedenke ernst zu machen mit dieser Suzanne, Gott schütze ihre eifrigen Handarbeitsfinger. Vorhänge nähen. Wie absurd! Peggy ließ ihre Sonnenbrille aus dem sorgfältig schwarz gefärbten Haar auf die Nase gleiten, als sie die Stufen von Sacré-Cœur hinunterstieg, mitten am Nachmittag, einfach so, weil sie Spaß daran hatte. Musste man denn immer irgendein Ziel haben in dieser eiligen Zeit? Wo rannten die Leute eigentlich ständig hin? Niemand schien mehr Muße zu haben für den Müßiggang. Dabei war das doch ein ganz wichtiger Gang. Man sollte froh sein, wenn die Umstände es einem erlaubten. Sie hatte, weiß Gott, schon andere erlebt. Ihr wurde wieder kühl trotz des sonnigen Märztages, wenn sie daran dachte, dass möglicherweise in nicht ferner Zukunft Zeiten bevorstanden, die nichts erlaubten, noch nicht einmal das kleinste Sperenzchen. Zeiten, in denen es galt, den eigenen Allerwertesten zu retten und ihn nicht gemütlich auf irgendeinem Restaurantstuhl zu platzieren und über den Müßiggang nachzudenken. So richtig gelang ihr das ohnehin nicht mehr, denn die aktuellen Bilder aus den Kino-Nachrichten gingen ihr nicht aus dem Kopf: die Wagenkolonne dieses »Führers« nach dem sogenannten Anschluss Österreichs an Deutschland. Anschluss – wer sich diese verniedlichende Vokabel wohl ausgedacht hatte. Die Bilder aus den Straßen von Wien waren jedenfalls nicht niedlich gewesen: diese Hakenkreuz-Fahnen und die in die Höhe gestreckten Arme dicht an dicht. Das Gejohle dazu mochte sie sich gar nicht vorstellen. Djuna hatte schon in den letzten Monaten immer mal wieder düstere Bemerkungen dazu gemacht. Gut, Djuna machte eigentlich meist nur düstere Bemerkungen, falls sie überhaupt welche machte. Wenn das Schreiben nicht voranging, las sie viel Zeitung und hörte BBC. Vielleicht hörte sie da doch mehr heraus als Peggy und Wyn in der Galerie, wo die oberen Zehntausend sich natürlich kein unkontrolliertes Wörtchen über die Lippen kommen ließen. Schon gar nicht über Politik.

Sollte jedenfalls die Stimmung noch bedrohlicher werden, würde sie als Erstes die Kunstwerke aus der Jeune nach Yew Tree Cottage schaffen – und sich selbst auch. Genauso wie Wyn. Und Djuna natürlich, die mal wieder so knapp bei Kasse war, dass sie nun permanent von Paris übergesiedelt und als Mitbewohnerin in Peggys Londoner Wohnung untergeschlüpft war. Nur gut, dass zumindest die Kinder bereits in ihren Internaten auf dem Land lebten, weitab von allem.

Peggy hüpfte die letzte Stufe der langen weißen Treppe hinab und wandte sich nach links. Wie war sie bloß in diesen trüben Gedankenbrei geraten? Sie sollte sich doch eigentlich freuen: Immerhin war sie in Paris. Sie atmete tief durch. *Paris – toujours l'amour*, kam ihr der alte Spruch in den Sinn. Ach, zum Kuckuck mit der Zurückhaltung, zum Kuckuck mit der Contenance! Wer wusste denn, wie lange sie alle noch hier weilen würden?

Sie kehrte um und machte sich auf zum Hotel Liberia. Vorhänge hin, Vorhänge her.

»Machen wir einen Spaziergang?«

Beckett schien weder erstaunt noch verärgert, sie zu sehen. Im Gegenteil. Sie wunderte sich ein wenig, dass er sofort seinen Arm um ihre Schulter legte, als sie an der Seine entlangschlenderten und die grünen Stände des Büchermarktes inspizierten. Beckett hielt scherzend diese und jene Ausgabe in die Höhe und schacherte mit einem Händler um ein Exemplar aus der ersten Auflage von *Krieg und Frieden*. Er erkundigte sich nach den Fortschritten in der Galerie und erzählte, dass er in den letzten Wochen mit dem Schreiben erfreulich vorangekommen sei, dank … Hier unterbrach er sich, aber es war klar, was er fast gesagt hätte. Dank Suzannes Fürsorge. Verdammt, also doch immer noch Suzanne. Ein wenig hatte sie gehofft, dass er ihr mitteilen würde, es sei alles aus und vorbei mit der französischen Mamsell. Aber nun lief vor ihren Augen ab, wie sie ihm Essen brachte, ihn regelmäßig zu Spaziergängen animierte, ihm abends einen Drink anbot – und so weiter. Grrr. Besonders das »und so weiter« schmerzte. Peggy entzog sich seinem Arm, lief aber weiter neben ihm.

»Wir brauchen was zu trinken«, sagte Beckett und steuerte auf eine Brasserie zu.

Peggy zögerte kurz, aber dann folgte sie ihm. Suzanne hin, Suzanne her. Vielleicht gab es ja doch noch eine Chance, ihn zurückzugewinnen.

Eine Flasche Bordeaux später sah die Welt schon viel freundlicher aus. Die Kriegsgefahr schien beigelegt, konkrete Friedensverhandlungen in Form von tastenden Fingern, die unter Peggys Jacke rutschten, waren auf dem Weg. Die Märzsonne kitzelte nun auf der Haut, als sie nach Verlassen der Brasserie weiter durch die Stadt liefen, und Sam ermutigte sie ganz ausdrücklich, mit der Galerie weiterzumachen, auch wenn der finanzielle Erfolg sich nicht sofort einstellte. Gerade der Fokus auf das Hochmoderne, auf das Avantgardistische sei richtig und wichtig. Es sei eine so schöne Arbeit, die sie da leiste, indem sie zahlreichen hochbegabten Künstlern helfe, die sonst keine Plattform bekämen. Sie sei eine Pionierin und schaffe ein ganz neues Bewusstsein für moderne Kunst – gerade in diesen schwierigen Zeiten.

Wenn das nur bei den versnobten Engländern auch endlich so ankommen würde, dachte Peggy und schlenderte glücklich in seinem Arm dahin, vorbei am Louvre, ohne noch einen weiteren Gedanken an Suzanne zu verschwenden.

»Wer ist dein nächster Künstler?«, fragte Beckett, nachdem

sie von den gelösten Zollproblemen mit den Skulpturen erzählt hatte.

Peggy zuckte die Schultern und verfolgte mit den Augen eine Schülergruppe, die rufend und lachend auf den Eingang des Museums zusteuerte. Wie viele schöne Stunden, ach was: Tage, hatte sie dort drinnen schon verbracht. Mit den Eltern und Benita und Hazel in der Kindheit und später in den Anfangsjahren in der Stadt, wenn sie einmal vor Laurence Ruhe gesucht hatte oder vor den Kindern. »Ich weiß es noch nicht«, sagte sie nun auf Sams Frage. Einige Gespräche hatte sie gehabt, aber noch war sie unentschlossen, schließlich hatte die von allen Zeitungen genüsslich ausgewalzte Kontroverse um den Tate-Chef, der über die Guggenheim Jeune gestolpert war, so viel Aufmerksamkeit gebracht, dass die Besucherzahlen stiegen und alle die Skulpturen noch sehen wollten, die fast nicht hätten nach England einreisen dürfen. Da konnte man sicherlich noch ein paar Wochen verlängern.

»Wie wäre es mit Geer van Velde?«, fragte Beckett auf einmal mit hörbarem Eifer in der Stimme.

Peggy wandte nun doch den Blick von der Schülergruppe ab, die den Eingang erreicht hatte und in dem alten Schloss verschwand. »Du meinst den Holländer, der Picasso kopiert?«

Beckett blieb abrupt stehen und nahm den Arm von ihrer Schulter. »Bist du verrückt? Er macht etwas sehr Eigenes, und das äußerst gut.«

»Also, ich bin mir da nicht ganz sicher.«

Beckett lief weiter. Etwas schneller. »Er ist einfach großartig! Seine Gemälde treffen mich ins Herz. Und ich bin sicher, jeden verstockten Engländer auch. Würde mich sehr wundern, wenn der nicht einschlagen würde wie eine Bombe.«

»Bitte nicht diese geschmacklosen Redewendungen.« Sie machte mit einem Mal halt, änderte die Laufrichtung und strebte dem Eingang des Museums zu.

Er kam hinterher. »Also, was ist jetzt mit van Velde? Nimmst du ihn? Ich weiß, er würde sich riesig freuen. Und ich mich auch. Wir sind alte Freunde, weißt du?«

Peggy blieb stehen. »Würdest du denn zur Eröffnung zu mir nach London kommen?«

»Selbstverständlich.«

Wenn das nicht eine Chance war! »Ohne Suzanne?«

Er nickte.

Ihr wurde warm ums Herz. »Und gehst du jetzt gleich mit mir in den Louvre?«

Er lachte. »Mit Vergnügen.«

Kapitel 11

London,
Anfang Mai 1938

Er stieg aus dem Flugzeug mit nichts als einem Feuerzeug und einem Päckchen Gauloises in der Hosentasche.

»Wo ist dein Gepäck?« Peggy drehte ihn einmal um, aber da war nichts.

Er zuckte mit den Schultern. »Das habe ich in Paris gelassen. Sollte ich das nicht?«

Sie schlug ihm liebevoll auf den Arm. »Suzanne solltest du zu Hause lassen.«

Er steckte sich eine Zigarette an. »Hab ich doch.«

Sie zog ihn zu ihrem Delage, und zusammen brausten sie zur Galerie.

Van Velde und seine Frau Lisle waren immer noch mittendrin in der Hängung der Bilder, obwohl die Eröffnung in weniger als vier Stunden stattfinden sollte. Seit Peggy sie vor zwei Stunden allein gelassen hatte, hatte sich kaum etwas verändert. Van Velde raufte sich die Haare. Er hängte etwas auf, nur um es im nächsten Augenblick wieder abzunehmen und an einer anderen Stelle zu platzieren. Seine Frau flüsterte ihm beruhigende Worte ins Ohr.

Peggy ließ den Blick über die Gemälde schweifen, die schon

ihren finalen Platz gefunden hatten. Wie sie befürchtet hatte: ein müder Abklatsch von Picasso. Sie konnte nicht anders, als es so zu empfinden. Sie seufzte. Hoffentlich würden die Kritiker milde mit ihm umgehen – und mit der Galerie. Denn immerhin hatten bislang alle Ausstellungen ins Schwarze getroffen. Was hatten die Kritiker nicht alles geschrieben: »… eine Bereicherung für die Londoner Galerienlandschaft«, »… endlich neue, überraschende Einflüsse«, »… unkonventionell und schockierend«.

Hier war nun leider nichts schockierend oder unkonventionell, dachte Peggy. Allerdings wunderte sie sich, wie innig sich van Velde und Beckett zur Begrüßung umarmten. Sie hielten sich eindeutig zu lange. Selbst für alte europäische Freunde, die sich aus Paris kannten. Beckett sagte seinem Freund ein paar bewundernde Worte zu einem der Bilder, aber dann drehte er sich zu Peggy und trat sehr nah an sie heran.

»Und? Wie ist der Plan?« Die blauen Augen blitzten.

Van Velde war vergessen, Suzanne sowieso. Peggy wurde heiß.

Wenige Minuten später hatten sie ihre Wohnung erreicht. Djuna war zum Glück ausgegangen. Später konnte sich Peggy nicht mehr erinnern, wie ihre Strumpfhose an der Tiffany-Lampe hatte hängen bleiben können.

Die Vernissage am Abend verlief dagegen sehr gesittet. Peggy sah die Langeweile in den Augen der Gäste beim Betrachten von van Veldes Bildern. Den Kritikern schien es nicht anders zu ergehen. Schneller als sonst beendete sie diesen ersten Teil des Abends und bat zum rauschenden Fest im Café Royal. Dank des Champagners und der lauten Jazzmusik wurde es nun doch noch ein gelungenes Fest. Aber Peggy überlegte schon, wie viele von van Veldes Gemälden sie wohl selbst kaufen musste, damit der Maler das Desaster nicht bemerkte. Und Beckett auch nicht. Schließlich war er so stolz auf seinen Freund. Sie beschloss, Wyn die nächsten Tage allein im Laden zu lassen, um den zu erwartenden Nicht-Andrang auszusitzen. Sie würde Beckett und die van Veldes geschickt davonlotsen.

Nach Yew Tree Cottage.

Der Delage fuhr viel zu schnell über die schmale Landstraße. Über die halb hohen Steinmauern rechts und links hingen mancherorts Hortensien und Rosen. Dahinter erstreckten sich Weizenfelder und Schafweiden bis zum Horizont. Im Radio lief spanische Gitarrenmusik, und Peggy fühlte sich auf einmal beinahe sommerfrisch. Ein Wochenende mit Beckett in Yew Tree, wer hätte das gedacht. Gut, dass sie ihn hatte überreden können, seinen Besuch um zwei Tage zu verlängern. Selbstverständlich würde sie für die Umbuchung aufkommen. Wie sie ja ohnehin für sein ganzes Ticket gezahlt hatte.

Rasant bog sie in die Auffahrt des Anwesens ein. Die alte Eibe bewachte das Haus wie eh und je. Peggy bewunderte wie immer, wenn sie hier ankam, die historischen Balken in der Fassade des Baus und den Blauregen, der sich herrlich üppig daran festkrallte. Was war sie glücklich gewesen, als sie das Anwesen vor mehreren Jahren entdeckt und sofort seinen Zauber erkannt hatte. Hortensienbüsche in Rosa und Hellblau unterbrachen die weite grüne Fläche, die neben dem Haus in Richtung des kleinen Baches und der angrenzenden Kuhwiesen abfiel und die der Gärtner so schön in Ordnung hielt. Glockenblumen, Feuernelken, Schwertlilien und wilder Knoblauch wuchsen an den Rändern des Grundstücks. Wie viele wunderbare Zeiten hatte sie hier mit den Kindern verbracht mit Fußball kicken, radschlagen, vorlesen, Äpfel pflücken und Karotten ziehen im kleinen Gemüsegarten. An der alten Eiche hinten am Rand des Rasens hing noch Pegeens Schaukel aus der Grundschulzeit, die sie immer seltener benutzte.

»Was für ein bezaubernder Garten!«, rief Lisle und umrundete das Rondell mit den Rhododendren und Schmetterlingsbäumen. Sie zeigte hinter das Haus, wo ein Badehäuschen mit rot-weißem Schwimmring an der Tür verriet, was sich dort verbarg. »Ein Pool? Wie schade, dass ich keinen Badeanzug mitgebracht habe.«

»Du kriegst einen von mir«, sagte Peggy, warf die Tür des Delage zu und scheuchte die kleine Gesellschaft über den Kies ins Haus. Sie schaute zu Beckett hinüber, der aber ganz mit dem Betrachten des Hauses und des Gartens beschäftigt schien. Ob sie noch ein wenig Zeit finden würden für ein kleines, äh, Mittagsschläfchen? Sofort wurde ihr wieder heiß.

Am Nachmittag fuhren sie ans Meer. Peggy liebte das Wasser hier an der Südküste. Manchmal schimmerte es fast ein wenig türkis, sodass man träumen konnte, man sei am Mittelmeer. Der warme Wind des Golfstroms ließ sogar Palmen den Winter überleben. Und der Kontrast der schroffen, kalkigen Felsen und abgebröckelten Steine am Strand dazu war fast schon urzeitlich surreal.

Auf einem Trampelpfad schlenderten sie nah am Rand der Klippen entlang. Beckett eilte voraus. Er wirkte aufgeregt wie ein Kind, als er den Blick wandern ließ über das weite Wasser und die Klippen. Ein Meer-Mensch also, dachte Peggy und lächelte. Es kam ihr so vor, als würde er den Wind und die salzige Luft geradezu in sich aufsaugen, und das Schlagen der Wellen gegen den Strand schien ihm direkt in die Glieder zu fahren. Er rannte fast den Weg entlang, den zahlreiche Füße bereits eingetreten hatten. Wenn manchmal im Winter ein Teil der Klippen abbrach und auf den Strand stürzte, dann fand sich schnell ein neuer Pfad. Peggy blieb stehen, als sie ganz am Horizont majestätisch einen Ozeanliner vorbeiziehen sah. Vielleicht war er soeben in Southampton ausgelaufen und auf dem Weg nach New York. Schnell senkte sie den Blick auf das Gestrüpp rechts und links des Trampelpfads und lief weiter. Ozeanliner konnte sie nun mal nicht leiden.

»Hier geht's runter!«, rief Beckett und machte sich schon an den Abstieg über den schlängelnden Schotterweg zum Strand. Die van Veldes und Peggy folgten ihm. Peggy genoss das Salz in der Luft beim tiefen Einatmen und meinte zu spüren, wie jede Pore ihrer Haut sich erholte. Sie sollte öfter ans Meer fahren, viel öfter.

Unten angekommen, rannte Beckett auf einmal los. Wie ein kleiner Junge breitete er die Arme aus und lief über den nassen Sand. Er lachte und rannte und rannte. An einem Findling stoppte er plötzlich, zog seine Sachen aus, warf sie auf den Stein und sprintete nackt ins Meer. Peggy schauderte. Das Wasser konnte höchstens achtzehn Grad haben. Was hatte er vor? Sie ließ ihn nicht aus den Augen, ebenso van Velde und Lisle. Er schwamm und schwamm, immer weiter. Immer weiter. Van Velde wurde unruhig, Peggy hielt die Luft an und begann, bis fünfzig zu zählen. Wenn er bis fünfzig nicht umgedreht hatte, dann … Das Meer sah dort hinten nicht türkis oder hellblau, freundlich oder nett aus. Es wechselte zu fast schwarz, dunkel, kalt, verschlingend. Fünfzig. Peggy trat näher an das Wasser heran und rief nach Beckett, so laut sie konnte. Aber er reagierte nicht, schwamm einfach weiter hinaus, bis sein Kopf nur noch ein kleiner tanzender Ball auf den Wellen war.

»Nein!«, schrie van Velde, immer wieder »Nein!«. Er machte Anstalten, sich auszuziehen. Aber Lisle hinderte ihn, indem sie sich an ihn klammerte. »Du kannst nicht gut schwimmen, du wirst ertrinken!« Sie fielen in den Sand und balgten sich wie Welpen.

»Er kommt nicht zurück!«, schrie van Velde, Tränen liefen ihm über die Wangen. »Er macht ernst, so wie er es schon einmal angedeutet hat! Er will uns verlassen!«

»Und du bleibst hier bei mir!« Lisle krallte sich an ihm so fest, dass sein Hals blutige Striemen von ihren Fingernägeln aufwies.

Peggy sah wieder zu Beckett hinaus. Sie erinnerte sich an seine Worte im Bett nach ihrer ersten Nacht. Und an die Schwermut. Diese unendliche Schwermut in seinem Blick.

Nein, nein, sie glaubte nicht, dass er tatsächlich des Lebens müde war. Nein! Er war doch ein aufstrebender Schriftsteller mit Ambitionen, mit Visionen, mit Ideen. Mit Hunger nach dem Leben, nach der Liebe. Sie merkte, dass ihre Füße kalt waren, weil sie mit den Schuhen im Wasser stand, und trat einen Schritt zurück. Van Velde schrie und schrie, aber Lisle lag quer über ihm und drückte ihn mit der Wucht der Verzweiflung in den Sand.

Sam war doch nicht verrückt. Er war doch nicht *fatigue*. Er war doch ... endlich, endlich drehte er um und kam mit langen Zügen zurück zum Strand.

Er stieg aus dem Wasser. Blau gefroren, zitternd, die Brille immer noch korrekt auf der Nase. Lief zu seinen Sachen, ohne van Velde zu beachten, der sich von seiner Frau befreit hatte und dem Freund weinend Vorwürfe machte. Er zog die Sachen über den nassen Körper und stieg den Uferweg wieder hinauf auf die Klippe, als ob nichts geschehen sei.

Auf der Fahrt zurück zum Cottage sprach niemand ein Wort.

Am Abend lagen sie auf dem dicken Teppich am Kamin. Peggys Kopf ruhte auf seiner Brust, und sie schaute in die Flammen, die wärmten und unruhig flackerten, denn ein Sturm war draußen aufgezogen, der Böen in den Kaminschacht drückte.

»Ich werde Suzanne heiraten, weißt du?«, sagte Beckett leise.

Peggys Kopf fuhr hoch, um ihn anzusehen. Sein Blick war ganz ernst.

Er nickte. »Sie macht kein Drama, verstehst du?«

Ihr Puls raste, sie setzte sich aufrecht hin. Nein, sie verstand ganz und gar nicht. Suzanne war bieder, bodenständig und langweilig. Reichte denn ein »Sie macht kein Drama« zum Heiraten? Vielleicht hatte er durch sein Schreiben bereits so viel Drama im Kopf, dass er im wirklichen Leben keines mehr gebrauchen konnte.

»Und sie wird eine gute Weggefährtin sein«, sagte er.

Konnte er sich nicht einen Golden Retriever anschaffen? »Liebst du sie?«

Ein Scheit im Feuer rutschte ab, Funken stoben. Ein Windstoß erfasste sie und trieb sie Richtung Teppich. Aber bevor sie ihn erreichten, erloschen sie.

»Das werde ich.«

»Wann?«

»Ab morgen Abend, wenn ich auf dem Pariser Flughafen ankomme, in meinem echten Leben.«

Das werden wir noch sehen, schoss es ihr durch den Kopf. Das werden wir noch sehen! Sie lehnte sich mit dem Rücken an die Couch und starrte in die Flammen. Vielleicht konnte sie ihn ja zum Umdenken bewegen, wenn sie ihn nur einmal so richtig eifersüchtig machte.

Sie nahm den Schürhaken und stocherte in der Glut.

Und sie wusste auch schon genau, wer sich dafür ganz ausgezeichnet eignen würde.

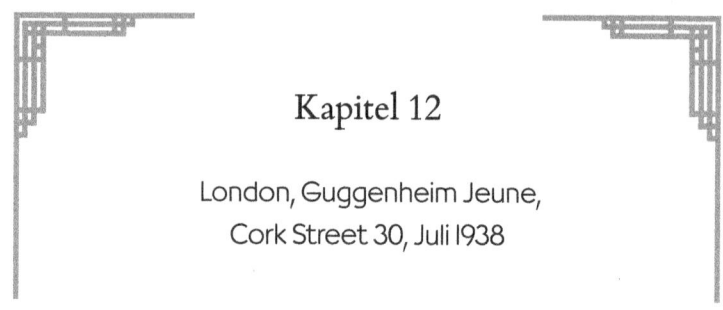

Kapitel 12

London, Guggenheim Jeune,
Cork Street 30, Juli 1938

Yves Tanguy war ein schweigsamer Mann, doch seine blauen Augen unter den markanten Augenbrauen durchforschten die Umgebung permanent. Seine stattliche Statur wurde von struppigem Haar gekrönt, das in alle Richtungen abstand. Er war zwei Jahre jünger als Peggy und, wie sie wusste, in der Bretagne aufgewachsen und mit der Handelsmarine nach Afrika, Argentinien und Brasilien gefahren. Wenn sie seine Bilder betrachtete – diese eigenartigen mond- oder wüstenartigen Landschaften, auf denen fließende und spitze Objekte im Nichts herumstanden und irgendwie die Seele des Betrachters anpickten –, dann war ihr sofort ersichtlich, wie er die Eindrücke aus den fernen Ländern dort verarbeitet hatte.

Sie hatte ihn in Paris kennengelernt, wo er in der surrealistischen Gruppe um André Breton unterwegs war. Fast schien es, als sei er dem eindrucksvollen André – mit dem massigen Kopf, der passenden Löwenmähne und seinem gelegentlichen Gebrüll – hörig, so sehr hing er an seinen Lippen, wenn dieser in einem der Pariser Cafés über die Kunst, das Leben und die Welt dozierte, umringt von meist gut fünfzehn bis zwanzig jungen Malern und Schriftstellern. Peggy hatte schon damals mit Laurence oft an diesen Versammlungen teilgenommen, denn Laurence war ebenso ein Jünger Bretons gewesen. Die Vorträge waren zum Teil schwer verständlich und ein wenig ermüdend, wie sie fand, da André zum Dozieren neigte und noch dazu in störender Weise ständig von seiner Frau Jacqueline belagert wurde, die mit ihren riesigen Augen selbst etwas surrealistisch aussah und früher einmal Unterwassertänzerin gewesen war.

Aber Yves war nach wie vor ein großer Anhänger von Andrés Schule und traute sich ohne den Meister an der Seite fast nicht, ein Wort zu reden. Es war daher vor ein paar Monaten in Paris, als sie sich erste Gedanken über die Galerie gemacht hatte, schwierig gewesen, ihn einmal ganz alleine zu treffen. Schließlich hatte sie ihn einfach in seinem bescheidenen Atelier in diesem schäbigen Hinterhof in Saint-Germain aufgesucht und ihn zum Essen ins Les Deux Magots entführt. Er hatte dort den Teller mit der Quiche du jour bis auf den letzten Krümel leer gekratzt, sodass sie schon befürchtete, er würde ihn auch noch ablecken. Schnell hatte sie ihm ein Stück Tarte au citron als Dessert geordert und dann die Frage gestellt, die er sofort mit Ja beantwortete, als ob er insgeheim längst darauf gewartet hatte: nämlich, ob er bei ihr in London ausstellen würde.

Heute, an diesem wunderschönen 6. Juli, war es nun so weit, und dieser schüchterne Franzose stand wie ein bretonischer Felsen stumm in der Guggenheim Jeune inmitten seiner wundervollen Bilder und der englischen Gäste in Abendrobe, die aufgeregt von Gemälde zu Gemälde wanderten und für ihre Verhältnisse ganz aus dem Häuschen waren. Schon gingen die ersten Kaufanfragen bei Wyn ein, wie Peggy wohlwollend registrierte, während sie sich mit einem Earl unterhielt, der sich für ihren Geschmack viel zu sehr auf ihr Dekolleté konzentrierte, anstatt sich endlich den Bildern zuzuwenden und seine Brieftasche zu zücken. Über seine Schulter hinweg zwinkerte sie Yves zu, der ebenso registriert hatte, dass ein Bild nach dem anderen wegging. Abgesehen davon, dass er von Minute zu Minute röter wurde und die Haare immer mehr zu Berge standen, war sein Gesichtsausdruck wirklich sehenswert: Der Schock über die Erkenntnis, dass sein Leben sich an diesem Abend komplett änderte und er sich ab sofort jede *Tarte au citron* dieser Welt selbst leisten konnte, zeichnete sich deutlich ab.

Peggy entzog sich dem Earl, indem sie ihn einem anderen Gast vorstellte, und gesellte sich zu Yves. »C'est bon?«, flüsterte sie ihm ins Ohr.

»Très, très bon!«, flüsterte er zurück, und seine blauen Augen tauchten in ihre. Für einen Moment vergaß sie ihre Gäste. Aber nur, bis Wyn sie am Arm berührte und sie bat, eine Kaufpreisverhandlung zu führen, die sich schwierig gestaltete. Sie drückte Yves ein Champagnerglas in die Hand und widmete sich ihrer Arbeit. Es gab die Chance, dass diese Tanguy-Ausstellung einen Wendepunkt darstellte, der das finanzielle Desaster, auf das sie mit der Galerie zusteuerte, abmildern oder gar umkehren würde. Sie drückte sowohl sich als auch ihm die Daumen. Denn langsam war es ein wenig ermüdend, hart zu arbeiten, gute Leute auszustellen und doch auf kein zufriedenstellendes Ergebnis zu kommen. Immerhin musste sie die Räume und ihre Angestellte bezahlen. Es musste nun wirklich einen Ruck geben.

Sie riss sich aus ihrer Gedankenwelt und setzte ihr

strahlendstes Lächeln auf. Heute Abend würde sie verkaufen, was das Zeug hielt.

Sie zwinkerte Tanguy zu.

Eine etwas wildere Party Tanguy zu Ehren fand einen Tag nach der Eröffnung im Haus eines Kunstliebhabers in Hampstead statt. Erstaunlich viele Bilder waren tatsächlich bereits verkauft, und Peggy beeilte sich, schnell noch eines für sich abzuzweigen. Es war nicht ihr Favorit, der war weg, sondern eines, das ihr sogar ein wenig Angst einjagte: *Die Sonne in ihrem Schrein.* Aber, sagte sie sich, es war ein Tanguy, und von nun an spielte er in einer Liga wie Salvador Dalí und Marcel Duchamp, keine Frage. Schon deshalb gehörte er natürlich in ihre Sammlung. Ja – das hatte sie sich inzwischen eingestanden –, in der Tat: Sie betrieb eine Sammlung! Hatte sie anfangs nur aus Mitleid mit den Künstlern das ein oder andere Bild erworben, kaufte sie nun aus Freude und sehr bewusst. Kandinsky, Cocteau, Arp, Calder – konnte es denn ein Fehler sein, Werke dieser Männer zu besitzen? Gut, viel wert waren sie bislang vielleicht nicht, und möglicherweise würden sie niemals in den allerersten Museen der Welt ausgestellt werden, aber es waren doch bemerkenswerte Stücke. Und überhaupt: Ihr selbst bereitete es Freude, sie zu besitzen und zu betrachten. Das war doch genug.

Sie spürte, wie eine Hand ihren Arm fest ergriff und sie auf die Tanzfläche zog. Sie musste sich erst einmal orientieren, bevor sie merkte, dass sie immer noch auf der Party zu Ehren Yves Tanguys war und dass die Hand, die sie zog, Tanguy gehörte. Das Grammofon dudelte einen französischen Song, den sie nicht kannte, der Tanguy aber enorme Freude bereitete. Er machte die wildesten Sprünge und warf die Beine hoch wie eine Cancan-Tänzerin, dass es zum Schreien komisch war. Peggy bemerkte, dass die Partygäste um sie herum sie anfeuerten mitzumachen. Sie warf ihr Champagnerglas hinter sich wie eine russische Prinzessin und begab sich in die Arme des starken Bretonen, der sie bald schon herumschleuderte wie einen Regenschirm, aber nie ohne sie stets sicher und gekonnt wieder in seinen starken Armen aufzufangen. Sie lachten und tobten, und bald konnten sie vor Atemlosigkeit nicht mehr weitermachen. Die Gäste um sie herum krümmten sich vor Lachen und versuchten, es ihnen nachzutun.

»Eine Pause, bitte. Eine Pause!« Peggy japste nach Luft.

Yves atmete ebenfalls schwer und zog sie an der Hand hinter sich her hinaus in den Garten. Kühle Luft empfing sie, die Geräusche der Stadt schienen von der Dunkelheit verschluckt, und Peggy erkannte nur die Umrisse der Bäume und der umliegenden Häuser und spürte ihren Rücken am kalten Stein, als sie sich schwer atmend nebeneinander gegen die Hauswand lehnten. Der Mond kam hinter einer Wolke hervor und tauchte die kleine Rasenfläche vor ihnen in kühles Licht. Ein Hund bellte in der Ferne, ein Bus raste vor der Gartenmauer vorbei und war genauso schnell wieder verschwunden.

Peggy spürte, wie Yves ihre Hand nahm. Er drückte sie fest und ließ sie nicht mehr los.

»Wäre es wohl Zeit zu gehen?«, fragte Yves und drehte seinen Kopf zu ihr.

Sie nickte, und wenig später saßen sie im Taxi zu ihrer Wohnung.

»Was willst du heute unternehmen?« Peggy kuschelte sich an Yves' Brust und spielte an den Metallstreben ihres Bettes. Die rauschende Partynacht und der Beginn ihrer Affäre lagen bereits einige Wochen zurück. Inzwischen waren sie sogar gemeinsam in Yew Tree Cottage gewesen. Yves hatte die Ausflüge zum Meer genossen, mit Pegeen im Garten auf Staffeleien gemalt, sie waren mit den Fahrrädern über die Feldwege gefahren und hatten sich auf Wiesen geliebt. Die Anziehungskraft ihrer beiden Körper war ungebrochen. Das Arbeitsverhältnis war sehr produktiv: So hatten sie zwischendurch immer wieder die Galerie aufgesucht, Tanguy hatte mit Käufern geplaudert, so gut es ihm auf Englisch möglich war. Peggy hatte Schecks und Barzahlungen entgegengenommen. Es war offensichtlich, dass Yves die Stadt bald als reicher Mann verlassen würde. Ihm selbst schien das alles ein wenig unheimlich. Er steckte das Geld ein, das Peggy ihm sofort bar auszahlte, hatte aber eine angestrengte Miene dabei. Am entspanntesten war es eigentlich, wenn sie wie jetzt nackt im Bett lagen und auf den Beginn des neuen Tages warteten, dachte Peggy und wunderte sich über sich selbst. Nun war sie also doch emotional tiefer in diese Liaison geraten, als sie es anfangs geplant hatte. Sie dachte an Sam. Was er wohl gerade tat? War Suzanne bei ihm? Wahrscheinlich, sehr wahrscheinlich sogar. Sie horchte in sich hinein. Störte sie das? Sie konnte es nicht mehr sagen, jetzt, wo Yves ihr Haar streichelte und in diesem entzückenden Französisch, das ihre Seele klingen ließ, sagte: »Ich möchte in einem Café einen guten Kaffee trinken und ein ordentliches Croissant essen.«

Das Gleiche hatte er gestern Morgen gesagt. Und an dem Morgen davor.

»In Ordnung. Lass uns heute ein anderes Lokal versuchen«, beeilte sie sich zu antworten, aber im Grunde hatte sie immer weniger Hoffnung.

»Natürlich.« Seine Stimme klang traurig. So sehr er den Sommer in England wohl genossen hatte, so schön er die britische Hauptstadt auch fand – Cafés, wie Tanguy sie gewohnt war, konnte sie nun einmal nicht bieten. Und wenn Peggy ehrlich war, vermisste auch sie Paris nach wie vor sehr. Aber es galt hier nun ihre Arbeit zu Ende zu bringen. Die Ausstellung mit Tanguy lief noch bis fast Ende des Monats. Da war es undenkbar, einfach nach Frankreich abzuhauen. Auf keinen Fall.

Eine Stunde später saßen sie in einem Lokal, das sich Café nannte und sich sehr bemühte, mithilfe der typischen französischen Flechtstühle und Chansons aus dem Grammofon so etwas wie eine Pariser Atmosphäre zu schaffen. Tanguy sah äußerst deprimiert aus. Er rührte in der Tasse mit dem dünnen englischen Gebräu. »Ich brauche einen Briefumschlag. Ich möchte nach Paris schreiben.«

»Wem denn?«, fragte sie, nachdem sie dem Kellner den Wunsch übermittelt hatte und dieser mit dem Umschlag zurückkam.

»Chouchou.« Er adressierte den Umschlag.

Peggy sah, dass es eine Anschrift in Saint-Germain-des-Prés war. »Wer ist das denn?«

»Meine Katze. Sie soll nur das beste Futter bekommen, jetzt, wo wir reich sind. Deshalb werde ich ihr ab sofort jeden Tag eine Pfundnote schicken.« Er nahm schon eine aus der Hosentasche und steckte sie in den Umschlag. Dann leckte er den Kleberand an und haute mit der Faust auf den Umschlag, dass die Löffel auf den Untertassen klirrten, bevor er ihn an den Kellner gab mit der Bitte um Verschickung.

Peggy trank ihren Kaffee, der wirklich noch schlechter war als der in dem Lokal gestern. Bevor sie sich versah, verschwand Tanguys Hand wieder in seiner Hosentasche und förderte die nächste Pfundnote zutage, die er zerknüllte und auf die Gäste am Nebentisch warf.

Peggy musste husten und stellte die Tasse weg. Schnell verstaute sie ihre Zigaretten und die Sonnenbrille in der Handtasche, um nach dem Bezahlen schnellstmöglich den Rückzug anzutreten. Denn Tanguy schien es nun Spaß zu machen, die Geldscheine zu zerknüllen und durch das Lokal zu werfen. »Es regnet Geld, es regnet Geld!«, rief er auf Französisch.

Die getroffenen Gäste schauten irritiert, fischten die Scheine aus ihrem Essen und ihren Tassen, und der junge Kellner schien nicht zu wissen, was zu tun war.

Peggy zog Tanguy auf die Straße und sofort hinein in eines der zum Glück stets präsenten Taxis.

»Ich muss zurück nach Paris«, sagte Tanguy leise.

»Sieht ganz so aus.« Peggy nickte.

»Aber du kommst mich bald besuchen?«

»Sehr bald.«

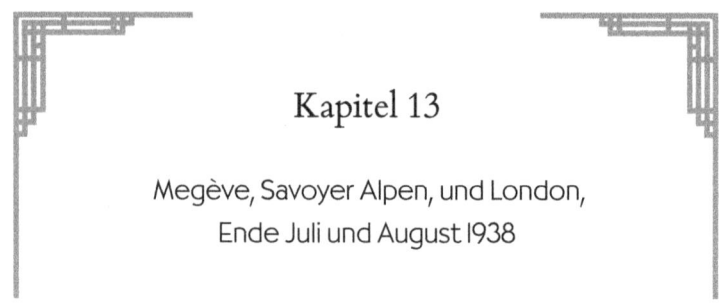

Kapitel 13

Als Yves fort war und Peggy seine Ausstellung geschlossen hatte, bei der sie tatsächlich alle Gemälde verkauft hatten, machte sie sich mit den Kindern auf in den Sommerurlaub nach Südostfrankreich zu Laurence. Und zur Zicke Kay natürlich. Immerhin schien sie einen ganz guten Einfluss auf Laurence zu haben. Er wirkte ausgeglichener und ruhiger als früher; vielleicht war es aber auch das mittlere Alter, das ihn milder werden ließ. Zumindest Besuchern erschien er nun wie ein netter Familienvater, der sich um seine beiden ersten Kinder Sindbad und Pegeen ebenso liebevoll kümmerte wie um seine vier neuen Töchter mit Kay. Auch ihr gegenüber war er beinahe zuvorkommend. Was hinter verschlossenen Türen ablief, das konnte man selbstverständlich nicht wissen, dachte Peggy. Wollte sie auch gar nicht. Sie war nur froh, dass Sindbad in seinem Internat gut aufgehoben war, und genoss die Sommerfrische mit den Kindern im großzügigen Haus der Familie in den Savoyer Alpen. Sie gingen wandern und Eis essen, schwammen im See und spielten Krocket in Laurence' Garten. Ab und an unternahmen sie mit dem Auto Ausflüge in die nähere Umgebung und einmal sogar bis an die Küste. Frankreich war eben doch ihre große Liebe – landschaftlich so abwechslungsreich von Paris bis an die Côte d'Azur und noch dazu diese Berge. Kulturell und kulinarisch ohnehin genau nach ihrem Geschmack – das wurde ihr in diesen Tagen wieder einmal schmerzlich bewusst. Nun gut, erst einmal hatte sie jetzt die Galerie in London, und das war sicher auch richtig so. Aber vielleicht gab es ja in naher oder ferner Zukunft einmal die Möglichkeit, wieder in das Land ihrer Träume zu ziehen …

Die Sommerferien gingen jedoch schnell vorbei, und bei ihrer Rückkehr nach London war es mit dem Träumen schlagartig vorbei. Schon auf der Fahrt vom Flughafen bemerkte Peggy durch den Nieselregen hindurch, der sich auf die Windschutzscheibe netzte, Seltsames: Arbeiter hoben in den Parks am Wegesrand Gräben aus.

»Was soll denn das?«, fragte sie Wyn, die sie mit dem Delage abgeholt hatte. Wyn kurbelte das Fenster hinunter und warf den Zigarettenstummel hinaus. Sie deutete auf das Radio. »Lange keine Nachrichten gehört, was? Die Deutschen mal wieder. Erst im März dieser verrückte Anschluss Österreichs, jetzt geht es ihnen um die Tschechoslowakei. Hitler hat gedroht, dort einzumarschieren und den Landesteil zu annektieren, in dem diese Sudetendeutschen wohnen.«

Sudetendeutschen? Nie gehört. »Und was machen wir dagegen?«

»Du meinst England? Bislang nichts. Frankreich auch nicht. Es sieht so aus, als würden sie weiter nur ein wenig mit ihnen schimpfen und sie machen lassen.« Sie haute auf das Lenkrad. »Es ist wirklich eine Schande. Da klauen sie einfach ein Land, kommen ungeschoren davon, drangsalieren und vertreiben etliche ihnen nicht Genehme, die nun in Europa herumirren und versuchen, irgendwo unterzukommen. Meine Tante Emmy aus Wien zum Beispiel. Nur weil sie Jüdin ist, haben sie ihr Lebensmittelgeschäft kurz und klein geschlagen, ihre Existenz, die sie sich in den letzten zwanzig Jahren eigenständig aufgebaut hatte. Emmy hat es jetzt zum Glück in die Schweiz geschafft, weil eine andere Tante für sie bürgen konnte. Denn an der Grenze nehmen sie einem alles ab, sogar Schmuck.«

Peggy schwieg und schaute aus dem Fenster, vor dem die von dem leichten Sommerregen feuchten Straßen der britischen Hauptstadt an ihr vorbeizogen.

Das Ganze kam ihr vollkommen unwirklich vor. Gerade noch hatte sie doch auf der Panoramaterrasse des Grandhotels in Megève mit Blick auf die Berge Champagner getrunken und war mit den Kindern im See um die Wette getaucht. Was war das nun hier vor dem Wagenfenster? Schützengräben? Sie drehte sich zu Pegeen auf der Rückbank um, die friedlich vor sich hin summend auf ihrem Skizzenblock kritzelte und offenbar nicht zugehört hatte. Pegeen war in wenigen Stunden auf dem Land im Internat. Dort würden mit Sicherheit keine Bomben fallen. Aber hier in London? Sie musste ... Ihre Bilder! Ihre Kunstwerke, die in der Guggenheim Jeune im Hinterraum lagerten! Sie musste sie aus London hinausschaffen. Sie trug die Verantwortung für sie. So schnell wie möglich mussten sie nach Yew Tree Cottage.

»Wyn, wir müssen die Kunstwerke ...«

»Hab ich doch längst selbst dran gedacht. Ich glaube zwar,

dass das alles Hysterie ist und dass sie noch eine vernünftige Lösung finden werden; man spricht davon, dass Chamberlain und der dicke Franzose Ende September zu Gesprächen nach Deutschland fahren wollen. Aber ich habe mir dennoch bereits erlaubt, einen Transport zu organisieren. Der Lastwagen kommt morgen.«

»Du bist ein Schatz.«

»Ich weiß.«

Wenige Tage später waren die Bilder in Yew Tree gut angekommen, und der Alltag in der Stadt lief offiziell weiter wie immer, auch wenn alle ein wenig nervöser waren und aufmerksamer die Nachrichten verfolgten. Gerade hatte Peggy mit Yves telefoniert und ihm versichert, dass sie ihn bald in Paris besuchen wolle, denn sie hatte dort einen wichtigen Termin. Die Zofe ihrer Mutter würde ihr den Schmuck, den sie geerbt hatte, in die Stadt bringen, und dazu einige Erinnerungsstücke wie Fotoalben. In wenigen Tagen würde sie auf einen Ozeandampfer steigen und die wertvolle Fracht zitternd in ihrer Kabine über den Atlantik bringen. Peggy hatte eigentlich keinen Bezug zu diesen viktorianischen Klunkern. Aber natürlich waren sie ein bisschen was wert. Wer wusste schon, wofür sie sie noch einmal brauchen könnte. Und bei dieser Gelegenheit wollte sie natürlich auch Yves gerne sehen. Gerade jetzt. Wer wusste schon, wie lange das Reisen noch unproblematisch möglich wäre.

Es klingelte an ihrer Wohnungstür. Eigentlich war sie im Aufbruch zur Galerie und freute sich darauf, Piet Mondrian treffen zu dürfen, der zwar leider abgelehnt hatte, bei ihr auszustellen, der aber ein paar Tipps für seinen Londonbesuch von ihr einholen wollte.

III

Sie klappte ihren Ohrclip auf, um ihn gleich anzulegen, und öffnete die Tür in der Erwartung, irgendeinem Boten gegenüberzustehen.

Aber da war Beckett.

Der Ohrclip fiel zu Boden.

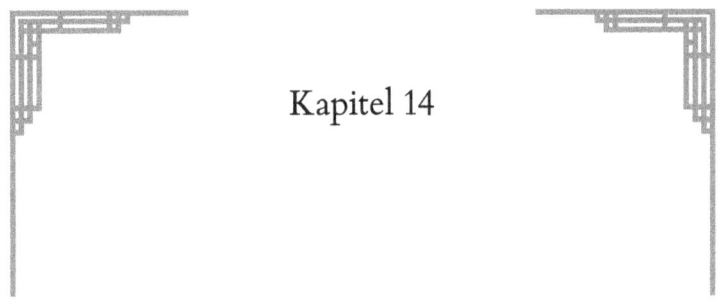

Kapitel 14

»Ich wollte nur mal kurz vorbeischauen. Bin auf der Durchreise zu meiner Mutter nach Irland, weißt du?« Er lächelte ein schiefes Lächeln und strich sich durch die dicken Haare. »Solange das noch einfach so geht.«

Obwohl sie selbst gerade den gleichen Gedanken gehabt hatte, sagte sie: »Ihr müsst doch nun wirklich nicht alle die Geister rufen.«

»Willst du mich nicht hineinbitten?«, fragte er, und die blauen Augen fixierten sie. Sie trat zur Seite. Er hätte ja auch vorher ruhig einmal anrufen können. »Ich bin gleich verabredet«, sagte sie und führte ihn zum Kamin, wo sie stehen blieben, einen Platz wollte sie ihm nicht anbieten. Kam hier einfach so hereingeschneit und brachte ihr Herz zum Rasen.

Er steckte sich eine Zigarette an und gab auch ihr Feuer. »In Paris läuft alles gut.«

Mit Suzanne?, wollte sie am liebsten fragen, ließ es aber bleiben. »Wie schön. Die Guggenheim Jeune ist auch in aller Munde.« Die Tanguy-Ausstellung war nun sogar finanziell ein erster kleiner Lichtblick. Vielleicht wurde es ja doch noch. Sie sah ihn durch den Rauch hindurch an.

»Mein nächstes Buch wird bald erscheinen.«

»Wunderbar.« Was sollte das?

Er ließ seinen Blick über die gerahmten Fotos auf dem Kaminsims streifen und nahm eines in die Hand. Es war zur letzten Ausstellungseröffnung entstanden, und Peggy hatte es so lebensfroh und inspirierend gefunden, dass sie es sofort hatte aufstellen wollen, damit es sie jeden Tag an ihre schöne Zeit erinnern würde: Es zeigte sie und Yves Arm in Arm in der Cork Street vor der Guggenheim Jeune; Wyn hatte es geschossen. Yves sah in seinem Streifenshirt aus wie ein bretonischer Fischer, küsste sie auf die Wange, und sie strahlte so glücklich, wie sie es selten tat. Es war wirklich besonders. Das erkannte wohl auch Beckett. »Wer ist das?«

Sie erzählte es ihm, beobachtete seine Gesichtszüge und bemerkte, wie er sogar mit den Zähnen knirschte. Sie lächelte. Also hatte ihr Plan gewirkt! Er war eifersüchtig! Offenbar empfand er doch noch etwas für sie. »Ich fahre in wenigen Tagen für einige Zeit nach Paris, weißt du«, sagte sie mit Herzklopfen und steckte nun endlich den Ohrclip an, den sie an der Tür noch schnell aufgehoben hatte.

»Zu ihm?« Beckett stellte das Bild zurück auf den Sims.

Sie nickte, um ihn zu ärgern. Denn eigentlich war Yves ja nicht der Hauptgrund ihrer Reise.

»Aber wir beide werden uns doch trotzdem treffen, wenn ich aus Irland wieder da bin, nicht wahr?« Er steckte die Zigarettenpackung in die Hosentasche. »Rein freundschaftlich natürlich.«

»Werden wir das?« Sie blies den Rauch an ihm vorbei und drückte die Zigarette im Aschenbecher auf dem Kaminsims aus.

»Aber natürlich.«

»Ich denke nicht.« Sie lief zur Tür. Ach, wie gut das tat, so kühl zu tun. Innerlich freute sie sich natürlich sehr, dass er Interesse hatte. Und dieses altbekannte Kribbeln stieg wieder in ihr … Nein, stopp. »Ich denke nicht«, wiederholte sie schnell.

»Das werden wir ja sehen.«

Sie schob ihn aus der Wohnung, und sie stiegen das Treppenhaus hinunter bis zur Haustür. »Ich sehe jetzt gleich Piet Mondrian in der Galerie. Jemanden wie ihn sollte man nicht warten lassen, nicht wahr?«

Sie schloss die Haustür hinter sich ab, der Straßenlärm umfing sie, und sie liefen in unterschiedliche Richtungen davon. Als sie sich kurz umdrehte, sah sie, dass er stehen geblieben war und ihr hinterherschaute. Schnell verschwand sie um die nächste Hausecke.

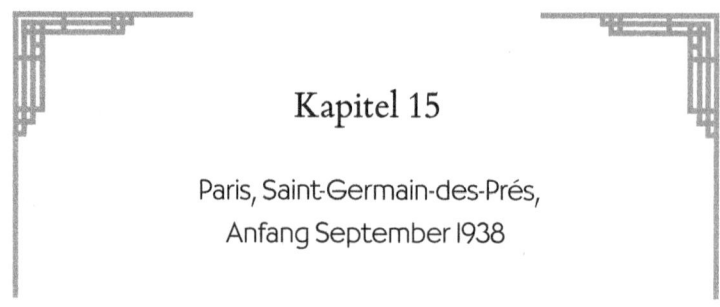

Kapitel 15

Paris, Saint-Germain-des-Prés,
Anfang September 1938

Die Luft in der Stadt stand still. Jeder vernünftige Pariser, der es sich leisten konnte, war selbstverständlich noch immer in der Sommerfrische an der Küste. Die Kellner auf den Terrassen der Cafés bewegten sich ungewöhnlich langsam, die wenigen Gäste versteckten sich hinter Sonnenbrillen und unter Sonnenhüten. Manche hielten die Zeitung beim Lesen gegen das Licht, um den wenigen Schatten, den sie spendete, zu nutzen.

Peggy hingegen fühlte sich frisch wie ein Backfisch. Sie rannte fast über den Boulevard. Endlich hatte sie das geliebte Pflaster wieder unter den Füßen, flanierte zwischen den dicken Linden entlang, lauschte den französischen Wortfetzen um sie herum und stellte erstaunt und mit zunehmender Freude fest, dass Paris sie viel mehr erquickte, als dass ein drohender Krieg sie ängstigte oder privater Kummer sie ärgern konnte. Weltgeschehen hin, Galerie und Männer her, was ging schon über einen Spaziergang in dieser überragenden Stadt an einem warmen Sommermorgen wie diesem!

Sie musste sich wirklich beherrschen, nicht zu hüpfen, wie sie es als Kind getan hatte, mit Benita, mit Hazel, mit ihren Kindermädchen. Mutter war selbstverständlich nicht gehüpft.

Mutter. Sie verlangsamte ihren Schritt. Sie hatte nicht oft an sie gedacht in letzter Zeit. Wahrscheinlich weil sie sich nicht an den Gedanken gewöhnen konnte und wollte, dass sie tot war. Noch nicht mal ein Jahr war es nun her, kurz bevor Peggy Beckett an diesem Weihnachtsabend im Fouquet's getroffen hatte. Beckett. Sie verdrängte ihn sofort. Nein, nein, ihn würde sie auf keinen Fall aufsuchen in diesen paar Tagen, die sie hier in der Stadt plante. Auf keinen Fall. Sie sah auf die schmale, goldene Armbanduhr. Als Nächstes würde sie sich einen Stopp im Café de Flore gönnen und dann ins Crillon gehen, um die Verabredung mit der Zofe ihrer Mutter wahrzunehmen. Deswegen war sie schließlich offiziell hier. Nicht wegen Yves, und erst recht nicht wegen Beckett.

Sie nahm an einem der runden Tische auf dem Trottoir Platz, freute sich, dass der Kellner sie noch mit Namen ansprach, und bestellte, was sie immer bestellt hatte, all die Jahre, die sie schon herkam seit der Zeit ihrer Ehe mit Laurence Ende der Zwanzigerjahre: einen Café noir und ein Pain au chocolat. Manche Dinge änderten sich zum Glück nie, so chaotisch alles um einen herum auch wurde. Sie bedankte sich beim Kellner, der das Pain au chocolat brachte, und biss gerade kräftig hinein, als sie eine weibliche Stimme hörte: »Peggy! Welch Freude!«

Sie schaute auf und war erleichtert, dass es tatsächlich eine Freude war. Denn Mary setzte sich bereits unaufgefordert an den Tisch und rief dem Kellner zu, dass sie das Gleiche zu bestellen wünsche wie diese Dame hier. »Wie schön, dass du da bist. Wie ich höre, läuft deine Galerie à Londres gut?«

»Wer sagt denn so was?«

Sie zuckte mit den Schultern. »Alle. Ich habe das ja seit der

Vernissage der Cocteau-Schau nicht mehr persönlich überprüft.«

»Überprüft.« Peggy lachte. »Ich erzähle dir, wie es wirklich ist.« Sie tat es und war ehrlich. Sie erklärte der Freundin, dass die Kritiken hervorragend waren, dass es finanziell aber leider nicht so lief, wie es sollte. Noch hatte sie nicht mal ein Jahr durchgehalten. Und wenn sie ehrlich war, rechnete sie am Ende des Geschäftsjahres nicht einmal mit einer schwarzen Null.

»Ach du je«, sagte Mary und tunkte ihr Pain au chocolat in den Kaffee. »Frustriert dich das?«

»Natürlich. Immerhin habe ich große Namen dabei gehabt. Yves Tanguy ist gerade sehr gut gelaufen. Aber er alleine wird mich nicht retten.«

»Yves Tanguy, soso.« Mary lächelte und winkte einer Bekannten zu, die sich vier Tische weiter niederließ.

»Woher ahnst du so etwas immer?« Peggy schüttelte den Kopf.

»An der Art, wie du seinen Namen ausgesprochen hast, mein Schatz. Ich höre den Orgasmus mitschwingen.«

»Mary!«

Sie lachte. »Aber was ist mit Beckett?« Sie hielt den Kellner an. »Noch einen Kaffee, bitte.«

»Was soll mit Beckett sein? Er ist bald verheiratet mit Suzanne.«

Mary zog die Augenbrauen hoch.

»Er ist bald verheiratet mit Suzanne, und er ist ein schwieriger, schweigsamer, sehr vereinnahmender Mann.«

»Du liebst ihn noch immer.«

»Nein!« Sie knuffte die Freundin in die Seite.

Mary ließ die Sonnenbrille vom Haar auf die Nase gleiten und rührte in ihrem frischen Kaffee, den der Kellner vor ihr abgestellt hatte. Statt etwas dazu zu sagen, kehrte sie zum vorangegangenen Thema zurück, das sie offenbar sehr beschäftigte: »Was ist denn, wenn es nicht besser wird mit der Guggenheim Jeune? Denkst du dann daran, die Galerie wieder zu schließen?«

Peggy schwieg. Natürlich war ihr der Gedanke schon gekommen, dass das eventuell nötig werden würde. Aber sie hatte doch gerade erst angefangen, sich eine berufliche Position zu erarbeiten. Sie war noch frisch im Geschäft. Da konnte sie doch nicht aufgeben.

Schnell wischte sie die trüben Gedanken fort und versuchte, Mary abzulenken: »Erzähl mir lieber, was Marcel so treibt. Geht es ihm gut? Er hat mir ja so geholfen mit der Cocteau-Ausstellung. Das werde ich ihm nie vergessen.«

»Marcel hat Projekte, wie immer. Aber mich fragst du wohl nicht, was ich treibe?« Sie holte ihr silbernes Zigarettenetui aus der Handtasche.

»Ich hoffe nichts, was nicht mit Marcel zu tun hat!« Peggy schaute sie entsetzt an.

Mary lachte und steckte sich eine Zigarette an. »Keine Sorge. An der Männerfront herrscht Ruhe.« Sie wurde ernst. »Aber ich befürchte, wir werden bald an einer anderen Front große Probleme bekommen und dann ohnehin keine Zeit mehr haben, uns mit solch hübschen Dingen wie der Liebe lange aufzuhalten.«

»Jetzt fang du nicht auch noch davon an. Ich bin hier, um Spaß zu haben, nicht um zu grübeln.«

Mary schaute sie nur stumm an, dann sagte sie: »Wisch dir

mal die Augen, Kleines. Spaß ist nicht das Wort des Jahres. Spätestens seit März, seit dem sogenannten Anschluss Österreichs, ist es doch offensichtlich, dass wir vorbereitet sein müssen.«

Peggy spielte mit der Zuckerdose. »Und das bist du?«

»Ich versuche es. So gut es geht.«

Peggy lauschte Mary, als sie ausführte, dass sie mit einigen anderen bereits im Gespräch war, was zu tun sei, wenn tatsächlich eine deutsche Besatzung drohte. Aber schon nach wenigen Sätzen wurde es ihr zu viel, und sie lehnte sich zurück und blickte in den blauen Himmel. Marys Worte rauschten an ihr vorbei. Das war doch verrückt. So etwas würde niemals geschehen. Das Leben war schließlich viel zu schön, um sich mit solchen Gedanken zu betrüben. Sie winkte dem Kellner, bezahlte und machte sich daran, Mary mit ihren Grübeleien zurückzulassen. Sie war für wenige Tage hier in Paris; schon bald musste sie wieder nach London, um die nächste Ausstellung aufzubauen. Sie würde sich doch jetzt nicht diese Unkenrufe anhören.

»Ganz wie du meinst, Darling«, sagte Mary, als sie ihr das auseinandergesetzt hatte. »Aber komm auf mich zu, wenn es so weit ist und du bereit bist, im Widerstand zu helfen.«

Peggy rollte mit den Augen. »Leiste du bitte mal keinen Widerstand, wenn ich dich einlade, mit mir morgen Abend in der Brasserie Lipp zu essen. Dann aber ohne politisches Geschwätz.« Sie trank den letzten Schluck Café noir.

»Abgemacht. Ich werde dir stattdessen über meine neuesten modischen Errungenschaften aus den Pariser Boutiquen berichten.« Sie lachte. »Aber sag mal, warum essen wir eigentlich nicht gleich heute Abend zusammen? Ich bin frei, weil Marcel in Lyon ist.«

Peggy wurde rot. »Non. Heute Abend sehe ich Tanguy auf einer Veranstaltung von André Breton.« Sie packte ihr Elfenbein-Zigarettenetui in die Handtasche und ließ den Verschluss zuschnappen.

»Uff. Na, dann mal gutes Sitzfleisch. Mein Tipp: Gleich genug zu trinken bestellen, sonst wird es ein langer, trockener Abend.«

»Ach komm, André ist doch meist sehr unterhaltsam.« Peggy stand auf, winkte Mary zum Abschied zu und machte sich auf den Weg ins Crillon, um die Zofe zu treffen. Marys Worte über die zunehmende Bedrohung gingen ihr dabei nicht aus dem Kopf. War das nicht völlig übertrieben? Wie konnte eine so kluge und weltläufige Frau nur so ängstlich Katastrophen heraufbeschwören. Die Menschheit war doch nicht verrückt geworden. Schließlich war es das 20. Jahrhundert und nicht die Steinzeit, wo man sofort keulenschwingend aufeinander losgegangen war, oder etwa nicht?

Ein Fahrradbote klingelte wütend, weil sie unbedacht den Boulevard überquerte. Sie stoppte und ließ ihn passieren.

Nein, sie würde sich die Laune nicht verderben lassen. Sie würde jetzt die Zofe treffen, den Schmuck entgegennehmen – und dann würde sie zu Andrés Veranstaltung gehen und Tanguy wiedersehen. Mal schauen, was der Abend noch bringen würde.

Kapitel 16

Im Les Deux Magots herrschte schon dichtes Gedränge, als sie das Lokal um kurz nach acht Uhr betrat. Die Luft war gefüllt mit Zigarettenrauch, und das Klappern der Absätze ihrer Sling-Pumps auf dem Mosaikfliesenboden ging in einem dichten Klangteppich aus französischen und englischen Sätzen unter. Sie hatte sich für ihren intellektuell aussehenden Marlene-Hosenanzug entschieden und fühlte sich gewappnet für Andrés Vortrag. Sofort wurde sie von einigen Leuten mit Küsschen begrüßt, die sich nach der Galerie und nach London erkundigten und von alten Zeiten sprachen, in denen sie gemeinsam Partys gefeiert hatten.

Peggy schaute sich um, aber sie konnte Tanguy nirgendwo entdecken. Also setzte sie sich auf einen Platz auf der braunen Lederbank, den André ihr zuwies. Der lief schon aufgeregt hin und her und räusperte sich permanent. Sie erinnerte sich an Marys Anraten und bestellte gleich eine ganze Karaffe Rosé, die der Kellner brachte, als der grüne Samtvorhang am Eingang des Lokals sich wieder einmal teilte und Yves erschien. Er lachte in die Runde und umarmte die Leute, die ihn sogleich bestürmten, aber Peggy bemerkte nun auch die Frau, die direkt hinter ihm eingetreten war. Sie trug einen knallroten

Lippenstift und hatte die Haare zu einem Dutt zusammengesteckt wie eine Ballerina. Sie ging kerzengerade und federnd und schaute aufmerksam in die Runde, ihre Augen wirkten dabei wie kleine Pfeile, die sie abschoss, besonders auf die weiblichen Veranstaltungsteilnehmer, die sich Yves näherten.

»Wer ist das?«, fragte sie ihren Sitznachbarn, einen von Laurence' alten Weggefährten, der schon damals in der Pariser Anfangszeit ständig an ihren Gesellschaften teilgenommen hatte.

»Das ist Madame Tanguy«, sagte er und nahm einen Schluck aus seinem Glas.

Peggy starrte sie an. Das war Madame Tanguy? Also Madame, seine Ehefrau?

»Sie sind seit Ewigkeiten verheiratet«, sagte der Banknachbar.

»Aber leben sie nicht seit Längerem in Trennung und wollen sich bald scheiden lassen?« Das hatte Yves ihr in London versichert. Glaubhaft hatte er erzählt, wie die Ehe sich abgekühlt hatte über die Jahre und wie sie nun vor dem Aus stand, er die Scheidung in Kürze einreichen wollte.

»Sieht mir nicht so aus«, lachte der Banknachbar, als Yves sich nun zu seiner Madame beugte und ihr einen langen Kuss gab.

In Peggy kam Bewegung. Das musste sie sich nun wirklich nicht antun. Gerade wollte sie aufspringen, als André sagte: »Herzlich willkommen euch allen bei unserem anregenden Abend im Zeichen des Surrealismus. Wir werden lauschen, wir werden reden, wir werden nachdenken – und wir werden natürlich saufen.«

Alles lachte und applaudierte, nur Peggy hatte einen feuchten Schleier vor den Augen, sodass sie André kaum mehr richtig sehen konnte. Auch die anderen Menschen um sie herum verschwammen zu surrealistischen Schnörkeln, die Stimmen, das Lachen wurden übertönt von ihrem eigenen Herzschlag, der in ihren Ohren dröhnte. Sie sprang auf und rannte dicht an Tanguy und der erstaunt schauenden Madame vorbei durch den grünen Samtvorhang ins Freie.

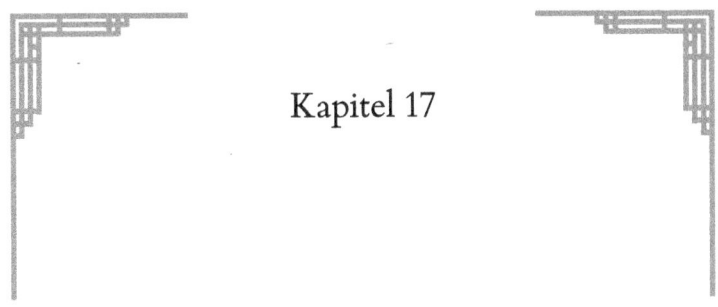

Kapitel 17

»Männer können so gemein sein!«

Peggy setzte sich Mary gegenüber an den Tisch in der Brasserie Lipp. Das fast voll besetzte Lokal summte und brummte bereits, in den Wandspiegeln zwischen den schönen Jugendstil-Blumenkacheln sah sie entspannte, fröhliche Gesichter. Sie nahm sich vor, ihr Gesicht dem der anderen Gäste anzupassen, und eigentlich war ihre Stimmung auch schon wieder deutlich gestiegen seit dem gestrigen Desaster. Sie hatte den heutigen Tag damit verbracht, alleine durch Paris zu flanieren. Und es war ihr gelungen, nur ein ganz kleines bisschen über Yves nachzudenken und dafür sehr viel mehr über einen Ausweg aus der finanziellen Krise in der Galerie und neue Ausstellungen. Darüber, und ein wenig über Beckett, zugegebenermaßen.

»Natürlich sind sie gemein. Das macht sie ja so interessant, nicht wahr?« Mary zog sich den Lippenstift nach. »Marcel hat mir heute Morgen gleich nach seiner Rückkehr lang und breit erklärt, dass er ab jetzt wünscht, dass wir einmal im Monat, immer am letzten Freitag, eine Dame zu uns ins Bett einladen.«

Peggy hielt beim Trinken ihres Rosés inne. »Und was sagst du dazu?«

»Ich habe gesagt, ich möchte dann aber an jedem zweiten Montag im Monat einen zweiten Mann dazu.«

»Mary!« Peggy lachte und musste das Glas abstellen, damit sie nichts verschüttete. »Ist nicht dein Ernst!«

»Nein.« Die Freundin zuckte mit den Schultern und grinste. »Aber es hat ihn erstmal seinen ursprünglichen Plan verwerfen lassen. Also, Sieg für mich.«

»Es geht doch nichts über weibliche Gewitztheit.« Sie zog die Speisekarte heran und begann sie zu studieren.

Mary erhob ihr Glas. »Auf dass wir uns immer unseren Humor und unsere Schlagfertigkeit bewahren. Egal, was in den nächsten Jahren auf uns zukommt.«

Peggy stieß nicht mit an. »Nicht schon wieder dieses Thema. Ich will dir lieber berichten, welche Idee mir heute beim Spazierengehen gekommen ist.«

»Welche?«

»Meine nächste Ausstellung wird etwas ganz Besonderes sein. So was hat noch niemand gemacht, glaube ich.« Sie legte die Speisekarte weg.

Mary zog fragend die Augenbrauen hoch.

»Ich werde Kinderbilder ausstellen!«

Mary wiegte den Kopf.

»Ich meine es ernst. Ich werde in den Londoner Schulen anfragen, und sie werden mir bestimmt etwas von ihren besten Schülern zur Verfügung stellen. Der Enkel von Sigmund Freud, der kleine Lucian, der malt doch auch so gut, das haben wir in den letzten Skiferien festgestellt. Der ist natürlich dabei. Und selbstverständlich Pegeen.«

Mary winkte dem Kellner, und sie bestellten.

»Pegeens Bilder sind tatsächlich außergewöhnlich für eine

Zwölfjährige«, nahm sie die Unterhaltung dann wieder auf. »Ich habe mir das eine, das sie mir im letzten Sommer in Yew Tree Cottage geschenkt hat, gerahmt. Es hängt in meinem Salon, und als neulich Man Ray da war, hat er es abfotografiert für seine Collagen.«

»Pegeen ist wirklich begabt.« Peggy wischte sich über die Augen. Manchmal hatte sie solche Sehnsucht nach Pegeen und Sindbad, wenn sie von ihnen sprach. So auch gerade jetzt, wo die Erinnerungen an den schönen Urlaub noch präsent waren. Natürlich war es richtig, dass die Kinder in den Internaten lebten und die bestmögliche Ausbildung bekamen. Und da sie und Laurence nun schon so lange getrennte Wege gingen, war ein Familienleben, wie sie es ideal gefunden hätte, ohnehin nicht denkbar. Aber dennoch. Manchmal war es nun mal schwer.

Zum Glück brachte der Kellner schon den Salade niçoise als Vorspeise.

»Bon Appetit.«

»Bon Appetit – oh!« Mary starrte über Peggys Schulter zur Eingangstür. »Nicht umdrehen! Nicht!«

Peggy duckte sich ein wenig. »Was? Wer ist es? Beckett?«

Mary richtete sich gerade auf. »Nein, meine Liebe. Es sind Yves und Madame Tanguy, und sie werden genau auf die Rückseite unserer Bank platziert. Du sitzt Rücken an Rücken mit Yves.«

Peggy duckte sich noch mehr, spähte aber in den Wandspiegel und verfolgte, wie Madame Tanguy ihren Sommermantel ablegte und die beiden einen Aperitif bestellten. »Verdammt! Wie kommen wir denn jetzt hier weg?«, flüsterte sie.

Mary lächelte. »Gar nicht, meine Liebe. Wir sitzen es aus und hoffen, dass sie uns nicht entdecken.«

Peggy setzte ihre Sonnenbrille auf.

»Jetzt fällst du natürlich gar nicht mehr auf«, sagte Mary und rollte mit den Augen, während sie ihre Salate aßen.

»Vielleicht kann ich mich auf die Toilette schleichen und dort aus dem Fenster klettern?« Wenn sie schnell aufstand, gleich hinter dem Garderobenständer verschwand und flugs den Raum verließ, konnte das doch klappen.

»Im Keller?«

»Ach ja.« Sie sah, wie der Tisch hinter ihnen die Teller mit dem ersten Gang bekam, offenbar auch Salade niçoise.

Uff, das konnte dauern. »Kannst du nicht hingehen und sie ablenken, und ich stehle mich raus?«

»Zu spät!«, zischte Mary und duckte sich zur Seite, denn auf einmal flog ein Stück Thunfisch über die Banklehne; Peggy sah es im Spiegel, und sie sah auch, wie Madame Tanguy aufstand, mit der Gabel in ihren Teller hieb und eine neue Ladung Salat in ihre Richtung schleuderte: »Du Biest! Ich hab gestern Abend zu hören bekommen, was für eine Schlange du bist. Mein Mann gehört zu mir, ist das klar? Verschwinde aus diesem Lokal, verschwinde aus diesem Viertel, verschwinde aus der Stadt!« Madame Tanguys wutverzerrtes Gesicht tauchte über der Banklehne auf, und eine Ladung Salat landete auf Peggys Haaren und in ihrem Gesicht. »Verzieh dich nach London!« Mary raffte schon die Handtaschen und die Jacken zusammen. Yves hing an Madame Tanguy und versuchte sie zu bändigen, als sie Anstalten machte, über die Bank zu klettern und Peggy womöglich die Augen auszukratzen.

Mary warf dem Kellner einen Geldschein zu und zog Peggy aus dem Lokal. Sie rannten ein paar Hundert Meter durch die warme Sommernacht über den Boulevard Saint-Germain, bevor sie an der Metrostation anhielten. Schwer atmend schauten sie sich an – und dann lachten, lachten und lachten sie.

»Die Brasserie Lipp werden wir eine Weile meiden müssen!« Mary japste und beugte sich vor.

»Scheint mir auch so.« Peggy klammerte sich an das Geländer und zog sich das letzte Salatblatt aus den Haaren.

»Das wird wohl die Tratschgeschichte des Monats, meine Liebe. Ich glaube, du kannst jetzt wirklich erstmal abfahren nach London.«

»Wie recht du hast!« Peggy lachte. »Aber ich komme wieder, sobald Gras über die Sache gewachsen ist.«

»Du meinst wohl Blattsalat!«

Sie lachten noch mehr und liefen Arm in Arm in Richtung Crillon. Doch dann wurde Mary ernst. »Yves ist somit Geschichte. Aber Beckett willst du nun also tatsächlich auch nicht treffen, solange du hier bist? Immerhin scheint dein Eifersuchtsplan doch geklappt zu haben, und du weißt, dass er weiterhin Interesse hat.«

»Nein. Ich will ihn nicht treffen.« Peggy schaute zu den Boulevard-Bäumen hinauf und in den Himmel, an dem trotz der Lichter der Stadt ein paar Sterne zu sehen waren in dieser warmen Nacht. Sofort kam ihr die Erinnerung an die zehn Tage im Bett mit ihm, an die gemeinsamen Spaziergänge durch die Stadt, an die Gespräche über seine Texte und ihre Galerie, über das Leben und die Liebe wieder in den Sinn. Sie dachte an seine Denkerfalten, an seinen Mund, wenn er sich zu einem meist spöttischen Lächeln verzog, an die Art, wie er an der Zigarette zog und lange seinem Rauch hinterherblickte, bevor er antwortete, wenn sie ihn etwas fragte. An den grässlichen Spazierstock, den sie seinetwegen extra für Joyce gekauft hatte, und an die vielen Tassen Kaffee, die sie zusammen getrunken hatten in dieser Stadt.

Sie ließ den Blick von den Baumwipfeln zu den Laternen wandern, die nun den Boulevard in ihr sanftes Licht tauchten, ganz so wie in der Winternacht, in der sie vom Fouquet's aus zusammen durch die Straßen geschlendert waren.

»Bonsoir, Mesdames«, vernahm sie auf einmal diese Stimme, und ihr Herz begann zu rasen. Sie spürte, wie Mary ihr den Arm entzog und lachte: »Wenn das mal kein Schicksal ist! Ich finde alleine nach Hause, danke.« Und schon war sie weg.

Sam ergriff Peggys Arm und zog sie an sich. »Du wolltest doch nicht etwa abreisen, ohne mich zu sehen, non?«

Sie roch sein Parfum und den Rotwein, den er wohl zum Abendessen getrunken hatte.

»Wolltest du etwa?«, fragte er in ihre Haare. Sein Körper schmiegte sich bereits an ihren.

»Mais non«, flüsterte sie gegen seine Brust.

»Das dachte ich mir.« Er küsste ihren Hals. »Du wohnst im Crillon, nicht wahr?« Er deutete auf das mondäne Hotel, von dem sie nur noch eine Straßenecke entfernt waren.

»Mais oui.«

Am nächsten Morgen erwachte sie von Küssen auf ihrem Rücken. Sie sah, wie das Sonnenlicht sich seinen Weg an den schweren Vorhängen vorbei ins Zimmer suchte. Sams Duft lag in der Luft, und sie hörte vor der Suitetür die Zimmermädchen den morgendlichen Klatsch austauschen.

Sie drehte sich auf den Rücken und blickte direkt in seine

Augen, die noch ein wenig nachtverhangen waren. »Wie soll das weitergehen?«

Er stoppte das Küssen, aber sein Blick wurde noch nicht wacher. »Wie meinst du das?«

»Ich meine: Was willst du, Sam? Wie stellst du dir die Zukunft vor?«

Er rollte sich auf die Seite. »Ich stelle mir vor, wie ich in deinen Körper eintauche, in deine Seele. Wie wir Träume tauschen und Gedanken.«

»Aber gibt es da nicht jemand anderen, mit dem du dich entschieden hast, all das zu tun?« Sie wischte ihm eine Strähne seines störrischen Haares aus dem Gesicht.

»Das Leben funktioniert doch wie ein alter Flügel. Nur mit vielen Tasten entsteht eine wunderbare Melodie.«

Peggy stand auf und ging über den dicken Teppich Richtung Bad. »Nur dass manche Tasten bei so einem alten Flügel irgendwann mal verstimmt sind.« Was dachte er sich eigentlich? Dass sein Leben tatsächlich ein Wunschkonzert war?

Sie schloss die Badtür hinter sich und setzte sich auf den Badewannenrand. So konnte es nicht weitergehen. So nicht.

Sie hatte sich gerade in den Bademantel gehüllt und war wieder hinausgetreten, um ein klärendes Gespräch zu beginnen, als es an die Suitetür klopfte.

Sie öffnete, und der Page überreichte ihr ein Telegramm.

»Merci.« Sie nahm es entgegen.

Komm sofort. Stopp. Djuna immer mehr Gin, Tabletten. Redet von Selbstmord. Stopp. Bald tot. Stopp. Wyn.

Djuna hatte schon oft angedeutet, aus dem Leben scheiden zu wollen. Unter anderem deshalb hatte Peggy sie ja in London in ihrer Wohnung aufgenommen. Die drohende

Kriegsstimmung in diesem Sommer hatte ihren Zustand verschlimmert. Ob die Freundin diesmal wirklich keinen Ausweg sah? Um Himmel willen, sie musste schnell zu ihr!

Sie scheuchte Beckett aus dem Bett und verlor keine Zeit, um ihre Koffer zu packen. Alles andere würde sie später klären müssen. Nun ging es um das Leben einer ihrer besten Freundinnen!

Kapitel 18

London, Peggys Wohnung in Bloomsbury,
29. September 1938

Vor der weißen edwardianischen Häuserzeile sprang Peggy
aus dem noch rollenden Taxi, hastete durch das Gittertor
und die Treppen hinauf. Ihre Tasche ließ sie gleich hinter
der Eingangstür fallen und eilte in Djunas Zimmer. Die
Freundin lag auf der Satintagesdecke ihres Bettes, gekleidet
in eines von Peggys Negligés – das mit den Marabu-Federn.
Sie war betrunken, doch immerhin bekam sie noch mit, dass
Peggy den Raum betreten hatte. Als sie die Freundin sah, lächelte sie.

»Da bist du also doch noch gekommen, um mit mir gemeinsam zu sterben.« Sie machte auf dem Bett etwas Platz
und bedeutete Peggy, sich neben sie zu setzen.

»Was redest du für einen Unsinn? Hier wird niemand sterben.«

»Wenn jetzt eine Bombe fällt, dann sieht es aus, als ob ein
Marabu gerupft wird, und die Federn fliegen alle durch die
Gegend.« Djuna kicherte.

»Hör auf mit dem Quatsch. Und krieg endlich wieder mal
einen klaren Kopf.« Peggy nahm die Ginflasche vom Nachttisch und stellte sie auf den Boden neben sich, um sie gleich
mit hinauszunehmen. Sie begann, die Schubladen aufzuziehen,

um nach den Tabletten zu fahnden. Aber Djuna lachte nur bitter: »Die findest du eh nicht.«

Also setzte Peggy sich neben die Freundin auf das Bett und streichelte ihr über die Schulter. Die Bilder von den Gräben, die sie gerade auf der Fahrt zur Wohnung wieder gesehen hatte, wollten nicht aus ihrem Kopf verschwinden. Es waren noch mehr geworden. Und einige Männer trugen bereits Uniform. Dennoch sagte sie, um Djuna und sich selbst zu beruhigen: »Du wirst sehen: Sie werden eine Lösung finden, wenn Chamberlain und der Franzose heute Abend mit Hitler und Mussolini in München verhandeln.« Würden sie? Oder sollten sie vielleicht doch noch schnell nach Yew Tree fahren? Jetzt sofort, heute Abend? Und Wyn mitnehmen? Und die Kunstwerke, die sie hier in der Wohnung lagerte?

Djuna kicherte. »Amen.«

Peggy sprang auf. »Das ist mir echt zu blöd mit dir! Bekomm mal einen klaren Kopf, und reiß dich zusammen. Natürlich ist es eine angespannte Situation, aber wir leben in einem vernünftigen Land mit vernünftigen Staatsmännern an der Spitze. Die werden nichts aufs Spiel setzen.« Das wollte sie glauben. Das musste sie glauben.

Djuna bekreuzigte sich und ließ sich lachend zurück auf die Decke rollen.

Peggy griff die Ginflasche und verließ das Zimmer. Im Wohnzimmer nahm sie sofort den Telefonhörer ab und rief Laurence in Frankreich an, der zum Glück auch sofort selbst am Apparat war. Vielleicht war er nicht so verwirrt wie sie selbst gerade: »Sollten wir mit den Kindern doch schnell fort?«

»Nun warte erstmal die Verhandlungen ab«, hörte sie seine dunkle Stimme, die sie allerdings wenig beruhigte.

»Wie schnell fliegt ein Bomber von Deutschland nach London? Du sitzt ja einigermaßen abgeschieden in deinem Häuschen dort unten in den Bergen.« Sie merkte selbst, dass sie leicht hysterisch klang. Aber wie konnte sie entscheiden, ob es nun um Leben und Tod ging oder nicht? Heute Morgen hatte sie noch in Becketts Armen gelegen, und jetzt bestand die Möglichkeit, dass sie in den nächsten Stunden in den Luftschutzkeller gehen musste.

»Aber auch hier werden sie einmarschieren, wenn sie kommen.«

»Werden sie das denn? Laurence! Ich frage dich: Werden sie?« Jetzt war ihre Stimme schrill.

»Nun schalte bitte das Radio ein und höre, was passiert. Benimm dich wie eine Erwachsene, und hab ein bisschen Glauben.«

»Glaube, Liebe, Hoffnung, diese drei? Meinst du die?« Ihre Stimme überschlug sich fast.

»Die wären generell nicht schlecht für dich, aber gerade auch in dieser Situation.«

»Djuna hat sie nun komplett verloren«, sagte sie leise, und alle Energie war auf einmal aus ihrem Körper entwichen.

»Hatte Djuna sie denn jemals? Peggy, sobald irgendetwas losgeht, kommst du mit Pegeen schnellstmöglich her, ich hole Sindbad sofort aus dem Internat. Und dann schauen wir weiter.«

Schnellstmöglich her. Ha. Wenn das dann noch möglich sein würde. Er hatte wirklich gut reden.

Sie legte auf. Djuna schlich im Negligé in den Raum, schaltete das Radio ein und kauerte sich auf die Chaiselongue, die Knie bis an das Kinn gezogen. Peggy setzte sich neben sie, und Djuna schmiegte sich an sie. Gemeinsam lauschten sie den knarzenden Stimmen der BBC, die über das Treffen von Chamberlain, Daladier, Hitler und Mussolini in München berichteten. Als schließlich verkündet wurde, dass man sich geeinigt habe und die Deutschen das Sudetenland bekamen, und als dann auch noch Chamberlains Rede lief, in der er vom »Frieden in unserer Zeit« sprach, umarmten sie sich und weinten vor Erleichterung.

Heute Nacht würden also keine Bomben fallen. Und Peggy wollte glauben, dass sie es nie tun würden.

Glaube, Liebe, Hoffnung, diese drei.

Kapitel 19

Guggenheim Jeune, Cork Street 30, Oktober 1938

»Guten Morgen, meine Liebe«, rief Wyn ihr sofort entgegen und drehte sich wie eine Tänzerin um die eigene Achse, als Peggy nach ein paar Stunden Schlaf die Galerie betrat. »Und mit guten Morgen meine ich den besten Morgen seit Langem.« Sie strahlte und hatte einen sehr kräftigen roten Lippenstift aufgetragen. Vielleicht sollte das der neue Lack sein, der sich über die Schrecken der letzten Tage und Stunden legte.

Peggy schloss die Tür hinter sich und lächelte. »Allerdings.« Sie nahm den Kaffee entgegen, den Wyn ihr hinhielt. Zum Glück war er ein wenig stärker, als sie ihn sonst braute. Vielleicht ebenfalls eine Konzession an die vergangenen Tage.

»Aber, mein Schatz: Kinderbilder?« Wyn zog die Augenbrauen hoch. »Ist das dein Ernst?«

Peggy hatte ihr natürlich bereits aus Paris von ihrer Idee berichtet und sie gebeten, die Pressearbeit vorzubereiten. Denn die Presse brauchten sie stets und ständig. Und diese Ausstellung würde sehr viel Aufmerksamkeit generieren. Da war sie sicher. Sie nickte eifrig.

»Ich habe diverse Schuladressen hier in London zusammengetragen. Wir werden sie anrufen, damit sie in den nächsten Tagen die besten Werke ihrer Schüler schicken. Die Sachen von Lucian Freud und von Pegeen sind schon unterwegs. Es wird denkwürdig werden.«

»Das befürchte ich auch.« Wyn kratzte sich am Kopf. »Aber gut. Lass es uns versuchen. Was soll schon schiefgehen? Immerhin fallen uns nun während der Vernissage keine Bomben auf den Kopf.«

»Das ist echter britischer Humor.« Peggy stupste sie in die Seite, und gemeinsam begannen sie, die Telefonliste abzuarbeiten und den ersten Entwurf des Katalogs zu durchdenken. Wie wunderbar doch ein ganz normaler Alltag war, dachte Peggy.

Und es wurde eine sehr aufsehenerregende Ausstellung. Die farbenfrohen Kinderbilder hatten sie bis knapp unter die Decke gehängt, sodass eine kunterbunte, fröhliche Melange entstanden war. Die Presse war aus dem Häuschen, und selbst finanziell erzielten sie ein zufriedenstellendes Ergebnis. Peggys Zahnarzt bestellte sogar eine Kopie eines der Bilder von Pegeen, weil ihm jemand beim Kauf zuvorgekommen war und er es unbedingt in seiner Praxis aufhängen wollte. Die Guggenheim Jeune hatte es mal wieder geschafft, von sich reden zu machen. Peggy war erleichtert. Vielleicht bestand ja noch Hoffnung.

Peggys Galeristen-Freund Howard Putzel aus Los Angeles hatte sich dieser Tage angekündigt, worüber sie sich sehr freute. Er würde sie gewiss weiter bestärken, indem er ihr von seiner Galerie in Kalifornien erzählte. Sie erinnerte sich, wie sie ihn vor gut einem Jahr auf einer Party in Paris kennengelernt hatte. Er war derjenige gewesen, der als Letzter noch getanzt hatte, während alle anderen schon ermattet auf den Chaiselonguen gelegen hatten. Er hatte ihr von seinen Visionen zur Revolutionierung der Kunstwelt erzählt, vom Aufbrechen der alten Seilschaften zwischen den traditionellen Museen, vom Öffnen der heiligen Stätten der Kunst für die Volksmassen. Seitdem hatten sie gegenseitig die Geschicke des anderen auf der gegenüberliegenden Seite des Ozeans genau verfolgt. Putzel kam nun wohl nach London, um seine Kontakte zu europäischen Künstlern zu vertiefen. So genau hatte er sich zum Grund seiner Europareise gar nicht geäußert. Aber auf jeden Fall lag ein Besuch seiner Freundin in London natürlich immer auf dem Weg.

»Hey«, begrüßte er sie stürmisch und nahm sie in den Arm, sobald er durch die Galerietür getreten war. Sein zweiter Blick galt den kahlen Wänden, die nach der Kinderausstellung auf eine Neubestückung warteten: »Was wird's denn?« Er schaute sich nach einem Katalog um, aber der war natürlich noch in Arbeit.

»Collagen und Skulpturen«, sagte Peggy. Der Kinderausstellung würde eine echte Meisterausstellung folgen. »Picasso, Braque, Arp, Max Ernst.«

»Max Ernst?« Howard Putzel klang begeistert. »Was hast du von ihm?«

»Ach, mein Galerienachbar hat einige Werke, die er mir ausleiht für die Schau.« Sie zeigte vage die Straße hinunter.

»Und du selbst hast noch gar nichts von Ernst?« Howard schaute sie sprachlos an. »Von Max Ernst muss man doch was haben, Mensch. Es trifft sich gut, dass ich in wenigen Tagen in Paris mit ihm verabredet bin. Komm doch mit. Vielleicht verkauft er dir was.«

Sie sah ihn schweigend an. Schon wieder Paris? Konnte sie denn Djuna überhaupt für ein paar Tage alleine lassen? Seit der Nachricht vom Münchner Abkommen ging es ihr augenscheinlich wieder besser. Sie hatte sich sogar aufgerafft, die Kinderbilderausstellung zu besuchen. Und immerhin war sie eine erwachsene Frau. Es musste doch möglich sein, sie einige Tage ohne Aufsicht zu lassen.

Und Paris, oh, Paris! Alleine die Vorstellung, wieder durch die Straßen zu flanieren, beflügelte Peggy. Natürlich würde sie fahren. Einen Besuch beim legendären Max Ernst, den konnte sie sich doch schon aus professionellen Gründen nicht entgehen lassen. Vielleicht ergab sich tatsächlich die Möglichkeit, ein Werk von ihm zu erwerben.

Ob der Mann wirklich so schön war, wie alle sagten?

Kapitel 20

Paris, Rue des Plantes 26,
wenige Tage später

»Hier ist es!« Putzel zeigte auf ein Wohnhaus aus der Gründerzeit auf der rechten Straßenseite. Die Balkone waren ordentlich begrünt, der schmiedeeiserne Zaun bewachsen mit Efeu.
»Sind wir bereit?«

»Natürlich!« Peggy zog ihren dunkelgrünen Samtmantel
gerade. »Sie sind im Aufbruch, nicht wahr?«

Putzel nickte. »Sie wollen schon bald in ein Landhaus in
Saint Michel ziehen. Ich glaube, deshalb sind sie interessiert, jetzt noch ein paar Bilder loszuwerden.« Er hielt ihr die
schwere Eingangstür auf.

»Mal schauen, ob wir ihnen diesen Gefallen tun können.«
Peggy erklomm die ersten Stufen des schneckenförmigen
Treppenhauses. »Hast du seine Geliebte denn schon einmal
getroffen?«, flüsterte sie.

Er schüttelte den Kopf. »Aber wie man hört, ist Leonora
eine seiner besten Schülerinnen und selbst sehr begabt.«

»Natürlich!« Peggy kicherte. »Ich kann mir schon vorstellen,
worin sie besonders begabt ist: im Umgang mit dem Pinsel.«

»Reiß dich zusammen, Peggy«, zischte Putzel und drückte
die Klingel neben dem Messingschild im dritten Stock.

Vom Dienstmädchen wurden sie durch hohe Stuckräume mit Eichenparkett zum Meister geführt, der auf einer mit einem marokkanischen Teppich bezogenen Couch saß. Seine weißen Haare und die ziemlich große, gebogene Nase ließen ihn in Kombination mit den eisblauen Augen fast selbst wie eine Skulptur wirken. Auf dem Parkett hockend, lehnte an seinen Beinen eine junge Dame mit schwarzen, lebendigen Locken und großen braunen Augen, die umrandet waren von dichten Wimpern.

»Das ist Leonora Carrington«, stellte er sie vor, ohne sich zu erheben oder ihnen die Hand zu reichen.

Peggy hörte, wie das Dienstmädchen sich den Flur hinunter entfernte und begann, in der Küche Geschirr zu spülen. Dem Geruch nach zu urteilen, hatte es zu Mittag Schweinebraten gegeben mit dicker, dunkler Soße. Sie musterte die schöne junge Frau an Ernsts Beinen, die überlegen lächelte, und konzentrierte sich dann lieber wieder auf Max Ernst selbst. Er wirkte sehr distanziert; vielleicht war er auch wegen irgendetwas angespannt oder hatte keine Lust auf diesen Besuch gehabt. Möglicherweise hätten die beiden eine andere Nachmittagsbeschäftigung vorgezogen.

Auf dem großen Esstisch hatten sie die Werke ausgebreitet, die zum Kauf standen. Bei jedem Bild, das gezeigt wurde, bohrten sich die blauen Augen des Meisters in Peggys Gesicht, als wollte er in ihr lesen, so schien es ihr. Howard plauderte und schmeichelte und witzelte, so gut er konnte, und hatte bald zwei Bilder ausgesucht, die er haben wollte. Aber Peggy konnte sich irgendwie nicht entscheiden. Irgendetwas gefiel ihr nicht an den Werken. Sie sprangen sie nicht an.

»Sie sind wohl nicht in der Stimmung heute?«, fragte Max

mit einem belustigten, aber auch ein wenig drohenden Unterton.

»In der Stimmung wozu?« Sie schaute direkt in die eisblauen Augen und bemerkte ein kleines Funkeln in ihnen.

»In der Stimmung zu handeln.«

»Oh, ich handele sehr gerne.« Sie rückte eines der Bilder gerade. »Aber immer nur, wenn ich etwas unbedingt haben muss.«

»Und meine Bilder müssen Sie wohl nicht haben?«

Durfte sie sagen, was sie dachte? Sie blickte zu Putzel, der nervös seine Finger aus den Gelenken zog, dass sie knackten. Leonoras Blick hatte sich verfinstert. Sie wirkte nicht erfreut, dass sich dort überhaupt ein Gespräch zwischen ihr und Max entwickelte.

»Vielleicht sagt Ihnen ja etwas von Leonora zu?«, fragte Max auf einmal fast spöttisch. Er drückte seiner Freundin die Schulter. »Hol doch mal was, Schatz.«

Sofort sprang sie auf, und hatte Peggy innerlich bereits die Augen verdreht, so war sie sehr erstaunt, dass ihr gleich das erste Werk so gut gefiel, dass sie es haben musste: *Die Pferde des Lord Candlestick* hieß es und zeigte vier verschiedenfarbige Pferde in einem Baum. Zu ihrem eigenen und dem Verblüffen aller stand sie wenige Minuten später wieder neben Howard auf der Straße. »Es war einfach die beste Arbeit«, sagte sie entschuldigend.

Howard lachte. »Da hast du Max Ernst aber mächtig gereizt. Das ist ihm sicher noch nicht oft passiert, so was.« Er streichelte über das Packpapier, in das sie seine Käufe eingewickelt hatten. »Immerhin hab ich ja was von ihm genommen. Das dürfte sein Ego beruhigen.« Er wechselte die Straßenseite und steuerte auf ein Café zu, dessen Tische auf dem Trottoir unter der rot-weiß gestreiften Markise sehr einladend wirkten. »Dann können wir jetzt wohl endlich etwas trinken.« Er zog Peggy einen Stuhl zurecht.

Noch ganz benommen von dem eisblauen Blick, der sie eine halbe Stunde lang durchbohrt hatte, begleitet von dem leicht spöttischen Lächeln, als klar wurde, dass sie von seinen Bildern nichts kaufen würde, setzte Peggy sich, lehnte das Bild von diesem begabten Mädchen an die Hausfassade und hoffte, dass sie es nicht in Hundehinterlassenschaften gestellt hatte. Der Pastis, der kurz darauf ihre Kehle herabbrann, beruhigte ein wenig. Der Gedanke an diesen ungewöhnlichen Mann mit den eisblauen Augen, die jede Kleidungsschicht zu durchdringen schienen, würde sie wohl noch eine Weile begleiten.

Doch vorerst riss Putzel sie aus ihrer Schwärmerei: »Weißt du, Peggy, ich werde meine Galerie in Los Angeles schließen«, sagte er leise.

Sie setzte das Pastisglas unsanft auf dem Marmortischchen ab. »Wieso denn das?«

Er sah sie ernst an. »Wir sind doch hier zwei Geschäftsleute unter uns. Deshalb sage ich es dir ganz offen: Es ist mir zu mühsam, das Metier, zu undankbar! Ich liebe die moderne Kunst, ja! Absolut! Aber diese Leute, die die Taschen zugenäht haben und um den letzten Penny feilschen, obwohl sie großartige Werke ihr Eigen nennen wollen ...« Seine Augen traten fast aus den Höhlen vor Wut. »Dann diese Künstler, die man hofieren muss und deren Bauch gepinselt werden will, damit sie bei einem ausstellen ...« Er rutschte auf dem Stuhl hin und her. »Und am Ende, weißt du, am Ende kann man gerade mal so seine Miete bezahlen und geht in seine Einzimmerwohnung, um auf der nackten Matratze am Boden zu schlafen.«

Peggy lachte. »Jetzt übertreibst du allerdings ein wenig.«

»Ein wenig.« Er grinste schon wieder. »Entschuldigung. Aber es musste mal raus.« Er trank seinen Bellini, den der Kellner nun brachte, in großen Schlucken. »Ganz im Ernst: Ich werde meine Galerie schließen und mich nach anderen Aufgaben im Kunstbetrieb umsehen.« Er lehnte sich zurück, als ob er zufrieden sei, es ausgesprochen zu haben.

»Ich kann dich verstehen, Howard. Ich kann dich verstehen«, sagte Peggy leise. Aber ich bin noch nicht so weit! So weit bin ich noch nicht.

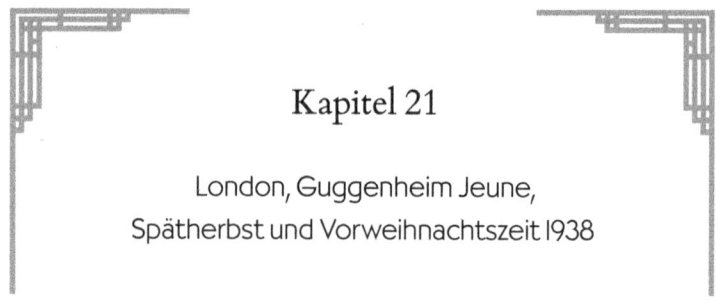

Kapitel 21

London, Guggenheim Jeune,
Spätherbst und Vorweihnachtszeit 1938

Nach den abwechslungsreichen Tagen mit Howard in Paris war Peggy etwas müde, und das trübe Londoner Wetter setzte ihrem Gemüt zu. Schon wenn sie morgens beim Kaffeebrauen aus dem Fenster ihrer Wohnung auf die nassen Dächer und die lächerlich vielen kleinen dampfenden Schornsteine der umstehenden Häuserzeilen schaute und auf die inzwischen kahlen Ahornbäume entlang der Straße, deren nasse, verwelkte Blätter sich stets an ihre Schuhsohlen hefteten, wenn sie zur Galerie lief, fragte sie sich, warum um alles in der Welt sie sich das eigentlich antat. Hatte Putzel vielleicht recht in dem, was er vorhatte?

Doch dank Wyns ungebrochener Tatkraft stürzte sie sich dann natürlich dennoch kopfüber in die Vorbereitung der Ausstellung mit den Collagen. Schließlich hatten alle begeistert auf die Idee reagiert, und sogar Laurence hatte mehrere seiner Arbeiten geschickt. Leider konnte Peggy sie beim besten Willen nicht zeigen, sondern trug sie mit Wyn gleich nach dem Auspacken ins Hinterzimmer, weil sie extrem anstößig waren. Laurence benahm sich doch manchmal tatsächlich noch wie ein pubertierender Junge. Glücklicherweise verlief die Ausstellung am Ende auch ohne seine Collagen sehr gut, die Presse berichtete positiv.

Die Verkaufserlöse waren allerdings wieder katastrophal! Wyns Blick sprach Bände, als sie Peggy in der Woche nach dem Ausstellungsschluss die Abrechnung reichte. Woran lag das nur? Warum kaufte niemand moderne Kunst? Peggy versuchte sich die Wohnungen der Londoner Oberschicht vorzustellen. Die konnten doch nicht alle noch viktorianisch eingerichtet sein, zum Kuckuck. Mit der Abrechnung in der Hand sank sie auf die Korbstuhlgruppe, die sie wieder in der Raummitte aufgestellt hatten. Es war so zäh, das Geschäft, so zäh. Wo war das anfängliche Prickeln hin, die Lebendigkeit, der Esprit? Sie dachte an Beckett und wie er sie bestärkt und beraten hatte, als sie vor fast einem Jahr mit Feuereifer mit der Guggenheim Jeune in ihr neues Leben als Geschäftsfrau gestartet war.

Fast bedauerte sie, dass sie Sam jetzt nicht einfach anrufen oder ihn besuchen konnte, um seinen Rat einzuholen, wie sie nun weitermachen sollte. Wie schön wäre es, mit ihm an der Seine entlangzuschlendern und Ideen zu wälzen. Im Café de Flore zu sitzen und gemeinsam Pläne zu schmieden.

Aber halt! Sie hatte doch beschlossen, keine Taste mehr auf seinem Flügel zu sein. Das war der einzig richtige Entschluss. Und dabei würde sie bleiben. Punkt. Beckett war Geschichte.

»Entschuldige bitte, Peggy«, hörte sie Wyns Stimme in ihre Gedanken dringen.

»Ja?« Sie merkte, wie müde sie klang.

»In ein paar Minuten kommt der Kunde, der sich für die Giacometti-Skulptur interessiert, die wir für ihn reserviert hatten. Wenn es dir recht ist, stelle ich sie auf eine Stele direkt hier unters Licht.«

Peggy nickte langsam.

»Willst du das Gespräch selber führen, oder soll ich?«, fragte Wyn.

»Ich mache das.« Peggy erhob sich mühsam aus dem niedrigen Sessel. Ihre Knochen fühlten sich an, als ob sie hundert Jahre alt wären. Sie streckte sich und reichte Wyn das Abrechnungsblatt, die es schnell ins Hinterzimmer trug.

Schon nach einer halben Stunde hatte der Kunde die Galerie wieder verlassen – ohne den Giacometti gekauft zu haben. Dieses Gefeilsche um die Preise ging Peggy wirklich auf die Nerven. Verkaufen war so anstrengend. Dabei wollte sie doch in erster Linie mit ihren Exponaten erfreuen und bei der breiten Masse ein Verständnis für die Schönheit und Wichtigkeit der Malerei und der modernen Kunst wecken. Sie zog ihre Kostümjacke glatt und richtete die Brosche. Trotzdem: Sie würde sich jetzt nicht wie Putzel desillusionieren lassen. Sie war schon so weit vorgeprescht, sie würde jetzt keinen kompletten Rückzieher machen. Es musste doch einen Weg geben, wie ihr Ziel zu erreichen war. Vielleicht sah er nur ein wenig anders aus …

Auf einmal kam ihr eine Idee. Eine unerhörte, aber sehr logisch erscheinende Idee: Wäre da ein Museum nicht viel effektiver als eine kleine teure Galerie? Ein Museum mit größerer Fläche, auf der man viel besser und verständlicher die verschiedenen Stilrichtungen erklären und deren Künstler gebührend präsentieren könnte. Das wäre doch wohl eine konsequente Weiterentwicklung. Der nächste logische Schritt. Gut, Geld verdienen könnte man damit sicherlich erst recht nicht. Aber hier in der Guggenheim Jeune passierte das ja auch nicht. Auf einmal musste sie an Tante Hillas Brief denken: »Wie Sie bald feststellen werden, ist die nichtgegenständliche Kunst keine Dutzendware, die sich mit Gewinn verkaufen lässt ...«. Sie hasste es, es zugeben zu müssen, aber Hilla hatte in diesem Punkt wohl recht behalten.

Was hieß das alles nun für sie und die Guggenheim Jeune? Sie ging in die kleine Küche, um sich einen Tee aufzubrühen und in Ruhe nachzudenken. Sie musste eine Entscheidung treffen.

Die Weihnachtsausstellung widmete sich Keramiken und Gemälden zu kleinen Preisen; es waren Werke regionaler Kunsthandwerker rund um Yew Tree Cottage und aus anderen Ortschaften, die sie auf ihren Ausflügen entdeckt hatte. Peggy ließ die Schau sogar in den Zeitungen annoncieren mit dem Slogan *Originelle Weihnachtsgeschenke zu wirklich günstigen Preisen*. Das ganze Gewerbe sollte doch endlich ein wenig demokratischer werden, sodass auch die Mittelschicht es sich leisten konnte, die Räume an der Cork Street zu besuchen und etwas zu erstehen. Sie sah sehr wohl, dass die anderen Galeristen in der Straße über diese volksnahe Herangehensweise die Nase rümpften, aber das war ihr inzwischen egal. Sie musste sich eingestehen, dass sie ernüchtert war. Und so müde. Es war ein anstrengendes Jahr gewesen. Und die Gedanken in ihrem Kopf drehten sich immer schneller: die Verluste der Galerie, die Idee vom Museum für alle, die peinliche Affäre mit Tanguy, Beckett.

Beckett.

Was sie am meisten verwirrte, war, dass er sie zweimal angerufen hatte nach ihrem kurzen Intermezzo in Paris. Sie hatte sich jedes Mal von Wyn verleugnen lassen, hatte nicht mit ihm gesprochen. Woraufhin er ihr einen langen Brief geschrieben hatte. Einen Brief, als ob alles beim Alten wäre und Suzanne nicht existierte, einen Brief unter Freunden und Liebhabern. Er hatte von seiner Arbeit erzählt. Von seinen Gedanken zum Weltgeschehen, von seinen Plänen für neue Romane. Ganz so, als ob sie noch die engsten Weggefährten oder gar Seelenverwandte wären.

Warum tat er das? Oder besser: Warum tat er ihr das an?

Galeriealltag – Museum – Beckett – Klaviertasten – Wyn – Tante Hilla – Keramik – Weihnachten – Laurence und die Kinder – Djuna immer noch elend – Geschenke kaufen für die Kinder – Guggenheim Jeune rote Zahlen – Museum für alle – vielleicht eine Stiftung – Becketts Augen – »Es ist so eine schöne Arbeit, die du da leistest!« – »Ich werde Suzanne heiraten, weißt du.« – Presse begeistert von Guggenheim Jeune – mais non!

Uff. Sie hielt sich die Ohren zu, aber die Gedanken rasten weiter.

Sie wollte nur noch eines: Klarheit.

Kapitel 22

Paris, Saint-Germain-des-Prés,
Januar 1939

Die Weihnachtszeit verbrachte Peggy wie jedes Jahr mit Laurence und den Kindern. Aber das obligatorische Skifahren ließ sie dieses Mal ausfallen. Alle hatten daran sehr viel Spaß, außer ihr. Dieses rutschige, kalte Unterfangen war für sie einfach kein Vergnügen. Die Kinder schienen zum Glück nicht enttäuscht, wenn sie nicht mitkam; schließlich hatten sie mit ihrem Vater genug Abwechslung. Und Peggy wusste, dass Laurence es sehr genoss, jeden Tag mit ihnen auf die Piste zu gehen, durch die Wintersonne zu gleiten und anschließend einen Glühwein in der Hütte zu trinken und die Kinder mit heißer Schokolade, in die bei Sindbad sogar schon ein Schlückchen Rum durfte, zu verwöhnen.

Peggy machte sich also davon, nach Paris. Sie musste ihre Gedanken zur Ruhe kommen lassen. Sie konnte es sich nicht erlauben, durchzudrehen oder zusammenzubrechen. In der Stadt wollte sie auch niemanden sehen. Keine Mary, keinen Marcel. Tanguy erst recht nicht.

Aber Beckett!

Ihr war klar geworden, dass sie einen ordentlichen, einen offiziellen Schlussstrich unter diese Affäre setzen musste. Sie musste es ihm gegenüber persönlich ganz klar und deutlich aussprechen, sonst würde er womöglich nie aufhören, ihr Briefe zu schreiben und in ihr eine Gefährtin zu sehen oder was auch immer.

Eingemummelt in den dicken Bouclémantel saß sie am Tisch vor einem Café an der Ecke ihres Hotels. Der Kaffee vor ihr dampfte in die Winterluft. Sie zog ihre Filzmütze über die Ohren und war froh über die Pelzstiefeletten, die sie nun schon so lange treu begleiteten. Eine Taube stolzierte an ihrem Tisch vorbei auf der Suche nach Futter. Peggy warf ihr ein Stück der Madeleine zu, die sie nicht aufgegessen hatte, weil ihr der Appetit fehlte.

Ein großer, schlaksiger Mann mit dunklen Haaren und hochgestelltem Mantelkragen überquerte die Straße. Aber als er auf ihrer Höhe war, erkannte sie, dass es nicht Beckett war.

Sie musste die Sache ein für alle Mal klären. Klarheit. Deshalb war sie schließlich hergekommen.

Sie zahlte und warf der Taube auch den letzten Rest der Madeleine auf das Trottoir.

Der Weg nach Montparnasse in die Rue des Favorites, wo Beckett jetzt wohnte, führte auch durch jene Straße, in der die Wahrsagerin sie vor einem Jahr in die Flucht geschlagen hatte. Als Peggy sich diesmal dem Haus mit dem Souterrain näherte, war die grüne Tür geschlossen. Aber ein Schild baumelte schräg am Türknauf: *Bin da. Bitte kommen Sie rein, und erfahren Sie, was Sie in Zukunft erwartet.*

Peggy verlangsamte ihren Schritt. Etwas zog sie zu dieser Tür. Hatte sie sich vor einem Jahr nicht getraut, die Alte zu befragen, heute würde sie es tun. Klarheit. Sie brauchte endlich Klarheit. Laurence hatte seine neue Familie und schien sehr glücklich. Würde sie auch einmal wieder Familie haben? War das überhaupt noch ihr Ziel? Musste das denn immer das Ziel sein? In früheren Frauengenerationen mit Sicherheit. Aber heutzutage gab es doch auch andere Lebensformen.

Wie magnetisch angezogen bewegten sich ihre Stiefeletten auf den Eingang zu, und schon waren sie die drei Stufen hinuntergeschritten. Noch ehe sie klopfen konnte, wurde die Tür von innen aufgezogen.

»Bonjour!« Die alte Dame mit den langen Haaren stand vor ihr, auch diesmal in einen langen Rock gehüllt und mit einer Stola um die Schultern. »Treten Sie ein! Ich war mir sicher, irgendwann würden Sie einmal kommen.«

»Sie haben sich mein Gesicht gemerkt?« Peggy blickte sich in dem dunklen Raum mit der niedrigen Decke um. Die Wände waren dunkelgrün gestrichen, auf einem Sofa mit Häkelüberwurf schlief eine getigerte Katze. In der Luft lag der Geruch von Räucherstäbchen.

»Aber natürlich.« Die Wahrsagerin lächelte.

Peggy legte Mantel und Hut ab und setzte sich auf den Platz, den die Alte ihr zuwies, an einem runden blanken Holztisch. In dessen Zentrum stand keine Glaskugel, sondern eine Keramikvase mit einem Strauß Margeriten. Wo sie die um diese Jahreszeit herhatte, war Peggy ein Rätsel. Ebenso wie das Gemurmel der Frau, das nun aus ihrem Mund drang. Die Alte hatte die Augen geschlossen und wippte leicht vor und zurück. Sie streckte beide Hände über den Tisch, und Peggy deutete das so, dass sie die Hände ergreifen sollte. Die Wahrsagerin knetete an ihren Handflächen herum und öffnete die Augen, um die Linien auf Peggys Handinnenflächen zu betrachten. Ein wenig ängstlich beobachtete Peggy ihren

Gesichtsausdruck dabei. Sie sah, wie die Augen sich verdunkelten.

»Was ist?«

Die Alte ließ Peggys Hände los und lehnte sich zurück. »Was wollen Sie zuerst wissen?«

»Was kann ich denn erfahren?«

Die Alte schüttelte den Kopf. »So geht das nicht! Sie stellen mir konkrete Fragen, und ich beantworte sie Ihnen.«

»Okay.« Peggy überlegte kurz. Sie wollte nicht gleich mit der Tür ins Haus fallen. Deshalb fragte sie: »Wird es Krieg geben?«

Die Alte schnaubte. »Verschwenden Sie nicht meine Zeit. Wenn Sie dafür eine Wahrsagerin brauchen, dann gute Nacht.«

Peggy musste trotz der Anspannung lächeln. Sie hatte Humor, die alte Dame. Durchaus. »Na gut. Dann: Werden meine Kinder ein glückliches langes Leben führen?«

Die Augen der Wahrsagerin verdunkelten sich noch mehr. »Es geht hier um Sie, meine Liebe, nicht um Ihre Kinder.«

Hmm. Nun musste sie sie wohl stellen, die Frage. Aber wollte sie es wirklich wissen, jetzt sofort? Es schien so endgültig, wenn sie es tat. Dies hier war eine dieser Weggabelungen im Leben, an der sie jetzt stand, sie spürte es. Fragen oder nicht fragen. Wagen oder nicht wagen. Sie spielte an einer der Margeriten herum. Die Wahrsagerin schubste ihre Hand weg. »Jetzt konzentrieren Sie sich auf Ihr Leben. Was wollen Sie wissen?«

Peggy hob die Augen und blickte ihr direkt ins Gesicht. »Soll ich den Mann, den ich noch liebe«, als sie es aussprach, wurde ihr klar, dass es so war, »soll ich ihn überzeugen, mich zu heiraten, oder soll ich ihn endgültig aufgeben?«

Die Wahrsagerin lehnte sich auf ihrem Stuhl zurück und lächelte. »Na endlich. Der Kern der Dinge: die Liebe.« Ihr Lächeln wirkte ein wenig verächtlich, schien es Peggy. »Der Dauerbrenner unter meinen Kundinnen und zweifelsohne einer der wichtigsten Aspekte des Lebens.«

»Ist das so?«, fragte Peggy. »Ich stelle nämlich gerade fest, dass man als Frau auch alleine ganz gut zurechtkommt.«

Die Wahrsagerin lachte. »Das sagen Sie, die gerade eine wilde Affäre mit einem verheirateten Mann hinter sich haben, aber immer noch mit dem Herzen an diesem anderen Mann hängen? Diesem großen, schlaksigen, was ist er? Irgendeine Art von Künstler, nicht wahr? Aber das sind sie bei Ihnen ja immer, wenn ich das richtig sehe.«

Peggy dachte kurz nach. »Das sehen Sie ganz richtig.« Erstaunlich, dass sie das erst jetzt mit vierzig Jahren im Souterrain dieser Wahrsagerin realisierte.

»Jedenfalls, wenn Sie mich zu diesem aktuellen Künstler befragen, der Sie offenbar immer noch sehr beschäftigt, obwohl er, wie ich gesehen habe, beinahe schon fest in anderen Händen ist und vor allem eigentlich nicht in Frauen verliebt ist, sondern in seine Arbeit und nur jemanden braucht, der sich ihm und seiner Tätigkeit vollkommen unterordnet ...« Sie nickte nach Zustimmung heischend, und Peggy erwiderte das Nicken zögernd. Sie musste zugeben, die Alte hatte genau analysiert, wie Beckett tickte: Er liebte seine Arbeit und sonst vermutlich nichts auf der Welt. »... und außerdem noch sehr autokratisch zu sein scheint, dann ist meine Frage an Sie: Wären Sie bereit, ihn auf der Stelle zu heiraten und dieses Leben nach seinen Vorstellungen mit ihm zu führen?«

Um Himmels willen! »Nein!« Peggy schrie das Wort fast.

Nein, das wollte sie auf keinen Fall! Vorhänge nähen? Essen kochen?

Die Wahrsagerin lächelte. »Sehen Sie: Frage ausführlich und endgültig beantwortet. Lassen Sie ihn ziehen, und widmen Sie sich Ihren eigenen Träumen. Im Leben einer Frau sollte nicht der Mann die einzige Rolle spielen. Sie sollte ein Ziel haben, ein Bedürfnis, das ihr ureigenes ist.« Sie stand auf. »Das macht zehn Franc. Au revoir.«

Sie entschieden sich für einen Spaziergang durch Montparnasse. Schlaksig ging Sam neben ihr her, wie so oft zuvor. Er redete, wie er es immer getan hatte, von seiner Arbeit. Manchmal wandte sie ihr Gesicht ihm ganz zu, wie um ihn ein letztes Mal zu betrachten. Die ersten Falten, seine struppigen Haare, auch seine tiefe Stimme konnte sie so besser wahrnehmen. Die Wahrsagerin hatte recht gehabt. Dieser Mann war zwar wunderschön und hochinteressant, aber er war ein Autokrat, und es würde sie nie glücklich machen, an seiner Seite durchs Leben zu gehen. Durch sein Leben wohlgemerkt. Denn ihres würde nicht zählen.

Sie blieb abrupt stehen und hielt ihn am Arm fest. Sein Blick verriet, dass er wusste, was nun kommen würde.

Sie stellte sich auf die Zehenspitzen und gab ihm einen Abschiedskuss. »Es war sehr schön, solange es anhielt«, sagte sie leise. »Und das meine ich nicht böse.«

»Ich weiß«, sagte er und hielt sie fest. »Gibt es denn keine Möglichkeit …«

Sie schüttelte den Kopf, löste sich aus seinen Armen und trat langsam zurück, Schritt für Schritt, verfolgt von seinen Augen. Dann drehte sie sich um und bog um die Ecke. Mit steifen Beinen lief sie weiter bis an die Seine, wo sie auf die Stufen zum Kai sank und sich endlich ihren Tränen hingab.

Den Tränen des nötigen Abschieds.

Den Tränen des Aufbruchs.

Zu neuen Taten, neuen Plänen. Eigenen Plänen, eigenen Taten.

Sie wischte das Gesicht mit einem Taschentuch trocken und atmete tief ein und aus.

Ein und aus.

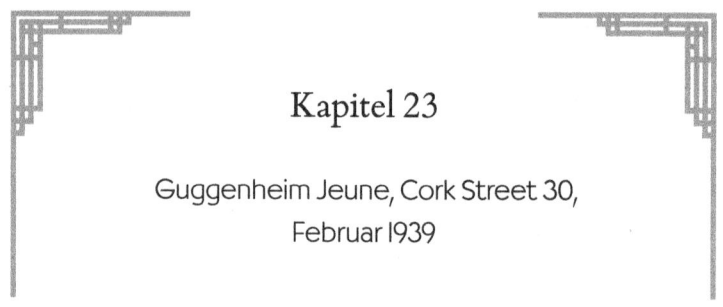

Kapitel 23

Guggenheim Jeune, Cork Street 30, Februar 1939

Bei der Rückkehr nach London war ihr eines völlig klar: Schritt Nummer eins ihres neuen Lebens musste sein, die Galerie aufzugeben. Diese Frühjahrssaison sollte ihre letzte werden, dachte sie, als sie am Montagmorgen die Galerie betrat und ihren Mantel an den Kleiderständer im Hinterzimmer hängte. Denn es war nun nach Abschluss des ersten Jahres ersichtlich, dass sie finanziell nie in einen realistischen Bereich kommen würde. Und wenn sie ehrlich war, machten ihr diese zähen Verkaufsgespräche weiterhin nicht besonders viel Freude. Vielmehr hatte sie etwas anderes festgestellt: nämlich, dass sie deutlich lieber selbst sammelte. Hatte sie anfangs nur aus Mitleid mit ihren ausstellenden Künstlern gekauft, so erwarb sie Werke jetzt ganz bewusst und gezielt, und zwar nicht erst seit Leonora Carringtons *Die Pferde des Lord Candlestick*. Außerdem kristallisierte sich ihre Vision immer deutlicher heraus: Sie wollte unbedingt einer breiteren Masse Zugang zu den Kunstwerken der modernen Zeit ermöglichen. Nicht nur dem Hochadel und dem Geldadel. Die Konsequenz war ihr inzwischen völlig klar, sie hatte es ja bereits gespürt: Sie musste ein Museum errichten!

Ein eigenes Museum für moderne Kunst.

Eine unerhörte Idee für eine alleinstehende Frau. Aber eine wirklich gute!

Sie setzte sich an den kleinen Schreibtisch im Hinterzimmer und zog ein leeres Papier und einen Stift heran. *Museumsplanung*, schrieb sie ganz oben hin und unterstrich das Wort mit dem Lineal.

Denn bevor sie weiter Geld mit der Galerie verbrannte, konnte sie doch lieber ganz an ihre Grenzen gehen und alles einsetzen, was sie besaß, um dieses Projekt zu starten, das ihr wirklich am Herzen lag. Zahlreiche Menschen würden davon profitieren. Und dafür lohnte es sich auch, ein wenig kürzerzutreten. Gerade hatte sie Nachricht bekommen, dass das Erbe nach dem Tod ihrer Mutter nun endgültig geklärt worden war. Es erweiterte ihr Jahresauskommen erheblich. Dennoch würde sie ihren kompletten Lebensstil ändern müssen, wenn sie den Museumsplan durchziehen wollte. Denn das Geld würde zwar genau reichen, um das Museum jährlich zu finanzieren, rechnete sie aus, aber eben nur das Museum, nicht ihren gewohnten Lebenswandel.

In Ordnung: Dann würde sie ab sofort aufhören, neue Kleider zu kaufen. Essen gehen würde seltener werden; musste sie etwa doch lernen zu kochen – nicht für Beckett, sondern für sich? Und: Es blutete ihr das Herz, aber es war klar, dass sie den Delage weggeben und sich ein kleines Auto würde zulegen müssen, das weniger Benzin fraß. Vielleicht würde sie sogar einige Zuwendungen an Freunde streichen müssen. Sie dachte an Laurence, an Djuna.

Nein, das konnte sie nicht tun.

»Worüber grübelst du nach?«, fragte Wyn, die vom Verkaufsraum ins Hinterzimmer zu Peggy an den Schreibtisch trat. »Gerade habe ich noch eins von den Kinderbildern aus dem Depot heraus verkauft. Gut, nicht?«

Peggy reagierte nicht darauf, schob aber die Zeitung über ihr Planungsblatt.

»Was ist?« Wyn setzte sich auf die Schreibtischkante.

Peggy sah ihren ängstlichen Blick. Aber sie musste es der Freundin endlich sagen. »Ich werde die Guggenheim Jeune in Kürze schließen.« Nun war es raus.

Wyn sackte in sich zusammen. »Also tust du es wirklich. Ich hatte mich schon gefragt, wann es dazu kommen würde.«

»Du hast es geahnt?«

»Ich sehe doch auch die Zahlen.« Sie verschränkte die Arme. »Wann?«

»Spätestens im Sommer.« Peggy spielte mit dem Briefbeschwerer aus Muranoglas.

»Und dann?«

»Dann habe ich einen neuen Plan.« Sie stellte den Briefbeschwerer entschlossen auf der Zeitung ab.

»Verrätst du ihn mir schon?«

Peggy schüttelte den Kopf.

»Komme ich darin vor?« Sie blickte sie mit klimpernden Augen an.

Peggy lachte erleichtert; Wyn nahm es also nicht so schwer. »Von mir aus schon. Du musst mal sehen, ob dir das passt.«

Wyn stieß sich vom Schreibtisch ab. »Bin gespannt. Aber jetzt hole ich erstmal schnell die Unterlagen zu der kleinen Skulptur von Arp aus deiner Wohnung. Die Kaufinteressenten kommen heute Nachmittag wieder, und ich glaube, die haben wir im Sack.«

Peggy seufzte. Sie wollte niemanden mehr im Sack haben

müssen. Sie wollte doch eigentlich nur, dass die Leute die Kunst genossen und sich an ihr erfreuten. »Schönen Gruß an Djuna. Sag ihr, draußen scheint die Sonne, sie soll mal aufstehen. Seit Tagen ist sie nicht aus ihrem Kämmerlein gekommen.« Direkt nach dem Münchner Abkommen hatte es ja mal eine kurze Phase der Besserung gegeben, aber inzwischen hatte Djuna sich wieder vollkommen zurückgezogen. Ob sie überhaupt noch schrieb, konnte Peggy nicht sagen. Wenn sie von der Galerie am Abend nach Hause kam, sah es in Djunas Zimmer aus, wie sie es morgens aus dem Augenwinkel wahrgenommen hatte: Die Schreibmaschine stand mit einem eingespannten Blatt Papier auf dem Tisch, während Djuna sich im Bett rekelte.

»Es wird wirklich immer schlimmer mit ihr, nicht wahr?« Wyn zog sich den Mantel über. »Also, bis später dann.«

»Bis später«, murmelte Peggy und war schon wieder bei ihrem Museum. Sie zog das angefangene Planungsblatt hervor und kritzelte unter die Überschrift allerdings vorerst nur Gänseblümchen, während sie weiter nachdachte.

Sol und Hillas Pläne für deren Museum dort drüben in New York nahmen bereits konkret Gestalt an, wie man hörte. Noch in diesem Sommer wollten sie eröffnen. Das würde sich doch sehr gut ergänzen, wenn sie dann parallel hier auf dieser Seite des Atlantiks ebenfalls ein Museum aufbaute. Vielleicht könnte man ja sogar Kunstwerke austauschen. Gut, Tante Hillas Brief von vor fast einem Jahr hatte nicht so geklungen, als sei es sinnvoll, eine solche Anfrage überhaupt zu stellen. Aber seitdem war ja auch schon einige Zeit vergangen. Vielleicht hatten sich die Nerven beruhigt. Und dass die beiden diese gemeine Nummer mit den Kandinskys durchgezogen hatten, konnte Peggy ihnen vielleicht verzeihen, wenn sie nun vernünftig waren und mit ihr kooperierten.

Sie sollte doch einmal vorfühlen, ob das denkbar wäre, denn das würde ihre Pläne mit einem Schlag auf deutlich solidere Füße stellen! Tante Irene! Sie musste Tante Irene anrufen. Die war nah dran am Geschehen in New York und konnte garantiert einschätzen, wie die Lage und die Stimmung bei Sol war.

Peggy zog den Telefonapparat heran und ließ sich vom Amtsfräulein mit dem Plaza-Hotel in New York verbinden.

Der Page meldete sich und stellte sie sofort durch zur Tante in die Suite. »Peggylein, wie schön, von dir zu hören! Wann kommst du mich mal wieder besuchen?«

»Du weißt doch, ich fahre nicht gerne hinüber.«

»*Hinüber*, wie das klingt. Hier ist doch deine Heimat.«

Fühlt sich aber seit Langem nicht mehr so an, wollte Peggy am liebsten antworten, doch sie riss sich zusammen. »Ich hoffe, dir geht es gut. Ich rufe wegen Onkel Solomon an.«

Sie schilderte Irene ihre Pläne und fragte direkt, ob sie denke, Sol und Hilla würden mit ihr kooperieren.

»Eher wird das Meer sich noch einmal teilen, mein Schatz«, war Irenes prompte Antwort. Und dann: »Oh, der Masseur klopft. Ich muss leider. Bis bald, mein Liebes, bis bald!«

Nun gut, man konnte ja nicht immer gleich beim ersten Anlauf erfolgreich sein, dachte Peggy, als sie auflegte. Sie würde schon genug Kunstwerke zusammenbekommen.

Nun galt es erst einmal zwei wichtige Dinge zu klären.

Sie sprang auf und begann, durch den kleinen Raum zu laufen, da sie in Bewegung besser nachdenken konnte: Zunächst musste sie passende Räume finden, hier in London. Denn das war genau der richtige Ort für das Museum, das spürte sie.

Außerdem schien es hier ein wenig sicherer als zum Beispiel in Paris, sollten die Deutschen doch noch einen Krieg anzetteln.

Und zweitens, und das würde sich wahrscheinlich noch schwieriger gestalten, brauchte sie einen fähigen Direktor. Sie selbst konnte zwar im Hintergrund agieren, aber sie war nicht ausreichend vernetzt und hatte keine kuratorische Erfahrung, die über ihre kleine Galerie hinausging. Sie wusste nicht, wie man staatliche Finanzierungen eintrieb und Spender begeisterte. Die benötigte sie allerdings ohne Zweifel.

Sie brauchte also einen Profi an ihrer Seite.

Peggy hielt am Schreibtisch an und legte vorsichtshalber den Telefonhörer neben den Apparat, um ja nicht gestört zu werden beim Grübeln, wer dieser Direktor sein könnte. Es musste jemand mit Reputation und Erfahrung sein, mit Charisma und Chuzpe. Mit ... Plötzlich kam Wyn im Mantel hereingestürmt, völlig außer Atem und mit weit aufgerissenen Augen. »Komm schnell! Es ist Djuna! Sie hat sich etwas angetan!«

Kapitel 24

Peggy rannte hinter Wyn die vertrauten Straßen von Mayfair und Bloomsbury entlang bis zu ihrem Wohnhaus. Schon von Weitem sahen sie den Krankenwagen, der vor dem schwarzen Gittertor parkte. Hastig nahmen sie zwei Stufen auf einmal, als sie nebeneinander die Treppe hinaufliefen.

Wyns Atem ging ruckartig: »Sie liegt auf dem Bett und ist nicht bei Bewusstsein!«

Sie stürmten durch den Flur und ins Schlafzimmer, wo zwei Sanitäter an Djuna arbeiteten. Mit einem Rettungsgriff gelang es dem einen Kerl, die zierliche Djuna zum Erbrechen zu bringen. Als alles draußen war, betteten sie die erschöpfte Djuna auf eine Trage und trugen sie an Peggy und Wyn vorbei aus der Wohnung. »Überdosis Veronal, wie es aussieht. Sie können sie morgen im Royal Hospital besuchen.«

Peggy setzte sich auf das Bett und lauschte den Schritten der Sanitäter auf der Treppe. Tränen traten ihr in die Augen. So weit hatte es also kommen müssen. Djuna brauchte endlich eine Therapie, das war nun ganz offensichtlich. Bislang hatte sie es stets abgelehnt, wenn Peggy ihr angeboten hatte, die Kosten dafür zu übernehmen. Hoffentlich würde sie es jetzt überdenken. Was sollte sonst nur aus ihr werden?

Wyn setzte sich neben Peggy und umarmte sie. »Das wird schon wieder. Das wird wieder.« Sie streichelte ihr den Kopf. »Wir haben sie ja noch rechtzeitig gefunden.« Es tat gut, die Freundin an der Seite zu wissen. Es tat gut.

Peggy wischte sich die Tränen fort und sah sich im Zimmer um. Djunas Schreibmaschine mit dem eingespannten leeren Blatt stand da wie ein Mahnmal. Beinahe wäre es das letzte Blatt geblieben, das sie je eingespannt hatte. Aber Peggy war überzeugt, dass Djuna noch etliche Zeilen, Geschichten, Bücher zu schreiben hatte in diesem Leben. Sie musste nur wieder auf die Beine kommen. Solide auf die Beine.

»Am besten schläft sie sich jetzt erst einmal aus und kommt zur Ruhe«, sagte Wyn und stand auf. »Und das Krankenhaus ist dafür genau der richtige Ort.« Sie nickte, als sie Peggys zweifelnden Blick sah. »Sie ist dort in den besten Händen, glaub mir. Du kannst jetzt nichts machen, außer sie morgen mit einem großen Blumenstrauß zu besuchen, genau wie der Sanitäter gesagt hat.« Sie lächelte und zog Peggy auf die Beine. »Komm! Raus hier, aus dem traurigen Zimmer. An die frische Luft. Wir gehen wieder in die Galerie zurück. Hier herumzusitzen, bringt keinem etwas.«

Wyn hatte recht. Sie würde die Freundin morgen im Krankenhaus besuchen, wenn Djuna ausreichend geschlafen hatte.

Es war dunkel geworden, nur einige Fenster der Wohnungen und Geschäfte leuchteten, als sie schweigend durch die Straßen zurück in die Guggenheim Jeune liefen. Wyn beschäftigte sich mit dem Verpacken von verkauften Kunstwerken. Peggy braute sich eine Kanne Kaffee, schaltete die Schreibtischlampe an und setzte sich wieder an ihre Planung.

165

Im Lichtkegel dachte sie weiter über mögliche Direktoren ihres zukünftigen Museums nach.

Erst um zwei Uhr morgens, Wyn war bereits vor langer Zeit nach Hause gegangen, schaltete sie die Lampe aus.

Ihr war jemand eingefallen, der perfekt passte.

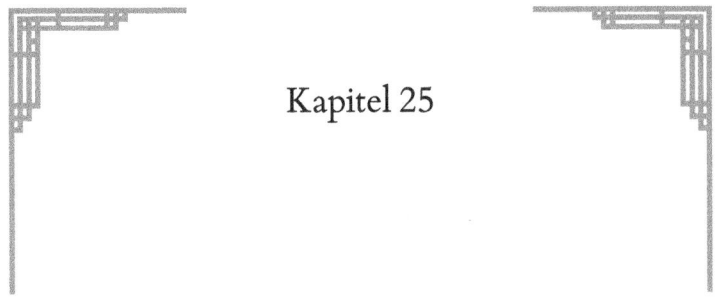

Kapitel 25

Herbert Read war ein gestandener Kunstkritiker, ein Mann von Welt Ende vierzig, glücklich verheiratet und Vater von fünf kleinen Kindern, wie Peggy wusste. Er war äußerst gut vernetzt in der Kunstszene. Mit seinen grauen Haaren und grauen Augen und dem distinguierten Auftreten wirkte er auf den Pressefotos, die sie gesehen hatte, wie ein Premierminister. Bislang hatte sie ihn leider nie persönlich kennengelernt. Sie wusste nur, dass er damals bei der Unterschriftenaktion gegen diese unsinnige Zollbestimmung bei der Einfuhr der Skulpturen für ihre Ausstellung in der Guggenheim Jeune einer der Wortführer gewesen war. Ein fähiger und tatkräftiger Mann schien das also zu sein. Und so war sie heilfroh, dass ein enger Freund von Read ihr nun ein Empfehlungsschreiben ausstellte – der Schriftsteller T. S. Eliot. Er hatte damals das Vorwort zu Djunas *Nachtgewächs* geschrieben, und Peggy hatte einer seiner Freundinnen in den Zwanzigerjahren einmal finanziell unter die Arme gegriffen. Dessen hatte sich Eliot wohl erinnert und wirklich nette Worte gefunden, um Peggys Kompetenz und Leidenschaft für das Kunstmetier zu betonen. Seine Worte halfen sicherlich viel, aber Read ließ sich dennoch nicht überzeugen.

Als sie ihn in seinem heimischen Arbeitszimmer aufsuchte, wo seine Frau alle paar Minuten mit Tee, Keksen und Wasser in der Tür stand wie eine besorgte Mutter bei ihrem Sprössling, gab er ihr zunächst deutlich zu verstehen, er sei der Meinung, Peggys Vermögen reiche nicht aus, um das Museum zufriedenstellend auszustatten und zu führen. Die Arbeit sei gewiss äußerst abwechslungsreich, aber … Er wiegte immer nur den Kopf, und Mrs. Read, die inzwischen auf der Armlehne seines Schreibtischsessels saß wie ein Geier, war auch keine Hilfe, fand Peggy, weil sie dauernd dazwischenfunkte. Es war zum Verzweifeln! Er war doch perfekt für den Job, konnte er das nicht einsehen? Na, sie würde ihn schon noch überzeugen.

Gemeinsam mit Wyn, die sie bereits vorab als Verwalterin des Museums engagiert hatte, begann sie bereits mit der konkreten Planung. Es galt, die genaue Ausrichtung des Museums festzulegen, die Pressearbeit vorzubereiten. Sie nutzten dafür die Räume der Guggenheim Jeune als vorläufiges Hauptquartier und Planungsbüro.

»In hundert Tagen ist die Eröffnung des Museums«, sagte Peggy und nickte eifrig. »Ich konzipiere jetzt einen entsprechenden rückwärtslaufenden Kalender, und jeden Morgen, wenn wir hier in unserem provisorischen Hauptquartier ankommen, streichen wir einen Tag ab.« Sie machte sich schon ans Werk.

»Aber wir haben doch noch nicht einmal Räume«, lachte Wyn.

»Werden wir aber bis dahin haben. Man sollte von solchen Dingen reden, als seien sie schon Wirklichkeit. Man muss sie regelrecht ins Leben sprechen.«

Wyn schüttelte den Kopf. »Manchmal klingst du ein wenig esoterisch.«

»Das ist nicht esoterisch. Das ist eine positive Einstellung. Und die ist nie verkehrt.«

»Wie du meinst.« Wyn schaute auf die Armbanduhr. »Was ist? Kommst du mit zu Djuna ins Krankenhaus? Die Besuchszeit fängt bald an.«

»Du hast recht. Wir müssen sie aufmuntern. Und das wird sie ablenken, wenn wir ihr von unseren Museumsplänen berichten.« Sie nahm ihre Tasche und setzte den Hut auf. »Lass uns gehen.«

Djuna lächelte nicht, als sie hereinkamen. Sie war fast so weiß wie ihre Bettdecke. Nur die Haare, die völlig ungewohnt offen dalagen, umrahmten sie wie eine schwarze Wolke. »Nein!«, rief sie gleich, als sie die Freundinnen sah.

Peggy sah Wyn verwundert an. »Wir haben doch noch gar nichts gesagt, außer Guten Tag.« Sie legte den Strauß mit Lilien auf den Nachttisch, auf dem das Tablett mit dem Mittagessen unberührt stand.

»Ich weiß aber, was ihr gleich sagen werdet, und die Antwort lautet Nein.« Djuna hatte eine steile Falte zwischen den Augen, obwohl ihre Stimme sehr erschöpft klang.

Nun gut. Dann würden sie die Entziehungskur nicht sofort ansprechen, sondern eben erst beim nächsten Besuch, dachte Peggy.

Wyn schien es ebenfalls kapiert zu haben und suchte nach einem anderen Gesprächsthema. »Wir stecken jetzt knietief in der Vorbereitung für das Museum.«

Djuna schnaubte. »Was für ein Hirngespinst. Was für

ein Humbug! Ihr seid doch zwei einigermaßen intelligente Frauen. Wie könnt ihr annehmen, dass die Welt auf ein Museum von euch gewartet hat, und noch dazu in dieser Zeit?«

Peggy bemühte sich, ruhig zu bleiben, und nahm die mit Wasser gefüllte Vase entgegen, die eine Schwester ins Zimmer brachte. »Wir werden ständig interessante Ausstellungen dort haben und einen kompletten Überblick über die moderne Kunst geben.« Sie ignorierte Djunas spöttisches Lächeln. »Außerdem plane ich Vortragsabende mit Schriftstellern und Musik.« Sie drapierte die Lilien in der Vase und rückte sie zurecht.

In Djuna kam Bewegung. Sie setzte sich mühsam auf. »Kannst du dir ernsthaft vorstellen, dass ich dort begleitet von Harfenklängen aus *Nachtgewächs* vortrage?«

Peggy setzte ihren Hut wieder auf, den sie eben erst abgenommen hatte. Jetzt hatte sie aber genug! »Dich würde ich vielleicht einladen, wenn du mal etwas Neues geschrieben hast. Dann ist es mir auch egal, ob die Harfe dazu spielt oder die Tuba. Hauptsache, du kommst mal wieder auf die Beine und nutzt dein Talent, Herrgott nochmal. Schau dich doch an! Du wirfst dein Leben weg!«

»Raus!«, schrie Djuna. »Verschwindet, ihr Idioten! Was wisst ihr schon von künstlerischen Schaffenskrisen und Ängsten? Ihr sonnt euch doch nur im Glanz anderer!«

Peggy war kurz davor, ein Kissen vom Nachbarbett auf die schreiende Djuna zu werfen, aber Wyn zog sie aus dem Zimmer. »Sie ist nicht bei Sinnen, das merkst du doch. Lass sie. In ein paar Wochen hat sie sich wieder im Griff.«

Peggy suchte in ihrer Tasche nach einem Taschentuch und wischte sich die Augen, als sie den Krankenhausflur entlanggingen. »Es macht mich nur so traurig, sie so zu sehen. All die Jahre habe ich an ihr Talent geglaubt, weißt du.«

»Natürlich weiß ich das. Und sie weiß es auch. Schließlich lebt sie von deinen Zuwendungen.« Sie stellten sich eng an die Wand, um eine Krankenschwester vorbeizulassen, die ein leeres Bett den Gang hinunterrollte.

»Wie kann sie sich nur so aufgeben?«

Wyn tätschelte ihr die Schulter, und sie nahmen ihre Schritte wieder auf. »Wir wissen nicht genau, was ihr im Leben alles zugestoßen ist. Die paar Andeutungen, die sie mal gemacht hat, sind vermutlich nur ein Bruchteil der ganzen Misere.«

Peggy öffnete die schwere Tür nach draußen. »Aber muss man nicht irgendwann einmal einen Schlussstrich ziehen unter die Vergangenheit, sich auf sich selbst konzentrieren und nach vorne blicken?« Sie atmete die frische Luft ein und ließ erleichtert den Blick über die vorbeieilenden, geschäftigen Menschen auf dem Bürgersteig schweifen. Dass es in Krankenhäusern immer so bedrückend sein musste.

Wyn zuckte die Schultern, reihte sich in den laufenden Strom ein und zog Peggy mit sich. »Manche können das, manche nicht. Ich weiß nicht, ob ich es könnte. Wir beide haben jedenfalls Glück gehabt, dass wir einigermaßen normal aufgewachsen sind, denke ich.«

Peggy lachte bitter. »Einigermaßen, das trifft es wohl.« Sie hörte das ungeduldige Bimmeln einer Fahrradklingel und trat zur Seite, um Platz zu machen. Verständlich, dass der Radfahrer nicht auf der dicht befahrenen Whitechapel Road mit den vielen roten Busse und schwarzen Taxis radeln wollte. Wyn blieb neben ihr mitten auf dem Bürgersteig stehen. Ein Gentleman mit Melone wie auf einem Gemälde von René

Magritte stieß sie aus Versehen an und entschuldigte sich, bevor er weitereilte.

»Wie wäre es?«, fragte Wyn. »Auf einen Pastis im Café Royal, um auf freundlichere Gedanken zu kommen, bevor wir weiterarbeiten?«

»Wenn die so etwas überhaupt haben.«

»Keine Sorge.« Wyn winkte schon nach einem Taxi und zog sie mit sich. »Aber wir trinken nicht auf Djuna.«

Peggy kicherte. »Nein, das tun wir lieber nicht. Wir trinken auf das Museum und darauf, dass Herbert endlich zur Vernunft kommt.«

Kapitel 26

Und tatsächlich, nachdem er über einige Wochen Freunde aus der Kunstszene konsultiert hatte, stimmte Herbert doch zu und stürzte sich sofort mit voller Kraft in das Projekt. Ein mit ihm befreundeter Kunstsammler bot ihnen schon ein paar Tage später überraschend sein Haus am Portland Place in Marylebone zu günstiger Miete an. Das schien die perfekte Gelegenheit! Peggy war ganz aufgeregt, als sie zu dem Besichtigungstermin aufbrachen, wo die Hausherrin und der Hausherr, Mrs. und Mr. Clark, sie, die Reads und Wyn persönlich vor dem weißen Regency-Palais mit der geschwungenen Front und den Säulen empfingen.

»Sie, junge Dame, wollen also mit meinem alten Freund Read Kunstgeschichte schreiben«, sagte Mr. Clark gönnerhaft und führte Peggy galant zur geöffneten Haustür.

»Ein gelungenes Museum mit bemerkenswerter Kunst zu errichten, das würde mir schon reichen«, sagte Peggy und ließ den Blick schweifen, als sie eintraten.

Eigentlich ein wenig zu verschnörkelt für ihre Art von Kunst, war das Erste, was sie dachte, als sie über das Parkett lief und die runden Türdurchgänge und den Stuck betrachtete. Aber von der Lage und der Größe her war es perfekt, wie sie bei dem Rundgang feststellte. Das Gebäude hatte vier Etagen mit sehr großzügig geschnittenen Räumen in den unteren zwei Stockwerken, die sich hervorragend als Museumssäle eigneten.

Als sie diese gebührend abgeschritten hatten, sagte Mrs. Clark: »Ein besonderes Highlight verbirgt sich übrigens im Keller.« Sie stöckelte die Stufen hinab, wo ihr Mann eine schwere Tür aufstieß. »Wir haben kürzlich einen Luftschutzkeller einbauen lassen.«

Peggy schwieg, Mrs. Read klammerte sich an den Arm ihres Mannes. Herbert warf nur einen kurzen Blick hinein und stellte dann schnell einige Fragen zu den Wohnräumen oben, sodass sie wieder an den Museumsetagen vorbei durch das enge Treppenhaus stiegen, um sie sich genauer anzusehen. In der vierten Etage meldete sich Mrs. Read zu Wort: »Hier wohnen dann natürlich wir, also wir als Familie.« Die Räume hatten einen separaten Fahrstuhl nach unten und außerdem eine schöne Dachterrasse, die eingezäunt und begrünt war, sodass sie wirkte wie ein kleiner Garten oberhalb der Stadt.

»Eigentlich hatte ich gedacht, dass ich hier wohnen würde«, sagte Peggy, und Wyn neben ihr nickte heftig, als ob sie Unterstützung brauchte.

Was wohl der Fall war, denn Mrs. Read gab nicht auf: »Aber Sie sind doch nur eine Person und noch dazu so sonnenscheu, wenn ich mir Ihren Teint anschaue. Was wollen Sie denn mit einer Dachterrasse?«

Peggy fehlten kurzzeitig die Worte. Aber zum Glück schaltete sich Mrs. Clark ein: »Wir Clarks werden nun übrigens mit der ganzen Großfamilie auf unseren Landsitz nach Yorkshire ziehen. Wir brauchen mehr Grün um uns herum, mehr Ruhe. Das Stadtleben ist sehr schön für gewisse Phasen des Lebens. Aber nun treten wir in eine andere ein. Nicht wahr, Darling?« Sie tätschelte Mr. Clarks Arm, und er nickte pflichtschuldig.

Ob das wirklich der Grund war? Oder hatten sie schlicht und ergreifend Angst, dass der Krieg doch noch kommen würde, überlegte Peggy, als sie per Handschlag besiegelte, dass dieses Gebäude der Standort ihres Museums sein würde. Herbert Read strahlte. Und Mrs. Reads etwas giftiges Lächeln ließ darauf schließen, dass sie die vierte Etage nicht so einfach kampflos aufgeben würde. Aber das waren Kleinigkeiten, dachte Peggy. Zur Not zog sie auch in die dritte. Was zählte, war einzig und allein der Fakt, dass das Museum sein Zuhause gefunden hatte!

Parallel zur Gebäudesuche stellte Herbert eine Liste auf, welche Werke er für das Museum sah. »Die wichtigsten Werke der Moderne, wenn du so willst«, sagte er zu Peggy und verdeckte seine Schrift mit der Hand, als Peggy versuchte, über seine Schulter etwas zu lesen.

»Sei nicht albern, lass mich mal gucken.« Sie griff nach der Liste, aber er entzog sie ihr.

»Erst wenn sie fertig ist. Ich muss nachdenken. Geh weg. Sonst vergesse ich am Ende etwas.«

Peggy schüttelte den Kopf. Natürlich hatte sie in Gedanken längst ihre eigene Liste, was ins Museum musste und was nicht. Im vorläufigen Hauptquartier, der Jeune, machte sie sich mit Wyn an die Vorbereitung der Pressearbeit. Von den leeren Wänden der Galerie hallten ihre Stimmen wider, als sie sich Ideen von Slogans und Namen für das Museum zuriefen. Es war schon eigenartig, die Guggenheim-Jeune-Räume so kahl zu sehen. Ziemlich traurig sogar.

Neben der »Liste« werkelte Herbert bereits an der Konzeption der Herbst-Ausstellung, mit der sie das Museum eröffnen wollten. Als Peggy eines Morgens in die Galerie kam und die Zeitung sah, wurde sie von einem Artikel sehr überrascht. Offenbar hatte Read ein Interview gegeben und war auf die schmeichelnden Fragen des Reporters hereingefallen, sodass er viel zu viel ausgeplaudert hatte. Noch dazu – Peggy setzte sich in einen der Korbstühle – gab er Dinge preis, von denen noch nicht einmal sie etwas wusste: Er sagte, die erste Ausstellung des Museums beginne mit Matisse und zeige die Entwicklung der modernen Kunst seit 1910, wobei die Schwerpunkte auf der abstrakten Kunst und dem Kubismus lägen. Wie bitte? Peggy sprang auf. Matisse! Ganz sicher nicht! Viel zu unmodern war der doch! Genauso Cézanne, Rousseau. Was sollte das? Wie kam Read nur auf die Idee, dass so etwas in ihrem Museum stattfinden würde? Sie wollten ein Hort der modernen Kunst sein, der *modernen*, Herrgott nochmal, war denn das so schwer zu verstehen? Sie musste wohl eine ernsthafte Unterredung mit ihm führen.

»Ärger?«, fragte Wyn, als sie die Zornesfalten auf Peggys Stirn sah.

»Nein!« Peggy stampfte mit dem Fuß auf. Das Echo hallte von den leeren Wänden wider.

Wyn lächelte. »Sieht auch gar nicht danach aus.« Sie drückte Peggy zurück in den Korbsessel und nahm die Zeitung, um den Artikel zu lesen. Anschließend klappte sie sie zu. »Du bist der Boss. Sag ihm, wo es langgeht.«

»Tue ich doch.« Peggy nahm die Zeitung und warf sie in den Müll.

»Dann ist ja gut«, sagte Wyn gerade, als die Tür aufging und eine junge Frau eintrat. Mit ihren mit Zuckerwasser zurechtgelegten Haaren, dem weißen Hemd und dem doppelreihigen Männerblazer samt Einstecktuch sah sie sehr elegant aus.

»Entschuldigen Sie bitte vielmals, dass ich hier einfach so hereinplatze, Frau Guggenheim. Ich soll ganz herzliche Grüße bestellen von Marcel Duchamp«, sagte sie mit deutlich vernehmbarem deutschem Akzent. »Mein Name ist Gisèle Freund, ich bin Fotografin.«

Sie baten sie, auf der Korbbank Platz zu nehmen, und Gisèle erzählte von ihrer Arbeit und zeigte einige wunderbare Farbdias von prominenten Künstlern, die sie in den vergangenen Jahren in Paris gemacht hatte, hauptsächlich in Sylvia Beachs legendärem Buchladen Shakespeare and Company. Farbfotos – damit war Gisèle wirklich auf der Höhe der Zeit. Wie viel klarer man die Furchen, das Leben, die Geschichten der Porträtierten sehen konnte. Peggy blickte in die eindrucksvoll ausgeleuchteten Gesichter von James Joyce, Virginia Woolf, George Bernard Shaw, H. G. Wells – und Sam. Sie schluckte. Wie gut er aussah mit seinem ernsten Blick aus den blauen Augen unter den dunklen Haaren, die zu einer perfekten Tolle gestylt waren, mit der markanten irischen Nase und den – sie lächelte – großen Ohren. Wie gerne hatte sie dieses Gesicht geküsst, selbst die Küsse des schmalen Mundes empfangen und vor allem den Worten gelauscht, die aus ihm kamen. Aus und vorbei. Und natürlich war es richtig so. Absolut richtig. Schnell blätterte sie weiter und entdeckte Marcel. Der liebe Freund! Wie sie ihn und Mary schon wieder vermisste. Und Paris! Sie legte die Fotos beiseite und blickte in Gisèles hellwache Augen, in denen Witz und Klugheit zu erkennen war. Ihr Auftreten war exzellent und einzigartig in dieser maskulinen Art. Sie war ohne Frage eine begabte Fotografin. Warum dieses junge Talent nicht ein wenig fördern und mit ihrer Arbeit die Ära der Guggenheim Jeune offiziell beschließen? Eine Abschluss-Ausstellung, vielleicht im Juni. Mit Sam an der Wand wäre das doch ein besonders würdiger Abschied von den Räumen in der Cork Street 30, hatte er ihr doch am Anfang so viel Mut gemacht und Impulse gegeben. Also, warum nicht? Eine letzte große Sause, und ab Herbst dann das Museum.

Als sie Gisèle ihre Gedanken mitteilte, fiel diese schlagartig aus ihrer kühlen Pose, umarmte Peggy und Wyn stürmisch und tanzte durch den Ausstellungsraum. Gemeinsam stießen sie mit Champagner auf den Beschluss an. So würde die Guggenheim Jeune doch noch einen würdigen Abschied bekommen. Peggy freute sich schon, bald ein letztes Mal diese Wände zu bestücken, ein letztes Mal eine Vernissage-Rede zu halten und zum letzten Mal zur Party ins Café Royal zu bitten.

Kapitel 27

Guggenheim Jeune, Cork Street 30,
22. Juni 1939

Es war so weit. Fast genau anderthalb Jahre nach der Eröffnung der Guggenheim Jeune stand Peggy vor der Menge, die bereits begeistert nach Gisèles Bildern äugte, die die Wände bedeckten. Sie bedankte sich für die vielen Gäste und Käufer, die die Guggenheim Jeune hier in London gehabt hatte. Für die gute Presse, die ihr beschieden gewesen war, und für den Spaß, den sie alle gehabt hatten. Sie führte Gisèle ein und lobte ihre Fotografie, während sie hinter sich, quasi als Stütze, Sams Porträt mit seinem durchdringenden Blick wusste.

Sie sah in ein paar fragende Gesichter von Angehörigen der Kunstszene, die offenbar erwarteten, mehr zu erfahren über Peggys brandneue Museumspläne. Aber es bereitete ihr eine herrliche Freude, an dieser Stelle zu schweigen. Herberts Liste war schlichtweg großartig geworden; die Differenzen über seine vorpreschende Pressearbeit waren längst ausgeräumt, die Streitigkeiten um die Etagen in dem Museumsgebäude schienen Peggy inzwischen lächerlich nebensächlich. Sollte Mrs. Read mit der Familie ruhig die Dachterrasse bekommen, wenn ihr Herz so sehr daran hing. Peggy ging es nur noch um die Bilder. Herbert und sie hatten lange über die Liste diskutiert, sie selbst hatte noch einige Wunschwerke ergänzt.

Nun stand ihr Fahrplan, und sie wussten ganz genau, was sie ausstellen würden und was nicht.

Heute galt es aber erst einmal Abschied zu nehmen von der Guggenheim Jeune. Sie atmete tief durch. Fast achtzehn Monate ihres Lebens hatte sie in dieses Projekt investiert. Es war eine schöne Zeit gewesen, und sie hatte sehr, sehr viel gelernt. Vor allem die Zusammenarbeit mit Wyn hatte sich als Glücksfall erwiesen. Wie gut, dass sie ihr im Museum erhalten bleiben würde. Nach dem Sommer. Wenn sie alle gut erholt von den Urlauben mit der Familie in die Stadt zurückkehren und vielleicht doch Kunstgeschichte schreiben würden.

»Kommen Sie, ich mache ein Foto von Ihnen und Herrn Read gemeinsam«, sagte Gisèle, die auf einmal neben ihr aufgetaucht war. Ihr hatte sie von den Plänen erzählt. »Es wird das erste Dokument Ihrer legendären Zusammenarbeit sein, nicht wahr?«

Peggy drückte ihren Arm. »Sehr gerne können wir das machen! Wo?«

»In Ihrer Wohnung, dachte ich. Hier ist zu viel Trubel.«

»In Ordnung. Ich hole Herbert. Wyn hält hier die Stellung, und nachher im Café Royal können wir wieder dazustoßen.«

Sie liefen hinüber, und in der Wohnung platzierte Gisèle sie unter dem Gemälde von Tanguy im Wohnzimmer. Weil das Zimmer so klein war, musste Peggy sich zu Herberts Füßen auf den Teppich setzen, und der Tanguy kam nur halb drauf. Aber es war das erste Dokument einer kommenden Legende. Eines legendären Museums. So viel war schon einmal sicher, dachte Peggy. Gleich nach dem Sommer würde sie zum Leben erwachen, diese Legende. Wie aufregend das werden würde, wie schön! Sie konnte es kaum abwarten.

»Ich wünsche Ihnen, dass alles genauso klappt mit Ihren Plänen, wie Sie sich das vorstellen«, sagte Gisèle, als sie ihren Fotoapparat in ihrer Tasche verstaute.

»Aber natürlich wird das klappen«, sagte Herbert, und Peggy hörte Empörung heraus.

Sie tätschelte Gisèles Rücken. »Sie sind doch eine so junge Frau, wie können Sie nur so pessimistisch denken?«

Sie stand auf und zuckte die Schultern. »So«, sagte sie dann und blickte sich um. »Ich hab alles.« Sie trat zu Peggy und umarmte sie: »Ich danke Ihnen sehr für diese Chance in Ihrer Galerie. Und ich hoffe, dass wir uns einmal wiedersehen, wenn ...« Sie verstummte. »Auf Wiedersehen, Frau Guggenheim. Passen Sie bitte auf sich auf.« Sie verschwand im dunklen Treppenhaus, und bald hörte Peggy die schwere Haustür unten ins Schloss fallen.

»Viel Glück, Gisèle«, murmelte sie hinter der jungen Frau her. Viel Glück!

Zweiter Teil:

»Jeden Tag ein Bild« –
Krieg, Flucht und Max Ernst

1939–1941

Kapitel 1

Paris und Südfrankreich,
Juli/August 1939

Nach der gelungenen Finissage standen nun erst einmal die Sommerferien an. Und die fanden natürlich im Kreise der Familie statt, zumindest hauptsächlich. Peggy hatte Pegeen schon vorausgeschickt zu Laurence, nun saß sie in dem kleinen, schnuckligen Talbot-Cabrio, das sie gekauft hatte, nachdem sie den teuren Delage für das Museum abgestoßen hatte. Sindbad war dabei, der bereits einige Ferientage bei ihr verbracht hatte, und gemeinsam ging es zunächst gen Paris. Dort wollte sie den Jungen schon einmal in die Bahn zu Pegeen und Laurence setzen und dann schnell noch ihre Freundin Nelly in einem Vorort von Paris abholen, die diesen Sommer mit nach Südfrankreich reisen wollte. Und bei Nellys zu erwartendem Gepäck mit all den glitzernden Strandkleidern, Korbtaschen und Hüten würde der Junge kaum Platz finden auf der schmalen Rückbank. Peggy schmunzelte.

Sie bewunderte Nellys Elan und Lebensfreude sehr, die sie nie verloren hatte, seit ihr Mann Theo van Doesburg vor acht Jahren gestorben war. Lautstark und mutig kämpfte sie für die Erinnerung an ihn, organisierte Ausstellungen mit seinen Werken und druckte Neuauflagen der Kunstzeitschrift *De Stijl*, die er gemeinsam mit Piet Mondrian entwickelt hatte. Wie gut, eine Freundin zu haben, die im gleichen Alter war wie sie und mitten im Leben stand. Eine Freundin mit so viel positiver Energie, dass es schon fast zu viel wurde. Sie hatte sie zwar damals nicht erlebt, als Nelly noch mit ihrem Dada-Programm als Sängerin und Tänzerin gemeinsam mit Kurt Schwitters durch Europa getourt war, aber an Präsenz und Verrücktheit hatte sie nichts eingebüßt. Wenn Peggy im Gegensatz dazu an Djuna dachte, war das wohl eine erhebliche Verbesserung an Gesellschaft.

Mit Djuna konnte man nach wie vor nicht viel anfangen dieser Tage. Sie war zwar längst wieder aus dem Krankenhaus entlassen und trank nicht mehr ganz so viel, aber ihre Gedanken drehten sich immer noch nur um die Kriegsgefahr, um die schlimmen Dinge, die in der Welt vor sich gingen, um Weltschmerz. Sie saß in ihrem Mauseloch fest und starrte auf die Schlange. Dazu hatte Peggy keine Lust. Schlangen waren ohnehin unberechenbar. Wenn sie bissen, bissen sie. Da brauchte man nicht vorher schon gelähmt zu sein.

»Nelly!« Stürmisch umarmte sie die Freundin, als diese aus ihrem futuristischen Studiohaus trat, das schneeweiß und wie ein vom Himmel gefallener Würfelzucker zwischen den Villen des Pariser Vororts stand. Sie roch den zarten Rosenduft in Nellys sorgfältig rot gefärbtem Haar. Sie wurde allerdings auch nicht jünger, dachte sie kurz, als sie feststellte, dass die Haare noch dünner schienen als beim letzten Mal, als sie sich gesehen hatten vor gut einem Jahr. Und wieder trug sie viel zu viel Make-up. Schließlich wollten sie doch nicht in die Oper, sondern in die Sommerfrische. Aber wie auch immer, das war doch völlig egal. Hauptsache, sie würden in diesem Sommer eine vergnügliche Zeit haben.

»Wohnen wir bei Laurence?«, fragte Nelly in ihre Gedanken hinein, als sie das Villenviertel verlassen hatten und im offenen Wagen über die Landstraße brausten. Bald wurden die Felder abgelöst von Wäldern und später von Weinbergen.

»Das konnte ich umschiffen.« Peggy dachte mit Grausen daran, einen ganzen Sommer mit der Zicke Kay unter einem Dach leben zu müssen. Mit der Frau, die damals bei der Scheidung mit ihrem schlechten Gerede vermutlich mit dafür gesorgt hatte, dass der Unterhalt, den Peggy Laurence zahlte, erheblich höher ausgefallen war als gedacht. Sie musste sich zusammenreißen, um keine schlechte Laune zu bekommen, und konzentrierte sich wieder auf die liebliche Landschaft. »Ich habe uns für eine Woche in einem Hotel in der Nähe eingebucht. Und danach können wir weiterfahren und uns treiben lassen, vielleicht sogar bis an die Côte d'Azur.«

»Und wie wir das tun werden!« Nelly warf die Arme in die Luft und jauchzte.

Und wie, wiederholte Peggy im Geiste und zwang sich, es der Freundin gleichzutun und nichts anderes zu erwarten von diesem Sommer als Spaß und Erholung.

Die eine Woche in der Nähe von Kay war herausfordernd, aber schließlich hatten sie sie hinter sich gebracht. Da sie sah, wie sehr es die Kinder genossen, bei Laurence zu sein und mit den Altersgenossen aus der Nachbarschaft herumzutoben, beschloss Peggy, dass sie guten Gewissens mit Nelly weiterfahren konnte. Sie wollte ihrer Freundin das alte Haus in Pramousquier zeigen, in dem sie am Anfang der Ehe mit Laurence vier wunderschöne Jahre verlebt hatte.

Als sie dort ankamen, stellte sie jedoch enttäuscht fest, dass von dem Räuberritterburg-Charme des Hauses nicht mehr viel übrig geblieben war. Die neuen Besitzer hatten es sehr bieder hergerichtet bis hin zur von Palmen gesäumten Auffahrt aus Kieseln. Damals, als die Joyce sie hier besucht hatten, als sie die wilden Partys mit Man Ray, Kiki von Montparnasse, Mary und Marcel gefeiert hatten, da glich das Anwesen noch ein wenig einem Vagabundenlager. Irgendwie hatte ihr das besser gefallen als das schicke, typisch südfranzösische Heim, das sie nun vorfand.

Schnell wechselten sie den Ort und bezogen Quartier bei Peggys alter Freundin Madame Octobon in La Canadel. Madame war stets bunt gekleidet und hatte dieses Tuch um die Haare geknotet, das den exakt gleichen Farbton besaß wie ihr Lippenstift. Sie gestikulierte wild beim Reden, und man musste aufpassen, dass man ihrer Zigarettenspitze nicht in die Quere kam, die ihren Radius ständig um fünfzig Zentimeter vergrößerte. Ihr Haus – oder vielmehr Häuschen – bestand aus einem Flachbau mit nicht mehr als vier Zimmern, und hier stiegen endlich die alten Gefühle in Peggy auf. Wie sehr entspannte sie sich, als sie in dem gestreiften Liegestuhl unter Madame Octobons Pinie lag und einen der geheimnisvollen Cocktails ihrer Gastgeberin zu sich nahm. Abends tischte Madame meist frischen Fisch auf, den Nelly und Peggy am Morgen vom Markt geholt hatten. Nelly brachte ab und zu ein Spiel aus Madame Octobons Spieleschrank an, und so lieferten sie sich an manchen Nachmittagen ausgiebige Schach- oder Mühlepartien, nur unterbrochen von einem erfrischenden Bad im Meer. Nelly fühlte sich hier ganz offensichtlich genauso wohl wie Peggy, und so brauchte sie einige Überredungskunst, um Nelly zu überzeugen, für einen Tag einmal nach La Croix hinüberzufahren, um die Kandinskys zum Lunch zu treffen, die dort urlaubten.

»Können wir da wenigstens auch baden gehen?«, fragte Nelly leiernd und klang fast so wie Pegeen, wenn ihr neuerdings etwas über ihre Backfischleber lief.

Peggy nickte. »Dort gibt es eine sehr idyllische Badebucht, in der wir auf dem Rückweg schwimmen können. Komm, es ist doch einer unserer letzten Ferientage. Bald ist der Urlaub vorbei.«

»Also gut.«

Kapitel 2

La Croix, Côte d'Azur,
1. September 1939

Es war ein strahlender Morgen, und sie fuhren schon sehr früh im offenen Talbot los. Die Straße schlängelte sich die Küste entlang, es roch nach Salz und Fisch, und sie genossen das Licht und die warmen Sonnenstrahlen auf der Haut. Auf der türkisfarbenen Bucht kreuzten bereits ein paar frühe Segler, und hinten am Horizont dampfte ein Kreuzfahrtschiff. Wie sehr sie dieses Fleckchen Erde doch liebte, dachte Peggy wieder einmal und wollte am liebsten anhalten, um die Palmen und Pinien entlang des Weges einzeln zu umarmen. Aber natürlich tat sie das nicht, sondern lenkte den Talbot wenig später auf den Parkplatz vor dem klotzigen Kasten von Gründerzeithotel namens Kensington mit seinen für diese Landschaft viel zu ausladenden Balkonen und Fassadenschnörkeln.

Peggy musste schmunzeln. Dies war mit Sicherheit die spießigste Gelegenheit, hier in der Gegend unterzukommen. Sie schüttelte den Kopf, als sie ausstiegen. Das konnte nur Nina Kandinskys Idee gewesen sein, so etwas. Nur ihre.

Die Kandinskys begrüßten sie hocherfreut, offenbar brauchten sie dringend eine Abwechslung von ihrem gleichmäßigen Luxusleben in dem langweiligen Hotel. Für einen frühen Lunch nahmen sie Platz auf der zugegebenermaßen wunderschönen Panoramaterrasse unter den weiß-gelben Markisen. Die Kandinskys stellten Fragen nach London und nach Peggys neuen Plänen und waren entzückt zu hören, dass sie Herbert Read für ihre Zwecke hatte gewinnen können und dass das Museum nun bald eröffnen würde.

»Damit stehen Sie dann Ihrem Onkel Sol in New York in nichts mehr nach, was?«, fragte Nina und schmierte sich Butter auf ein Stück Baguette.

»Hatten Sie denn die Gelegenheit, bei der Eröffnung seines *Museum of Non-Objective Painting* in New York vor drei Monaten dabei zu sein?«, fragte Wassily, bevor Peggy auf Ninas Bemerkung reagieren konnte.

Wenn er wüsste, wie es um die verwandtschaftlichen Bande stand, dachte Peggy. »Leider nein«, sagte sie schnell, um das Thema galant zu beenden. Sie wollte sich keine Gedanken über Sol und Hilla machen. Sie hatten ihr nicht helfen wollen, im Gegenteil, wenn sie an die Verkaufsoffensive von Wassilys Gemälden dachte. Davon hatte sie dem alten Maler immer noch nichts verraten, und sie würde es auch nicht tun. Über die Eröffnung des *Museum of Non-Objective Painting* hatte sie nur in der Zeitung gelesen, eine Einladung hatte sie natürlich nicht erhalten.

Aber sollten Sol und Hilla dort drüben doch ihre Version eines modernen Museums präsentieren, sie würde diesseits des Atlantiks ihre eigene kreieren. Sie hatte wirklich keine Zeit, sich lange mit den Plänen der Verwandtschaft auseinanderzusetzen. Sie musste sich auf sich selbst konzentrieren, und darauf, dass ihr Vorhaben gelang.

»Würden Sie denn zu meiner Eröffnung kommen, Wassily?«, fragte sie schnell und schenkte allen von dem köstlichen

Rosé nach, den sie zum Oktopus genossen. Sie sah, wie der livrierte Kellner neben dem Olivenbaumtopf sich grämte, als er mitbekam, dass sie ihm zuvorgekommen war.

»Selbstverständlich, sehr gerne«, sagte Kandinsky und nickte zufrieden. »Das würde mir gefallen, bei solch einem denkwürdigen Moment dabei zu sein. Sie schaffen da etwas ganz Besonderes. Da besteht kein Zweifel.«

Nina nahm einen Schluck Rosé. »Allerdings zahlen Sie doch bestimmt die Hotel- und Reisekosten für meinen Mann und mich?«

Peggy kaute ihren Tintenfisch hinunter. »Aber selbstverständlich.«

Und wieder einmal hatte es sich bestätigt, dass Künstler in der Regel ohne ihre Frauen viel besser dran wären, dachte sie.

In diesem Moment kam auf einmal Aufregung in die Kellnermannschaft. Sogar der Kerl, der sich eben noch gegrämt hatte, dass er zu spät zum Rosé-Nachschenken gewesen war, hatte die Augen aufgerissen.

Die Männer tuschelten untereinander, und nicht einmal leise. Das freundlich-geschäftige Lächeln war aus den Mienen verschwunden. Sie schienen nicht zu wissen, ob sie auf ihren Plätzen bleiben sollten, und schauten zum Maître, der zunächst beschwichtigend gestikulierte. Aber als er schließlich von den Gästen angesprochen wurde und alle Aufmerksamkeit der Terrasse auf ihm ruhte – niemand sprach mehr, niemand aß oder trank, kein Besteck klapperte, kein Glas klirrte –, da sagte er: »Deutschland ist in Polen einmarschiert.«

Kapitel 3

Megève,
Anfang September 1939

»Natürlich kannst du nicht zurück nach England!« Laurence hielt Peggy fest am Arm, um seine Worte zu bekräftigen. Sie und Nelly waren soeben von der Küste zurückgekehrt, und so saßen nun alle gemeinsam in Laurence' Wohnzimmer um den kleinen runden Tisch versammelt, die Kinder waren schon im Bett. »Du musst bei uns in der Nähe bleiben, die Kinder wohnen ab sofort selbstverständlich hier.«

»Aber wir müssen doch …« Sie schaute hilfesuchend zu Nelly, aber die blieb stumm.

»Gar nichts müsst ihr, außer hierbleiben. Bald wird Reisen gar nicht mehr möglich sein. Wir müssen jetzt alle im nahen Umkreis zusammenbleiben. Ich glaube, du begreifst den Ernst der Lage nicht, Peggy.«

»Aber«, setzte sie noch einmal an, sah aber seinen entschlossenen Blick und verstummte. Wie war denn das möglich? Krieg. Gestern hatten sie doch noch bei Madame Octobon im Garten Schlammmasken aufgetragen und Nagellack ausprobiert. Es hatte ausgesehen, als ob der Sommer friedlich und erholsam zu Ende gehen würde und sie nach London zurückkehren und in wenigen Wochen ihr Museum eröffnen würde. Und nun sollte sie von heute auf morgen alles in London und in Yew Tree Cottage zurücklassen? Nicht mehr zurückkehren, um wenigstens ein paar persönliche Dinge, ein paar Dokumente zu holen, ihren Schmuck, ihre … Peggy wurde heiß: »Meine Kunstwerke! Ich muss sie doch retten.«

»Nein!« Laurence verstärkte seinen Griff. »Deinen wichtigsten Besitz hast du zum Glück bei dir: deine Kinder und deinen amerikanischen Pass. Alles andere ist nebensächlich. Lass Wyn deine Kunst meinetwegen nach Yew Tree Cottage bringen, dort ist sie erstmal einigermaßen sicher. Vielleicht besteht ja später die Möglichkeit, sie von dort wegschaffen zu lassen.«

Peggy sank an die Couchlehne, direkt an Kays Schulter. Sie fühlte, wie Kay tröstend ihren Arm um sie legte. Sie hatte nicht die Kraft, ihn abzuschütteln.

»Aber nach Paris. Nach Paris können wir doch«, sagte Nelly nun endlich auch einmal etwas.

Hoffnungsvoll blickte Peggy auf.

»Ihr bleibt erstmal alle hier, auch du, Nelly. Bis wir genau wissen, wie es weitergeht«, sagte Laurence bestimmt.

»Aber wenn ich bis dahin warte, dann ist mein Haus vielleicht zerstört oder ausgeraubt oder sonst was«, sagte Nelly. »Dort sind so viele wichtige Erinnerungen an meinen Mann!« Sie sprang auf. »Ich werde in ein paar Tagen fahren, um zu retten, was gerettet werden muss. Sie werden ja nicht gleich mit Panzern in Paris einrollen. Das ist doch Quatsch. Sie werden diese Verrückten dort in Polen bald stoppen. Und dann ist Schluss.« Sie wandte sich an Peggy. »Aber mit London hat er recht, Darling.«

»Danke!«, sagte Laurence. »Ich bin das Familienoberhaupt, ich entscheide, was richtig ist für die Familie, und fertig.«

»Es werden wohl noch viele schwierige Entscheidungen anstehen in der nächsten Zeit, was?«, sagte Peggy sehr leise.

Die gemeinsame Kriegserklärung von Frankreich und Großbritannien gegen Deutschland am 3. September kam nun nicht mehr sehr überraschend.

»Das heißt wohl, dass der Krieg definitiv nicht in Polen bleibt, oder?«, fragte Peggy Laurence, als sie es gemeinsam im Radio gehört hatten.

Er nickte langsam.

Peggy wandte sich von ihm ab und stellte sich mit der Kaffeetasse ans Fenster, wo sie die Kinder auf der Wiese Krocket spielen sah. Ihr war plötzlich eiskalt, obwohl doch immer noch Hochsommertemperaturen herrschten. Das Wichtigste war nun, dass die Kinder bei Laurence vorerst in Sicherheit waren. Er bemühte sich schon, Schulen für sie in der Nähe zu finden. Peggy hatte an Wyn telegrafiert und sie um die Auslagerung der Kunstwerke aus London nach Yew Tree Cottage gebeten. In einer langen Schlange hatte sie am Postamt dafür anstehen müssen, vor ihr und hinter ihr Menschen mit sorgenvollen Gesichtern, Männer zum Teil schon in Uniform. Ein in seinem Sommeranzug weiterhin sehr elegant gekleideter junger Mann mit zurückgezuckertem Haar und sehr femininen Bewegungen direkt in der Schlange vor ihr hatte nach zwei Stunden des Wartens versucht, die Stimmung aufzuheitern, indem er rief: »Mein Gott, ihr tut ja alle so, als ob Frankreich in einen Krieg verwickelt sei.« Aber lachen konnte niemand darüber.

In Gesprächen mit Laurence und Nelly musste Peggy schließlich auch einsehen, dass ihr Museum in London zu diesem Zeitpunkt nun tatsächlich nicht mehr zu verwirklichen war.

Sie hatte daraufhin einen langen Spaziergang durch den an Laurence' Grundstück angrenzenden Wald unternommen, alleine, ohne dass die Kinder oder Laurence und Nelly ihre Tränen sahen. Dann hatte sie es geschafft, mit Herbert Read Kontakt aufzunehmen. Auch er war niedergeschmettert gewesen, dass die Pläne nun beerdigt werden mussten. »Können wir es nicht trotzdem wagen?«, hatte er gefragt.

»Nein, Herbert. Wir riskieren damit, dass die Werke durch Bomben zerstört werden.«

»So schnell fallen doch keine Bomben!«

»Woher willst du das wissen?«

»Aber ...«

»Es ist zu riskant, Herbert. Punkt.«

Schweigen. Dann: »In dem Fall verlange ich die Hälfte meines geplanten Fünfjahresgehalts. Schließlich hatte ich mich langfristig festgelegt, und ich habe Familie, wie du weißt.«

Peggy hatte nach diesem Telefonat sehr enttäuscht aufgelegt. Das mussten nun die Anwälte klären.

Eines Morgens beim Frühstück, als Laurence und die Kinder gerade aufgebrochen waren, um den Tag mit Baden am See zu verbringen, kam ihr ein Gedanke: Wenn das mit dem Museum schon nicht klappte, wie wäre es, in den nun vermutlich folgenden dunklen Zeiten eine Künstlerkolonie in Frankreich einzurichten, in der die Künstler weiterhin arbeiten konnten und man vielleicht eine kleine Landwirtschaft betrieb, um sich weitestgehend selbst zu versorgen? Laurence tippte sich sofort an die Stirn, als er von dieser Idee hörte. Aber Peggy war ganz begeistert und begann sogleich zu überlegen, wo ein geeigneter Standort für dieses Kollektiv sein könnte. Südfrankreich doch wohl. Dort würde man in einem kleinen Dorf noch unbehelligt leben können, nicht wahr?

Als sie aber telefonisch bei Djuna vorfühlte, die sich mit Wyn nach Yew Tree Cottage zurückgezogen hatte, bekam sie ein Argument zu hören, das sie durchaus nachdenklich stimmte: »Du glaubst doch nicht, dass du Künstler findest, die mehrere Jahre lang friedlich miteinander leben, ohne sich die Augen auszukratzen?« Sie hatte böse gelacht. »Und ich ziehe übrigens bestimmt nicht mit ein in diese verrückte Kommune mit all den Egos. Ich bin doch nicht wahnsinnig.«

Nachdem sie dann auch noch trotz langer Fahrten mit einer Immobilienmaklerin kein geeignetes Areal finden konnte, gab Peggy die Idee auf.

Laurence enthielt sich freundlicherweise eines Kommentars. Er hatte aber währenddessen Schulen für die Kinder gefunden. Sie würden definitiv in seiner Nähe bleiben, waren hier vorerst in Sicherheit und gut versorgt.

Das war die Hauptsache.

Aber das Museum war gestorben, die Künstlerkolonie ebenfalls. Was sollte sie, Peggy, denn nun bloß tun? Was? Sie wollte sich nicht von der Angst lähmen und zu Tatenlosigkeit verdammen lassen, wollte eben nicht wie Djuna auf die Schlange starren. Es kam nicht infrage, einfach die Hände in den Schoß zu legen und zu warten, bis es Zeit wäre, Europa zu verlassen, so wie es viele Bekannte bereits taten. Beinahe täglich erreichten sie Meldungen von Freunden, die gen Palästina oder Amerika abreisten. Noch wehrte sie sich gegen den Gedanken, es ihnen vielleicht bald nachtun zu müssen. Es musste auch hier trotz allem noch etwas Sinnvolles geben, das sie leisten konnte. Wo sie helfen, etwas beitragen konnte. Sie dachte an

Mary und ihre Worte damals in Paris. Hilfsaktionen, Widerstand. Sollte sie etwa spionieren, Nachrichten überbringen und eventuell gar Leute vergiften? Sie schüttelte den Kopf. Zumal sie ja noch gar nicht da waren, die Besatzer.

Es musste eine Aufgabe sein, die ihr entsprach. Eine, für die sie genau die Richtige war, weil sie die Einzige war, die sie erfüllen konnte.

Und als sie am nächsten Tag ihre tägliche Schwimmrunde im See drehte und auf die Berge und Wälder schaute, hatte sie plötzlich einen Einfall, der es wirklich und wahrhaftig wert war, genau durchdacht und umgesetzt zu werden.

Aufgeregt wartete sie bis zum Abend, als die Familie um den großen Esstisch versammelt war, und verkündete ihren Plan.

Als Laurence erkannte, dass er diesmal keine Chance haben würde, sie zum Bleiben zu bewegen, ließ er sie endlich ziehen – in ihre ganz besondere Mission.

Kapitel 4

Meudon bei Paris – und endlich Paris,
Mitte September 1939

Nach der langen Fahrt hielt der Talbot vor Nellys Würfel-
zuckerhaus. Die Freundin hatte die Gelegenheit ergriffen, mit
Peggy die Alpenregion zu verlassen und in ihr Heim zurückzukehren. Sie wollte die Erinnerungen an ihren Mann, die vielen Kunstwerke und Schriften sichten und einpacken. Sie hatte
Peggy eingeladen, ein paar Tage bei ihr zu bleiben, bevor diese
auf ihre eigene Mission in Paris ging. Peggy fühlte sich sehr
wohl in dem hochmodernen Studiohaus, in dem man Wände
zur Seite fahren konnte, um die Räume zu erweitern, und in
dem sie an einem aus Zement gegossenen Esstisch speisten.
Aber nachdem sie ein paar Nachmittage auf der schneeweißen
Dachterrasse mit Sonnenbaden zugebracht hatte, hielt sie es
nicht mehr aus. Sie stieg wieder in ihren Talbot, um endlich
nach Paris abzureisen. Denn es erschien ihr nun völlig logisch:
Wie könnte sie jetzt anderswo sein als dort? Wer wusste denn,
wie viele Wochen ihr noch blieben mit der Stadt ihrer Sehnsucht, der Stadt ihrer Träume?

Und zur Verwirklichung ihres Plans.

Ihres äußerst subversiven und überaus nützlichen Plans,
davon war sie überzeugt.

Sie hatte Freudentränen in den Augen, als sie den Talbot schließlich über die Pont Sully auf die Île Saint-Louis lenkte und vor dem sechsstöckigen Wohnhaus am Quai d'Orléans einparkte. Bei der Durchfahrt durch die Stadt waren ihr die Straßen ein wenig leerer vorgekommen, die freien Caféstühle ein wenig zahlreicher als gewöhnlich. Einige schwer bepackte Menschen eilten Bahnhöfen zu. Sie jedenfalls würde vorerst nicht an den Moment des Abschieds denken, nahm sie sich vor. Nein. Sie würde Paris genießen, wie sie es immer getan hatte. Immer. Sie blickte zu Notre-Dame hinüber, die direkt hinter ihrem neuen Domizil auf Zeit aufragte und deren dicke Mauern schon Jahrhunderte überlebt hatten. Hier konnte ihr doch wohl nichts geschehen.

Wie praktisch, dachte sie, dass ihre alte Bekannte Kay Sage ihr ihre Wohnung zur Verfügung gestellt hatte, jetzt, wo sie in die USA abgereist war. Vermutlich hatte da auch Tanguy ein Wörtchen mitgeredet, der neue Mann an ihrer Seite. Peggy hatte natürlich längst aus der Zeitung erfahren, dass die Society-Lady und der Maler-Shootingstar nun ein Paar waren. Ihr tat es nur leid um Madame Tanguy, die in diesem Fall wohl endgültig den Kürzeren gezogen hatte, trotz ihrer Vehemenz, mit der sie sich bislang gegen Yves' Liebschaften zur Wehr gesetzt hatte. Denn wie man hörte, plante Tanguy, der Sage nun in die USA zu folgen und sie zu heiraten, sobald die Papiere da waren und er abreisen konnte.

Immerhin gelangte Peggy so nun an diese wunderbare Wohnung in dieser grandiosen Lage! Ein besonders romantisches, etwas wehmütiges letztes Rendezvous mit ihrer Herzensstadt war das somit. In seiner Noblesse dem Anlass aber durchaus angemessen, befand sie und stieg aus. Auch hier mitten in der

Stadt liefen an diesem Vormittag nur wenige Menschen durch die Straße, ein paar Tauben pickten Krumen auf wie eh und je.

Es war richtig, was sie nun vorhatte, bestärkte sie sich wieder und trat fester auf, als sie über das Kopfsteinpflaster auf das Wohnhaus zusteuerte. Es war richtig. Sie warf den Talbot-Schlüssel in die Handtasche.

Nicht wenige Künstler hatten sie bereits kontaktiert, ob sie ihnen nicht Werke abkaufen könne. Sie brauchten Devisen und konnten sperrige Leinwände und Skulpturen nicht mit an Bord der Schiffe nehmen, die sie in ihr neues Leben brachten. Genau an dieser Stelle würde nun sie, Peggy, ins Spiel kommen.

Ihr Plan war einfach und funktional: Sie würde jeden Tag ein Bild kaufen. Jeden Tag ein Bild – das war doch ein gutes Motto, nicht wahr? Sie half damit den Künstlern, und ganz nebenbei war es die perfekte Möglichkeit, ihre Sammlung auszubauen und einen ordentlichen Bestand für ihr Museum zusammenzutragen. Für ihr Museum, das sie irgendwann einmal gründen würde, wenn der Krieg vorbei wäre. Irgendwann musste er ja vorbei sein.

Sie hatte sich vorgenommen, sie würde nicht feilschen beim Bilderkauf, sondern den Preis bezahlen, den der Künstler verlangte. Wenn es deutlich zu teuer wäre, würde sie eben ablehnen müssen. Aber sie könnte auf diese Weise ein klein wenig dazu beitragen, dass diese Leute Europa schnell und sicher verlassen konnten. Dies war ihre Form der Flüchtlingshilfe, ihre Form des Widerstands.

Wie sie später die gesammelten Werke nach Amerika schiffen würde – wenn auch sie gehen musste –, daran mochte sie jetzt noch nicht denken. Denn das geliebte Frankreich endgültig verlassen, das würde sie ohnehin erst tun, wenn es absolut unumgänglich war. Sie krallte die Hände um den Henkel der Handtasche, bis die Knöchel weiß wurden. Erst dann! Und keinen Tag früher!

Notre-Dame schlug dumpf und dunkel zur elften Stunde. »Bonjour, ma belle«, hörte sie auf einmal eine vertraute Stimme. Yves Tanguy kam ihr aus der Haustür entgegen. Er lachte, als er ihr verdutztes Gesicht sah. »Keine Angst, ich ziehe nicht mit bei dir ein. Ich will dir nur den Schlüssel übergeben.« Er küsste sie zur Begrüßung, und sie roch sein Rasierwasser. Er sah ruhiger aus, gefasster, irgendwie erwachsener als der Tanguy, den sie vor gut einem Jahr hier in Paris so krachend bei seiner Madame zurückgelassen hatte. Sie war ihm nicht mehr böse, und die Sage tat ihm offenbar gut.

Sie nahm den Schlüssel entgegen. »Was macht sie da drüben?«

»Sie treibt Gelder auf für Überfahrten und besorgt Empfehlungsschreiben für Visa. Sie tut, was sie kann.«

»Und du?«

»Mein Schiff ist für November fest gebucht. Bis dahin muss es geklappt haben mit dem Visum.«

»Könnt ihr nicht noch schnell hier heiraten? Sie ist doch Amerikanerin.«

»Meine Scheidung ist noch nicht durch. Aber bis November wird sie es sein.«

Arme Madame Tanguy. Peggy schwieg.

»Wenn du etwas brauchst, ich bin hier.« Sie zeigte auf das Haus.

»Danke.« Er küsste sie zum Abschied. »Bonne chance dir auch.«

Sie blickte ihm nach, wie er schnellen Schrittes die Straße überquerte Richtung Pont Marie.

Hübsch, dachte sie wenige Augenblicke später, als sie aus dem Lift trat, der sie in die sechste Etage gefahren hatte, und über die große Penthouseterrasse auf die Eingangstür zusteuerte. Wie ein Studio thronte die Wohnung auf dem Dach des Hauses. An drei Seiten war sie vollkommen verglast, stellte Peggy fest, als sie eintrat. Im Schlafzimmer schimmerte ihr eine silberfarbene Tapete entgegen, und als sie sich auf das Bett warf, um kurz auszuruhen, bemerkte sie, dass sich die Lichtreflexe aus dem Wasser der Seine an der Zimmerdecke und an der Tapete brachen. Sie öffnete eine Tür neben dem Bett und stand im Ankleidezimmer, das die Sage mit ihren prächtigsten Gewändern gefüllt zurückgelassen hatte. Sie fuhr über die Seidenkleider, die Federboas, die Anzughosen auf den Garderobenständern entlang der Wände. Von der Größe her passten die Kleider perfekt, und sie würde sich einfach das Recht herausnehmen, sie zu tragen. Ihr kleiner Koffer, den sie bei sich hatte, gab nicht wirklich eine Garderobe her, die der Schönheit der Stadt angemessen war.

Sie stutzte bei diesem Gedanken. Kam es denn jetzt noch auf Schönheit an?

Sie richtete sich auf. Aber selbstverständlich! Sie würde sich nicht von einem Österreicher mit Stummelschnäuzer die Freude an der Schönheit verderben lassen.

Sie zog das farbenfrohste Seidenkleid aus dem Schrank, das sie entdecken konnte, kleidete sich um, schminkte sich frisch und machte sich auf zum Boulevard Saint-Germain. Eingehüllt in eine Parfumwolke des Lieblingsduftes der Sage, stöckelte sie über das geliebte Kopfsteinpflaster. Mal sehen, wer noch alles in der Stadt geblieben war. Früher oder später würden sie im Café de Flore auftauchen. Sie besetzte einen Tisch gleich in der vordersten Reihe und bestellte Champagner. Schließlich hatte sie etwas zu besiegeln, auch wenn sie es alleine tun musste: ihren Plan.

Gleich morgen früh würde sie mit ihrer Arbeit starten, und dann begann der Wettlauf gegen die Zeit. Oder vielmehr gegen die Barbaren, die drohten, hier einzufallen. Und die schon hinreichend bewiesen hatten, dass sie die moderne Kunst mitnichten achteten, sondern sie im Gegenteil zerstören würden. Sie erinnerte sich wieder an die Nachrichtenbilder aus der Ausstellung *Entartete Kunst* in den Hofgartenarkaden in München 1937. Wie hatte es wehgetan, die Werke von Künstlern wie dem lieben Wassily, Max Ernst, Marc Chagall, Lyonel Feininger, Lovis Corinth, Otto Dix und so vielen mehr kreuz und quer mit diffamierenden Sprüchen versehen an den Wänden hängen zu sehen, beglotzt und verspottet von diesen feisten Herren in ihren Ledermänteln. Siebzehntausend Werke hatten die Nazis im Zuge dieser Kampagne in den deutschen Museen konfisziert, hatten sie in Museumskellern weggesperrt und zum Teil sogar verbrannt.

Was sie, Peggy, hier in Paris nun also vorhatte, war pure Zivilisationsrettung, purer Widerstand gegen die Barbarei.

Sie steckte sich eine Zigarette an, nahm den Champagnerkelch und prostete der Stadt zu.

Sie war bereit.

Kapitel 5

Peggy blinzelte, als die Morgensonne reflektiert vom Flusswasser und der silbernen Schlafzimmertapete auf ihre Augen traf, die sie nach einer erholsamen Nacht gerade geöffnet hatte. Die halbe Flasche Champagner gestern Abend hatte ihre Wirkung nicht verfehlt. Schnell trank sie einen Schluck Wasser aus dem Glas auf dem Nachttisch, um das Brummen des Kopfes ein wenig abzumildern. Dabei fiel ihr Blick auf die Liste. Die Liste, die Herbert und sie so gut ausgearbeitet hatten. Zum Glück trug sie sie stets bei sich.

So wie ihren amerikanischen Pass, dachte sie bitter.

Sie nahm die Liste vom Nachttisch und warf einen Blick auf die Namen der Künstler und ihrer Werke. Sie alle mussten unbedingt gerettet werden und in die Sammlung eingehen.

Sie schlug die Bettdecke zurück und begrüßte die Seine, Notre-Dame, dessen Ecke sie vom Fenster aus sehen konnte, und den blauen Himmel über ihrer Traumstadt. Deutete hier irgendetwas darauf hin, dass die guten Zeiten vorerst vorbei waren? Nein! Gar nichts! Vielleicht war ja alles doch nur ein böser Spuk, und die nächste Nachricht, die sie hören würden, war, dass die Deutschen in Polen gestoppt und besiegt waren und dass alles so bleiben würde wie immer.

Sie nahm eine ausführliche Dusche im marmornen Badezimmer und schminkte sich sorgfältig für ihren anstehenden Termin. Gestern hatte sie von Mary, die natürlich doch noch im Café de Flore aufgetaucht war, gehört, dass die Dalís ihre Wohnung in Paris leer räumten. Sie waren im Begriff, in seine alte Heimat, nach Katalonien, an die spanische Küste zu ziehen. Ein Dalí! Der musste natürlich unbedingt in die Sammlung. Wie gut, dass Mary und Marcel mit den Dalís so gut befreundet waren. So hatte Mary es auf Anhieb geschafft, ihr trotz der Reisevorbereitungen noch einen Termin bei Gala zu vermitteln.

Peggy lief durch die Straßen von Saint-Germain. Die Kellner rückten die Stühle vor den Cafés zurecht wie eh und je. Die Baguettes in den Bäckereien standen in ihren Körben aufrecht und warteten auf Käufer. Kaffeeduft zog aus den offen stehenden Türen, und an den Kiosken kauften die Leute Zigaretten und Zeitungen ganz wie immer. Nur dass ihr Blick sich beim Überfliegen der Schlagzeilen meist verfinsterte.

Vor dem Wohnhaus der Dalís in einer ruhigen Seitenstraße empfing Gala sie bereits an der Eingangstür. Der Meister selbst war schon unterwegs. Peggy stieg hinter Gala die Treppe hinauf. Mit ihrem türkisfarbenen Turban und dem sorgfältigen Make-up, das wirkte wie eine Maske von Kleopatra, sah Gala geradezu kämpferisch aus, fand sie. Als sie die beinahe leere Wohnung im vierten Stock betraten, knarrte das Parkett unter ihren Füßen. Zahlreiche Leinwände lehnten mit dem Gesicht zur Wand im Flur und in den Räumen. Die Möbel waren offenbar bereits eingelagert, und Gala plauderte von dem Fischerhaus, in dem sie in Portlligat direkt am Strand wohnen würden und in das nicht viel mehr als das Nötigste passte.

Peggy konnte sich Gala in ihrer perfekten Aufmachung kaum in einer einfachen Hütte am Meer vorstellen. Aber was tat man nicht alles in der Liebe – und im Krieg.

In der Liebe und im Krieg ist alles erlaubt, fiel ihr der alte Spruch ein.

»Schauen Sie hier. Diese Bilder meines Mannes kann ich Ihnen anbieten«, sagte Gala, drehte ein paar Gemälde um und trug sie in die Mitte des Raumes, wo sie sie auf dem Parkett präsentierte. Dass sie tatsächlich die Managerin und Chefin in diesem Duo war, glaubte Peggy sofort. Hatte sie bislang gedacht, alle Künstler wären besser dran ohne ihre Frauen, galt in diesem Fall vielleicht das Gegenteil. Was wäre der sprunghafte Dalí nur ohne seine geschäftstüchtige Gala?

Sie betrachtete die Werke. Diese zwei kleinformatigen Bilder waren natürlich sehr schön, aber sie waren so gar nicht typisch im Stil, sondern wirkten beinahe impressionistisch. Selbstverständlich wusste Peggy, dass Dalí alle Stilrichtungen beherrschte und nicht nur diese riesigen, surrealen, obszönen, klaren Dinger malte. Aber wenn schon Dalí, sollte er dann nicht auch aussehen wie einer? »Diese zwei nehme ich sehr gerne«, sagte sie zu Gala. »Aber haben Sie nicht noch ein großes, äh, typischeres im Angebot?«

Gala lachte. »Also Angebot würde ich es nicht gerade nennen, es hat natürlich seinen Preis.« Sie lief zur Wand und drehte ein weiteres Werk um, das ihr fast bis zu den Schultern reichte. »Das ist *Die Geburt der flüssigen Begierden* von 1932.« Sie grinste, als sie Peggys Blick über das Motiv eines wie aus Stein anmutenden, zerbröckelnden Liebespaares fliegen sah, deren Genitalien sehr eng beieinander waren. »Ist das mehr das, was Sie sich vorgestellt haben?«

»Perfekt!« Peggy lächelte zufrieden. Das war doch ein Dalí, der nach einem Dalí aussah. Sie vertiefte sich in die Darstellung eines offenbar erschöpften nackten Mannes mit vielleicht erdölummanteltem Fuß und Hand auf der linken Seite des Bildes, der sich in eine goudakäseartig aussehende Höhle verkriechen wollte, bis Gala die Leinwand wieder an die Wand lehnte.

»In Ordnung, dann sind wir uns also einig.« Sie schaute sie direkt an. »Zahlen Sie bar?«

»Aber natürlich.« Peggy zählte ihr die Scheine hin. Gala steckte das Bündel sofort in ihre Handtasche.

»Ich lasse Ihnen die Bilder in den nächsten Tagen in die Wohnung auf der Île Saint-Louis liefern. Aber eines müssen Sie mir noch verraten«, sagte sie, als sie Peggy wieder zur Haustür brachte. »Wieso machen Sie das?«

»Was?«

»Diese Sammelei. Jetzt, zu diesem Zeitpunkt.« Sie fuhr mit der Hand durch die Luft, als ob sie Spielzeugflugzeuge verscheuchen wollte.

»Es ist meine Art der Kunstförderung und des Humanismus.«

Gala lachte, aber nicht nett. »Ihre Form der Kunstförderung! Wie drollig. Ich bin der Meinung, es gibt für eine Frau nur eine richtige Art der Kunstförderung: indem sie nämlich an der Seite eines Künstlers lebt und wirkt und dafür sorgt, dass seine Kunst umfassend wahrgenommen wird. Das ist der richtige Platz für eine Frau in der Kunstwelt. Alles andere ist unpassend.«

Peggy setzte ihren Hut wieder auf und die Sonnenbrille dazu. Wie konnte diese nach außen hin so modern wirkende

Frau so einen Unsinn reden? Das klang ja wirklich ganz genauso wie bei Nora Joyce, deren Leben sich ebenfalls ausschließlich um das Wohl ihres Mannes drehte. Als sie noch mit Laurence verheiratet gewesen war und er im Herzen der Pariser Dada-Szene agiert hatte, hatte es bei ihr wohl nicht viel anders ausgesehen, musste sie sich eingestehen. Aber das war lange, lange her. »Meiner Meinung nach sehen Sie das ein wenig rückwärtsgewandt, meine Liebe. Zum Glück dürfen Frauen heutzutage doch erheblich mehr Einfluss nehmen und eigene Wege gehen.« War das wirklich die Circe, die Paul Éluard fast um den Verstand gebracht hatte, mit ihm und Max Ernst in einer Dreiecksbeziehung gelebt hatte und nun Dalí so erfolgreich vom Heiratsmarkt genommen hatte?

»Das mag sein. Aber Sie dürfen sich dabei auch nicht übernehmen.« Sie öffnete die Haustür.

Jetzt reichte es aber wirklich! »Ich übernehme mich durchaus nicht, liebe Gala. Und im Übrigen: Wenn es mehr Menschen geben würde – egal ob Mann oder Frau –, die wie ich im Dienste der Kunst sammeln würden, um die Werke für die Allgemeinheit zu retten, dann wäre das doch ein erheblicher Lichtblick für die Zukunft unserer Zivilisation, meinen Sie nicht?« Sie warf der *Flüssigen Begierde* einen vorerst letzten Blick zu und freute sich schon, wenn das Bild geliefert werden würde. Dann trat sie ins Treppenhaus.

»In unser aller Interesse hoffe ich sehr, dass Sie ein wenig zu schwarzsehen und dass auch in deutschen Offizieren ein Fünkchen Kunstverständnis angelegt ist«, sagte Gala.

Peggy blickte sie erstaunt an. Wie konnte sie nach den »Entartete Kunst«-Aktionen so etwas noch glauben? Dort waren doch sogar Bilder ihres Mannes konfisziert worden. Langsam zweifelte sie ein wenig an der Zurechnungsfähigkeit dieser Dame.

Gala fuhr fort: »Sie haben also Ihre verrückte Mission, ich habe meine. Vielen Dank für Ihren Einkauf. Ich wünsche Ihnen viel Freude mit den Bildern meines Mannes.« Damit machte sie sich daran, die Tür zu schließen. »Ach ja«, sie öffnete sie noch einmal ein wenig, »und sollten Sie jemals in der Nähe von Portlligat sein, dann schauen Sie doch bitte bei uns vorbei. Mein Mann und ich freuen uns immer über interessante Gesellschaft.« Die Tür ging zu.

Peggy verdrehte die Augen. Mit Sicherheit würde sie die Dalís nicht besuchen. Sie schüttelte den Kopf. Wie hielt Mary das nur aus, mit dieser Krähe befreundet zu sein? Sie musste sie noch einmal eingehend dazu befragen.

Aber nicht heute. Für heute hatte sie ihre Arbeit getan und konnte sich nun entspannen. Nicht ein Bild, sondern gleich drei hatte sie heute gekauft. Drei Dalís! Nicht schlecht für den Anfang. Gar nicht schlecht.

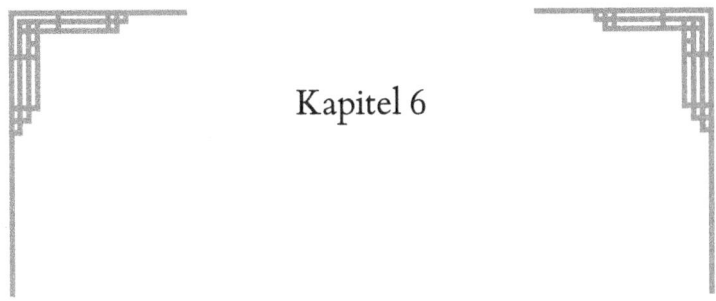

Kapitel 6

»Brancusi?« Nelly lachte. Sie hatte die Packaktionen in ihrem Haus in Meudon weitestgehend beendet und war für ein paar Tage zu Peggy nach Paris gekommen, um einige Dinge zu erledigen.

»Er steht auf meiner Liste ganz weit oben.« Peggy tippte mit dem Finger auf Herbert Reads Schrift.

»Das glaube ich gerne, aber vergiss es. Er wird nichts rausrücken. Niemals. Das weißt du nur zu gut.«

Allerdings. Schließlich hatte Peggy schon seit Jahren versucht, einen seiner beeindruckenden *Vögel im Raum* zu kaufen, diese überlebensgroßen, dürren Wesen aus Bronze, die mit ihrem Schnabel jeden Moment zuzustoßen schienen.

Peggy stupste die Freundin an. »Lass es uns mal wieder versuchen. Irgendwann muss er doch verkaufen. Komm mit!«

Nelly schüttelte den Kopf. »Keine Zeit für aussichtslose Unterfangen.« Sie drehte sich weg und nahm ihre Jacke von der Garderobe. »Aber wenn du tatsächlich eines Tages mit einer Brancusi-Bronze wiederkommen solltest, dann ...«

»Was dann?«

Nelly zog die Jacke über und überprüfte ihr Aussehen im

Spiegel. »Dann schwimme ich eine Runde in der Seine. Nackt und laut singend, egal zu welcher Jahreszeit.«

Jetzt lachte Peggy. »Abgemacht. Du wirst dein Angebot noch bedauern, denn es wird jetzt langsam kalt im Fluss, schließlich ist schon Herbst.«

»Wie wäre es, wenn *du* schwimmen gehst, falls es nicht klappt?«, fragte Nelly und überquerte schon die Terrasse zum Lift hin.

»Einverstanden«, rief Peggy hinterher und schloss die Wohnungstür. Das würden sie ja sehen, wer am Ende ins Wasser musste.

Brancusis Atelier lag in einer ehemaligen Fabrik in einer Sackgasse. Eine Zigarette im weißen Rauschebart, empfing er Peggy gleich an der Tür.

»Ah, Pegitza! Wie schön, dass du mal wieder vorbeischaust!« Er umarmte sie und zog sie hinein in die riesige ehemalige Produktionshalle voller gigantischer Skulpturen aus Bronze und Metall. Peggy kam sich wie immer vor wie auf einem Friedhof, nur dass die meisten der Figuren größer waren als jede Grabstätte, die sie jemals gesehen hatte. Schnell folgte sie Brancusis weißem Tropenanzug samt Hut, den er mit Vorliebe trug, seit er in Indien beim Maharadscha von Indore gewesen war, um dessen Garten mit drei *Vögeln im Raum* auszustatten. Einem aus weißem Marmor, einem aus schwarzem Marmor und einem aus Bronze. Wenn sie nur der Maharadscha wäre, dachte Peggy, aber natürlich wusste sie nicht, was die drei Vögel ihn am Ende gekostet hatten.

»Pegitza, komm herein in meine gute Stube«, sagte Brancusi und ließ sie in den kleinen Seitenraum eintreten, dessen nackte Backsteinwände über und über mit Arbeitsgeräten behängt waren, mit Haken und Brennstäben und allen möglichen Hämmern und Feilen. In der offenen Esse in der Mitte des Raumes brannte ein Feuer, und er holte schnell einen Stab heraus, an dessen Ende ein Stück Eisen eingeklemmt war, das nun rot glühte. »Lass mich das schnell beschlagen«, sagte er und begann, auf dem Stück herumzuhämmern. Peggy merkte, dass er sie sehr schnell vergessen hatte. Nach ein paar Minuten räusperte sie sich, und er legte endlich das inzwischen erloschene Teil, das nun die Form eines Flügels angenommen hatte, beiseite.

»Einen Drink?« Er streifte die Hände an den weißen Hosen ab und spazierte hinüber zu der selbst gebauten Theke, die den Raum unterteilte. Sorgsam mixte er Gin, Zitronensaft und Eis mit noch ein paar geheimnisvollen Zutaten in zwei Gläsern, während er von seinen neuesten Ausstellungsbeteiligungen in Übersee erzählte.

»Du hast mir nie einen *Vogel* für meine Guggenheim Jeune geliehen«, sagte Peggy, um ihn ein wenig unter Druck zu setzen. »Obwohl ich dich mehrmals gebeten hatte. Die Ausstellung mit Arp wäre doch hervorragend geeignet gewesen.«

Er lachte. »Das war Absicht, Pegitza, meine Liebe. Volle Absicht. Denn bei dir wäre ich mir nicht sicher gewesen, ob ich ihn auch zurückbekomme.«

Jetzt lachte sie. Aber ganz unrecht hatte er nicht.

Er lief zu dem Grammofon, das in der Ecke stand und ein wenig selbst gebaut aussah. Orientalische Musik erklang, Brancusi tanzte wiegend und langsam. »Darf ich bitten?« Er nahm ihre Hand, und sie tanzten zwischen den Skulpturen hindurch. Seine durchdringenden Augen hatten etwas Magisches, stellte

Peggy fest. Aber vielleicht lag das auch an den Drinks, wer weiß, was er da hineingekippt hatte.

»Was machst du mit deinen Kunstwerken, wenn der Krieg in die Stadt kommt?«, fragte sie und berührte im Vorbeitanzen den Schnabel eines Vogels, der golden glänzte.

»Wir bleiben hier«, sagte er in ihr Haar. »Wir bleiben hier, Pegitza. Im Ersten Weltkrieg bin ich fortgegangen und habe mir prompt das Bein gebrochen. Diesmal bleibe ich. Mir und meinen Liebsten wird hier nichts passieren.« Er stoppte mitten im Tanz. »Hast du Hunger?« Er wartete ihre Antwort gar nicht ab, sondern ging zurück in den Raum mit der Esse, hängte ein Grillgitter über die Flammen, zauberte zwei gigantische Steaks aus dem Vorratsschrank und warf sie darauf. So viel Fleisch hatte Peggy lange nicht mehr gesehen. Er musste Beziehungen haben, keine Frage. Und Geld. Deshalb hatte er es auch nicht nötig, sich von seinen Lieblingen zu trennen, mit denen er hier lebte wie mit einem Harem.

»Rot oder weiß zum Essen?« Er zeigte auf ein Weinregal, in dem deckenhoch Flaschen gestapelt lagen.

Peggy ging hinüber und wählte einen schönen Bordeaux aus.

»Salat ist in der Halle«, sagte er, gab ihr ein Messer und zeigte mit dem Finger einen Bogen über die Skulpturen hinweg.

Peggy bahnte sich den Weg durch die Kunstwerke, berührte die Schnäbel, das kalte Metall, Flügel und Krallen und entdeckte ganz hinten so etwas wie eine Gewächshaus-Ecke. Kopfsalat, Radieschen, sogar ein paar Tomaten hatte er hier in einem langen Hochbeet unter dem Glasdach angebaut. Vielleicht wäre das auch etwas für das Penthouse? Sie sollte

Brancusi wohl eher um ein paar Pflanzensamen bitten als um einen seiner *Vögel im Raum*, dachte sie schmunzelnd und brachte den Salat und ein paar Radieschen zur Theke.

Obwohl die Verhandlungen im kleinen Schlafzimmer eine Etage über dem Raum mit der Esse fortgesetzt wurden, waren sie für Peggy nicht erfolgreich.

No, sagte der Meister immer nur. No.

Aber ihr hatte die Nacht mit Brancusi gut gefallen, und so gab sie in den folgenden Wochen nicht auf. Er reagierte stets beleidigt auf ihre immer sehr ernst gemeinten Kaufangebote. Jede Zahl – auch wenn sie im Laufe der Wochen stieg – erschien ihm deutlich zu klein.

»Du hattest wohl recht«, musste sie eines Abends zugeben, als sie mit Nelly im Deux Magots saß, ihre Suppe löffelte und Baguette eintauchte. »Er wird wohl nichts verkaufen.«

Nelly grinste. »Ich lege das Handtuch am Quai schon einmal für dich bereit. Und meinen Fotoapparat auch.«

»Sehr lustig«, sagte Peggy. »Aber eine Chance gib mir noch. In ungefähr einem halben Jahr werde ich es noch einmal versuchen, wenn es dann noch möglich ist. Nur noch ein Mal.«

Kapitel 7

Peggy rüttelte Djuna wach, die nur am Vormittag einmal kurz in der Küche des Penthouses aufgetaucht war, um einen Kaffee zu holen, und dann den ganzen Tag im Bett verbracht hatte, als ob die gestrige Anreise aus London sie völlig ermattet hätte. Jetzt verschwand sie endlich im Bad. Während Peggy das Duschwasser der Freundin plätschern hörte, stand sie mit einer Zigarette am großen Fenster und blickte auf die Seine, die in der Dämmerung nun zu einem schwarzen Band wurde. Sie folgte Djuna ins Ankleidezimmer und beobachtete sie schweigend beim Schminken und Anziehen. Wie immer tat die Freundin alles mit Grandezza und sehr sorgfältig. Ihr Koffer, aus dem sie ihr Kleid holte, war winzig klein, wenn man bedachte, was sie vorhatte. Aber was besaß sie denn auch schon? Ein wenig Schmuck, eine überschaubare Garderobe, drei Paar Schuhe. Und natürlich ein halb fertiges Manuskript und ihre Schreibmaschine, die in einem Extrakoffer mitreiste.

Damit war sie gestern in Paris angekommen. Und sollte es heute schon wieder verlassen. Für lange Zeit.

Wie lange hatten sie nun das Leben geteilt – zwei Wohngenossinnen auf Zeit? Acht Jahre! So lange hatte die Freundin bald ununterbrochen bei ihr oder in einem ihrer Landhäuser gewohnt. Acht Jahre hatten sie zusammen geträumt, geweint, gelacht, gestritten. In letzter Zeit wohl eher gestritten, dachte Peggy traurig. Sie hatte sich verändert, die Freundin. Und sie selbst vermutlich auch. Vielleicht gab es im Leben nun mal Zeitfenster, die man zusammen verbrachte, die sich aber irgendwann schlossen. Ihres schloss sich nun, wenn auch nicht ganz freiwillig. Denn es war das Vernünftigste, wenn Djuna nun zu ihrer Familie in die USA zurückkehrte, die ihr mit der Krankheit und den Depressionen letztendlich wohl am besten helfen konnte. Was sollte sonst aus ihr hier im unsicheren Europa werden, wo nun niemand mehr auf sie aufpassen konnte, weil jeder bald seine eigene Haut würde retten müssen? Nein, es war am besten, wie sie es nun geplant hatten: Djuna würde auf dasselbe Schiff gehen wie Yves Tanguy, der endlich alle Papiere beisammenhatte. Peggy hatte ihm eingeschärft, sich auf der Überfahrt um die Freundin zu kümmern. Und selbstverständlich würde Peggy die Geldzuwendungen, die sie ihr monatlich zukommen ließ, von nun an nach New York überweisen.

Sie drückte ihre Zigarette aus. Djuna nahm wortlos den kleinen Koffer und die Schreibmaschine auf, und eingehüllt in ihre Wintermäntel verließen sie die Wohnung an der Île Saint-Louis.

Der Eingang zum Gare d'Austerlitz war verstopft mit Hunderten Menschen in Wintermänteln mit Koffern, Taschen, Kinderwagen und Transportkästen aller Art. Zum Glück wartete Tanguy etwas abseits an einer Platane, seine zwei Koffer neben sich. Er umarmte Peggy stumm zur Begrüßung, die Augen voller Trauer.

»Es ist so lieb von dir, dass du auf das Geschäft mit dem Bild eingegangen bist«, sagte er, und seine Stimme versagte beinahe. In dem Sprachgewirr und Stiefelgetrappel um sie herum konnte sie ihn kaum verstehen.

»Du brauchst dich nicht zu bedanken.« Peggy kniff ihm in die Backe wie einem kleinen Jungen. »So komme ich doch endlich an eines deiner schönsten Werke.« Natürlich hatte sie seinem Vorschlag sofort zugestimmt: Sie kaufte sein Gemälde *Palais Promontoire*, das seiner Exfrau gehörte, Madame Tanguy, und zwar zu einem ziemlich stattlichen Preis. Sie überwies ihr die Summe in monatlichen Raten, sodass sie vorerst versorgt war. Yves hatte verständlicherweise ein schlechtes Gewissen wegen der Scheidung, der neuen Liebe zu Kay Sage und seinem Fortgang nach Amerika. Dieses Geschäft war das Letzte, was er für seine Madame noch tun konnte. Und Peggy war nicht böse darum; schließlich ergänzte es ihre Sammlung um diesen wunderbaren Tanguy.

Sie löste sich aus seinem Arm und bemerkte die unheimlich wirkende Verdunkelung der Bahnhofshalle, als sie sich nun mit Djuna hineindrängten. Die Menschen schienen sich nicht zu trauen, hier drinnen normal laut zu sprechen, und so lag ein seltsames Raunen und Wispern in der zigarettenrauchgeschwängerten Luft. Ein Zug fuhr zischend auf seinem Gleis los, auf einem anderen traf schon der nächste ein. Sie hörte die Trillerpfeife eines Schaffners und roch den Schweiß der Menschen, die zu ihrem Bahnsteig hasteten. Am liebsten wollte sie dieser gespenstischen Halle schnellstmöglich wieder entkommen. Sie küsste Djuna.

»Lass dir dort drüben helfen, versprichst du es mir? Tanguy passt bis dahin auf dich auf.«

Die Freundin schaute weg und ergriff Tanguys Arm. »Werde ich Europa wiedersehen?«

Peggy umarmte sie. Fragte sie gar nicht, ob sie beide sich wiedersehen würden? Nicht, dass sie darauf eine sichere Antwort gehabt hätte. »Jetzt grüß mir erstmal New York.«

»Warum kommst du nicht gleich mit?« Djunas Blick wurde schon wieder etwas giftig. »Du musst es doch eh bald tun.«

»Ich habe hier noch etwas zu erledigen.« Sie drückte Djuna ihre Schreibmaschine in die Hand, die diese zu ihren Füßen abgestellt hatte.

Djuna lachte. »In Ordnung, du Weltverbesserin. Aber lass dir keine Bombe auf den Kopf fallen.« Jetzt hatte sie doch Tränen in den Augen und umarmte die Freundin noch einmal ganz fest, bevor sie auch den kleinen Koffer aufnahm, sich abrupt umdrehte und auf den Bahnsteig lief, wo der Zug nach Calais soeben einfuhr.

Tanguy küsste Peggy zum Abschied auf die Wange, rückte seinen Hut zurecht und folgte Djuna. Peggy fühlte, wie nun doch Tränen ihre Wangen hinunterrannen, als sie beobachtete, wie die beiden ein Abteil erklommen und zwischen den Köpfen, Hüten und der Gepäckablage aus ihrem Blickfeld verschwanden. Sie hörte, wie die Türen sich schlossen und der Zug dampfend aus dem Bahnhof stampfte.

Diese beiden sind schon mal in Sicherheit. Sie sind schon mal sicher, und das ist gut so. Sie wischte sich die Tränen mit einem Taschentuch fort und eilte geschäftig zum Ausgang. Sie durfte sich nicht Sentimentalitäten hingeben, ermahnte sie sich. Sie hatte schließlich einen Plan, und den galt es zu erfüllen!

Auf Platz fünfzehn ihrer Liste stand ein Werk von René

Magritte. Sie hatte den belgischen Künstler bei Marcels Surrealismus-Vernissage kurz kennengelernt und bewunderte seine Werke mit den immer wiederkehrenden Motiven wie Apfel, Pfeife, Bowler-Hut und Fesselballon. Dass solch ein Fesselballon in seiner Kindheit tatsächlich einmal über seinem Elternhaus abgestürzt war, war natürlich bedauerlich. Aber immerhin hatte er nun für immer dieses Thema in seinen wunderbaren Werken.

René wohnte in Brüssel, sodass sie ihn nicht persönlich aufsuchen konnte. Aber mal sehen, was der Kunsthändler, der sie gerade gestern äußerst aufgeregt kontaktiert hatte, nun von ihm aufgetrieben hatte.

Jeden Tag ein Bild, nicht wahr?

Sie atmete tief durch, um die letzten Gedanken an ihre Tränen zu vertreiben. Die Luft war an diesem Novemberabend ziemlich kühl und roch nach Kohle, schließlich musste schon geheizt werden. Sie schlängelte sich auf dem Boulevard de l'Hôpital voran durch die Menschen, die ihr mit Sack und Pack beladen entgegenkamen.

Beim Anblick dieser Transportmassen fiel ihr plötzlich wieder ein, dass sie eigentlich etwas unternehmen musste, um ihre Kunstwerke aus der Stadt zu schaffen. Der Tag, an dem das erforderlich sein würde, war nicht fern. Im Penthouse wurde es bereits eng. Es war deutlich zu klein, um dort alle Käufe zu beherbergen. Außerdem bot es keinerlei Schutz, sollten doch eines Tages Bombenangriffe gegen die Stadt geflogen werden.

Wo konnten die Werke also hin? Sie sollte sich einmal zu diesem Thema umhören, beschloss sie und zog den Mantelkragen enger um den Hals. Mit ihren Pelzstiefeletten stapfte sie in eine Pfütze und fluchte.

Vielleicht hatte ja eines der großen Museen die Möglichkeit, ihre Werke mit einzulagern? Sie musste wirklich einmal recherchieren, was die Direktoren dieser Häuser gedachten, mit ihren Kunstschätzen zu tun. Sie den Deutschen im Falle eines Einmarsches einfach so zu überlassen, das käme ja wohl nicht infrage.

Sie lief schnellen Schrittes weiter durch die Straßen von Montparnasse dem Domizil des Kunsthändlers entgegen. Ein Nieselregen setzte ein, der ihr Gesicht benetzte und in ihren Kragen eindrang, sodass ihr Hals bald so kalt war wie ihre Füße in den nassen Stiefeln. Nur die Vorstellung, gleich einen wunderbaren Magritte in den Händen zu halten, wärmte ein wenig. Genauso wie das Wissen, dass sie das Richtige tat.

Kapitel 8

Paris, Künstlerkolonie La Ruche,
10. April 1940

Der Magritte stand gut verstaut zwischen einem neuen Jean Hélion und einem John Tunnard im Penthouse, als Peggy an diesem Frühlingsvormittag den Hinterhof betrat und sich dem Rundbau aus Backstein mit dem kleinen Turm näherte. Zwei an griechische Göttinnen erinnernde Frauenskulpturen aus Sandstein bewachten den Eingang. Das Gebäude wirkte ein wenig verfallen, besonders die nach hinten heraus angeschlossenen Atelieraufbauten. Sie wusste, dass es im Jahr 1900 von Gustave Eiffel für die Weltausstellung erbaut worden war. Und so sah es auch aus. Ziemlich vergammelt inzwischen. Hier sollten sie alle einmal gewirkt haben? Marc Chagall, Max Pechstein, Jacques Lipchitz – und eben Fernand Léger, dem sie heute endlich ein Bild abkaufen wollte.

Légers Haushälterin hatte sie hierhergeschickt, wahrscheinlich weil sie Mitleid hatte, dass Peggy es nun schon zum vierten Mal an der Wohnung des Meisters versucht hatte, ohne ihn anzutreffen. Seit kurz vor den Weihnachtsferien, die sie natürlich wieder mit den Kindern und Laurence in Megève verbracht hatte, hatte sie ihn auf dem Kieker. Aber er hatte sich nicht in Paris aufgehalten; und nun hatte die Haushälterin ihr verraten, dass seine endgültige Abreise in die USA unmittelbar bevorstand. Sie könne sich allerdings vorstellen, dass er dieser Tage noch einmal auf alten Spuren wandeln und sich die Wirkungsstätte anschauen wolle, an der alles begann – damals in der Künstlerkolonie La Ruche, in diesem seltsamen Rundbau.

Wie passend der Name La Ruche, *Bienenkorb*, doch für das Gebäude war, dachte Peggy nun und umrundete es halb. Zweige streiften ihr Gesicht auf dem Trampelpfad durch das Gelände. Sie atmete die frische Frühlingsluft ein und lauschte den Spatzen und Amseln, die sich in dem Dickicht rund um den Turm eingenistet hatten. Ein winziger Stadtpark mitten im 15. Arrondissement. Früher mussten hier einmal Plätze zum Verweilen und zum Malen gewesen sein, stellte sie sich vor. Wie schnell die Natur sich ihr Areal zurückeroberte, wenn man sie ließ. Sie rüttelte an der schweren Eingangstür, die aber verrammelt zu sein schien.

Von Fernand Léger keine Spur.

Peggy warf einen letzten Blick auf den Bienenkorb und wandte sich wieder dem Place de la Porte de Versailles zu, um in die Metro zu steigen und noch einmal zu seiner Wohnung nach Montparnasse zu fahren. Den Talbot benutzte sie inzwischen für Stadtfahrten nicht mehr, um Benzin zu sparen. Eingezwängt zwischen den mit Hab und Gut behangenen Menschen im ruckelnden Zug nahm sie sich vor, sich diesmal nicht abwimmeln zu lassen und die Haushälterin zu belagern, bis Léger wiederkäme. Sie stieg ans Tageslicht und an die frische Luft hinauf und passierte einen Kiosk vor der Metrostation. Das Radio lief, eine Menschenmenge hatte sich um den kleinen Zeitungsstand gebildet. Niemand sprach, nur die Stimme aus dem Lautsprecher schnarrte. Peggy blieb ebenfalls stehen, um zu hören, was passiert war. »Hitler ist in Norwegen einmarschiert«, zischte ihr eine Frau zu. »Nach Dänemark jetzt Norwegen innerhalb so weniger Tage.« Sie bekreuzigte sich. »Gott steh uns bei!«

Peggy hatte an Légers Küchentisch zwei Tassen Kamillentee getrunken und ein Butterbrot gegessen, das seine Haushälterin ihr zur Beruhigung geschmiert hatte. Ihr Zittern, das sich eingestellt hatte, als sie die Nachrichten aus Norwegen gehört hatte, hatte sich inzwischen zum Glück gelegt. Sie hatte an Djuna und Tanguy denken müssen und daran, wie gut es war, dass diese beiden bereits in Sicherheit waren dort drüben in Amerika. Djuna hatte ein schönes Apartment im Greenwich Village in New York gefunden und sich inzwischen sehr gut eingelebt, wie sie aus Briefen der Freundin erfahren hatte. Sie überwies ihr weiterhin jeden Monat eine kleine Summe und war glücklich zu hören, dass Djuna nun sogar wieder schreiben konnte. Die Stadt inspirierte sie offenbar.

»Madame, er ist da«, sagte die Haushälterin und schreckte sie aus ihren Gedanken auf, als Fernand Léger auch schon vor ihr stand. Man sah ihm seine fast sechzig Jahre überhaupt nicht an. Der kastenförmige Kopf war immer noch gut bewachsen mit dunklem Haar, der Schnurrbart ordentlich und üppig. Seine stattliche Statur mit den großen Händen erinnerte Peggy an einen Metzger.

»Sind Sie verrückt geworden, mir an einem Tag wie diesem ein Bild abkaufen zu wollen?«, polterte er direkt los, als er seinen Mantel abgelegt und erfahren hatte, was sie wollte. Sie erzählte ihm von ihrer Mission und berichtete, wen sie schon alles in die Sammlung aufgenommen hatte. Er hörte mit wachsendem Interesse zu, schüttelte aber dennoch lange den Kopf, als sie geendet hatte. »Sie sind wahrhaftig von allen guten Geistern verlassen!«

Doch letztendlich ließ er sich erweichen und zeigte ihr einige Gemälde. Sie entschied sich für *Menschen in der Stadt* aus dem Jahr 1919 und zahlte ihm das Geld bar in die Hand.

»Das kann ich tatsächlich gut gebrauchen. Meine Überfahrt geht in wenigen Tagen«, sagte er. »Ich verlasse meine Heimat auf unbestimmte Zeit. Wie halten Sie es? Wann gehen Sie?«

»Gehen?« Sie lächelte und schaute auf die schmale goldene Armbanduhr. »In der Tat muss ich nun gehen, denn ich habe in einer Stunde einen Termin zu einer Wohnungsbesichtigung am Place Vendôme.«

Er blickte sie an, als ob sie ihm nun Angst mache. »Was wollen Sie denn damit noch?«

»Das Penthouse, in dem ich logiere, ist ein wenig eng geworden mit all meinen Bildern. Ich brauche Platz. Und dort habe ich vielleicht sogar die Möglichkeit, die Werke wie in einem kleinen Privatmuseum auszustellen.«

Léger schwieg und reichte ihr die Pranke zum Abschied. »Einen optimistischeren Menschen als Sie habe ich noch nie getroffen. Oder sollte ich sagen: einen naiveren?«

»Keine Angst, Sie beleidigen mich nicht. Ich lasse mir nur nicht mein Leben diktieren. Von niemandem mehr. Das ist alles.«

Er drehte sich zum Fenster und schaute in die Frühlingssonne. »Na dann, bonne chance«, sagte er mit dem Rücken zu ihr. »Vielleicht sehen wir uns in New York einmal wieder.« Er drehte sich noch einmal zurück. »Haben Sie denn schon eine Idee, wohin Sie mit den Bildern gehen können? Also, wenn es doch passieren sollte und es nicht mehr möglich ist, sie überirdisch zu lagern?«

»Ich arbeite noch an einer Lösung.«

Er ging hinüber zu dem alten Eichensekretär, setzte sich davor und zog eine Schublade auf, um Papier herauszuziehen und einen Brief anzufertigen. Dann stand er auf und übergab ihn ihr. »Gehen Sie damit zu meinem Freund Jacques Jaujard, dem Direktor des Louvre. Vielleicht kann er weiterhelfen.«

Peggy dankte ihm überschwänglich und steckte das Schreiben sorgfältig gefaltet in ihre Handtasche. Wie wunderbar! Nun hatte es sich doppelt gelohnt, so hartnäckig an Léger dranzubleiben!

Sie verabschiedete sich freundlich von der Haushälterin und bedankte sich für das Butterbrot und den Tee. Hoffentlich würde der Meister die brave Frau mitnehmen in die Neue Welt, dachte sie, als sie schon in Richtung Place Vendôme, Haus Nummer zwölf lief.

Vermutlich hatte Léger natürlich recht, und es war wirklich nicht der allerbeste Zeitpunkt, um mitten im Stadtzentrum noch eine neue Wohnung zu beziehen. Aber sie hatte in der Anzeige nun einmal so perfekt geklungen. Die Räume wenigstens einmal anschauen – das musste doch erlaubt sein.

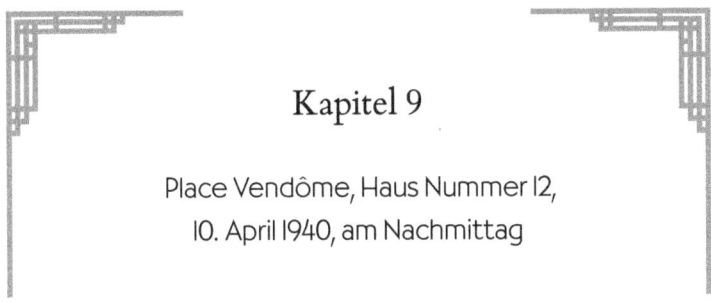

Kapitel 9

Place Vendôme, Haus Nummer 12,
10. April 1940, am Nachmittag

»Frédéric Chopin ist hier in dieser Wohnung gestorben!«, ver-
kündete der kleine Vermieter, als ob das eine wahnsinnig gute
Nachricht sei. Er nickte eifrig. Peggy ließ den Blick über die
Rokokostuckaturen an der Decke schweifen. Die müssten
natürlich runter. Aber sonst? Sonst war die Wohnung per-
fekt: riesige, fast vier Meter hohe Räume, ein kleiner Palast.
Und dazu noch mit Aussicht auf den Place und die berühmte
Siegessäule mit Napoleon auf der Spitze.

»Einhundertdreiunddreißig österreichische und russische Kanonen, die aus der Schlacht bei Austerlitz stamm-
ten, hat man damals 1810 für den Bau dieses Kolosses ein-
geschmolzen.« Der Vermieter nickte freudig. »Drei Meter
fünfundsechzig ist sie breit, die Säule.« Er machte eine umfassende Armbewegung.

Es war rührend, wie er sich bemühte, business as usual zu
betreiben, dachte Peggy. Als ob er nicht gerade versuchte,
eine Wohnung zu vermieten am besten Platz einer Stadt, aus
der der Exodus stattfand. Dieser mäuseartige Mann war also
ein echter Freund im Geiste. Auch er war ganz offensichtlich
nicht bereit, sich sein Leben von äußeren Umständen diktieren zu lassen.

»Während der Pariser Kommune 1871 wurde die Säule abgebaut. Aber ...«, er steckte den Zeigefinger in die Höhe, »zwei Jahre später wieder aufgebaut. Wir lassen uns eben nicht unsere Monumente zerstören, nicht wahr? Niemals.«

»Wann kann ich einziehen?«

»Sie nehmen sie?« Er schaute sie fassungslos an.

»Aber natürlich. Eine schönere Wohnung in Paris gibt es doch nicht, oder?«

»Selbstverständlich nicht.« Er wurde ganz rot vor Aufregung.

Peggy zeigte zur Decke. »Allerdings: Der Stuck muss ab.«

»Der Stuck muss ab, selbstverständlich.« Sein Lächeln erstarb.

»Und ich werde meinen Freund, den belgischen Maler und Bildhauer Georges Vantongerloo, beauftragen, den Innenausbau in die Hand zu nehmen.«

»Innenausbau.« Er wurde blass.

»Das ist doch kein Problem?«

»Vantongerloo. Natürlich nicht. Natürlich nicht!« Er atmete einmal tief durch. »Natürlich nicht, Madame Guggenheim. Ich freue mich sehr, dass Sie die Wohnung nehmen werden.« Er reichte ihr die Hand. »Ab wann?«

Sie ergriff sie. »Ab morgen?«

»Morgen. Selbstverständlich. Morgen.«

»Ich kann aber erst am späten Nachmittag hier sein.« Davor war sie mit Man Ray verabredet.

In den Zwanzigerjahren, als sie ganz frisch mit Laurence verheiratet war, hatte er einst diese wunderbaren Porträts von ihr mit der Zigarettenspitze, dem goldenen Kleid und dem Turban geschossen. Seitdem hatte sie ihn selbstverständlich oft auf Partys in der Stadt getroffen, hatte die Dramen um ihn und Kiki von Montparnasse hautnah miterlebt.

Morgen wäre so etwas wie ein Abschiedstreffen. Sie strich sich die Haare aus dem Gesicht und knotete ihr Seidentuch um die Frisur, als sie draußen auf dem Place wieder ihren zügigen Gang aufnahm. Man Ray redete schließlich schon lange davon, nach New York zurückzugehen. Sie würde ihm ein paar wertvolle Fotografien abkaufen, vielleicht sogar auch eines dieser wirklich guten surrealistischen Bilder, die er in letzter Zeit malte; auch er hatte es mit den Harlekins wie Picasso.

So würden sie die Geschäfte abwickeln, etwas trinken, vielleicht ein letztes Foto in Paris machen. Und danach wäre er fort, der Freund.

Schon wieder einer.

Kapitel 10

Café de Flore, Boulevard Saint-Germain,
Mai 1940

»Sag mal: Tickst du noch richtig?« Mary ließ ihre Zigarette
sinken und drückte sie so energisch im Aschenbecher aus,
dass der Champagner in den Schalen auf dem kleinen runden
Tisch schwappte. »Du mietest eine Luxuswohnung am Place
Vendôme und möchtest dort ein Privatmuseum einrichten?«
Sie machte eine weitschweifende Bewegung über den Boulevard. »Ist dir nicht aufgefallen, dass täglich Flüchtlinge durch
die Stadt strömen? Hast du überhört, dass die Deutschen
nun, nachdem sie Norwegen überrannt haben, auch in die
Niederlande eingedrungen sind? Und eventuell, wenn sie anschließend Belgien überrollen, in wenigen Wochen hier auf
dem Boulevard stehen?« Sie wurde rot vor Ärger.

»Aber ...«, setzte Peggy an.

Doch Mary ließ sie nicht zu Wort kommen, so sehr war
sie in Rage. »Wie wäre es, wenn du dich an ein paar Hilfs-
maßnahmen beteiligen würdest, die ich und mein Team auf
die Beine stellen, anstatt dir Gedanken um störende Stuck-
rosetten in der neuen Wohnung zu machen, die möglicherweise sowieso bald in Schutt und Asche liegt?« Sie schüttelte
den Kopf. »Weißt du eigentlich schon, dass Beckett sich freiwillig gemeldet hat als Fahrer von Ambulanzen?«

»Was sagt Suzanne dazu?« Peggy blies Rauch in die Luft und schaute ihm nach. Sie bemerkte, dass sie nichts fühlte, wenn sie an Beckett dachte. Na gut, ein klein wenig Wehmut kam auf. Aber sie empfand keinen Schmerz mehr, keine Wut. Beckett war schon lange Vergangenheit, kam es ihr vor. Schon so lange.

»Ich nehme an, sie ist stolz auf ihn«, antwortete Mary. »Denn er tut wenigstens etwas.«

Jetzt wurde Peggy wütend. »Ich tue auch etwas. Meine Leistung besteht eben darin, die Kunst unserer Zeit zu retten.«

»Papperlapapp«, machte Mary und schnipste mit den Fingern direkt vor Peggys Gesicht, wie um sie aufzuwecken. »Wenn du sie mal wenigstens tatsächlich in Sicherheit bringen würdest! Aber sie steht ja immer noch überirdisch mitten in der Stadt herum, sodass jeder sie konfiszieren kann, wenn ihm danach ist. Oder sie zerstören.«

Peggy trank ihre Champagnerschale leer und warf den Zigarettenstummel auf den Bürgersteig. »Du hast recht.« Sie stand auf. »Ich muss mich sofort darum kümmern.« Sie wühlte in ihrer Handtasche nach dem Empfehlungsbrief von Fernand Léger. »Jetzt!« Sie ließ die kopfschüttelnde Mary am Tisch zurück und machte sich auf den Weg zum Louvre.

Jacques Jaujard war ein beachtenswert gut aussehender Mann; Peggy hätte ihn sich ohne Probleme in einem Hollywoodfilm als Ersatz für Cary Grant vorstellen können. In seiner agilen Art erinnerte er sie zudem an ein Wiesel. Ständig huschte er in seinem Büro im Louvre von einer Ecke zur nächsten und schaute auf den Innenhof hinunter. Es hatte eine ganze Weile gedauert, seine Vorzimmerdame zu überzeugen, sie überhaupt einzulassen. Aber der Brief von Léger hatte dann wohl geholfen.

Jaujard hatte sich ihr Anliegen schildern lassen. Hatte sich die beeindruckende Liste ihrer Kunstwerke aufmerksam und lange durchgelesen – jeden Neuerwerb hatte sie dort täglich vermerkt und katalogisiert. Seit über einem halben Jahr. Sie war inzwischen sehr stattlich. Endlich hatte Jaujard sich in seinen ledernen Schreibtischstuhl fallen lassen und Peggy lange angeschaut. Schweigend.

Schließlich hatte er den Kopf gewiegt. »Sie müssen wissen, der Platz in unseren vorübergehenden Lagerstätten ist begrenzt. Wir haben Mühe, alle Kunstwerke unserer eigenen Sammlungen unterzubringen. Das Ganze muss außerdem heimlich passieren und unauffällig. Wir wollen ja nicht dazu beitragen, noch mehr Panik zu schüren in der Bevölkerung.«

»Unauffällig.« Peggy lachte. »Ist eventuell deshalb der Pavillon Denon seit einigen Tagen angeblich wegen Renovierungsarbeiten geschlossen? Damit Sie unbemerkt die Bilder von den Wänden nehmen können, um sie abtransportieren zu lassen?«

Er ging nicht darauf ein. »In jedem Fall ist unser Platz begrenzt.« Er warf noch einmal einen Blick auf ihre Liste. »Kandinsky, Tanguy, Miró, Klee, Magritte, Dalí, Braque, mein Freund Léger.« Er las murmelnd weiter: »Lipchitz, Giacometti, Moore, Arp – alles schön und gut.« Er reichte ihr die Liste zurück über den Schreibtisch. »Aber zu modern!«

Peggy sprang auf. »Wie meinen Sie das: zu modern?«

»Verstehen Sie mich nicht falsch: Ich verehre einige der Künstler sehr, die Sie in Ihrer Sammlung haben. Es sind großartige Werke, die sie geschaffen haben und weiterhin schaffen werden. Aber sehen Sie: Wir hier im Louvre bewahren die echten Kunstschätze dieser Welt. Die alten Meister. Ihre hochmoderne Kunst – seien Sie nicht böse –, aber die ist nicht das, was wir als absolut schätzenswert verstehen.«

»Was?« Peggy wurde laut.

Auch er erhob sich und reichte ihr die Hand. »Es tut mir leid, Madame Guggenheim. Aber meine Entscheidung ist gefallen: Wir werden Ihre Sammlung nicht in unseren Verstecken aufnehmen können. Es tut mir leid.« Er reichte ihr die Liste zurück und nahm sie am Arm, um sie zur Tür zu geleiten. »Ich wünsche Ihnen von Herzen viel Erfolg beim Finden eines geeigneten Schutzraumes für Ihre Werke. Aber wir sind voll.«

Wie im Fieber wankte Peggy an der Vorzimmerdame vorbei durch den langen Flur in den Innenhof des Schlosses. Die frische Luft tat gut, sie atmete tief durch und lehnte sich gegen das alte Gemäuer. Vor dem Pavillon Denon hielten zwei Lastwagen, die Fahrer und jeweils zwei Beifahrer sprangen heraus und öffneten die Planen hinten auf dem Verdeck. Sie klopften an die Tür des Schlosses. Die öffnete sich, und schon marschierten Museumsangestellte mit eingepackten Bildern heraus und verluden sie unter Anleitung der Fahrer auf dem Lastwagen.

Peggy schaute eine ganze Weile zu. Natürlich verstand sie die Position des Direktors. Er musste seine eigenen Schätze retten. Aber ihre Kunstwerke: zu modern? Nicht schützenswert? Wie konnte eine Koryphäe des Kunstbetriebs nur so kurzsichtig sein? Das erinnerte sie stark an diesen unsäglichen Direktor der Tate in London, der abgeraten hatte, die Skulpturen von Arp und Giacometti nach England einzuführen für ihre Ausstellung im Guggenheim Jeune. Was saßen denn dort an den Schaltstellen der Kunst in den großen Häusern der

Weltstädte für engstirnige, kurzsichtige Männer, um Himmels willen!

Sie verließ den Innenhof des Louvre und lief am Ufer der Seine entlang über die Pont Neuf. Sie beugte sich über die steinerne Brüstung und beobachtete ein Stück Treibholz, das langsam und gleichmäßig schwamm und schließlich unter der Brücke verschwand.

Sie musste einen Platz für ihre Sammlung finden. Und zwar schnell.

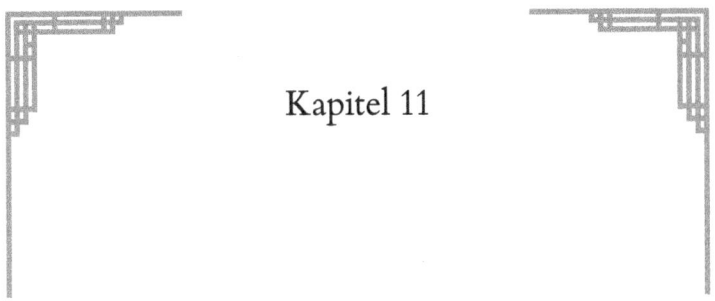

Kapitel 11

Um sich abzulenken und vor allem, um nach einem Tag wie diesem nicht alleine zu sein, ging sie zu Brancusi. Ein allerletzter Versuch musste doch erlaubt sein. Wenn er heute nicht einen seiner Vögel herausrücken wollte, dann würde sie aufgeben.

Als sie die Straßen entlanglief und versuchte, die Gedanken an die Auslagerung ihrer Sammlung zu verdrängen, begann sie sich zu freuen. Auf einen wunderschönen Abend mit Brancusi, der bestimmt wieder etwas Tolles kochen würde und in dessen Armen sie sich würde entspannen können.

Der Abend startete auch wirklich magisch mit orientalischen Klängen, Tanz und gutem Wein. Brancusi war eben tatsächlich nicht nur ein Meister der Skulpturen, er war auch ein Meister der Verführung, ein Meister des Kochens und ein Meister im Bett, das musste Peggy zugeben. Sie hatte sich schnell eines seiner weißen Oberhemden gegriffen und übergestreift und stand nun am Gemüsebeet, um einen Kopfsalat für ein kleines Nachtmahl abzuschneiden, denn nachdem sie ziemlich schnell nach ihrer Ankunft in der ersten Etage verschwunden waren, hatten sie nun Hunger bekommen. In diesem Moment ertönte der Fliegeralarm. War das diesmal etwa kein Probealarm?

War das echt?

Peggy lauschte einen Moment, ob es aufhörte, aber das tat es nicht. Stattdessen vernahm sie auf einmal einen ohrenbetäubenden Rums, und sofort noch viele mehr. Das Glasdach klirrte, die Skulpturen vibrierten. Das klang nah. Das klang verdammt nah! Mit dem Messer in der Hand stand sie bewegungslos da, unfähig, sich zu rühren, als endlich Brancusi am Hochbeet anlangte, sie am Handgelenk packte und aus dem Atelier unter dem Glasdach wegzog in den kleinen Nebenraum. Dort kauerten sie sich aneinander.

Bei jeder Detonation bebte der Boden. Peggy schrie auf und klammerte sich an Brancusis Hals. Sie hatte sich nicht von ihren Kindern verabschiedet, fuhr es ihr durch den Kopf. Sie hatte sie nicht ein letztes Mal gedrückt und ihnen gesagt, dass sie sie liebte und dass sie gute Kinder waren und dass sie zu starken Persönlichkeiten werden würden und dass sie …

»Ah!« Wieder ein Einschlag ganz in der Nähe! Sie schaute auf in Brancusis Gesicht, das aussah wie zu einer griechischen Maske erstarrt. Wenn sie seinen schnellen Puls nicht gespürt hätte, hätte sie ihn für tot gehalten. »Hier wird euch also nichts passieren, dir und deinen Lieblingen, hattest du gesagt?«, fragte sie.

Er schwieg.

Wenige Tage später machte Peggy ein Foto von der nackten Nelly in der Seine. Wie versprochen sang die Freundin laut und deutlich, während sie das nicht eben saubere und ziemlich kalte Wasser durchmaß. Schnell wickelte Peggy sie anschließend in einen von Kay Sages flauschigen Bademänteln ein und führte sie hoch in die Penthousewohnung am Quai d'Orléans, wo sie ihr ein heißes Schaumbad einließ.

Die Freundinnen lachten und amüsierten sich über diese Episode sehr.

Aber insgeheim lauschte Peggy nun ständig nach Fliegeralarm.

Kapitel 12

»Wie wäre es denn bei Maria Jolas?«, schlug Nelly am nächsten Tag vor, als sie in der Penthouseküche standen und die Erdbeeren schnitten, die Nelly vom Land mitgebracht hatte. Hinter Nelly an der Wand hing ein Miró. Peggy hatte nicht widerstehen können, ihn an diesem zentralen Ort aufzuhängen. Aber natürlich musste sie nun endlich, endlich eine Lagermöglichkeit für ihre Sammlung finden, anstatt sie auszustellen in der Wohnung am Place Vendôme. Schweren Herzens hatte sie auf den Rat von Mary gehört und gestern den Vermieter aufgesucht und ihm gesagt, dass sie die Wohnung doch nicht nehmen könne. Es war wohl tatsächlich ein wenig naiv von ihr gewesen, jetzt noch ein solches Unternehmen starten zu wollen. Das Dringendste war nun schließlich – da hatte Mary absolut recht –, die Sammlung zu schützen. Und sich dann selbst in Sicherheit zu bringen. Denn laut Nachrichtenlage flogen die Deutschen geradezu durch die Niederlande und waren nun auch in Belgien eingedrungen. Sie würden also wohl tatsächlich bald Frankreich erreichen und auf Paris zudrängen.

»Dort auf dem Schloss bei Maria gibt es doch viele Nebengebäude. Und Saint-Gérand-le-Puy ist nun wirklich weit genug weg von Paris«, fuhr Nelly fort und warf die Erdbeer-stücke in das Sieb. »Irgendwo bei Vichy ist das doch. Un-wahrscheinlich, dass dort bombardiert wird.«

Peggy nickte langsam. Sie hatte in den letzten Tagen sehr viel nachgedacht, war im Geiste alle Wohnorte von Freun-den und Bekannten, ehemaligen Kollegen und Liebhabern durchgegangen. Von manchen wusste sie allerdings nicht, wo es sie hin verschlagen hatte. Und viele waren bereits in Über-see. »Du hast recht. Ich sollte Maria fragen. Schließlich kennt sie mich noch gut aus der Zeit, als Pegeen bei ihr Schülerin war.« Der Umzug der zweisprachigen Schule der umtriebigen Pädagogin in das alte Gemäuer bei Vichy war schon mehr-mals Gesprächsthema zwischen Peggy, Laurence und Pegeen gewesen; nun wurde er also aus anderem Grund noch einmal sehr interessant.

Peggy teilte noch eine Erdbeere und warf sie ins Sieb. Der Ort war in der Tat perfekt, da hatte Nelly recht. Denn selbst wenn eine Truppe dort durchziehen würde, wäre es un-wahrscheinlich, dass sie eine Schule bis in den letzten Winkel oder die letzte alte Stallung und Scheune durchsuchen würde.

»Und weißt du, wer dort in diesem Saint-Gérand-le-Puy noch unterkommen wird?« Nelly nickte aufgeregt. »Das habe ich gerade gestern zufällig im Café mitbekommen.«

»Wer?«

»Die Joyce. Die ganze Familie. Also fast die ganze.«

»Außer Helen, ich weiß.« Peggy schabte noch mehr Erd-beerstücke vom Schneidebrett ins Sieb. Als sie vor gut zwei Jahren mit Beckett und dem knorrigen Spazierstock bei James' Geburtstagsfeier in Helens und Giorgios Wohnung gewesen war, war Helens schlechter Zustand schon offensichtlich gewesen. In der darauffolgenden Zeit war sie in den Pariser Restaurants stets mit ihren beiden Perserkatzen aufgetaucht und hatte Szenen veranstaltet. Sie hatte Menschen der Spionage bezichtigt, sogar ihren Schwiegervater James, und als sie nun auch noch gewalttätig geworden war, hatte man sie vor wenigen Tagen unter starken Medikamenten auf ein Schiff in die alte Heimat nach New York gesetzt, damit sie sich dort auskurieren könne.

»Giorgio lässt sich aber nicht betrüben und hat in Saint-Gérand ein Weingut entdeckt, das er übernehmen will. Die Eltern gehen mit.«

»Gut für alle«, sagte Peggy resolut, um die traurigen Gedanken an die kranke Jugendfreundin wegzuschieben. Schnell wechselte sie das Thema zurück zu Maria Jolas. »Ich werde Maria gleich morgen anrufen!« Sie wusch die Erdbeeren und stellte den Bowlebehälter bereit. »Was kippen wir alles hinein?«

»Alles, was reinpasst in die Schüssel. Und dann lass uns einfach auf der Terrasse in der Sonne sitzen und auf den Fluss und die Stadt schauen.«

»Das machen wir!« Peggy schüttete Sekt und Wein aus dem Weinschrank der Sage durcheinander in das Bowlegefäß. »Und wenn es das letzte Mal ist.«

»Es wird das letzte Mal sein«, sagte Nelly leise und ging mit zwei Gläsern voran.

Maria erklärte sich sofort bereit, die Sammlung zu nehmen. Sie würde sie in einer der Scheunen unterbringen, wo die Lehrer wohnten, sagte sie. Ein unauffälliges Gebäude, das nicht im Verdacht stehen würde, einen Lagerraum mit Kunstschätzen zu beherbergen.

Welch ein Glück!

Peggy und Nelly machten sich gleich am nächsten Tag daran, die Leinwände von den Rahmen zu lösen und aufzurollen. Die Skulpturen verpackten sie in Kisten, so gut es ging.

Maria hatte einen Lastwagen, der Schultische und Bänke nach Saint-Gérand-le-Puy transportierte, zu Peggy umgeleitet. Gemeinsam mit dem jungen Mann, der ihn fuhr, verpackten sie die wertvolle Fracht im Laderaum. Bis auf den *Vogel im Raum* von Brancusi, der so sperrig und schwer war, dass er nicht mehr mit in den Lastwagen passte. Ihn würde Giorgio Joyce morgen mit seinem Auto hinterherfahren, wenn auch er die Stadt verließ.

Peggy verabschiedete den jungen Fahrer und blickte dem Lastwagen hinterher, als er über die Brücke davonrollte. Sie bemühte sich, gleichmäßig zu atmen und nicht anzufangen zu weinen. Sie würde sie wiedersehen, ihre Sammlung. Sie fuhr ja nur ein paar Hundert Kilometer durch das Land und bekam ein sehr gutes Versteck, bis dieser ganze Wahnsinn vorbei war.

Sie wischte sich über die Augen und drehte sich zu Nelly, die ebenfalls in ihren Wagen stieg. »Ich mache mich jetzt auch erstmal vom Acker«, rief sie. »Ich packe ein paar Sachen in Meudon zusammen und komme übermorgen wieder, so wie besprochen!«

»Denk dran: Nur eine Tasche! Mehr wird nicht in den Talbot passen«, sagte Peggy.

Nelly salutierte wie vor einem Offizier und ließ die Reifen ihres Sportwagens quietschen. Aus dem Seitenfenster winkte sie, bis sie um die Ecke verschwand.

Peggy lief ans Ufer der Seine und setzte sich dort auf eine

Bank. Ihre Bilder waren endlich fort und vorerst in Sicherheit. Sobald Nelly zurück war, mussten sie entscheiden, an welchem Tag es Zeit war, selber zu gehen. Denn dass sie Paris verlassen musste, stand fest.

Es war nur noch die Frage, wann.

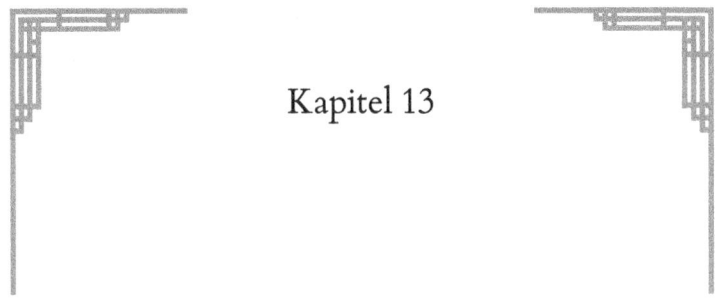

Kapitel 13

»Ich nehme den Vogel, du die Katzen!« Giorgio Joyce reichte Peggy einen vergitterten Weidekorb, aus dem ihr Helens Perserkatzen mit großen grünen Augen entgegenblickten. »Ich hatte schon die ganzen Jahre diese Allergie. Aber Helen hat das nie interessiert. Nun ist Helen fort, jetzt bitte schaff du mir die Katzen vom Leib!« Er grinste.

Peggy war sich nicht sicher, ob Giorgio diese Katzenallergie nicht einfach erfunden hatte; Helen hatte es wohl durchschaut und sie deshalb jahrelang ignoriert.

»Wird Stephen die Katzen nicht vermissen?«

»Er denkt, sie seien mit seiner Mutter nach Amerika gereist. Wenn du sie jetzt nicht nimmst, muss ich sie aussetzen. Die Tierheime sind bereits überfüllt mit Katzen und Hunden der Flüchtlinge. Sie streunen ja sogar schon in Massen durch die Straßen.«

Da hatte er leider recht. Peggy nahm den Korb. »Um ehrlich zu sein, kann ich ein wenig Gesellschaft tatsächlich gut gebrauchen hier in meiner einsamen Wartestube.« Eine der Katzen schmiegte sich sofort an die Gitterstäbe, um sich kraulen zu lassen.

»Wann siehst du Laurence und die Kinder wieder?«

»Ohne diese ganze Malaise wäre das in den Sommerferien. Mit dieser vermutlich in ein paar Tagen. Wenn alles klappt.« Sie presste die Lippen zusammen.

Giorgio nickte.

Peggy streichelte die freundliche Katze, die es zu genießen schien. »Wird Stephen auf Maria Jolas' Schule gehen?«

»Natürlich.« Giorgio zeigte auf den *Vogel im Raum*: »Ist er das?«

Sie nickte und fuhr zärtlich über die Bronze, um sich zu verabschieden. Sie war so weich! Brancusi polierte alle Statuen stets lange von Hand; daran lag es vermutlich. »Schaust du dort auch mal ab und zu nach dem Vogel? Und nach meinen Bildern? Dort in Saint-Gérand?« Sie stellte den Katzenkorb ab, um mit Giorgio gemeinsam die Statue in seinen offenen Mercedes-Benz Roadster zu hieven.

»Aber klar.« Der Wagen lag ein ganzes Stück tiefer über der Straße, als der Vogel endlich auf der Rückbank thronte.

Peggy umarmte Giorgio und drückte ihn ganz fest. »Grüß mir deine Eltern! Was machen James' Augen?«

»Sie werden nicht besser, leider. Er kann jetzt fast nichts mehr sehen, fürchte ich, aber natürlich gibt er es nicht zu. Mutter kümmert sich rührend um ihn.«

Welch eine rapide Veränderung, dachte Peggy und erinnerte sich wieder an die ausgelassene Geburtstagsfeier vor gut zwei Jahren. Wie hatte James dort getanzt, gebechert, gesungen und gelacht.

Sie umarmte Giorgio noch einmal. »Mach's gut.«

Er gab ihr einen Kuss auf die Wange.

»Ich will einen guten Wein von eurem Weingut, ja? Und lasst von euch hören, egal, wohin es euch vielleicht noch verschlagen wird.« Sie stockte. »Falls es schlimmer werden sollte, meine ich.«

»Schweiz«, sagte Giorgio nur knapp.

Peggy streichelte seine Wange, und er fuhr davon.

Die erste Katze stolzierte hoch erhobenen Schwanzes aus dem Korb, den Peggy vorsichtig in der Mitte des Penthouseschlafzimmers abgestellt hatte, würdigte Peggy keines Blickes und durchstreifte den Raum. Peggy saß im Schneidersitz in der Mitte und wartete ab. Katze Nummer zwei hatte eine andere Strategie und schoss aus dem Korb direkt auf Peggy zu, blieb abrupt neben ihr stehen – und schmiegte sich dann schnurrend an ihren Rücken.

»Du bist aber eine Liebe«, sagte Peggy und streichelte das weiche Fell des hübschen Tieres. Die grünen Augen sondierten den Raum und registrierten genau, was ihr Kompagnon machte. Dann schlenderte sie von Peggy weg und erkundete ebenfalls das Terrain.

»Ich werde euch *Giorgio* und *Sans Lendemain – Ohne Morgen* – nennen«, sagte Peggy und streichelte *Sans Lendemain*, die nun doch neugierig näher kam, um ihren neuen Menschen kennenzulernen. Peggy hatte extra Fischreste aus der Küche des Les Deux Magots besorgt. In einer von Kay Sages goldfarbenen Salatschüsseln kredenzte sie den beiden nun den Schmaus.

Damit war die Freundschaft besiegelt.

Kapitel 14

Café de Flore,
10. Juni 1940

André Breton schüttelte den Löwenkopf. »Nach Südosten kannst du nicht mehr fahren. Da landest du direkt bei den italienischen Truppen, die schon ins Land drängen.«

»Aber sie können doch nicht mehr bleiben!« Die ohnehin schon großen Augen seiner Frau Jacqueline wurden noch riesiger, ja, sie schienen fast aus den Höhlen zu fallen. Oder lag das am Rosé, den Peggy nicht zu knapp konsumiert hatte, seit sie hier in der prallen Sonne saßen und beratschlagten, was zu tun sei. Denn eines war klar: Nun war der Zeitpunkt gekommen, die Stadt zu verlassen. Heute Abend oder spätestens morgen früh. Hitlers Truppen waren über die belgische Grenze nach Frankreich eingedrungen. Sie würden in wenigen Tagen Paris erreichen.

Peggy griff nach dem Roséglas und ließ den Blick über die Caféterrasse schweifen. Sie, Nelly, die Bretons und ein paar seiner Anhänger waren die letzten Gäste, die sich leise und angespannt unterhielten. Genau ein einziger Kellner in seiner ordentlichen schwarz-weißen Uniform schob noch Dienst, die anderen hatten den Patron verlassen, der nun selbst geschäftig die Tische abwischte, als sei in Kürze mit einem großen Gästeansturm zu rechnen. Es war gespenstisch ruhig, auf

246

dem Boulevard fuhren schon seit Tagen kaum noch Autos, weil es kein Benzin mehr gab. Stattdessen zogen immer noch mehr Menschen, vollgepackt mit Habseligkeiten, in Wintermänteln, die sie meinten, mitnehmen zu müssen, mit Koffern, Taschen, Bollerwagen und Fahrrädern durch die Straße und über die Trottoirs.

Peggy verfolgte eine Familie mit drei Jungs im Grundschulalter mit den Augen, die sich bereits jetzt mit jedem Schritt schwertaten. Eine alte Frau um die achtzig stützte sich auf ihren Gehstock und kam überhaupt nicht voran. Was sollte bloß aus diesen Leuten werden? Sie hoffte für sie, dass sie nur bis zum Gare d'Austerlitz oder einem anderen Bahnhof wollten, um dort einen der letzten Züge aus der Stadt zu besteigen.

Sie wandte den Blick ab und stürzte schnell den Rosé hinunter, der kühl und süß und verlockend wie immer schmeckte: nach den vielen Liebesabenteuern, die sie hier erlebt, den philosophischen Diskussionen, die sie geführt hatte. Nach den Nachmittagen und Vormittagen und Abenden und Nächten, die sie auf dieser Terrasse im Herzen Saint-Germain-des-Prés', im Herzen ihrer Lieblingsstadt, verbracht hatte. Die Sommersonne schickte warme Strahlen durch die Zweige der Bäume. Das Gezwitscher der Vögel, die in ihren Ästen wohnten, war überdeutlich zu hören. Sie fühlte mit dem Rücken in ihrem Sommerkleid noch einmal dem Flechtwerk des Stuhles nach, strich über den runden Tisch. Am liebsten wollte sie schreien. Schreien, schreien, schreien, bis ihre Stimmbänder zerrissen und diese Welt, die so schrecklich geworden war, wie eine Glaskugel in tausend Stücke zersprang.

Aber natürlich tat sie es nicht, sondern tippte Nelly an, die wortlos nickte. Sie standen auf und umarmten André.

»Und wo entlang fährst du nun?«, fragte André.

»Nach Südosten«, sagte sie.

»Du bist ja vollkommen verrückt!«

»Norden und Westen ergeben keinen Sinn. Südwesten wird total verstopft sein.« Sie zeigte über die bepackten Gestalten auf dem Boulevard. »Also Osten«, sagte Peggy. »Von dort versuche ich hinter den Deutschen nach Süden zu gelangen.«

»Du bist verrückt!«

»Ich muss zu meinen Kindern!« Sie sah Pegeens lachendes Gesicht vor sich und hörte Sindbads stimmbrüchige Stimme. Es gab keine Alternative. Sie musste nach Megève.

André küsste sie auf die Wangen. »Werden wir uns wiedersehen?«

»Aber natürlich«, sagte Peggy fest, »was gedenkt ihr denn eigentlich zu tun?«

André tätschelte ihr den Arm. »Mach dir um uns keine Sorgen. Wir sind gut versorgt im Süden, sobald wir dort ankommen, und zur Not haben wir Pläne für Übersee.«

Peggy umarmte Jacqueline zum Abschied, hakte Nelly unter, und so liefen sie ein letztes Mal durch die vertrauten Gassen nach Hause, um die Benzinkanister, die Peggy seit Monaten auf der Penthouseterrasse gehortet hatte, im Talbot zu verstauen. Viel Platz bliebe dann nicht mehr. Außer für sie beide, den Korb mit den Perserkatzen und je einem winzigen Koffer.

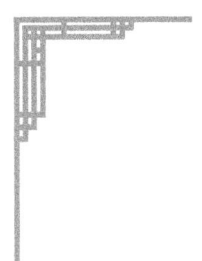

Kapitel 15

Landstraße vor Paris,
II. Juni 1940

In Viererreihen verstopften Autos die Straße Richtung
Fontainebleau.

»Offenbar bist du nicht die Einzige gewesen, die Sprit ge-
hortet hat«, sagte Nelly vom Beifahrersitz. Sie trug ihre
Sonnenbrille, den weißen Lieblingsmantel, einen knallroten
Lippenstift und hatte den Katzenkorb auf dem Schoß.

Peggy bugsierte den Talbot im Schritttempo voran, Stoßstange an Stoßstange. Es stank nach Abgasen, Detonationen
waren in der Ferne zu hören, ein starker Wind trieb schwarze
Rauchwolken heran, die sich mit dem Staub vermischten, den
die Füße der Menschen aufwirbelten, die längs der Straße ihre
Habseligkeiten in Bollerwagen und auf Fahrräder geschnallt
über die Felder zogen. »Um Himmels willen, nun gib doch
Gas!«, rief Nelly, und ihre Stimme zitterte.

»Wie soll ich das denn deiner Meinung nach tun?« Peggy
hupte, aber natürlich bewegte sich die Autoschlange kein
Stück schneller. Sie blickte zu den immer dichter werden-
den schwarzen Wolken empor. Wenn die Kampfhandlungen
sich näher an die Straße verlagerten, wären sie verloren. Gab
es denn keine Möglichkeit auszuweichen? Sie suchte mit den
Augen die Straße ab, fand jedoch keine Abfahrt. Sie krallte die

Hände fest ans Lenkrad und bemühte sich, dass ihr Bein nicht zitterte, wenn sie sanft Gas gab und bremste, je nachdem wie die Autokolonne es zuließ. Dieses Gefühl von Hilflosigkeit, von Ausgeliefertsein – sie konnte es nicht mehr ertragen, als sie gegen Mittag endlich die kleine Stadt Fontainebleau erreichten und Rast machen konnten. Peggy hielt vor einer teuren Brasserie, die nicht so überfüllt war. Sie stiegen aus und streckten sich.

»Es hat keinen Zweck so«, sagte Peggy, als die Quiche Lorraine serviert wurde und sie den ersten Hunger und Durst gestillt hatten. »Wir sind zu langsam auf dieser Hauptstraße.«

»Du willst über die Nebenstraßen?« Nelly blickte ängstlich zu den Rauchwolken, die auch hier in der Luft lagen.

»Nur so haben wir eine Chance, denke ich«, sagte Peggy. »Alle wollen offenbar in Richtung Bordeaux oder Pau. Also sollten wir es woanders entlang versuchen, bevor die Truppen die Straße abschneiden. Oder gar auf die Idee kommen, die Kolonne zu bombardieren.« Sie legte das Besteck weg. »Ich gehe noch mal aufs Klo, und dann versuchen wir unser Glück tatsächlich Richtung Osten.«

»Aber André hat gesagt …« Nellys Augen verrieten Angst.

»Nichts aber. Ich fahre, also bestimme ich. Und ich bin überzeugt, dies ist unsere einzige Möglichkeit, unversehrt nach Megève zu kommen. Ich will meine Familie wiedersehen. Ist das klar?«

Hoffentlich brachte der harsche Ton Nelly dazu, ohne Protest mitzufahren. Natürlich war Peggy überhaupt nicht sicher, ob es die richtige Entscheidung war. Sicher war nur, dass sie auf dieser Hauptstraße stecken bleiben würden.

Nelly schwieg.

Als Peggy von der Toilette zurück war, füllten sie einen weiteren Kanister Benzin in den Tank des Talbots, und Peggy steuerte das Auto aus dem Strom der Flüchtlinge hinaus.

»Schau mal. Da ist ein Schild Richtung Auxerre. Die liegt doch südöstlich von hier, diese Stadt, oder?«

»Soviel ich weiß.« Nelly nickte. »Sollen wir es bis dort versuchen?« Ihre Augenlider flatterten.

Peggy nickte entschlossen, um sich selbst und der Freundin Mut zu machen, und bog auf die Straße ein. Sofort waren nur noch in mehreren Hundert Metern Entfernung vor und hinter ihnen Autos auf der Strecke. Immerhin kamen sie so voran. Der Rauch wurde weniger, schließlich verschwand er ganz. Entweder waren die Truppen hier schon durch oder noch nicht so weit gekommen. Vielleicht lag es aber auch nur daran, dass nun keine hunderttausend Menschenfüße mehr rechts und links der Straße Staub aufwirbelten.

Wenn sie nur nicht direkt in die Deutschen hineinfuhren.

Schweigend saßen sie nebeneinander, lauschten dem gleichmäßigen Brummen des Motors und hielten Ausschau nach Hindernissen, während der Talbot durch die Alleen zog. Peggy konzentrierte sich sehr darauf, auf den engen Straßen bei der enorm hohen Geschwindigkeit die Kontrolle zu behalten.

»Dort ist ein Schild nach Auxerre.« Nelly zeigte nach rechts. »Sollen wir in die Stadt hinein?«

Peggy schüttelte den Kopf. »Solange wir so gut durchkommen, fahren wir weiter in die Richtung.« Sie schaute nach dem Sonnenstand. »Die Straße scheint mir exakt in südöstliche Richtung zu verlaufen. Das ist doch genau, was wir wollen.« Sie gab Gas, und der Talbot raste weiter.

Nelly kraulte eine der Katzen durch die Gitterstäbe hindurch, bevor sie mit dem Finger nach vorne zeigte. »Schau, jetzt überqueren wir wohl schon die Yonne.« Unter der Brücke schlängelte sich das breite Flussband.

Die Landstraße wurde immer leerer und leerer. Sie passierten Dörfer, die wie ausgestorben wirkten. Kein Mensch war auf der Straße, die Fensterläden waren zugeklappt. Vermutlich versteckten sich die Bewohner in ihren Häusern und harrten der Deutschen, die früher oder später an ihre Türen klopfen würden, dachte Peggy. Unwahrscheinlich, dass die Bauern ihre Höfe verlassen hatten. Kühe, Pferde, Schafe, Gänse, Ziegen grasten auf den Weiden und Wiesen wie eh und je.

»Verdammt«, sagte Nelly plötzlich, die im Vorbeifahren ein Schild entziffert hatte, das Peggy nicht so schnell hatte lesen können. »Hier endet schon das Departement Yonne. Und da vorne ist doch tatsächlich noch eine Polizeikontrolle!« Sie zeigte auf eine Kreuzung, die wegen der Alleebäume schlecht einsehbar gewesen war.

»Ruhig Blut!« Peggy verlangsamte den Wagen, ihr Herz hingegen begann zu rasen. »Ich kann mir nicht vorstellen, dass sie tatsächlich noch Reisegenehmigungen sehen wollen«, sagte sie und hätte es selbst nur zu gerne geglaubt.

Sie hielt am Straßenrand an.

Einer der zwei Gendarmen kam zum Talbot, ein junger Mann, vielleicht Anfang dreißig. Er schien sehr angetan von Nellys Aufmachung, so wie er sie betrachtete, als er ihren Pass kontrollierte. »Niederländisch? Soso.« Er gab ihn ihr zurück. »Und die adrette Fahrerin: amerikanisch. Wonderful!« Dass es ihm in dieser angespannten Lage noch gelang zu flirten … Peggy konnte nicht anders, als wieder einmal über diese Franzosen zu staunen. Wenn es dem jungen Kerl beliebte, konnte er sie nun stoppen und zurückschicken. Würde er das etwa tun?

»Sie wissen schon, dass dies an einem Tag wie diesem nicht die beste Richtung ist, in die man fahren kann?«, fragte er. »Die Deutschen scheinen zwar eher von Norden zu kommen, aber die Italiener drängen von Süden ins Land.«

Sein etwas älterer Kollege kümmerte sich immer noch nicht im Mindesten um sie, sondern beobachtete mit einem Fernglas die Felder am Horizont.

Der junge Polizist reichte ihnen auch Peggys Pass zurück ins Auto. Dann klopfte er auf die Kühlerhaube. »Fahren Sie, in Gottes Namen! Aber fahren Sie schnell, damit Sie noch ankommen, wo Sie hinwollen. Ich wünsche Ihnen alles Gute, Mesdames.«

Peggy gab mit zitterndem Bein Gas, sodass die Räder durchdrehten, und sah die beiden Polizisten und ihren Wagen im Rückspiegel kleiner werden und verschwinden. Als sie zu Nelly hinüberschaute, lief die Schminke der Freundin in schwarzen Tränenbächen über ihre Wangen und tropfte auf den inzwischen vom Staub und Ruß nicht mehr weißen, sondern tiefgrauen Mantel.

Kapitel 16

Megève,
Kriegssommer 1940

»Mama!« Pegeen rannte ihr entgegen und fiel ihr in die Arme, als Peggy und Nelly erschöpft nach der langen Fahrt endlich vor Laurence' Haus hielten und aus dem Talbot stiegen.

Peggy schluchzte auf, als hinter Pegeen auch noch Sindbad aus der Haustür geschlendert kam, die Hand in der Hosentasche und die Haare ordentlich in einer Locke zurückgezuckert, wie es bei Siebzehnjährigen Mode war, aber auch er hatte Tränen in den Augen. Sie schloss beide Kinder fest in die Arme, ihr Körper bebte. Sogar Laurence musste sich etwas aus den Augenwinkeln wischen, als er sie begrüßte.

»Kommt rein!« Er legte Peggy und Nelly die Arme um die Schultern und führte sie in sein Chalet, das auf Peggy wie die gesamte idyllische Berglandschaft um sie herum mit den mondänen Hotels, den sanften grünen Hängen und den dichten Tannenwäldern in der Ferne irgendwie märchenhaft surreal wirkte nach den Schrecken, die sie und Nelly gerade auf den Straßen erlebt hatten.

Sie verschliefen einen ganzen Tag und erwachten schließlich von Kays schriller Stimme und von dem Kindergeschrei der kleinen Mädchen, die Laurence mit Kay gezeugt hatte. Peggy seufzte. Sie würde sich schnell eine andere Unterkunft suchen müssen. Hier in der Nähe. Es musste ein großes Haus sein. Sie hatte nämlich beschlossen, sich auch durch die neuesten Entwicklungen nicht von ihrem üblichen Plan abbringen zu lassen, die Sommerferien wie immer mit ihren Kindern in Frankreich zu verbringen. Wo denn sonst?

Pegeen hatte im Vorfeld schon gebettelt, dass ihre Schulfreundin Jacqueline Ventadour sie in den Urlaub begleiten durfte, was Peggy natürlich erlaubte. Sie mochte die freche Frankoamerikanerin, die bereits einige Schulverweise erhalten hatte und alle aktuellen Gassenhauer auf zwei Fingern pfeifen konnte, sehr gerne. Außerdem hatte das Ehepaar Arp über Nelly angefragt, ob sie vorerst bei Peggy Unterschlupf erhalten könnten, und sie hatte sie selbstverständlich herzlich eingeladen. Denn Jean und Sophie waren sehr gute Freunde von Nelly und ihrem verstorbenen Mann Theo gewesen; sie hatten einst sogar überlegt, das Würfelzucker-Studiohaus in Meudon gemeinsam zu bauen und zu bewohnen. So weit war es dann doch nicht gekommen, aber sie hatten stets in guter Nachbarschaft gelebt.

Jean, den sie auf keinen Fall bei seinem Geburtsnamen Hans nennen durften, war außer sich über die Kriegszustände. Inzwischen war er längst Franzose geworden, aber durch seine Mitgliedschaft in den diversen Surrealistenbünden stand er auf der Liste der Subversiven und politisch Verdächtigen. »Max Ernst haben sie ja bereits zum zweiten Mal verhaftet. Direkt bei Kriegsbeginn haben die Franzosen in ihm einen feindlichen Ausländer gesehen; nun betrachten die Besatzer ihn als ›entarteten Künstler‹. Ist das nicht alles völlig verrückt, völlig verrückt? Er ist in einem Lager bei Nîmes interniert, was sie mitten im Dickicht schnell errichtet haben. Das muss man sich mal vorstellen, diesen ganzen Wahnsinn! Danke dir also sehr, dass du uns vorerst aufnimmst.«

Und so brauste Peggy nun in großer Mission gleich am zweiten Tag mit Nelly im Talbot herum und kontaktierte Immobilienmakler. Schon wenige Tage später hatten sie ein geeignetes Haus am Lac d'Annecy ganz in der Nähe gefunden. Der lang gestreckte See war von dicht bewaldeten Bergen umstanden. Segelboote kreuzten hin und her, und alte Männer in Ruderbooten angelten, als ob es nichts Dringenderes zu tun gäbe dieser Tage. Das alte Holzhaus mit seinen zehn Zimmern und der großen Veranda stand am Hang direkt am Wasser, sodass sie vom eigenen Steg losschwimmen konnten. Mit den Kindern, Jacqueline, Nelly und den Katzen zog sie sofort ein; die Arps folgten zwei Tage später mit einigen Koffern und Kisten, in denen sie ihre Werke und natürlich ihre Arbeitsutensilien mitbrachten.

Sie feierten alle gemeinsam eine kleine Willkommensparty, und als sie kurz darauf feststellten, dass das Nachbarferienhaus an einen Schulfreund von Sindbad mit seiner Familie vermietet war, war die Freude bei den Kindern umso größer. Gleich nach dem Frühstück verschwanden sie jeden Morgen im Wald oder mit dem Ruderboot auf dem See. Peggy hatte den Verdacht, dass Pegeen in Sindbads Schulfreund verliebt war und Sindbad in dessen Schwester. Und Jacqueline in Sindbad. Natürlich war das ein wenig kompliziert, aber was konnte es in diesen Tagen Besseres geben als Jugendschwärmereien, die den Fokus auf ganz andere Dinge lenkten als auf den verdammten Krieg.

Die Nachricht vom Waffenstillstand kam am 22. Juni. Das südliche Frankreich unter der Vichy-Regierung schien nun einigermaßen sicher, auch wenn die Vereinbarung beinhaltete, dass als feindlich eingestufte Bürger Deutschlands und Frankreichs und alle Juden an die Behörden des besetzten Nordfrankreichs und somit an die Deutschen ausgeliefert werden sollten. Aber bisher sah Peggy hier weit und breit keine Kontrollen. Arp schimpfte täglich über seinem Frühstücksei, das sie frisch vom Bauernhof im Ort kaufen konnten, auf die Deutschen und verbot an den Abenden sogar, Beethoven und Mozart auf dem Grammofon im Wohnzimmer zu spielen. Er und Sophie hatten sich ein Atelier eingerichtet und arbeiteten wie die Besessenen. Nelly hatte sich bald im Liegestuhl auf dem Hang am Wasser in die Bücher vertieft, die sie in der Bibliothek des Hauses vorfand.

Aber Peggy wurde mit der Zeit unruhig. Ihre Sammlung ging ihr nicht aus dem Kopf. Natürlich war sie vorerst sicher bei Maria. Wie die Freundin schrieb, hatten sich die Deutschen nur kurz in der Gegend aufgehalten und sie bisher nicht entdeckt. Aber konnte sie sich darauf verlassen? Es wäre deutlich besser, die Werke in der Nähe zu haben. Doch wie sollte das funktionieren? Wo konnte sie damit hin? Es war zum Verzweifeln!

Um sich abzulenken, entschloss sie sich, mal wieder einen Versuch zu wagen, ihre Haarfarbe zu ändern. Der Dorffriseur färbte ein rötliches Kastanienbraun, das Pegeen zu einem Weinkrampf veranlasste, als sie es am Abend beim Nachhausekommen sah. Also ließ Peggy es wieder umfärben in Pechschwarz, obwohl diese harte Farbe sie immer ein wenig schroff und blass wirken ließ. Der Friseur versicherte ihr jedoch, es stehe ihr ausgezeichnet. Und da sie nun schon beim Färben so viel Zeit mit ihm verbracht hatte und alle anderen Männer, außer die ganz alten in ihren Ruderbooten, im Kriegsdienst zu sein schienen, erlaubte sie ihm, sie zu einem Abendessen in der Dorfkneipe auszuführen.

»Was soll denn das?«, fragte Nelly, als sie davon erfuhr. »Hast du einen Sonnenstich?«

»Man nennt es wohl eher Lebenshunger. Wer weiß, wie lange ich so was noch machen kann.«

Nelly wurde ernst. »Hast du schon mit Laurence gesprochen, wann ihr ausreisen wollt?«

Peggy fuhr hoch. »Von wollen kann keine Rede sein.«

»Aber von müssen«, sagte Nelly und streichelte ihr über den Kopf. »Von müssen. Bitte versprich mir, nicht unvernünftig zu sein, sondern dich zu kümmern. Du hast schließlich Verantwortung. Nicht nur für dich, auch für die Kinder.« Sie schob mit dem Zeigefinger Peggys Kinn hoch, damit die Freundin sie anblicken musste. »D'accord?«

Peggy stieß ihren Finger weg. Musste denn Nelly nun auch so drängen, nachdem Djuna gerade erst in ihrem letzten Brief gemahnt hatte, dass Peggy handeln und nachkommen sollte nach New York.

War das denn wirklich der einzige Weg, den es noch gab? Sie musste an Mary denken, die in Paris ausharrte und im Untergrund agierte. An Sam, der, wenn ihre Informationen stimmten, sich ebenfalls einer Widerstandsgruppe angeschlossen hatte.

»Komm endlich zur Vernunft, und sieh dich um«, sagte Nelly. »Die guten alten Zeiten sind vorbei, Peggy! Für uns alle wird es gefährlich hier in Europa. Für dich und deine Familie ist es aber längst lebensgefährlich. Du kannst nicht länger aus Trägheit und Verdrängung heraus das Leben deiner Kinder aufs Spiel setzen.«

Peggy wollte das nicht mehr hören. Sie sprang auf und verließ das Zimmer.

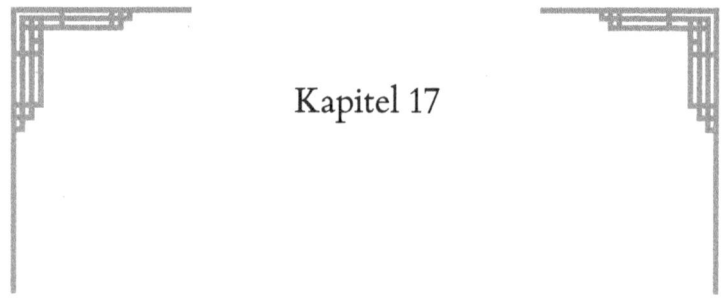

Kapitel 17

Es wurde Juli, es wurde August, als der Briefträger eines Morgens mit seinem Fahrrad vor dem Anwesen hielt und nicht wie üblich nur Briefe in den Kasten steckte, sondern sich die Mühe machte, auf die Terrasse zu kommen, wo Peggy am Tisch saß und wieder einmal die Liste ihrer Sammlung vor sich hatte.

»Madame, entschuldigen Sie, dass ich störe. Aber am Bahnhof von Annecy sind einige Kisten aufgefallen. Sie stehen dort schon seit ein paar Wochen am Gütergleis; niemand hat sich bisher darum gekümmert, weil keine Adresse vermerkt war. Aber Ihr Name steht drauf. Da dachte ich, ich sage Ihnen mal Bescheid.«

Peggy sprang auf. »Kisten? Wie viele?« Himmel! Konnte es das sein, was sie vermutete?

Er kratzte sich am Kopf unter seiner Mütze. »Viele, würde ich sagen. Und groß sind sie. Und schwer. Ich habe mit meinen Kollegen den Versuch aufgegeben, sie Ihnen vorbeizubringen.«

»Vielen Dank, Monsieur! Ganz herzlichen Dank!«, beeilte sich Peggy zu rufen und lief schon ums Haus, um Nelly aus ihrem Liegestuhl hochzuscheuchen. »Komm mit!«

»Was …?«

»Frag nicht, komm einfach.« Sie zog die Freundin zum Auto, und sie rasten los.

Es war nicht zu fassen! Am stillgelegten Bahnsteig in der baufälligen Güterhalle des kleinen Bahnhofs standen die Kisten, die sie und Nelly so sorgfältig gepackt hatten. Peggy ging an ihnen entlang und zählte durch. Alle da. Sogar der *Vogel im Raum* lehnte nackt und unverpackt an der Seite! Sie sank auf das grasbewachsene Gütergleis. »Kannst du das glauben?« Sie schaute zu Nelly auf und sah über ihr das zum Teil durchlöcherte Dach, durch das die Sonne freundlich ihre Strahlen schickte.

Die schüttelte den Kopf.

»Hat Maria das gemacht?«

»Wir werden sie fragen müssen.«

»Und was machen wir jetzt mit den Kisten?« Peggy überblickte ihren Schatz. Es gab keine Chance, die riesigen Holzdinger im Talbot ins Ferienhaus zu transportieren. Und einen Lastwagen aufzutreiben, war fast unmöglich. Zumal das zu viel Aufmerksamkeit auf die Fracht gelenkt hätte. Hier in der baufälligen Halle standen sie eigentlich ganz gut. Sie blickte nach oben. Bis auf die Sache mit den Löchern im Dach. An zwei der Kisten konnte sie bereits leichte Wasserschäden feststellen. Wie lange hatte die Sammlung hier schon so gestanden, verdammt nochmal? »Wir brauchen Planen, um sie abzudecken. Wenigstens das.«

Nelly nickte. »Im Bootshaus vom Ferienhaus gibt es doch ein paar Abdeckungen! Lass uns die holen.«

Das taten sie, und bald waren die Kisten einigermaßen gegen Regen geschützt. Den *Vogel im Raum* nahmen sie am

Abend nach getaner Arbeit im Talbot mit und stellten ihn ins Wohnzimmer. Peggy fiel auf das Sofa. »Verrückt. Völlig verrückt. Ich muss morgen vom Grandhotel aus versuchen, Maria anzurufen. Sie hat doch hoffentlich noch Telefon in ihrer Schule. Wer weiß, wie das nun wieder alles zusammenhängt.«

»Aber sei bloß dankbar, dass alles da ist und relativ unbeschädigt.«

»Wem sagst du das.«

Nach dem Telefonat mit Maria kehrte Peggy auf die Panoramaterrasse des Hotels zurück, auf der Nelly bei einem Glas Champagner auf sie wartete.

Sie ließ sich auf den Stuhl fallen und bestellte das Gleiche. »Giorgio war es! Er kam Anfang August zu Maria und meinte, es sei zu unsicher, die Werke dort zu lassen. Er hat sie hierhergeschickt und eigentlich auch einen Brief.« Sie blickte über den See, auf dem in Ufernähe ein paar Segelboote gegen die Flaute kämpften, die nur ab und zu von leichten Windböen unterbrochen wurde.

»Aber der ist nicht angekommen.«

Peggy schlug die Hände vor das Gesicht. »Was hätte alles passieren können.«

Nelly schob ihr den Champagner vor die Nase, den der Kellner soeben gebracht hatte. »Ist es aber nicht. Alles ist gut. Hier, trink, Heulsuse.«

»Heulsuse?« Peggy nahm die Hände vom Gesicht und sah in die lachenden Augen der Freundin. »So nennst du mich gefälligst nie wieder. Wenn ich eines nicht bin, dann ist es eine Heulsuse.«

»Da hast du vollkommen recht. Ich wollte nur verhindern, dass du nun auf einmal eine wirst.« Nelly stieß mit ihrem Glas gegen das von Peggy. »Und jetzt komm. Trinken wir auf das Glück der Unwissenden.«

Peggy leerte das Glas in einem Zug. »Nun sind wir aber wissend. Und was machen wir?«

Nelly ließ die Sonnenbrille auf die Nase sinken. »Abwarten und Champagner trinken.«

Natürlich wartete Peggy nicht ab und trank auch nicht viel mehr Champagner, sondern drängte Nelly schon am nächsten Morgen, nachdem sie nachgedacht hatte und zu einem Schluss gekommen war, mit ihr nach Grenoble zu fahren. »Du kennst ihn doch gut. Nun sprich bitte für mich vor. Er muss die Sammlung nehmen. Ich weiß, dass er moderne Kunst liebt.«

Nelly köpfte ihr Frühstücksei, und sogar Arp hielt sich zurück mit seinen Tiraden gegen die Deutschen, sondern bestätigte Peggys Einschätzung: »Als wir in seinem Museum mal eine Ausstellung hatten, habe ich ihn ebenfalls als positiv verrückt erlebt. Er hielt uns begeisterte Vorträge und brennt für die heutige Kunst.«

»In Ordnung, ich fahre mit dir hin und frage meinen Freund Farcy. Vielleicht ist er mutig und stellt die Sammlung unter«, sagte Nelly.

»Meinst du, er wäre vielleicht sogar sehr, sehr mutig und macht noch eine Ausstellung damit?« Die Werke auf europäischem Boden als komplette Sammlung auszustellen, das wäre doch ein Triumph gegen diesen Wahn von der »entarteten Kunst«!

Nelly lachte. »Das wäre allerdings nicht mutig von ihm, sondern übermütig.«

»Wir werden ja sehen!« Peggy zählte Nelly die letzten Bissen des Frühstücks in den Mund und zog sie dann aufgeregt zum Talbot.

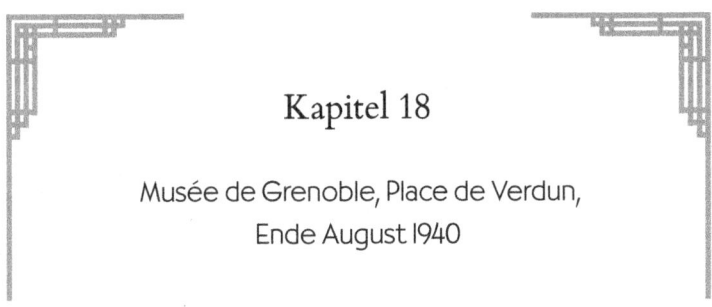

Kapitel 18

Musée de Grenoble, Place de Verdun,
Ende August 1940

Die schneebedeckten Dreitausender begrüßten sie schon von Ferne, als sie auf die Stadt zufuhren. Der Fluss Isère schlängelte sich pittoresk vorbei an den alten Gemäuern, die zum Teil schon von den Römern erbaut worden waren. Peggy freute sich jedes Mal, wenn sie solch ein historisch gewachsenes Stadtzentrum sah. So etwas gab es eben nur in Europa. Und leider nicht in Amerika, ihrer Heimat. Sollte es wirklich nötig sein, dass sie in nicht so ferner Zukunft auf diesen ihr so seelenlos erscheinenden Kontinent zurückkehren musste?

Schnell schob sie die trüben Gedanken beiseite, als sie vor dem Musée de Grenoble am Place de Verdun aus dem Talbot stiegen und die Türen zuwarfen. Pierre-André Farcy begrüßte Nelly überschwänglich und wirbelte sie sogar herum; auch Peggy nahm er sofort freundlich in den Arm. Seine achtundfünfzig Jahre sah man ihm nun wirklich nicht an. Der Direktor tanzte fast vor ihnen her durch die Räume seines Museums, um ihnen alles zu zeigen. Peggy freute sich zu sehen, dass er seine Picassos, Bonnards und Matisse nicht abgehängt und ins Depot verbannt hatte, wie es eigentlich die Order war. »Hier ist bisher niemand von den Offiziellen gucken gekommen«, sagte er lächelnd. »Und ich glaube, die haben auch noch eine ganze Weile anderes zu tun, als Bilder zu verbannen.«

Nelly wiegte den Kopf. »Sei dir da nicht zu sicher.«

Farcy wischte die Bemerkung mit einer Handbewegung weg. »Nun zu eurem Anliegen, Mesdames.« Er wandte sich an Peggy. »Sie wollen mir also Ihre wertvolle Sammlung anvertrauen.«

Peggy nickte langsam. »Es wäre wunderbar, wenn Sie mir hier einen Raum zur Verfügung stellen könnten, wo ich die Bilder und Skulpturen sicher und vor allem trocken lagern könnte. Und wo ich sie fotografieren und ordentlich katalogisieren kann.«

Farcy zog die Augenbrauen hoch. »Das ist noch nicht geschehen?«

»Ich habe alle Käufe natürlich auf meiner Liste notiert.« Sie tippte auf ihre Handtasche. »Aber zum Fotografieren bin ich in Paris nicht mehr gekommen.«

»Verstehe.« Er hielt an und stand für einen winzigen Moment still. Bevor er sich wieder wiegend in Bewegung setzte. »Folgen Sie mir. Ich zeige Ihnen einen Raum im Keller. Dort könnten Sie ungestört arbeiten.«

Peggy beeilte sich, ihm hinterherzukommen. »Das ist wundervoll, Monsieur Farcy. Wundervoll!« Sie schloss zu ihm auf. »Aber sehen Sie denn eventuell auch eine Möglichkeit, die Sammlung einmal hier in Ihren Räumen der Öffentlichkeit zugänglich zu machen?« Vielleicht gab es ja doch noch eine Chance, eine winzig kleine. Es war zwar hier nicht ihr eigenes Museum, aber immerhin …

Farcy stoppte abrupt. »Sind Sie von allen guten Geistern

verlassen? Direkt einen Fahrschein ins Lager buchen, das wollte ich Ihretwegen eigentlich nicht.«

Nelly lachte.

Peggy stimmte ein, um die Spannung zu lösen. »Sie haben recht. Selbstverständlich. Es ist bereits absolut großzügig, dass Sie meinen Bildern hier eine geheime Herberge bieten.«

»Das will ich doch meinen.« Er grinste. »Und Sie werden mir sicher, sobald die Werke hier sind, eine Privatführung geben und mir alles über Ihre Begegnungen mit den Künstlern erzählen?«

Peggy lächelte. »Alles vielleicht nicht. Aber vieles.«

Kapitel 19

Lac d'Annecy,
September 1940

Die Schule begann wieder, und murrend nahmen die Kinder Abschied vom schönen Ferienhaus, den Urlaubsliebeleien und der Freiheit am See. Der Mietvertrag lief aus, und auch die Arps zogen weiter. Sie hatten sich in Grasse eine Unterkunft gesucht, andere Freunde wollten sie dort finanziell unterstützen. Mit Küssen und Umarmungen hatten sie sich am Tag zuvor auf dem kleinen Bahnhof verabschiedet. Peggy hatte sie besonders fest an sich gedrückt und den Gedanken verdrängt, dass es möglicherweise das letzte Mal war, dass sie die Freunde sah. In was für grausamen Zeiten lebten sie eigentlich, dass einem so etwas überhaupt in den Sinn kam?

Jetzt standen Nelly und sie vor dem Haus am See und winkten dem Vermieter hinterher, der nach einem Rundgang durch die Räume und über das Gelände wieder den Schlüssel entgegengenommen hatte.

Peggy öffnete die Tür zum Talbot. »Einsteigen, bitte. Es geht nach Grenoble.«

»Du willst das also wirklich durchziehen?« Nelly schüttelte den Kopf.

»Aber selbstverständlich. Ich habe da nun erstmal viel zu tun, denn die Katalogisierung der Sammlung ist wichtig.

Außerdem ist Grenoble doch wunderschön, oder etwa nicht?«

Nelly zuckte mit den Schultern und machte sich ans Einsteigen, nicht ohne einen letzten Blick auf das Holzhaus zu werfen, in dem sie entgegen aller Erwartungen diesen schönen Sommer mitten im Krieg verbracht hatten. »Wäre es nicht nun dringend an der Zeit, zu Laurence zu fahren und die Details eurer Ausreise zu planen?«

Peggy winkte ab.

»Peggy! Das ist kein Spaß!«

»Fährst du nun mit nach Grenoble oder nicht?« Peggy warf den Motor an.

Nelly schwieg.

Peggy ließ ihre Sonnenbrille hinunter, damit die Freundin nicht sah, dass sie Tränen in den Augen hatte, als der Lac d'Annecy im Rückspiegel immer kleiner wurde und schließlich hinter einer Hügelkette verschwand.

War das ihr letzter Sommer in Frankreich gewesen? Sie dachte an Jacquelines Pfeifkonzerte, an Pegeens Weinkrampf angesichts ihrer Haarfarbe. An den Friseur. An Arp, der wütend sein Frühstücksei köpfte, an die morgendlichen Sprünge in den kühlen See und die weiten Schwimmkilometer, die sie zurückgelegt hatte mit Blick auf das bergige Panorama und die friedlichen Wälder.

Sie hatte Mühe, die Spur zu halten, als sie nun auf die Hauptstraße nach Grenoble bog, so sehr zitterten auf einmal ihre Arme. Schnell setzte sie sich aufrechter hin, damit Nelly es nicht merkte, und gab Gas. Was sollten die Sentimentalitäten! Es gab Dinge zu erledigen. Ihre Sammlung zu dokumentieren.

Und dann, dann galt es die Werke rechtzeitig rauszuschaffen aus diesem wunderschönen Kontinent, den sie selbst nun wohl auch bald würde verlassen müssen.

Aber jetzt noch nicht.

Jetzt doch bitte noch nicht!

Kapitel 20

Grenoble,
Herbst 1940

Das Fotografieren und Katalogisieren ging sehr gut voran. Es machte Spaß, wieder einmal einer täglichen Arbeit nachzugehen. Es war fast so wie damals in der Guggenheim Jeune, dachte sie. Pünktlich, morgens um neun Uhr, betrat sie das Museum, grüßte den Pförtner, ging beim Büro von Farcy vorbei, um ihm einen schönen Tag zu wünschen, und verschwand dann im Keller bei ihrer Sammlung.

Was machte es Spaß, die Werke aus ihren Kisten zu holen, die Leinwände auszubreiten und die Skulpturen aufzustellen. Sie errichtete ihre eigene kleine Schau hier unten in dem fensterlosen Raum. Von Farcy hatte sie ordentliche Lampen bekommen, sodass sie die Werke richtig ausleuchten konnte. Sie war zwar keine Fotografin, aber sie nahm sich die Zeit, alles so optimal ins Licht zu rücken, wie sie es eben vermochte.

Nach einem solchen stillen und erfüllten Vormittag ging sie oben ans Tageslicht und setzte sich in eines der Cafés rund um den Place de Verdun zum Mittagessen. Es tat gut, ein Glas Burgunder dazu zu trinken. Ab und zu schaute sie in die Zeitung, die dort auslag. Aber lieber nicht zu oft. Denn sobald sie das tat, wurde ihr bewusst, dass sie eigentlich alle Kunstwerke wieder in die Kisten stopfen und sie schnellstmöglich auf ein Schiff nach Amerika bekommen sollte.

Und sich selbst und die Kinder auch.

Aber ...

Aber ... irgendwie war es einfacher, jeden Morgen in den Keller zu gehen und ihre Arbeit zu tun.

Eines Morgens, als sie gerade den wunderschönen Léger abfotografierte, kam Farcy persönlich in den Keller. Gelegentlich tat er das, denn er konnte nicht genug bekommen von den Kunstwerken. Selbstverständlich hatte sie ihm gleich zu Beginn der Arbeit alles gezeigt. Aber er liebte die Stücke fast so sehr wie sie selbst, zumindest hatte sie den Eindruck. Er liebkoste den Léger mit den Augen und reichte ihr abwesend ein Telegramm: »Ist gerade eingetroffen für Sie. Aus Amerika. Sie sollten allerdings einmal überdenken, aller Welt Ihren Aufenthaltsort hier zu melden.« Er kniete sich zu dem Léger auf den Boden und streichelte über die Farbe.

Peggy nahm das Telegramm und hielt es unter den Scheinwerfer, den sie zum Fotografieren bereits platziert hatte. Oh, von der Sage war es. Von ihr hatte sie seit der Abreise von Tanguy nichts mehr gehört. Aus der Zeitung wusste sie nur, dass Tanguy und sie inzwischen in Reno geheiratet hatten und in Woodbury im Bundesstaat Connecticut lebten.

Peggy beugte sich über das Telegramm. Dann ließ sie es sinken. Eine ungewöhnliche Anfrage. Sehr ungewöhnlich. Und viel zu knapp, sie verstand gar nicht richtig, was die Sage dort schrieb. Sie musste sie wohl einmal direkt sprechen, anrufen. »Monsieur Farcy, funktioniert Ihre Telefonleitung noch?«

Farcy federte vom Boden hoch und warf dem Léger einen

letzten liebevollen Blick zu, bevor er sich ganz Peggy zu-
wandte. »Bien sûr. Brauchen Sie es?«

»Ein Anruf nach Amerika, wenn es Ihnen nichts ausmacht.«

»Mir macht es nichts. Wir müssen nur schauen, ob wir
durchkommen, nicht wahr?« Er geleitete sie die drei Etagen
nach oben in sein Büro mit Ausblick auf die Berge.

Kapitel 21

Peggy wählte die Nummer eines Hotels in Manhattan, die auf dem Telegramm angegeben war. Offenbar war der Zeitpunkt des Anrufes gar nicht schlecht gewählt, denn in New York war es halb vier Uhr morgens, und wie sich herausstellte, war die Sage gerade nach Hause gekommen von einer Party bei Alfred Barr im Museum of Modern Art. Sie wirkte ein wenig aufgedreht, aber nicht zu betrunken, um Peggy genau zu schildern, um was es ging: »Ich wollte dich bitten, fünf Künstlern die Flucht nach Amerika zu finanzieren. Das Rettungskomitee um Varian Fry in Marseille bemüht sich derzeit um Visa für sie. Aber die Überfahrt können sie nicht bezahlen.«

Rettungskomitee? Varian Fry? Nie davon gehört. »Was?«, fragte Peggy.

Die Sage erzählte ihr knapp, dass die amerikanische Regierung Fry installiert habe, um politisch und rassisch verfolgte Künstler und Intellektuelle aus Europa herauszuholen, bevor es zu spät war. »Das Rettungsteam hat so schon zum Beispiel Marc Chagall, Heinrich Mann, die Feuchtwangers und Franz und Alma Werfel herübergeholt. Jetzt sind die Finanzen knapp, und sie brauchen Sponsoren für fünf andere Künstler.«

Peggys Kopf dröhnte. Was erzählte die Sage da? Rettungskomitee. Chagall. Mann. Finanzen. Sie war nicht sicher, ob sie alles auf Anhieb verstanden hatte. »Welche fünf Künstler sind es?«

Die Sage schwieg kurz. Dann sagte sie: »Zum einen André Breton samt Frau und Tochter.«

Peggy schrie auf. »André ist dort in Marseille gestrandet?«

Die Sage ließ sich nicht irritieren und sprach ruhig weiter. »Des Weiteren der Leibarzt der Surrealisten, Doktor Mabille.«

»Das ist doch wohl kein Künstler. Wer noch?«

»Max Ernst.«

Peggy stutzte. »Ist er aus der Internierung entkommen?«

»Allerdings. Er ist geflohen und hält sich ebenfalls im Château Air-Bel auf. Das ist eine Villa in den Bergen bei Marseille, die Varian Fry als Hauptquartier des Rettungskomitees benutzt.«

Peggy schwieg. Das war ja alles unglaublich, was sie da hörte. Warum erfuhr sie von diesem Komitee erst jetzt? Wie mutig die Leute waren, die dort mitarbeiteten! Da musste sie doch helfen! Zumindest sollte sie es sich wohl einmal anschauen. Die Telefonleitung unter dem Ozean rauschte. Dann sagte sie: »Ich fahre übermorgen los nach Marseille. Kannst du mich dort bitte ankündigen?«

»Du bist ein Schatz!« Kay lachte erleichtert. »Sie macht es«, rief sie nach hinten. »Ich reich dir mal kurz Yves!«

Yves war allerdings deutlich betrunkener als seine Frau und sang lautstark ein schmutziges französisches Lied in den Hörer, sodass Kay schnell wieder übernahm. »Ich danke dir. Und ich informiere Varian.«

Kapitel 22

Marseille,
Anfang Dezember 1940

Das Château Air-Bel lag auf einem zugewachsenen Grundstück kurz hinter Marseille. Zwischen Büschen und über einen Grasweg, in den die Autoreifen über die Monate, in denen das Rettungskomitee die Villa nutzte, zwei Spuren in das Gras gefräst hatten, hoppelte der Wagen voran, der Peggy am Bahnhof abgeholt hatte. Der Fahrer, ein junger Amerikaner, hatte nicht viele Worte gemacht und öffnete ihr nun die Tür, als sie vor dem Haus hielten.

Peggy sah, dass die Farbe von den Fensterrahmen blätterte, die Fassade schien wasserfleckig, und an einigen Stellen waren Stücke herausgebröckelt. Ein hölzernes Gewächshaus von Ausmaßen, die einem botanischen Garten würdig wären, stand an einer Seite des Hauses und verriet etwas von dem Charme, den das Anwesen einst gehabt haben musste.

Peggy dankte dem Fahrer, der sofort wendete und wieder in die Stadt fuhr. Sie ging auf die Villa zu, deren Tür in diesem Moment aufgerissen wurde. André Breton breitete wortlos die Arme aus, und sie versank in seinen Löwenpranken. Über seine Schulter hinweg sah sie Jacqueline und Aube, die Tochter, die sich an die Mutter schmiegte. Nun musste sie sich wirklich beherrschen, um nicht anzufangen zu weinen.

»Gut, dass du da bist«, sagte André mit bebender Stimme. Peggy räusperte den Kloß im Hals fort, bevor sie auch Jacqueline und Aube begrüßen konnte.

»Wir können dir gar nicht sagen, wie dankbar …«, setzte Jacqueline mit Tränen in den Augen an, aber Peggy bat sie zu schweigen und hockte sich zu Aube.

»Schau mal, das ist Benny, mein Steiff-Bär«, sagte das Mädchen. »Er durfte mit. All meine anderen Kuscheltiere und Puppen musste ich zu Hause lassen.«

Peggy schüttelte Benny die Bärentatze und wandte sich, um nicht weinen zu müssen, schnell wieder an André, während Aube mit Benny in den Garten davonhüpfte. »Wo ist denn dieser sagenumwobene Varian? Kann ich ihn kennenlernen?«

»Er wird bald zurück sein. Er ist auf seinem täglichen Termin im Konsulat, um Visa zu holen«, antwortete André. »Und Max Ernst ist für zwei Tage nicht in Marseille.«

Wie schade. Sie war so gespannt gewesen, ihn wiederzusehen. Seit der Begegnung in seiner Wohnung gemeinsam mit Howard und Leonora waren zwei Jahre vergangen. Wie er wohl beieinander war – immerhin war er inzwischen mehrfach interniert gewesen, hatte sein Anwesen in Saint Martin verloren und einen Großteil seiner Bilder zurücklassen müssen. Was machte das mit einem Menschen? Und – nicht minder interessant – hatte er immer noch diesen Blick, der einen beinahe auszog?

»Komm, wir machen eine Tour durch den Garten«, sagte André und hielt wohl nach Aube Ausschau, die zwischen den Bäumen verschwunden war. »Viel zu sehen gibt es hier allerdings nicht. Uns wird die Wartezeit schon sehr lang.«

Er ging voran über einen breiten Weg, Peggy und Jacqueline folgten.

»Wie lange seid ihr denn nun hier?«, fragte Peggy, als sie das alte Gewächshaus hinter sich ließen und tiefer in den ehemaligen Park eindrangen.

André winkte ab. »Seit Wochen stecken wir hier fest. Varian arbeitet permanent an den Visa und den Schiffsplätzen. Dank deiner Zuwendung könnte es dann hoffentlich bald losgehen.«

Benny-Bär im Arm, tauchte Aube etwas weiter hinten auf dem Weg auf und bückte sich nach einem Stock, mit dem sie sofort auf das Dickicht rechts und links des Weges einhieb und »En garde!« rief.

»Allerdings besitzen wir keine Ausreisegenehmigung für Frankreich. Und bekommen wohl auch keine«, sagte Jacqueline.

»Was bedeutet das?« Peggy merkte, wie wenig sie sich mit diesen Themen bislang beschäftigt hatte.

»Dass wir über die grüne Grenze nach Spanien müssen«, sagte André. »Über die Pyrenäen. Wie schon so viele vor uns. Als wir hier angekommen sind, ist Varian gerade aus Lissabon zurückgekehrt, wo er diese deutschen Schriftsteller persönlich hingebracht hatte. Über die Berge, dann in den Zug und bis in die portugiesische Hauptstadt, dem letzten neutralen Fleckchen Europas. Von dort sind sie schließlich über den Großen Teich.«

Jacqueline nickte. »Und es hat alles gut geklappt, auch wenn die Wanderung über die Berge wohl ganz schön anstrengend ist. Heinrich Mann ist doch schon fast siebzig Jahre alt, ihn hat das ziemlich mitgenommen. Genau wie Franz Werfel, der ein bisschen beleibt ist.«

André lief auf der Stelle wie ein Olympionike. »Da werde

ich wohl auch noch schnell ein paar Leibesübungen machen müssen, was, Schatz?«

Jacqueline lachte und haute ihm auf den Bauch, sodass er einklappte wie ein Taschenmesser. »Besser wär's. Ich finde, wir sollten hier ein kleines Trainingslager gründen. Ich besorge mir eine Trillerpfeife, und dann geht es los.«

Gut, dass sie wenigstens ihren Humor nicht verloren haben, dachte Peggy. Wenn auch schon fast alles andere aus ihrem bisherigen Leben hatte zurückbleiben müssen. Was sie wohl mit den vielen Büchern, Schallplatten und Gemälden gemacht hatten, mit denen ihre Pariser Wohnung vollgestopft war und zwischen denen man sich stets vorkam wie in einer völlig chaotischen, surrealen Stadtbibliothek? An Aubes Kinderzimmer mit all den Malkästen, Kinderbüchern, dem Puppenhaus und dem Kaufmannsladen mochte sie gar nicht denken. Schnell bückte sie sich und zog ihren Schnürsenkel nach, damit die anderen ihre feuchten Augen nicht sahen.

Wenig später traf Varian Fry ein. Er war ein schmaler Mann Ende dreißig mit ernster Brille, traurigen Augen und welligem braunen Haar. Seine Bewegungen waren weich, die Stimme auch. Er war in Begleitung von zwei Frauen, die er als Mary und Miriam vorstellte. Sie verschwanden schnell im Haus, und Varian bot Peggy den Arm. »Gehen wir ein Stück?«

Sie hakte sich unter.

André und Jacqueline folgten Mary und Miriam ins Haus. »Wir bereiten schon mal das Abendessen vor.«

Varian nickte und wandte sich Peggy zu. »Ich komme gerade vom Vizekonsul. Bingham ist unser Freund, wissen Sie. Ohne ihn könnten wir die Arbeit hier nicht machen.« Er zündete sich eine Zigarette an und lief sehr schnell. »Zweihundert, hieß es erst. Zweihundert Leute standen auf der Liste. Berühmte Schriftsteller, bildende Künstler, Musiker, Professoren. Aus Deutschland und Frankreich. Als die das Waffenstillstandsabkommen unterzeichnet haben, haben sie nämlich mit unterschrieben, dass all die Hilfesuchenden in Frankreich nach Deutschland ausgeliefert werden müssen. Welch ein Verrat!« Er lief noch schneller. »Welch ein Verrat!«

Peggy bemühte sich, Schritt mit ihm zu halten. Zweihundert Menschen hatte er retten sollen. Das hatte sie wohl richtig verstanden. Nur zweihundert. Aber konnte man denn eine solche Auswahl überhaupt treffen? »Und wie vielen haben Sie nun bereits tatsächlich die Flucht ermöglicht?«, fragte sie direkt.

Er blieb stehen. »Kann man denn einem Familienvater, der vor einem sitzt und einen anfleht, seine Familie zu retten, kann man dem denn nicht helfen, nur weil er zufällig kein berühmter Schriftsteller oder Maler ist?« Seine Augen waren voller Verzweiflung.

Peggy wandte den Blick ab und beobachtete ein Eichhörnchen, das blitzschnell einen Baumstamm emporkletterte und verschwand. »Sie brauchen also weit mehr Geld und Unterstützung als für Breton und seine Familie und Ernst, höre ich da heraus.«

»Ja«, sagte er knapp und trat seine Zigarette auf dem Sandboden aus.

Sie nickte und lief nachdenklich weiter, er folgte ihr. Es war verrückt, was sie soeben ausbrütete, dachte sie. Aber es musste sein. Es musste doch sein, oder? Sie überschlug sehr genau die Lage. Dann sagte sie, ohne ihn anzuschauen oder stehen zu bleiben: »Ich kann Ihnen zurzeit fünfhunderttausend Franc überweisen. Mehr ist mir momentan nicht möglich.« Sie lief noch schneller. Himmel, was versprach sie da? Hatte sie sich verrechnet? Sie kalkulierte noch einmal ganz genau, was sie für Laurence, die Kinder und sich selbst auf jeden Fall brauchen würde, um Europa zu verlassen. Konnte sie nach Abzug dieser Summe immer noch so viel Geld spenden? Ihr Herz raste, je schneller sie lief. Aber sie konnte nicht anhalten. Sie konnte nicht stehen bleiben. Es ging hier um so viel, da musste sie als Familienmutter, die sich in andere Eltern hineinversetzen konnte, doch helfen.

Varian hielt sie am Mantelärmel fest und zwang sie so zum Stillstehen. Er fuhr sich durch die Haare und schluckte. Dann umarmte er sie wortlos, bevor er sich merklich aufrichtete und lächelnd sagte: »Das wollen wir heute Abend feiern. Mit unserem Freund André. Schade, dass Max nicht da ist und Sie ihn verpassen. Es scheint mir also, als müssten Sie uns bald einmal wieder besuchen.« Er lächelte, zündete sich eine neue Zigarette an, bot ihr auch eine an und gab ihr Feuer. Dann wurde sein Gesicht ernst. »Wann gedenken Sie eigentlich abzureisen?«

»Sie meinen: nach Amerika.« Sie schnippte Asche auf den Boden.

»Was denn sonst? Seien Sie bitte nicht zu leichtsinnig. Ich bekomme durch meine Arbeit hier täglich grausame Geschichten zu hören. Seien Sie sicher, dass die Deutschen alle Juden verhaften wollen. Alle. Die machen nicht halt vor Geld oder Prestige. Und schon gar nicht, wenn die betreffende Person die sogenannte entartete Kunst sammelt, versteckt und schützt. Und nun auch noch hier subversiv agiert.«

Peggy versuchte ein abschätziges Lachen, aber es gelang ihr nicht recht. »Vielen Dank für die Warnung. Aber machen Sie sich keine Sorgen. Mein Exmann und ich planen die Reise mit unseren Kindern für das Frühjahr.« Laurence hatte sie tatsächlich in der vergangenen Woche angeschrieben, dass er nun die Ausreisegenehmigungen für die Kinder und sich beantrage, und hatte sie ebenfalls gedrängt, das umgehend zu tun.

»Wenn das mal nicht zu spät ist«, murmelte Varian, fasste sie am Rücken und schob sie Richtung Villa. »Aber kommen Sie! Den heutigen Abend lassen wir uns nicht verderben. Ich bin sicher, die Frauen haben da drinnen ein wunderbares Essen gezaubert. Den Umständen entsprechend natürlich. Aber irgendwo auf dem Schwarzmarkt treiben sie eigentlich immer frischen Fisch auf und eine Flasche guten Wein. Man muss ja nicht so tun, als ob Krieg herrscht, nicht wahr?«

Peggy lachte etwas zu laut und ließ sich von dem jungen Mann zur Haustür führen. Ihre Hand zitterte, als sie die Zigarette davor wegwarf. Die Meinung dieses Varian musste man wohl ernst nehmen, immerhin war er nahe am Geschehen. Waren Laurence und sie tatsächlich zu spät wach geworden und würden es nicht mehr schaffen, die Kinder und sich selbst in Sicherheit zu bringen?

Sie musste sich sehr zwingen, ruhig zu erscheinen, den Fisch und den Wein zu loben und mitzufeiern, aber letztendlich wurde es ein Abend fast wie in Paris. André hielt einen seiner berüchtigten Vorträge, diesmal als Hommage an seine Freunde von der Dada-Bewegung, was es nicht einfacher machte, seinen Worten zu folgen. Er beendete seinen Vortrag mit einem großen Erfolg, nämlich indem er das Gedicht »Der Tisch« rezitierte, in dem es natürlich um einen Tisch ging. André baute sich vor der kleinen Gesellschaft auf und begann: »Der Tisch.«

Erwartungsvolles Schweigen.

»Der Tisch. Der Tisch. Der Tisch. Der Tisch. Der Tisch. Der Tisch ...« So ging es ungefähr fünf Minuten lang, bis sich alle vor Lachen den Bauch hielten, man gar nicht mehr genau wusste, was das Wort Tisch eigentlich bedeutete, und die Stimmung auf dem Höhepunkt war. Anschließend wurde das Grammofon angeworfen, und sie tanzten und sangen bis zum Morgengrauen.

Alles in allem war es also sogar ein recht vergnüglicher Aufenthalt gewesen, dachte Peggy, als sie am nächsten Tag, nachdem sie bei der Bank gewesen war, wieder im Zug zurück nach Grenoble saß, eingepfercht zwischen Familien, die mit Sack und Pack offensichtlich Richtung Schweizer Grenze unterwegs waren. Was sie allerdings mitgenommen hatte, war Varians eindringliche Warnung. Sie musste die Ausreise der Familie nun wirklich forcieren. Sie beobachtete eine Mutter in ihrem Alter, die ihre zwei schlafenden Mädchen rechts und links an sich gelehnt sitzen hatte; die Kleinen waren vielleicht sechs und acht Jahre alt. Die Mutter schaute angespannt zum Vater, der mit zitternden Händen Papiere in seiner Tasche ordnete, darunter auch vier deutsche Pässe.

Peggy wünschte ihnen so sehr, dass sie es schaffen würden.

Sie würde von Grenoble aus jedenfalls sofort noch einmal mit Laurence Kontakt aufnehmen und horchen, wie weit er mit seinen und den Papieren der Kinder gekommen war. Gleichzeitig musste sie sich um ihre Genehmigungen kümmern.

Und natürlich endlich um die Verschiffung der Sammlung! So viel Freude es auch machte, die Kunstwerke in aller Ruhe zu katalogisieren und zu fotografieren in ihrem schönen kleinen Museumskeller, die Sammlung musste auf der Stelle in Sicherheit gebracht werden.

Nur wie?

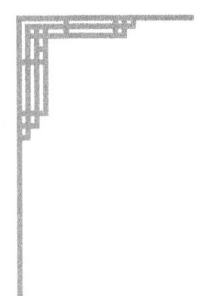

Kapitel 23

Grenoble,
Dezember 1940

Gleich als sie am nächsten Morgen wieder im Museum ankam, verlängerte sie ihren Stopp in Farcys Büro, um ihn um Rat zu bitten. Vielleicht kannte man unter Museumsdirektoren einen Trick. Sie würde sich ganz naiv stellen und ihn direkt fragen.

»Also einfach so können Sie die komplette Sammlung natürlich nicht verschicken. Das ist viel zu auffällig. Da ziehen sie sie sofort heraus und konfiszieren sie.« Farcy schüttelte den Kopf. »Unmöglich!«

»Wie dann?«

Er wiegte den Kopf. »Kennen Sie nicht jemanden, der sich im Transportbereich auskennt? Über wen haben Sie denn Kunstwerke von Frankreich aus nach London zur Guggenheim Jeune spedieren lassen?«

Dass sie noch nicht selber drauf gekommen war! Natürlich! Sie musste René kontaktieren! Das würde vielleicht funktionieren. Aber es gab noch etwas, um das sie sich dann kümmern musste. »Monsieur Farcy, mögen Sie eigentlich Katzen?«

»Meine Frau wäre sicher entzückt.« Er lächelte, denn selbstverständlich hatte er schon von *Sans Lendemain* und *Giorgio* gehört.

Und so war Peggy beruhigt, dass die Perserdamen ein gutes

Zuhause bekommen würden, wenn auch sie ihren Bildern folgen müsste.

René traf am darauffolgenden Dienstag mit dem Zug ein. »Wie schön, mal eine Abwechslung von der Warterei in Marseille zu haben!«, sagte er zur Begrüßung und umarmte sie.

»Du wartest auch auf ein Visum?«

Er schüttelte den Kopf. »Ich warte auf einen Platz an Bord des verdammten Dampfers, der alle zwei Wochen hin und her pendelt. Ich will bloß bis Martinique. Soll schön dort sein. Sonne, Strand, guter Rum, heiße Frauen, wie man hört.«

Peggy boxte ihn in die Seite. »Wie kannst du in diesen Zeiten so ignorant sein?«

»Ist es ignorant, wenn man seinen Arsch rettet? Schließlich haben sie mich hier auch auf dem Kieker, weil ich mit Transporten nicht genehmer Kunst Geschäfte mache. Und dort in Martinique haust schon seit Längerem ein Freund von mir in einer unauffälligen Strandhütte unter einem Wust von langen Haaren und einem irren Bart. Das gedenke ich auch zu tun, bis dieser ganze Wahnsinn vorbei ist.« Er fuhr sich durch die noch sehr kurzen Haare, die einen äußerst adretten Schnitt hatten. »Aber nun zu dir, meine Liebe. Du sagst, du brauchst meine Hilfe.«

»Komm mit!« Sie führte ihn durch den Keller und zeigte ihm den Umfang der Sammlung. »Was meinst du: Wie kriege ich das nach Amerika?«

René lächelte. »Leichte Übung.«

Peggy zog fragend die Augenbrauen hoch.

René holte sich schon die Schreibmaschine heran, zog ihren letzten Katalogisierungsbogen heraus und spannte ein neues Papier ein. »Ich hoffe, du hast noch ein bisschen Haushaltsplunder?«

»Haushaltsplunder?«

»Nun, Bettwäsche, Kochtöpfe, Lampen, Bücher, Sessel, Tische. Nicht?«

Nein, aber das ließe sich beschaffen. »Und dann?«

»Und dann stopfen wir die Gemälde dazwischen und verschicken es in sehr große Kisten verpackt, die Bettlaken immer schön vorne.«

Das sollte funktionieren? »So simpel? Bist du sicher?«

»Vertraue mir. Ich würde übrigens empfehlen, auch dein Auto gleich mit zu verschiffen.« Er drehte an dem Rad der Schreibmaschine, um das Blatt in die richtige Position zu bugsieren.

»Meinen geliebten Talbot?« Sie hatte ihn zwar lange nicht mehr gefahren, weil das Benzin nun wirklich knapp war. Aber ihn auch schon wegschicken? Das Gefährt, das ihr bei der Flucht aus Paris das Leben gerettet hatte? Den Wagen, der sie im Falle einer doch noch stattfindenden deutschen Invasion im Südteil Frankreichs am beweglichsten hielt?

Sie schluckte.

»Glaub mir«, sagte René. »Das macht den Transport gleich viel glaubwürdiger.« Er suchte auf den Tasten schon die richtige Position für seine Finger.

Sie zog sich an der Nase. »Gut. Und der Rest, wie deklarieren wir den?«

»Als Haushaltswaren natürlich. Da schaut kein Beamter nach, da geht viel zu viel Zeug aus den Häfen weg jeden Tag mit jedem Schiff.«

»Aber ein bisschen Glück brauchen wir trotzdem.«

»Ein bisschen schon. Wenn ich dir beim Packen helfe, sollte es klappen.« Er fing an, zu tippen. »I-n-v-e-n-t-a-r-l-i-s-t-e. Nun geht es los: S-U-P-P-E-N-T-E-R-R-I-N-E, G-R-O-S-S, S-U-P-P-E-N-T-E-R-R-I-N-E, K-L-E-I-N.« Er setzte ab und schaute in die Luft. »S-C-H-I-R-M-S-T-Ä-N-D-E-R. E-C-K-V-I-T-R-I-N-E, E-S-S-Z-I-M-M-E-R. R-A-U-C-H-T-I-S-C-H, D-I-E-L-E. L-A-M-P-E-N-S-C-H-I-R-M. L-A-M-P-E-N-S-T-Ä-N-D-E-R. S-E-I-F-E-N-S-C-H-A-L-E. B-R-Ä-T-E-R. F-L-E-I-S-C-H-K-L-O-P-F-E-R.« Das Klackern der Schreibmaschinenbuchstaben gegen die Rolle wurde immer schneller.

»Fleischklopfer?« Peggy lachte.

»So was hast du noch nie besessen, kann ich mir denken. Aber weiter: G-E-M-Ü-S-E-S-I-E-B. T-E-E-S-I-E-B. K-A-F-F-E-E-F-I-L-T-E-R. Siehst du, so wird dem armen Beamten ganz schnell langweilig, und er lässt deine öden Kisten durch.« Er grinste. »Was gibt's noch für Zeug? Sag mal was.«

Und so stellten sie eine wirklich lange, enervierende Inventarliste zusammen. Das, was Peggy in den folgenden Tagen allerdings an der Sache am meisten Spaß machte, war, den ganzen Plunder in den Gassen der Stadt und in kleinen Läden tatsächlich zusammenzusuchen. Denn viele Grenobler hatten ihre Heime bereits verlassen, und es gab massenhaft »Zeug«, wie René es nannte, zu kaufen und an Hausecken zu finden.

Nach gut zwei Wochen hatten sie alles zusammen, und die offiziellen Speditionskisten, die René von irgendwo herangeordert hatte, trafen ein. Mit klopfendem Herzen platzierte Peggy Stück für Stück in sein Versteck unter Tischplatten, in Vitrinenschubladen, in Kissenbezügen. Sie verabschiedete sich von dem Magritte und dem Pevsner, von Arp und von De Chirico. Als der Lastwagen, den René besorgt hatte, am Donnerstag der dritten Woche ihrer Zusammenarbeit mit der wertvollen Fracht vom Museum davonfuhr und der blaue Talbot auch noch, da musste sie die Tränen mit Macht zurückhalten. Schnell hakte sie sich bei René unter und zog ihn über den Place de Verdun. »Lass uns etwas trinken gehen. Das haben wir – und speziell du – uns nun wahrhaftig verdient.«

»Aber bitte keinen Rum. Den kriege ich später noch genug!« Er lachte nicht.

Als sie an dem abgenutzten Tisch am Fenster saßen und auf den Platz hinausschauten, auf den nun ein leichter Schneeregen niederging, sagte René leise: »Sollte ich auf Martinique nicht ersaufen – also am Rum oder im Wasser – und sollte die Sammlung unbeschadet in New York ankommen, lädst du mich dann zur Eröffnung deines Museums ein, das du dort drüben mit deinen Schätzen ohne Zweifel gründen wirst?« Er trank den Champagner, den sie zur Feier des Tages spendiert hatte. Der Wirt hatte die verstaubte Flasche extra aus den Tiefen seines Kellers holen müssen, denn seit Monaten hatte niemand mehr etwas feiern wollen.

»Ohne Zweifel!«

»Wer zweifelt, hat schon verloren, nicht?« Er prostete ihr elegant zu, aber in seinen Augen flackerte pure Angst.

Peggy senkte schnell den Blick, damit er in den ihren nicht das Gleiche lesen musste.

Kapitel 24

Megève,
Weihnachten 1940

Natürlich war niemandem, außer den vier kleinen Nach-
züglern von Laurence und Kay, so recht nach Feiern zumute.
Peggy blickte in die sorgenvollen Gesichter der Erwachsenen
und die genervten Gesichter der Backfische, als sie in Megève
ankam, das unter einer festen Schneedecke lag und wie immer
ein Bild von einem malerischen kleinen Skiort abgab. So ma-
lerisch, dass nun wirklich bitter auffiel, dass die Urlauber in
dieser Saison fehlten. Ein paar Einheimische, wie Laurence
und die Kinder, ließen es sich dennoch nicht nehmen, auf Ski-
ern die Hänge hinunterzupreschen und den Liftbetreibern die
einzigen Einnahmen des Tages zu bescheren. Wie vermisste
Peggy die Pelzmäntel im Straßenbild, die kleinen Schoßhünd-
chen, die in Deckchen gekleidet durch den Schnee trippelten
oder gleich von der Besitzerin getragen wurden. Wie fehlten ihr die offenen, geschmückten Schlitten, die von Pferde-
gespannen unter Glöckchengebimmel durch den Ort gezogen
wurden, Champagner trinkende Paare mit russischen Müt-
zen unter Schafspelzen auf den Sitzen. Nun fuhr noch nicht
mal ein Auto über die Straßen, und der Schnee knirschte bei
jedem Schritt so laut und deutlich unter den dicken Stiefeln,
dass es ihr schauderte.

Am ersten Weihnachtsfeiertag setzte sich die Familie trotz allem, wie die Tradition es verlangte – oder besser wie Laurence es verlangte –, gemeinsam um den großen Esstisch. Die Zicke Kay hatte es geschafft, von irgendwoher eine Pute zu besorgen. Sie servierte sie ohne Süßkartoffel- oder auch nur einfachen Kartoffelbrei, dafür aber mit einer Handvoll Maroni pro Person, die die Kinder im Herbst aus dem Garten ihrer Schule und vom Wegesrand stibitzt hatten.

Es gab nur ein Gesprächsthema: die Ausreise. Wie geht es voran mit den Papieren? Wer stellt sich noch einmal an? Wer fährt nach Marseille, um im Konsulat vorzusprechen?

Die Wahl fiel auf Peggy, denn sie hatte sich ein zusätzliches Problem geschaffen, indem sie das Ablaufdatum ihrer in Grenoble bereits erhaltenen Reisegenehmigung korrigiert hatte, um ihren Aufenthalt in Frankreich zu verlängern. Laurence hatte getobt, als er das gehört hatte, denn die Behörden verstanden in solchen Fällen keinen Spaß, und möglicherweise wäre ihre Reise nun als Ganzes gefährdet. Und das, obwohl es inzwischen gelungen war, zehn Plätze in einem PanAm-Clipper zu reservieren. Der Flug sollte von Lissabon aus starten, dem einzigen europäischen Flughafen, von dem noch transatlantische Ziele angesteuert wurden.

»Um nach Lissabon zu kommen, brauchen wir aber alle die Ausreisegenehmigung von Frankreich und die Visa für Spanien und Portugal«, erklärte Laurence Pegeen, die beim Kauen der Pute im leiernden Backfisch-Ton gefragt hatte, was denn das Problem sei, warum man denn nicht einfach losfahren könne, warum die Eltern sich so aufführten. »Das bedeutet also«, fuhr er fort und säbelte wütend an dem zähen Vogel herum – seine Kay war noch nie eine begnadete

Köchin gewesen –, »wir müssen uns in drei Ämtern die Beine in den Bauch stehen. Und eventuell kriegen wir ernsthafte Probleme wegen deiner Fälschung.« Er warf Peggy einen wütenden Blick zu und schüttelte den Kopf, als ob sie das Dümmste getan hätte, was man auf dieser Welt tun konnte. Verstand er nicht, dass sie einfach noch nicht bereit gewesen war, sich jetzt und sofort, noch dazu ohne die Kinder, von diesem schönen Fleckchen Erde zu trennen? Sie trank trotzig einen Schluck des guten Bordeaux, den Laurence extra für Weihnachten entkorkt hatte.

»Wann geht denn der dumme Flug?«, fragte Sindbad, und aus seinem Gesicht sprach der ganze Widerwillen gegen den Umzug. Peggy hatte das hübsche Mädchen gesehen, mit dem er sich traf.

»Bislang haben wir nur die Reservierung. Erst vor Ort in Lissabon erfahren wir, wann es genau losgeht. Aber wir sollten spätestens Anfang Juni dort sein«, antwortete Kay und nahm sich von ihrer Pute nach; offenbar war sie die Einzige, der es schmeckte.

»Aber das ist doch noch ewig hin. Was macht ihr denn jetzt schon für ein Gewese darum!« Pegeen griff das Glas ihrer Mutter und trank einen Schluck Rotwein.

Peggy riss es ihr weg. »Falls es dir nicht aufgefallen sein sollte: Wir versuchen hier, unser aller Leben zu retten.«

Pegeen erhob sich. »Ich gehe in mein Zimmer und höre Chansons. Nachtisch gibt es ja sowieso nicht dieser Tage, oder?« Sie verließ den Raum, kam aber noch mal zurück, um zu verkünden: »Das ist übrigens das Einzige, worauf ich mich dort drüben freue. Auf richtig saftige Brownies.« Die Kinderzimmertür knallte ins Schloss.

Peggy horchte dem Schall nach. Pegeen war nun fünfzehn, Sindbad siebzehn Jahre alt. Beide gewiss keine Kinder mehr, aber auch noch nicht erwachsen. Sie brauchten sie definitiv noch als Mutter, als Beschützerin, als Beraterin zuweilen – und nun ganz konkret als Lebensretterin.

Schnell nahm sie noch einen Schluck Rotwein, als ihr mit einem Mal unabwendbar vor Augen trat, was Nelly und Djuna und auch Varian ihr schon die ganze Zeit versucht hatten klarzumachen, während sie insgeheim noch gehofft hatte, Laurence oder das Weltgeschehen oder was auch immer würde die Dinge schon richten: Sie alleine war für das Leben der Familie verantwortlich. Sie. Sie musste dafür sorgen, dass die Kinder heil aus diesem Kriegseuropa herauskamen. Niemand anders würde ihr das abnehmen oder helfen können. Nur sie konnte mit Geld, Disziplin und Ausdauer, vielleicht auch mit Verhandlungsgeschick, die Ausreisepapiere besorgen – und natürlich die Plätze in diesem luxuriösen Flugzeug bezahlen, die wirklich unverschämt teuer waren, die aber nach Lage der Dinge die einzige Möglichkeit darstellten, Europa in dieser Gruppenstärke noch zu verlassen.

Nur sie konnte das tun. Sie blickte auf und sah Kay mit dem Essen der Kleinen hantieren, Laurence eine heruntergefallene Serviette aufheben und Sindbad mit dem Messer Striemen auf den Esstisch ritzen. Alle, die hier am Tisch saßen – und Pegeen in ihrem Zimmer –, waren abhängig von ihr. Davon, dass sie voranging, dass sie Einsatz zeigte, dass sie sich zusammenriss.

Dass sie nicht zusammenbrach.

Laurence hatte die Serviette seiner kleinsten Tochter wieder in deren Rüschenkragen gesteckt und schaute Peggy nun von seinem Platz aus fest in die Augen, als ob er ihre Gedanken verfolgt hätte. »Also auf Marseille? Und auf wohlwollende Amts- und Konsulatsmitarbeiter?«

»Auf Marseille.« Sie hob entschlossen ihr Glas.

Kapitel 25

Marseille, Château Air-Bel,
Anfang April 1941

Ganz so schnell war es dann doch nicht gegangen mit ihrer Abreise nach Marseille. Sie kehrte zunächst zurück nach Grenoble, um sich von Monsieur Farcy, seinem Museum, *Sans Lendemain* und *Giorgio* und der Stadt zu verabschieden. Anschließend reiste sie nach Lyon, wo sich das spanische und das portugiesische Konsulat befanden, auf denen sie die Transitvisa für die ganze Familie beantragen musste. Es wurde eine zähe Anstellerei, aber schließlich erhielt sie die Zusage für die Visa, auf deren Ausstellung sie allerdings noch drei Wochen warten musste.

Nelly hatte sie inzwischen kontaktiert, und so machte sie in der Wartezeit einen mehrtägigen Ausflug zu der Freundin in die Nähe von Grasse, wo sie mit den Arps und ein paar anderen Pariser Freunden in engem Kontakt stand. Aber Peggy merkte sehr schnell, dass sie keine Muße mehr hatte für das Schwelgen in der Vergangenheit und das Bedauern der Gegenwart.

Sie wurde zunehmend unruhiger, denn sie wollte nun endlich alles für die Familie regeln, um aufbrechen zu können nach Amerika.

Anfang April war es schließlich so weit, sie reiste nach Marseille.

»So sieht man sich wieder.« Varian Fry schloss sie am Château in die Arme. »Diesmal haben Sie Glück: Max Ernst ist da, und er freut sich schon, Sie zu sehen.« Er beugte sich dicht an ihr Ohr und flüsterte: »Er hat übrigens morgen Geburtstag. Einen runden sogar. Er wird fünfzig.«

Er schob Peggy Richtung Eingang der Villa, als die Tür sich schon öffnete und Max Ernst in einem schwarzen Cape wie ein Zauberkünstler heraustrat. Er hatte jetzt schlohweiße Haare, und das markante Gesicht wirkte fahl und mager. Man sah ihm an, dass er eine schwere Zeit hinter sich hatte. Aber das Feuer in den eisblauen Augen flackerte noch, und ja, sie schienen erforschen zu wollen, was sich unter ihrer Kleidung befand. Sie hustete verlegen und gab ihm die Hand.

»Wie schön, liebe Peggy, dass wir uns nun einmal etwas ausführlicher kennenlernen«, duzte er sie sofort, und sie lauschte dem Timbre seiner Stimme hinterher. »Du musst natürlich heute Abend zu meiner Geburtstagsfeier bleiben.«

Ihr wurde warm in dem Mantel, sie knöpfte ihn auf. »Das mache ich sehr gerne. Allerdings habe ich mir in der Stadt ein Hotelzimmer genommen, zu dem ich zu später Stunde dann noch zurückkehren möchte.«

Es war ein düsteres Zimmer in einem viktorianischen Hotelkasten im Zentrum. Aber sie hatte absolut nichts anderes bekommen können. Schließlich war Marseille inzwischen überfüllt mit Menschen, die auf ihre Papiere warteten oder auf Geld für eine Überfahrt nach Amerika, Nordafrika oder in die Dominikanische Republik, die sich bereit erklärt hatte, ein großes Kontingent an Flüchtlingen aufzunehmen. Auf den großen Plätzen, in den Parks und rund um den Bahnhof lagerten die Leute zwischen Koffern und Taschen auf Decken und Matten, sie schliefen unter freiem Himmel und in Hauseingängen. Ganze Familien hatte sie so hausen sehen, als sie von ihrem Hotel hier herauf ins Château gefahren worden war. Was war das alles für ein Elend! Wie sollte das bloß weitergehen?

Varian gesellte sich dazu. »Hat man Sie denn schon aufgeklärt, dass sich nun einiges geändert hat in der Stadt seit Ihrem letzten Besuch?«

»Ich habe es gesehen.«

»Das meine ich noch nicht einmal. Sondern die Polizei sucht nun auf den Straßen und in den Hotels aktiv nach Juden und macht Kontrollen, wann ihr danach ist. Seien Sie also bitte besonders vorsichtig, und geben Sie nie, und ich wiederhole, nie zu, dass sie jüdisch sind, sondern pochen Sie auf Ihre amerikanische Staatsbürgerschaft. Verstanden?«

Peggy bekam eine Gänsehaut. So schlimm war es hier also schon. Wie geschützt es dagegen in Grenoble und Megève noch zugegangen war. Sie musste wirklich die Sache auf dem Konsulat forcieren.

»Komm«, sagte Max zu Peggy. »Ich zeige dir jetzt erstmal ein paar meiner Werke. Ich will mich doch erkenntlich zeigen dafür, dass du mein Visum und die Reise bezahlen willst.« Er legte ihr die Hand an den Rücken, um sie zu führen. Sie spürte jeden Finger.

»Die Familie Breton ist dank Ihrer Hilfe inzwischen erfolgreich abgereist«, sagte Varian. »Leider gestaltete sich das in Max' Fall weit schwieriger als gedacht. Sein Visum, das er bereits für die USA besaß, ist abgelaufen, und als Deutscher erscheint er unseren Behörden per se verdächtig, auch wenn er als erwiesener Nazigegner bereits im Konzentrationslager saß und ihm so eigentlich ein Sondervisum zusteht. Ich rede mir jeden Tag im Konsulat den Mund fusselig wegen ihm. Bislang ohne Erfolg.«

Max wischte das weg, als sei es nur ärgerliches Geschwätz, das ihn an einem schönen Tag wie diesem störe. Er nahm seine Hand von Peggys Rücken und bot ihr stattdessen den Arm. »Komm erstmal. Ich zeige dir, was ich da habe, und du kannst dir etwas aussuchen.«

Sie hakte sich ein, und in seinem Cape wandelte er neben ihr durch den Garten zu dem altersschwachen Gewächshaus von Botanischer Garten-Ausmaßen, das ihr beim ersten Besuch schon aufgefallen war.

Er schloss es auf, und sie traten ein. Peggys Blick ging nach oben. Das gläserne Dach schien dicht genug zu sein für Max' künstlerische Zwecke. Es war sehr kühl hier drinnen. Aber unter den gegebenen Umständen stellte es sicherlich das perfekte Atelier dar, dachte Peggy. Eine Staffelei mit einer Leinwand war aufgebaut, aber noch jungfräulich. Auf einem Pflanztisch lagen etliche Bilder übereinander. Max warf sein Cape elegant über die Schulter und zog die Bilder nacheinander hervor, um sie Peggy zu präsentieren. »Die habe ich aus meinem Haus in Saint-Martin stehlen lassen, nachdem meine Freundin Leonora verrückt geworden ist, als ich im Lager war, und das Haus mit dem kompletten Inventar unserem französischen Nachbarn für eine Flasche Cognac geschenkt hat.«

Peggy zog die Augenbrauen hoch. »Wo ist sie jetzt, Leonora?«

»Sie war in einer Nervenheilanstalt, aber jetzt soll sie in

Lissabon sein und dort ebenfalls warten, ob sie rauskommt.« Er beugte sich über die Werke und bedeutete ihr, es ihm gleichzutun. »Vielleicht gefällt dir ja diesmal etwas«, sagte er augenzwinkernd.

Collagen, Ölgemälde, Bilder in der Frottage-Technik und immer wieder Vogel-Motive. Vogelköpfe, Schnäbel, Krallen. Federn, Himmel, Nester, Äste, Ranken. Er schien wirklich besessen zu sein von dem Thema. Sie erinnerte sich, dass er einmal in einem Interview gesagt hatte, der Vogel sei sein Totemtier. Auf jeden Fall wunderte es sie nicht mehr, dass er sich auch »Loplop, König der Vögel« nannte.

Sie ging die Arbeiten sorgfältig durch und entschied sich zuallererst für ein älteres Werk von 1919 aus seiner Dada-Phase: die *Kleine Maschine, von Minimax Dadamax persönlich konstruiert.* Dann nahm sie noch den Garten-*Flugzeugschnapper* von 1935. Max legte als Dreingabe ein paar Collagen dazu, darunter *Pferdebote* von 1932. »So, und jetzt können wir wohl in meinen Geburtstag hineinfeiern, oder?«

Am alten Hafen von Marseille wachte das jahrhundertealte Fort Saint-Jean über dem Hafenbecken wie eh und je. Hier sah man keine Flüchtlingslagerstätten, vermutlich verscheuchten die Gastwirte der vielen Restaurants und Kneipen die Leute von den Wegen vor ihren Terrassen.

Varian Fry kannte eine kleine Bar, in der es immer noch vorzüglichen Champagner und fangfrische Meeresfrüchte gab. Sie nahmen Platz mit Blick auf die Jachten und Motorboote, und Max setzte sich so eng neben Peggy, dass sie seinen Oberarm permanent an dem ihren spürte. Der Champagner kam und wenig später die Muscheln, Hummerschwänze und

Garnelen. Was für ein schöner Aperitif und was für ein Auftakt für einen spannenden Abend, dachte Peggy und lauschte dem Geklimper der Takelagen, den Geruch von Salz und Fisch in der Nase.

Langsam senkte sich die Nacht über die Bar, und die Positionslichter der Boote, die Straßenlaternen am Kai und die Sterne über dem schwarzen Wasser leuchteten auf. Ein Gitarrenspieler hatte sich in der Nähe postiert und spielte Flamenco-Musik. An seinem Gitarrenkasten, in dem schon ein paar Münzen und Scheine lagen, lehnte ein Schild: *Für meine Überfahrt*. Peggy nahm sich vor, nachher beim Losgehen auch etwas in den Kasten zu werfen, wurde aber nun wieder auf andere Gedanken gebracht, als sie spürte, wie Max' Arm sich auf ihre Stuhllehne vorwagte und dort liegen blieb. Sie spürte seine Wärme durch den Stoff ihrer Bluse und lauschte den Anekdoten über sein Leben in Paris, die er mit diesem drolligen deutschen Akzent zum Besten gab. Als die letzte Auster aufgegessen war, schlug Varian vor, dass sie weiterzogen in ein Schwarzmarktlokal im Altstadtviertel.

Durch dunkle Gassen, die von zahlreichen Stimmen, Absätzen und verhaltenem Gelächter widerklangen und für Peggy alle gleich aussahen, liefen sie durch die Nacht und erreichten schließlich eine Tür in einem Hinterhof, die völlig unscheinbar wirkte. Als Fry aber dreimal klopfte, öffnete sie sich, und ein Stimmengewirr empfing sie, genau wie der Geruch von Knoblauch, Zwiebeln, Rotwein und Zigarettenrauch, der sie sofort umhüllte, als sie eintraten. Sogar ein Pianospieler an einem schäbigen, ziemlich verstimmten Klavier an der Rückwand des Raumes nahm nach kurzer Zeit seine Arbeit auf und spielte französische Gassenhauer. Auf den Tischen tropften

Kerzen in Weinflaschen. Ihr Licht schickte flackernde Schatten durch den Raum.

Als sie eine wunderbare Bouillabaisse geschlürft und der Kellner die Schüsseln abgeräumt hatte, wandte Max sich ihr zu. »Wärst du zu einem Tänzchen aufgelegt?«

»Aber natürlich.« Sie stand auf. Und schon hopsten sie mehr, als dass sie tanzten, zwischen den eng stehenden Tischen und den anderen Gästen hindurch, die bald im Takt klatschten. Max wirbelte sie mit leuchtenden Augen herum, dann zog er sie eng an sich, und sie spürte seine Hüfte an die ihre gepresst, seinen Atem an ihrem Ohr – und schon wirbelte er sie wieder fort. Ziemlich verschwitzt kehrten sie nach ein paar Liedern an den Tisch zurück und stürzten Wasser hinunter. Peggy bemerkte bald, wie Max wieder seinen Arm auf die Lehne ihres Stuhles legte.

Nach und nach leerte sich das Lokal, und bald drängte auch Varian zum Aufbruch: »Je später der Abend, desto verstärkter die Kontrollen in den Gassen und Straßen. Am besten trennen wir uns vor der Tür, und jeder läuft alleine weiter. Außer Peggy.« Er sah sie ernst an. »Sie bringe ich zu Ihrem Hotel, sonst verlaufen Sie sich in den Gassen.«

»Aber …« Nach diesem schönen Abend wollte sie sich eigentlich gar nicht trennen lassen. Schon gar nicht von Max. Warum musste Varian nur so strikt sein. So wie es aussah, duldete er keinen Widerspruch.

Max nahm schon zum Abschied ihre Hände in seine, und obwohl es so dunkel war, sah sie die eisblauen Augen ganz klar und deutlich.

»Wann, wo und aus welchem Grund werden wir uns wiedersehen?«, fragte er leise.

Varian stand ein wenig abseits und rauchte eine Zigarette.

Ebenso leise antwortete Peggy: »Morgen um vier im Café de la Paix. Und du weißt, warum.« Damit löste sie sich und hakte sich bei Varian unter, der sofort mit schnellen Schritten vorandrängte.

Als sie sich noch einmal zu Max umdrehte, sah er in seinem Cape, wie er dort in der Gasse stand, ganz so aus wie ein deutscher Romantiker auf einem Gemälde von Caspar David Friedrich, doch dann zog Varian sie schon um die Ecke, und Max verschwand aus dem Blickfeld.

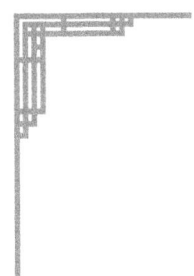

Kapitel 26

Marseille,
April 1941

Das Anstehen auf dem amerikanischen Konsulat war so ermüdend! Die Beine wurden dick über die Stunden, und wenn man sich kein ordentliches Sandwich mitbrachte und vor allem ausreichend Wasser und mit dem Vorder- oder Hintermann einen Pakt schloss, damit man kurz auf die Toilette gehen konnte, während er den Platz frei hielt, dann verlor man unweigerlich wichtige Schlangenmeter und Lebensstunden. Und wenn das Konsulat gegen Mittag schloss und man noch nicht an die Reihe gekommen war, dann musste man am nächsten Tag von vorne anfangen. Peggy war das nun schon mehrere Tage so ergangen, aber sie beschloss, sich nicht entmutigen zu lassen.

Am Nachmittag im Hotel entspannte sie sich stets mit einem Lavendel-Schaumbad in der Wanne mit den Bleifüßen. Sie war so dankbar, dass sie das tun konnte, und war sich sehr bewusst, dass sie großes Glück hatte. Denn sie ahnte, wie ein Großteil der Leute, die sie in der Schlange tagtäglich sah, hier in der Stadt hausen musste, weil sie eben nicht das Geld hatten, sich in das allerletzte Zimmer in einem Mittelklassehotel einzumieten.

Sie tauchte im tiefen Wasser unter, spielte mit dem Schaum

und dachte an das Rendezvous mit Max Anfang der Woche. Er war pünktlich angekommen im Café de la Paix in der Nähe des Hafens. Und er hatte fantastisch ausgesehen, ätherisch beinahe, wie er blass und stumm in seinem schwarzen Cape an ihren Tisch geschwebt war wie eine verlorene Seele aus einer anderen Zeit. Während sie dort saßen, Pastis tranken und aus ihrer beider Leben erzählten, ertappte sich Peggy dabei, wie sie eine seiner Haarsträhnen beobachtete, die weich und seidig über sein Ohr rutschte. Sie bemerkte, dass er sehr lange Wimpern hatte, die man fast nicht sah, weil sie weiß waren. Sie bewunderte seine schmale, lange Hand, die so schöne Dinge schaffen konnte. Sie erschrak, als sie sich eingestehen musste, dass sie sie berühren wollte. Aber natürlich traute sie sich nicht, über den Tisch zu langen und es zu tun.

Auf einer Skala von Laurence bis Beckett – wie heftig war sie diesmal wohl verliebt?, sinnierte sie, als er begann, von seiner Frottage-Technik zu erzählen, bei der er angeblich völlig automatisch malte und den Händen ohne nachzudenken die Führung überließ. Es sei so wie das automatische Schreiben, was ja gerade sehr populär sei, erklärte er.

Aber Peggy wollte weder automatisch schreiben noch automatisch malen. Ihr wurde bewusst, wie unpassend es war, dass sie sich nun, kurz vor ihrer Abreise, in diesen eigenartigen deutschen Künstler verliebte. Wie unpassend, aber wie schön! Sie versank in seinen blauen Augen.

Schnell trank sie noch einen Pastis.

Sie beobachtete seinen Mund, der sprach und sprach und ab und zu ein wunderbares, schmallippiges Lächeln lächelte. Auf dieser leidigen Skala nun – wie verliebt war sie da? Fast so sehr wie in Beckett? Oder sogar so stark wie in Laurence, als sie noch jung und frisch verheiratet in Paris gewesen waren? Überhaupt – Max trug sein welliges weißes Haar genauso verwegen, wie Laurence damals sein blondes getragen hatte. Auch die Gesichtszüge mit der scharfen Nase kamen ihr plötzlich so ähnlich vor, so ähnlich … Schnell verbot sie sich diese Gedanken und konzentrierte sich wieder auf das, was Max immer noch von dieser Frottage erzählte.

Frottage, Frottage, Frottage. Je öfter sie das Wort hörte, desto mehr erinnerte es sie an Der Tisch, Der Tisch, Der Tisch. Der Tisch, der Tisch. Und es hatte auch die gleiche Wirkung. Frottage, Frottage, Frottage. Es verschwamm irgendwie, wurde ein Klangbrei, völlig unverständlich. Frottage?

Sie versuchte noch einmal, sich zusammenzureißen, seinen Worten zu folgen, Interesse an seiner Arbeit zu zeigen und nicht das Bedürfnis zu verspüren, ihn auf der Stelle zu küssen – dann gab sie es auf, erhob sich und zog ihn vom Stuhl.

Sie eilte durch die Gassen voraus, er folgte im wehenden Cape bis zu ihrem Hotel.

Noch einmal tauchte sie im Lavendelschaum unter und verdrängte die Erinnerung an die wilde Nacht, die dem Abend gefolgt war. Morgen wollten sie sich wiedersehen. Er würde in die Stadt kommen, sie würden essen gehen und ganz so tun, als ob normale Zeiten herrschten. Varian war immer noch nicht erfolgreich gewesen in Sachen Visum für Max. Nicht mal er! Wie sollte das bloß weitergehen? Max hatte sie gefragt, ob er auch einen Platz in dem PanAm-Clipper bekommen könne. Tatsächlich war noch einer frei, denn sie waren nur neun Personen in der Familie inklusive Zicke Kay und den vier neuen Schwestern von Sindbad und Pegeen. Es war also tatsächlich möglich, dass er mitflog, aber natürlich brauchte er das verdammte Visum …

Sie griff das flauschige Frottiertuch von der Heizung und trocknete sich ab – als es an der Tür klopfte.

»Einen Moment, bitte«, rief sie.

Aber es klopfte nur noch energischer.

»Moment! Ich muss mir erst etwas überziehen. Ich komme soeben aus dem Bad!« Was für ein ungehobelter Mensch stand denn da vor der Tür? Ein Hotelangestellter wohl kaum. Max konnte es auch nicht sein, der war heute bei der Arbeit an einem neuen Bild, das er dringend fertigstellen wollte. Er hatte ständig Angst, dass die Werke nicht mehr trockneten, bevor die Aufforderung zur Abreise kam. Aber er malte und malte inzwischen seit Wochen ein Bild nach dem anderen. Und sie alle wurden immer trocken.

»Moment!«, rief sie, als es noch einmal klopfte, und streifte sich ihren Rock und eine Bluse über.

Noch knöpfend, öffnete sie die Tür.

Ein Mann stand im Flur in Alltagskleidung und mit Hut, den er nicht etwa abnahm. Stattdessen begann er sofort zu sprechen und identifizierte sich mit einer Marke der Marseiller Polizei: »Bonjour, Madame. Bitte zeigen Sie mir Ihre Papiere.«

Peggys Herz begann zu rasen. Betont ruhig holte sie ihre Handtasche und zog ihren amerikanischen Pass hervor.

»Amerikanerin, soso. Das ist natürlich erfreulich.« Er lächelte und studierte genau ihren Namen. »Aber Guggenheim? Klingt das nicht jüdisch, nein?«

Peggy schüttelte den Kopf. »Mein Großvater war Schweizer aus Sankt Gallen. Dort heißt man nun mal so.« Was noch nicht einmal gelogen war.

»Sankt Gallen. Nie gehört.« Er vertiefte sich weiter in ihre Papiere und entdeckte das gefälschte Datum in der Reisegenehmigung. »Oh, là, là! Was ist denn das?«

»Dafür kann ich nichts. Das waren die Behörden in Grenoble, wo ich bis vor Kurzem gewohnt habe.«

Er zog die Augenbrauen hoch. »Und Ihr Meldeschein für Marseille. Wo ist der?«

Natürlich hatte sie keinen.

Er betrachtete ihre Aufmachung, sah wohl ihre noch feuchten Haare. »Nun ziehen Sie sich bitte fertig an. Ich muss Sie mitnehmen aufs Revier. Diese Sache mit dem Datum muss überprüft werden.« Er schob sie zur Seite. »Aber vorher gestatten Sie, dass ich einen Blick in Ihr Zimmer werfe.«

Peggy setzte sich auf den Sessel, unter dessen Sitz sie in einem großen Umschlag Dollarnoten vom Schwarzmarkt geklebt hatte, die sie für die Flugtickets im Clipper verwenden wollte, und zog sich ihre Schuhe an. Beim Schließen der Schnallen hatte sie Mühe, die Ösen zu treffen. Der Beamte schaute unterdessen sogar unters Bett und in den Schrank. Dann trat er mit ihren Papieren in der Hand vor die Tür. »Nehmen Sie das Nötigste mit. Ich warte in der Hotellobby auf Sie.«

Kurz war sie versucht, die Treppe hinunterzurennen und durch die Küche zu entkommen. Aber er hatte ihren Pass. Er hatte ihre Lebensversicherung in den Händen.

Schnell schrieb sie einen Zettel, den vielleicht Max, vielleicht Laurence, vielleicht ein Hotelangestellter finden würde, mit dem Hinweis, dass sie auf dem Polizeirevier war.

Mit wackeligen Knien, ihre Handtasche mit ein wenig französischem Bargeld, das vielleicht irgendwie helfen mochte, an

307

sich gepresst, stieg sie über den dicken Teppich die Treppenstufen hinunter bis in die Lobby.

Dort stand der Zivilpolizist neben einem älteren Polizisten in Uniform, der sich als sein Chef vorstellte.

»Liebe Madame Guggenheim«, er breitete die Arme aus wie ein Zirkusdirektor, »ich muss mich für meinen übereifrigen jungen Kollegen entschuldigen.« Er warf ihm einen wütenden Blick zu. »Wie ich unzweifelhaft an Ihrem Pass gesehen habe, sind Sie doch Amerikanerin. Und die Amerikaner sind selbstverständlich unsere Freunde.« Er schüttelte den Kopf über die Dummheit seines Mitarbeiters. »Erst vorgestern ist im Hafen wieder eine dieser großen, generösen Schiffsladungen mit Lebensmitteln aus Ihrem wunderbaren Land eingetroffen. Meine Frau hat gestern Abend doch tatsächlich Schinken, Milch und sogar ein Beefsteak aufgetischt.« Er riss dem Kollegen Peggys Papiere aus der Hand und reichte sie ihr. »Wo kämen wir denn da hin, wenn wir unsere Freunde mit aufs Revier nähmen, nur weil sie vergessen haben, sich hier in Marseille anzumelden. Seit wie vielen Tagen sind Sie denn nun hier, Madame?«

»Seit sieben.« Schnell verstaute sie den Pass und die Papiere in ihrer Handtasche und klickte den Klappverschluss fest zu.

Der Polizeichef lächelte gütig. »Sehen Sie. Da sind Sie ja nun gerade erst angekommen. Ein wenig verschnaufen muss man auch einmal, wenn man so einen Umzug vornimmt, nicht wahr?«

Der junge Kollege schaute auf seine Schuhe.

»Also, Madame, ich möchte Sie nur bitten, jetzt schnell Ihrer Meldepflicht in der Stadt nachzukommen.«

»Aber selbstverständlich. Das hatte ich ohnehin noch vor«, sagte sie mit fester Stimme.

»Fantastisch. Wissen Sie denn, wie Sie zur Meldestelle kommen?«

Als sie verneinte, beschrieb er ihr detailliert den Weg und schien sich ehrlich zu freuen, ihr behilflich sein zu können. Von dem gefälschten Datum in der Reisegenehmigung fiel kein Wort mehr. Die beiden Polizisten verabschiedeten sich, und diesmal nahm auch der junge Mann die Mütze ab und grüßte ordentlich.

Als sie weg waren, versuchte Peggy ihren Atem zu beruhigen. »Das ist ja unerhört, dass die hier einfach hereinplatzen und die Gäste belästigen«, sagte sie zu der Rezeptionistin, die alles mitverfolgt hatte.

»Ach, Madame, das ist doch nicht so schlimm. Die sammeln halt nur alle Juden ein.«

Mit weichen Knien schleppte Peggy sich hoch in ihr Zimmer, wo sie aufs Bett fiel und lange liegen blieb.

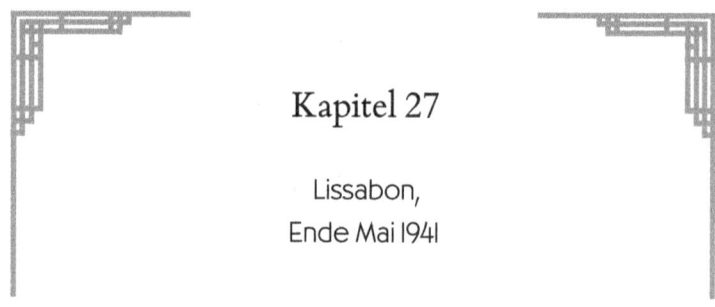

Kapitel 27

Lissabon,
Ende Mai 1941

»Atenção, por favor! Agora chegamos à Estação Ferroviária de Lisboa-Santa Apolónia! Santa Apolónia!«, rief der Schaffner. Wie weich und melodisch diese portugiesische Sprache doch klang, dachte Peggy und atmete tief durch, als der Zug endlich in den Fernbahnhof von Lissabon einrollte.

Sie blinzelte in die Sonne, die durch die großen Halbrundfenster der Halle auf den Bahnsteig fiel, und stieg die Stufen des Abteils hinunter. Jacqueline Ventadour folgte ihr. Seit ihren gemeinsamen Sommerferien am Lac d'Annecy vor knapp einem Jahr hatte sie Pegeens Schulkameradin nicht mehr gesehen. Aber als ihre Mutter Peggy vor wenigen Wochen im Marseiller Hotel aufgesucht und angefleht hatte, ihrer Tochter noch einen zusätzlichen Platz im Clipper zu organisieren und sie mitzunehmen, hatte sie selbstverständlich alles darangesetzt, dass das klappte. Denn die Tränen waren aus den Augen der Mutter nur so geströmt, und sie hatte Peggys Hände ergriffen und ihr das gesamte Geld für den Clipper-Platz bar hineingezählt. Peggy war immer noch erschüttert über diesen Auftritt einer Mutter, die das Leben ihrer Tochter mit aller Vehemenz rettete. Sie dachte an Pegeen und wusste, dass sie ganz genauso gehandelt hätte. Und glücklicherweise war gerade, als Peggy bei PanAm anrief, ein Passagier von der Liste gestrichen worden, sodass Jacqueline mitfliegen konnte.

Sie sah das Mädchen nun auf den vorerst sicheren Bahnsteig hüpfen; Jacqueline war eine gute Reisegefährtin gewesen, erstaunlich erwachsen für ihre sechzehn Jahre. Sogar diese entsetzliche Leibesvisitation an der Grenze von Frankreich nach Spanien, bei der sie alle Kleider hatten ablegen müssen und von weiblichen Beamten bis in die entlegensten Körperecken nach Schmuck oder Bargeld oder was auch immer untersucht worden waren, hatte sie stoisch ertragen. Nachdem der Zug sich in Spanien wieder in Bewegung gesetzt hatte, hatte sie einen zotigen Witz darüber gemacht, ihre Haare gekämmt, Parfum aufgesprüht und den Lippenstift nachgezogen. Anschließend hatte sie auch noch die Kraft gehabt, mit den französischen Gassenhauern, die sie so gut singen konnte, Peggy wieder aufzuheitern, die zwar erleichtert gewesen war, in Sicherheit zu sein. Deren Herz aber brannte, wenn sie daran dachte, vielleicht nie wieder nach Frankreich zurückkehren zu können.

Bevor sie nun schon wieder Tränen in die Augen bekommen konnte, blickte sie den Bahnsteig hinunter, und tatsächlich: Sie wurden bereits erwartet!

Jacqueline rannte – nun doch ziemlich kindlich – in vollem Tempo auf Sindbad zu. Hinter ihm sah sie Max und Laurence. Fast wollte sie es Jacqueline nachmachen und ebenfalls rennen. Aber sie besann sich ihres Alters und trat gemäßigten Schrittes auf die Männer zu, allerdings mit zitternden Knien.

Sie alle hatten es bis hierher geschafft: Laurence war mit den Kindern bereits vor gut vier Wochen auf die Reise gegangen. Und Max, ja auch Max hatte sich der Reisegruppe angeschlossen. Nachdem er sein Visum endlich vor drei Wochen erhalten hatte, war er sofort mit seinen Bildern, die er in einem einzigen Koffer eingerollt mitführte, nach Lissabon losgefahren, den Platz im PanAm-Clipper vor Augen. Sie selbst hatte in Marseille noch auf den Geldtransfer aus Amerika für ihr eigenes Ticket gewartet; anschließend hatte die Summe noch amtlich in den Pass eingetragen werden müssen. Dann war sie zusammen mit Jacqueline nachgereist – und nun waren sie alle hier! Vorerst in Sicherheit!

Sindbad war mit Jacqueline beschäftigt, also begrüßte Peggy als Erstes Laurence, der ihr einen Kuss auf die Wange gab. Dann wandte sie sich an Max. Max! Er hatte sein schwarzes Cape abgelegt und sich den sommerlichen Temperaturen in der portugiesischen Hauptstadt mit einem weißen Freizeithemd angepasst, das ihn aussehen ließ wie einen Tennisstar. Gut, solche abstehenden Haare hätte ein Tennisstar wohl allerdings niemals. Sie lächelte. Wie freute sie sich darauf, heute Abend nach einer ausgiebigen Dusche, bei der sie sich die Strapazen der bisherigen Flucht gründlich abwaschen würde, und nach einem wunderbaren Mahl mit der ganzen Familie gebührend Wiedersehen mit ihm zu feiern.

»Herzlich willkommen in Lissabon!«, sagte Max und küsste sie auf die Wange. Sein Blick war allerdings ungewöhnlich ernst. »Ich muss dir etwas sagen«, verkündete er auch prompt und zog sie mit sich den Bahnsteig hinunter, ein Stück weg von den anderen. Es schien ihm schwerzufallen, einen Anfang zu finden, für das, was er ihr mitteilen wollte.

Schließlich sagte er: »Ich habe sie wiedergefunden.«

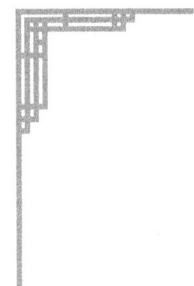

Kapitel 28

»Wen?« Peggy blickte ängstlich in sein Gesicht.

»Leonora.«

Was? Leonora Carrington, seine verrückte Lebensgefährtin?

»Leonora ist immer noch hier?« Peggy schaute in Max' eisblaue Augen.

Er nickte. »Ich habe sie wiedergefunden.«

»Wiedergefunden.« Peggys Schultern sackten herab.

»Das ist nicht so leicht hier zwischen all den Menschen, die die Stadt überquellen lassen.«

»Nicht so leicht. Natürlich.« Peggys Gedanken drehten sich. Innerlich duckte sie sich vor dem Satz, der gleich kommen würde.

»Ich glaube, ich liebe sie immer noch.«

»Mama!« Sindbad hatte sich endlich von Jacqueline gelöst, kam auf sie zu und umarmte sie. »Toll, dass ihr nun da seid. Wir warten gefühlt schon ein halbes Jahr auf euch. Es wurde langsam ganz schön anstrengend mit Papa und den Kleinen in dem engen Hotelzimmer. Ziehen wir jetzt um? Wir hatten nämlich die Idee, vielleicht ans Meer umzusiedeln, solange wir auf die Nachricht vom Abflugtag warten. Wäre das nicht großartig?«

Sie riss sich zusammen und lächelte für ihn. »Das müssen wir heute Abend einmal planen, nicht wahr? Nun lass mich doch erstmal richtig ankommen.«

Sindbad nickte, nahm ihren Koffer und lief laut schwatzend mit Jacqueline durch die Bahnhofshalle gen Ausgang.

Peggy blickte ihnen hinterher – und bewusst an Max vorbei, der vor ihr stand und versuchte, sie mit seinen eisblauen Augen um Verzeihung zu bitten. Wie sollte das so einfach gehen? Und wie stellte er sich ihren weiteren gemeinsamen Weg nach Amerika vor?

Sie lief los und hakte sich bei Laurence ein, der schon hinter Sindbad und Jacqueline den Ausgang erreicht hatte. »Nun wird alles gut«, sagte er und drückte ihren Arm.

»Wir werden sehen«, sagte Peggy leise und trat auf den überfüllten Vorplatz in die grelle Sonne.

Auf dem Tejo gleich neben dem Bahnhofsgebäude zog ein Fährschiff vorbei, sie hörte das ungewohnte Geräusch von dichtem Autoverkehr und sah einen Straßenhändler, der Bananen anbot.

Sie ließ die Sonnenbrille auf die Nase gleiten und schritt mit Laurence, Sindbad und Jacqueline voran.

Aus dem Augenwinkel sah sie, dass Max in ein paar Metern Abstand folgte.

Kapitel 29

Monte Estoril,
Anfang Juni 1941

Sindbads Vorschlag, ans Meer zu ziehen für die Wartezeit, von
der sie nicht wussten, wie lange sie dauern würde, war natürlich richtig. Gleich am nächsten Tag fuhr Peggy mit einem
Vorortzug in den schicken Küstenort, von dem sie schon so
viel gehört hatte. Die Königsfamilie von Spanien war hier im
Exil, seit Franco herrschte. Reiche Portugiesen verbrachten
traditionell ihren Sommer in Estoril. Und nicht wenige von
ihnen verspielten das Familienerbe in dem Casino, das es
seit zehn Jahren gab. In diesen Kriegszeiten hatten sich nun
Flüchtlinge aus Deutschland und Frankreich unter die illustre
Gesellschaft gemischt, die allesamt auf die befreiende Überfahrt oder den Flug nach Amerika warteten und hofften, dass
der portugiesische Diktator Salazar nicht plötzlich doch noch
seine Neutralität aufgab.

Peggy hatte Pegeen und Jacqueline mitgenommen. Die beiden Mädchen hatten ihre Badeanzüge untergezogen, denn der
Strand von Estoril galt als legendär – und tatsächlich, sobald
sie aus dem Bahnhof traten, sahen sie ein weißes, breites Sandband und dahinter die Weite des Atlantiks. Peggy atmete die
salzige Luft ein und spürte den Wind in ihrem Haar. Sie wendete das Gesicht zur Sonne und blieb einfach einen Moment

mit geschlossenen Augen stehen. Sie lauschte dem Geschrei der Möwen und dem Schlagen der Wellen an den Strand. Das Meer rauschte wie immer gleichmäßig, egal zu welchen Zeiten, egal welche Umstände in der Welt herrschten. Wie beruhigend war das, wie beruhigend.

Aber die Mädchen zogen sie weiter. »Komm! Wir wollen ins Wasser!« Sie liefen laut kichernd voran, schleuderten die Schuhe von den Füßen, sobald sie den Sand betraten, streiften die Kleider ab und rannten ins Meer.

Peggy setzte sich neben die Kleider und Schuhe in den Sand und genoss einfach nur die Sonne und die angenehmen beinahe dreißig Grad Celsius, lauschte den in diesen Zeiten ungewöhnlich gelösten und fröhlichen Tönen der Badegäste und Familien und sah den wenigen Wolken beim Ziehen zu.

Sie hatten es bis hierhin geschafft. Und jeden Tag konnte nun die Nachricht vom Abflug kommen. Vom Abflug in die Neue Welt, die für sie die Alte Welt war. Sie rechnete nach und stellte fest, dass sie seit einundzwanzig Jahren in Europa lebte. Nur zu Familienanlässen oder wenn es sich gar nicht hatte vermeiden lassen, war sie nach New York gereist in dieser Zeit. Und ihr hatte nichts gefehlt. Nichts. Im Gegenteil. Sie war heimisch geworden in Paris und an den anderen Orten, an denen sie gelebt und geliebt hatte. Wo sie ihre Familie gegründet und mit der Guggenheim Jeune in London den Grundstock für ihre eigene Idee von Berufung gelegt hatte. Wo sie von dem neugierigen Mädchen zur Ehefrau, zur Geliebten und schließlich zur selbstbewussten Geschäftsfrau geworden war. Sie erschrak bei dem Gedanken.

War das denn so? War sie eine selbstbewusste Frau? Sie schaute nach den Mädchen, die immer noch im Wasser herumtobten, sich bespritzten, tauchten, Handstand machten, tollten. Ja, das war sie. Und das konnte sie auch sein, dachte sie. Immerhin hatte sie zwei Kinder in die Welt gesetzt, hielt trotz aller Kränkungen weiterhin guten Kontakt zu deren Vater und hatte innerhalb der letzten zwei Jahre eine Kunstsammlung aufgebaut, die wirklich bemerkenswert war. Eine Sammlung, die die heutige Kunst umfassend darstellte und vor allem, in diesen Zeiten, konservierte und schützte. Sie dachte an die Kisten, in denen sie nun über diesen Ozean vor ihr schipperte. Im Bauch eines Ozeandampfers. Sie mochte keine Ozeandampfer, seit ihr Vater damals … Schnell zwang sie sich, den Gedanken loszulassen. Ihre Sammlung würde sicher und planmäßig in New York eintreffen! Gar keine Frage.

Und sie mit ihrer Familie und mit Jacqueline und Max auch. Ja, Max auch. Sie merkte, wie ihr wieder Tränen in die Augen stiegen. Max wohnte mit in ihrem Hotel in Lissabon, und er würde auch mit nach Estoril kommen, wenn sie heute hier eine geeignete Unterkunft für ihre große Reisegruppe finden würde. Es fiel ihr schwer, aber sie hatte ihm das angeboten. Sie hatte vor, die Sache mit Leonora auszusitzen. Wie Max nämlich gestern Abend noch berichtet hatte, hatte diese einen Mexikaner kennengelernt, den sie heiraten wollte, um schneller an ein Visum für Amerika zu kommen. Max litt und war sehr eifersüchtig; er konnte nur warten, wie Leonora sich entscheiden würde.

Und sie, Peggy, konnte ebenfalls nur warten.

Mit dem Fuß zog sie eine Spur durch den Sand. War so die Liebe, wenn man endlich wirklich erwachsen war? Wo war das Feuer, die Leidenschaft, die Wut, die Rage? Sie horchte in sich hinein. Sie war nicht da. Liebte sie Max überhaupt?

Sie wusste es nicht. Ein wenig verliebt war sie, das durchaus. Und sie würde sich wünschen, dass es ihm genauso erging und sie den Neuanfang in Amerika gemeinsam angehen konnten.

Aber wer wusste schon, was der nächste Tag bringen würde? Wer wusste das in diesen irren Zeiten?

»Uns ist kalt, Mama!« Pegeen und Jacqueline rannten auf sie zu und trockneten sich mit dem kleinen Hotelhandtuch, das sie mitgebracht hatten, ab. »Aber es war so schön! So schön! Danke, dass du uns mitgenommen hast heute.«

Ein Dank von ihrer Backfischtochter? Das passierte selten genug. »Und nun gehen wir ein Hotel suchen? Was meint ihr?«

Die Mädchen nickten eifrig. »Wenn du uns noch ein Eis kaufst irgendwo?«

Peggy lachte. »Das wird sich einrichten lassen.«

Kapitel 30

Monte Estoril,
Anfang Juli 1941

Die Kinder waren wie fast jeden Tag zum Reiten gegangen.
Die langen Ausritte durch das Hinterland, manchmal sogar
bis zum Palácio Nacional da Pena, diesem verrückten bunten
Schloss in Sintra mit seinem Baustilmix aus maurischen, neo-
barocken und neogotischen Elementen, taten ihnen gut und
lösten die Spannungen, die in ihrer großen Reisegruppe unweigerlich aufgetreten waren. Peggy massierte sich den Nacken und nahm einen Schluck Zitronenwasser, das der Poolkellner ihr soeben auf den kleinen Tisch neben ihre Liege
gestellt hatte. Ihre Hand zitterte dabei. Fünf Wochen saßen
sie hier nun fest! Fünf verdammte Wochen! Die Deutschen
tobten weiter durch Europa, es war dringend Zeit abzureisen.
Dringend! Wann bekamen sie endlich die Nachricht, dass sie
den verfluchten Clipper besteigen konnten. Wann?

Sie stellte das Zitronenwasser weg und zündete sich eine
Zigarette an. In diesem Grandhotel fehlte es natürlich auch
in diesen Zeiten an nichts. Der lang gestreckte Pool auf der
Terrasse verlief direkt parallel zum Strand. Von den hübschen
Balkonen der Zimmer aus hatte man einen traumhaften Blick
über das Meer. In den Himmelbetten schliefen sie alle wie
die Könige. Aber so komfortabel und luxuriös es hier auch

zuging, diese Warterei, ohne dass sie wussten, ob sie es noch rechtzeitig auf die Passagierliste des Clippers schafften, war langsam nicht mehr auszuhalten. Natürlich war ihr bewusst, dass sie sich unendlich glücklich schätzen konnte, unter diesen Umständen hier zu leben und überhaupt eine realistische Chance zu haben, dem sicheren Tod in Europa zu entrinnen. Sie durfte gar nicht daran denken, was viele andere Menschen durchmachten.

Aber es war nun einmal so: Selbst hier, im scheinbaren Paradies, regierte langsam die nackte Angst.

Sie versuchte sich ihrem Buch zuzuwenden, das sie aus der Hotelbibliothek ausgeliehen hatte. *Das öde Land* von T. S. Eliot, natürlich hatte sie es schon einmal gelesen, aber es hatte sie geradezu angefleht, es noch einmal aus dem Regal zu ziehen. Doch schon nach den ersten Versen merkte sie, dass das natürlich eine ziemlich dumme Idee gewesen war und der Text sie in keiner Weise aufbauen würde. Sie legte das Buch weg.

Sie sollte es wohl lieber mit positiven Gedanken versuchen und sich all die Begebenheiten vor Augen rufen, die sie hier in Estoril erlebt hatten, denn es waren durchaus schöne und auch lustige dabei gewesen. Wie die portugiesische Polizei sie am Strand ermahnt hatte, längere Badesachen anzuziehen, beispielsweise. Sogar mit dem Maßband waren sie gekommen, um die Badeanzüge zu vermessen. Sie hatten die Beamten in den Laden geführt, wo sie das Badezeug gekauft hatten; und in Anwesenheit der Polizei hatte der Ladenbesitzer deutlich unmodernere Modelle aus einem Schrank im Hinterzimmer geholt und sie Peggy und den Mädchen verkauft. Sogar Max' eng sitzende Badehose wurde bemängelt, und er bekam ein weit unvorteilhafteres Teil verordnet, was Peggy sehr bedauerte, denn er hatte verdammt gut ausgesehen in seinem kurzen Höschen. Immerhin war er für seine fünfzig Jahre noch sehr durchtrainiert und schwamm jeden Tag mehrere Kilometer.

Leonora hatte nun tatsächlich den Mexikaner geheiratet, aber sie besuchte Max noch regelmäßig von Lissabon aus. Peggys Herz krampfte sich jedes Mal zusammen, wenn sie die beiden zusammen sah. Aber sie hatte beschlossen, es auszusitzen, und das tat sie auch. Max hatte natürlich getobt, als er von der Hochzeit erfahren hatte. Was er sich von diesen kurzen Besuchen seiner langjährigen Gefährtin jetzt noch versprach, verstand Peggy nicht wirklich. Aber sie wusste, dass es irgendwann aufhören würde. Und vielleicht, vielleicht käme dann ihre Chance.

Aber wollte sie das überhaupt?, fragte sie sich auf einmal und schaute einer dicken Amerikanerin zu, die mit Sonnenhut im Pool ihre Bahnen zog, ganz langsam und gleichmäßig. Wollte sie überhaupt wieder einen Mann an ihrer Seite?

War es nicht eigentlich in der letzten Zeit seit Beckett wunderbar ruhig zugegangen in ihrem Leben? Gut, Tanguy und Brancusi waren ihr dazwischengekommen. Aber nicht wirklich, stellte sie fest. Denn es waren nur kurze Abenteuer gewesen.

War das nicht vielleicht am Ende sogar der bessere Weg zu leben? Glücklich zu sein mit seiner Leidenschaft – sie dachte wieder an die Kisten auf dem Meer, Gott behüte sie – und gelegentlich ein kleines Abenteuer, denn eine Nonne war sie ja nun beileibe auch nicht?

Frivol! Sofort grätschte ihr Gewissen in diesen Gedanken

hinein. Frivol. Aber auf der anderen Seite: Sie hatte ihre Lektion als Ehefrau von Laurence doch gelernt. Jahrzehntelang war sie die Frau an der Seite eines strahlenden Mannes gewesen. Nun hatte sie endlich das Selbstbewusstsein gefunden, sich in Form ihrer Sammlung ein eigenes Standbein zu schaffen, aus dem vielleicht einmal ein bedeutendes Museum hervorgehen würde, das der Menschheit die Kunstschätze der Moderne bewahrte.

Brauchte es da überhaupt noch einen Mann?

Manchmal, wenn Leonora hier von Estoril wieder nach Lissabon abgefahren war und sie am Abend einen Spaziergang am Strand machten – nur sie und Max –, dann konnte sie sich ein Zusammenleben mit ihm entgegen all dieser Überlegungen allerdings doch sehr gut vorstellen. Es war einfach zu romantisch, wenn sie bei Sonnenuntergang losliefen, die Füße im nassen Sand, umspült von den gleichmäßig an Land schlagenden Wellen. Es war zu schön, im benachbarten Örtchen Cascais die Fischer zu beobachten, die ihre Boote an Land zogen. Und die Frauen, die schon warteten und die schweren Körbe mit den im Mondschein silbern glänzenden Fischen zum Markt trugen, wo sie stets noch vor Mitternacht ausverkauft waren. Es gab die tollsten Hummer und die wunderbarsten Seezungen. Und die Freudentänze der Fischer, bei denen sie am Strand über Feuer sprangen, sangen und johlten, begeisterten Max so sehr, dass er manchmal sogar mittanzte. An diesen Abenden waren sie wie eine einzige, alte Seele, die zusammengehörte. Wie war die eine Nacht schön gewesen, in der sie spontan im Dunkeln ihre Kleider ausgezogen hatte und im Mondlicht hinausgeschwommen war auf den schwarzen Atlantik. Sie hatte keine Angst verspürt, nur Ruhe und

Frieden. Max war zurückgeblieben, aber als sie aus dem Wasser zurück an den Strand gekommen war, hatte er sie fest in seine Arme geschlossen, und sie hatten sich neben einem Felsen im Sand geliebt.

Was wollte er?, dachte sie wieder einmal und stellte ihr Zitronenwasser beiseite. Die dicke Amerikanerin stieg aus dem Pool und legte sich schnaufend auf die Liege neben Peggy.

Und was wollte sie eigentlich selbst?

»Ein Anruf in der Lobby für Sie, Madame Guggenheim«, sagte der Poolkellner und geleitete sie zur Rezeptionistin.

»Peggy!«, hörte sie Nellys Stimme im Hörer.

»Nelly, wo steckst du?« Als sie die Freundin in Grasse verlassen hatte, war ihr fester Plan gewesen, jetzt im Sommer ebenfalls nach Marseille zu gehen und mit einem Schiff auszureisen. »Wie kommst du voran?«

»Gar nicht gut!« Die Freundin klang verzweifelt. »Überhaupt nicht gut! Es gelingt mir nicht, ein Visum zu bekommen. Ich weiß nicht, woran es liegt. Ich wollte dich jetzt dringend bitten, ein gutes Wort für mich bei Varian Fry einzulegen. Vielleicht schafft er es, mir zu helfen.«

Um Himmels willen! Was war da los? »Selbstverständlich telegrafiere ich Varian sofort!« Hoffentlich bekam er das Telegramm noch. Man munkelte nämlich, dass er kurz vor der Ablösung stünde, weil die amerikanische Regierung von seinen eigenmächtigen Visabeschaffungen und -fälschungen Kenntnis bekommen hatte. »Und wenn ich in New York angekommen bin, kümmere ich mich von dort«, setzte sie hinzu, um Nelly und auch sich selbst noch stärker zu beruhigen.

Aber Nellys Angst in der Stimme verschwand nicht. »Was sind das für Zeiten, Peggy? Was ist das hier alles? Ich sehe ausgemergelte Gestalten mit Furchen der Angst im Gesicht, die sich durch die Straßen schleppen. Hungernde Kinder lagern auf Koffern und dreckigen Decken. Unrat liegt herum, es stinkt. Diese Schlangen vor den Ämtern! Peggy, ich kann bald nicht mehr, und es scheint so aussichtslos. Die Kontingente sind offenbar restlos erschöpft, und auf irgendeinen Sonderstatus kann ich nicht pochen. Varian ist meine letzte Hoffnung.«

Peggy wurde kalt in der marmornen Hotelhalle, sie zog ihren Bademantel enger um sich. »Ich schau, was ich tun kann.«

»Und ist es möglich, dass du mir auch etwas Geld transferierst? Ich komme an nichts mehr ran.«

»Ich fahre morgen nach Lissabon und versuche es, wenn ich das Telegramm an Varian schicke.«

»Danke.« Jetzt weinte Nelly. »Weißt du noch, als wir am Ufer der Seine spazieren gegangen sind und uns auf die Mauer gesetzt haben und Wein getrunken haben? Weißt du noch, wie die Stadt geklungen und der Fluss gerochen hat?«

Peggy richtete ihren Blick auf die Rezeptionistin, die in ihrer Uniform ihren Geschäften nachging, und sah sie nur noch verschwommen. »Ich mache jetzt Schluss, Nelly. Aber denk dran: Es geht immer weiter, es geht immer weiter.«

»Jetzt bin ich mir da nicht mehr so sicher«, sagte Nelly leise und legte auf.

»Danke sehr«, Peggy reichte der Rezeptionistin den Hörer zurück. Ihre Hand zitterte dabei.

Die Uhr hinter der Frau an der Wand zeigte kurz nach fünf Uhr nachmittags an. Heute würde es keinen Sinn mehr machen, nach Lissabon zu fahren. Aber gleich morgen früh musste sie es tun. Wie schmerzte es, dass sie nicht einfach zu Nelly nach Marseille zurückfahren, sie in den guten alten Talbot setzen und sie hierherholen konnte. Aber sie durfte nicht zurückkehren. Es wäre Selbstmord. Und es würde die Ausreise der ganzen Familie, ihrer Kinder, in Gefahr bringen. Nein. Sie musste von hier aus versuchen, Nelly zu helfen.

Sie ging zurück zu ihrer Liege am Pool und ließ die Sonnenbrille hinunter. Zum Glück war die dicke Amerikanerin neben ihr inzwischen eingeschlafen, sodass sie von dem nicht enden wollenden Tränenfluss, der unter Peggys Brillengläsern hervorquoll, nichts mitbekam.

Kapitel 31

Monte Estoril,
12. Juli 1941

Sie saßen am langen Esstisch in der Mitte des Speisesaals beim Frühstück, als der Kellner ein silbernes Tablett mit einem Telegramm brachte.

»Bitte sehr, Madame.«

Er reichte es Peggy, sie saß bei diesen seltsamen Tischversammlungen stets am Kopfende, neben sich rechts und links Laurence und Max. Was hatten sie geschmunzelt, als sie festgestellt hatten, wie diese Tischordnung das Hotelpersonal und die anderen Gäste anfangs verwirrt hatte.

Peggy nahm das Telegramm vom Tablett und las. Dann legte sie es neben ihren Teller und ergriff die Hände von beiden Männern.

»Es ist so weit. Wir stehen auf der Passagierliste für den morgigen Flug.«

Laurence, Max, die Kinder und Kay blickten sie an.

Keiner jubelte.

Die Pan American Airways holte sie in einem kleinen Bus am Hotel ab und fuhr sie zum Aeroporto Marítimo de Cabo Ruivo auf der rechten Tejoseite. Auf der nicht allzu langen Fahrt blickte Peggy aus dem Fenster und verabschiedete sich innerlich vom Meer, von den Palmen, den alten Gemäuern und Palästen. Bald würde sie solche Bauwerke für lange Zeit nicht mehr zu sehen bekommen. Vielleicht nie wieder?

Sie musste an Nelly denken, für die sie bei Varian telefonisch vorgesprochen hatte. Nun konnten sie nur hoffen und warten. Vielleicht konnte sie auch von New York aus noch etwas für die Freundin tun. Sie wusste, dass Alfred Barr vom Museum of Modern Art gewisse Verbindungen hatte und schon diverse Visa beschafft hatte. Allerdings für bedeutende Künstler. Nelly zählte zwar nicht zu dieser Gruppe, aber als Witwe eines berühmten Künstlers, die dessen Erbe bewahrte und zu Alfred Barr zumindest bereits eine geschäftliche Beziehung gehabt hatte – möglicherweise war er in der Lage, auch ihr zu helfen.

»Ist das der Clipper?«, fragte Pegeen in ihre Gedanken hinein, und sie stellte fest, dass der Bus bereits auf das Flughafengelände gefahren war und nun am Kai stoppte.

Am Ende des langen Anlegestegs, der weit in den an dieser Stelle sehr breiten Tejo hineinragte, schaukelte das Flugboot, dick und schwer. Seine eindrucksvolle Metallhülle glänzte silbern in der Sonne und wurde von der Wasseroberfläche reflektiert. Die vier großen Triebwerke an den langen Tragflächen standen noch still, und Arbeiter waren damit beschäftigt, Gepäck und Proviant in den Bauch zu verladen.

»Das ist so famos, Mama, dass wir mit diesem nagelneuen Flugzeug fliegen dürfen!« Sindbad strahlte. »Die Spannweite der Flügel beträgt fast fünfzig Meter. Und siehst du die Stabilisierungsschwimmer unten an beiden Seiten? Dort ist auch ein Teil des Treibstoffes untergebracht, weißt du?« Er nickte eifrig.

»Wie schön, mein Junge. Wie schön.« Sie hatte jetzt nicht

den Nerv, sich mit dem Flugzeugtyp auseinanderzusetzen. Hauptsache war, er brachte sie sicher über den Atlantik. Das würde er doch wohl, nicht wahr? Sie atmete tief durch, während Sindbad aufgeregt hinter den anderen Kindern herrannte, die schon ihre Taschen aus dem Wust von Gepäck im Kleinbus herausgezerrt hatten, das sich in den fünf Wochen ihres Aufenthalts in Lissabon und Estoril nun doch irgendwie angesammelt hatte. Gestützt von Max' Hand, kletterte Peggy langsam hinter Laurence aus dem Bus.

Nun war es also so weit. In wenigen Minuten würden sie in dieses moderne Fluggerät steigen, das ihre elfköpfige Reisegruppe gemeinsam mit den rund sechzig weiteren Passagieren aus Europa fortbringen würde. In Sicherheit. Sie blickte zu Max auf und bemerkte, dass er Tränen in den eisblauen Augen hatte. Er drückte Peggy einen Kuss auf die Wange. Vielleicht war das seine scheue Art, sich zu bedanken, dass sie ihm den Platz im Clipper nicht entzogen hatte, als das mit Leonora ... Ach, daran wollte sie gar nicht mehr denken.

»Mama, können wir schon an Bord?« Pegeen hüpfte auf und ab, als wäre sie erst fünf und nicht bereits fünfzehn.

»Fragt bitte die netten Stewards.« Sie zeigte auf die zwei jungen, starken Männer in PanAm-Uniformen, die an der schmalen Brücke zur Tür des Clippers schon parat standen. »Aber passt auf, dass ihr nicht ins Wasser fallt. Das können wir jetzt nicht gebrauchen.« Die Kinder rannten über den Steg voraus.

Mit festen Schritten ging auch Peggy auf das Flugzeug zu. Es waren die letzten Schritte auf kontinentaleuropäischem Boden, und dabei noch nicht mal das. Sie lief auf einem wackeligen kontinentaleuropäischen Schwimmsteg, wie ihr in diesem Moment bewusst wurde. Peggy sah, wie die Kinder bereits im Clipper verschwanden. Die letzten Schritte auf dem Erdteil, in dem sie nicht geboren war, der ihr aber so sehr ans Herz gewachsen war und der den Mittelpunkt ihres bisherigen Erwachsenenlebens gebildet hatte.

Sie merkte, dass sie ein wenig weich in den Knien wurde, und spürte erleichtert, wie Max ihren Arm nahm und in den seinen schob. Nebeneinander gingen sie über die Brücke und betraten den Clipper, begleitet von den mit strahlendem amerikanischen Lächeln dargebotenen Willkommensgrüßen der beiden PanAm-Stewards.

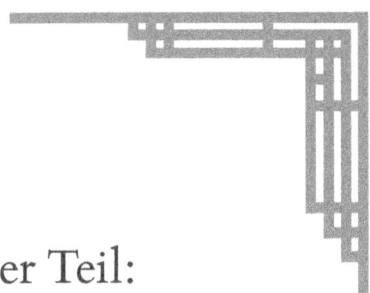

Dritter Teil:

New York, The Art of this Century –
wird der Traum vom Glück wahr?

1941–1942

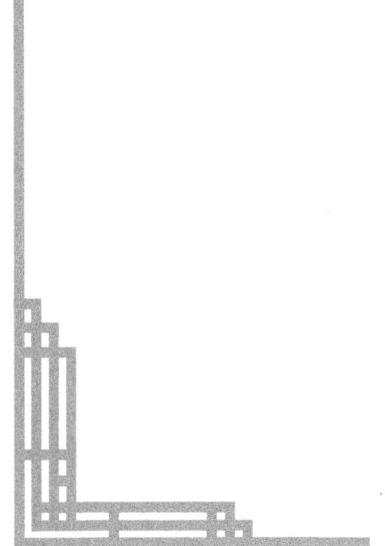

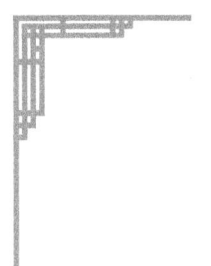

Kapitel 1

Über dem Atlantik,
13. Juli 1941

Peggy saß in dem breiten Drehsessel und schaute durch das Bullauge in den strahlend blauen Himmel. Er sah aus wie auf einem Tanguy-Gemälde. Die Endlosigkeit des Meeres mit den Schaumkronen und den gelegentlichen Booten faszinierte Peggy. Einige der Schiffe waren Ozeandampfer, ihre Rauchschwaden zogen sich meilenlang. Vielleicht saß dort unten gerade einer ihrer Freunde und brachte sich in Sicherheit.

Zum Glück wurde ihr beim Fliegen nicht übel – anders als den Kindern, die Spucktüten vor sich hatten. Sogar einige Zahnspangen der vier kleineren Mädchen waren bereits in diesen Tüten verschwunden. Zum Glück war es Kays Aufgabe, sie wieder herauszufischen.

Plötzlich kamen Inseln in Sicht, bergig und grün. Das waren wohl die Azoren. Dort würden sie zwischenlanden, um aufzutanken. Peggy streckte sich und überreichte dem Steward ihr Cocktailglas.

»War er gut, unser Clipper-Cocktail?«, fragte der junge Mann.

»Hervorragend. Was ist denn drin?« Peggy wollte ihm eine Freude machen, offenbar lebte er für seinen Job. Selbstverständlich war es aber auch etwas ganz Besonderes, hier oben zu arbeiten in dem erst zwei Jahre alten Clipper, der in Sachen Komfort keine Wünsche offenließ. Was hatten sie alle gestaunt, als sie das Speisezimmer entdeckt hatten, in dem ihnen das Essen auf feinstem Porzellan und mit Silberbesteck serviert worden war. Und dann erst die Schlafkabinen und das Ankleidezimmer, bestückt mit frischem Blumenbouquet, einer Frisierkommode und den neuesten Kosmetikprodukten.

»Rum, Wermut und Grenadine, M'am«, sagte er.

M'am, natürlich, dachte sie traurig. Jetzt war sie wieder M'am.

Madame gab es nun nicht mehr.

»Wir werden jetzt den Landeanflug auf die Azoren beginnen«, sagte der junge Mann. »Dort haben Sie genug Zeit, um sich die Beine zu vertreten und vielleicht ein Souvenir zu kaufen.« Er lächelte sie an.

»Das ist aber immer noch portugiesischer Boden, nicht wahr?«, fragte Max von seinem Drehsessel aus.

»Natürlich, Sir. Wir befinden uns weiterhin in Portugal«, sagte der Steward. »Wir müssen hier auf den Azoren und später noch einmal auf den Bermudas zwischenlanden, um aufzutanken und neue Vorräte an Bord zu nehmen, damit wir Ihnen weiterhin unseren hervorragenden Service bis New York bieten können.« Er lächelte stolz.

Peggy bemerkte, wie Max' Bein unruhig auf und ab federte. Sie sah in sein Gesicht, und ihr fiel auf, dass seine Haut noch fahler war als sonst und die Falten hier oben noch tiefer erschienen. Sie würden sich wohl erst glätten, wenn sie sicher auf der Flushing Bay gewassert waren und angelegt hatten am Municipal Airport and LaGuardia Field.

Um ihn abzulenken, fragte sie: »Weißt du denn, ob Jimmy am Flughafen in New York sein wird?«

»Ich hoffe es.« Tatsächlich wurde seine Miene etwas heller, als er an seinen bereits erwachsenen Sohn aus erster Ehe dachte. »Ich bin wirklich stolz auf meinen Jungen, dass er nun schon seit vier Jahren auf eigenen Füßen steht und dort im MoMA so ein gutes Auskommen gefunden hat.«

Und dass er in Sicherheit ist, dachte Peggy. Es war wirklich großartig gewesen von Alfred Barr, Max' Sohn dort anzustellen.

»Von meiner Verwandtschaft dürfte niemand am Flughafen sein«, überlegte sie.

Aber vielleicht würden ein paar alte Freunde erscheinen, um sie zu begrüßen.

In ihrem neuen Lebensabschnitt.

Kapitel 2

New York,
14. Juli 1941

Sie sanken immer tiefer, und zuerst kam das schmale, gegen den dunklen Ozean fast weiß wirkende Sandband von Jones Beach in den Blick, bevor sie sich langsam dem grauen Häusermeer von Manhattan näherten. Peggy blickte die schnurgeraden Straßen ihrer Heimatstadt entlang, die die schmale Halbinsel durchschnitten, sah die kleinen Autos und Busse, schließlich die winzigen Menschen. Freude empfand sie nicht, höchstens Erleichterung, als das Dröhnen der Propeller nun immer bewusster an ihre Ohren drang, bis der Clipper sanft auf der Flushing Bay wasserte, zum Landesteg schwamm – und plötzlich unglaubliche Ruhe herrschte, als die Motoren ausgingen.

Obwohl das Flugboot noch ziemlich schaukelte, sprang Max aus seinem Sitz und tigerte von einer Seite des Clippers zur anderen.

»Geschafft!« Peggy lächelte und streckte sich. »Wir haben es geschafft.« Sie fühlte, wie ihre Muskeln sich zu entspannen begannen, und massierte kurz ihren Nacken.

Ja, sie hatten es tatsächlich geschafft und waren sicher in Amerika gelandet. Die Schrecken des Krieges lagen vorerst auf der anderen Seite des Ozeans. Sie spürte, wie wackelig ihre Knie noch waren, als sie nun aufstand und zu Max treten wollte.

Aber der hörte nicht auf zu tigern. »Und wenn sie mich doch gleich verhaften und nach Ellis Island schleppen?«

»Warum redest du dir das immer wieder ein? Wir haben nun schon so oft darüber gesprochen. Sie haben keinen Grund, das zu tun.«

»Als Deutscher bin ich automatisch als feindlicher Ausländer eingestuft.« Er raufte sich die Haare. »Ich bin ein *enemy alien*. Wie das schon klingt.« Er hielt inne und stand ganz still. »Peggy, ich kann keine Lager mehr sehen. Ich kann nicht mehr.«

»Hier gibt es keine Lager.« Peggy versuchte ruhig zu bleiben und setzte den riesigen Sombrero auf, den sie in dem kleinen Laden am Flughafen der Azoren gekauft hatte, weil es einfach zu langweilig gewesen war, dort nur spazieren zu gehen. »Und nun sei nicht so ein Pessimist. Freuen wir uns erstmal, dass wir hier sind.«

Laurence, der mit Kay in der Reihe hinter ihnen gesessen hatte, trat heran und umarmte Peggy stumm, bevor er die Kinder ermahnte, ihre Sachen zusammenzusuchen.

Sie waren in Amerika!

Als die Brücke draußen hergeschoben worden war, öffneten die Stewards die Tür. Mit der Stille, die hier drinnen seit dem Verstummen der Propeller geherrscht hatte, war es schlagartig vorbei. Sie hörte Stimmen wild durcheinanderschreien und erschrak, als sie hinausblickte: Eine Menschenmenge stand dort am Zaun, Reporter, Fotografen, und alle schienen sehr aufgeregt! Sie schaute sich im Clipper um. Unter den Passagieren war ihr gar kein Prominenter aufgefallen.

Waren die etwa wegen ihr hier – und wegen Max?

»Misses Guggenheim, hierher schauen bitte, hierher!« Die Fotografen schrien um die Wette, Peggy stieg über die Brücke auf den Landesteg und hielt ihren Sombrero fest.

»Mister Ernst, hierher bitte, hierher!«

Die Stimmen der Reporter überboten sich.

»Wie fühlt es sich an, wieder in der Heimat zu sein, Misses Guggenheim?«

»Stimmt es, dass Sie bedeutende Kunstschätze aus Europa gerettet haben?«

»Wollen Sie die Dada-Bewegung nun in Amerika neu gründen, Mister Ernst?«

»Sind Sie ein Liebespaar?«

Max reagierte ebenso wenig wie sie auf die Rufe, aber sie sah, wie er immer unruhiger in die Menge schaute, wohl um festzustellen, ob dort Beamte standen, die ihn festnehmen wollten. Doch als Erstes löste sich nun ein junger Mann heraus mit unverkennbar eisblauen Augen: »Vater!«

Max' Gesicht entspannte sich, und er nahm seinen Sohn in die Arme. »Jimmy!«

Da packte eine Hand Max an der Schulter. »Mister Ernst, Einwanderungspolizei. Wir müssen Sie mitnehmen. Bitte folgen Sie uns!«

Der Mann zog Max von Jimmy fort und versuchte, ihn abzuführen. Max wehrte sich heftig.

Peggy ging auf den Beamten los: »Lassen Sie ihn los! Was soll das? Er ist ein unbescholtener Mann!« Sie versuchte den eisernen Griff des Mannes um Max' Handgelenk zu lösen.

»Tut mir leid, M'am. Er gehört zu einer als gefährlich eingestuften Gruppe. Wir haben Hinweise, denen wir nachgehen müssen. Wir bringen ihn nach Ellis Island.«

»Nein, nein, nein!« Peggy haute auf seinen Arm, aber der Mann schob sie mit Kraft zur Seite.

»Bitte behindern Sie nicht die Arbeit der Behörden, M'am!« Er behielt seinen Klammergriff um Max' Arm und führte ihn zum runden Ankunftsgebäude. Peggy, Jimmy und die Reportermenge hinterher.

»Das ist Unrecht, was Sie da tun!« Peggy war außer sich. Sie sah aus dem Augenwinkel, wie Laurence die Kinder und Kay in ein wartendes Auto bugsierte und sie losfahren ließ. Dann stürmte er dem Pulk hinterher und war bald an Peggys Seite.

»Können wir nicht eine Kaution hinterlegen und morgen irgendwo auf dem Amt erscheinen?«, fragte er. »Dann können Sie ihn doch in Ruhe befragen.«

»Nein, Sir, die Order lautet, dass er sofort festgesetzt werden soll. Nach Ellis Island bringen wir ihn aber heute nicht mehr, weil das letzte Schiff dorthin schon abgelegt hat. Hier entlang, Sir!« Er zog Max durch das runde Abfertigungsgebäude.

»Wollen Sie ihn etwa so lange in ein Gefängnis stecken?«, rief Peggy und hatte Mühe, Schritt zu halten.

»Nein, M'am. Die Fluggesellschaft zahlt ihm eine Unterkunft in einem Hotel, aber ich werde anwesend sein und sein Zimmer bewachen.« Er steuerte draußen vor dem Gebäude auf einen Ford zu, der quer auf dem Bürgersteig parkte.

Die Fluggesellschaft? Also war es PanAm offenbar zu heikel gewesen, die Verantwortung für die Einreise eines möglicherweise feindlichen Deutschen zu übernehmen, und sie hatten die Einwanderungsbehörde gerufen. Oder hatten das die Beamten auf den Bermudas veranlasst, die sie dort eigentlich bereits zur Einreise verhört hatten?

»Ich komme mit!«, rief Peggy. »Welches Hotel?«

»Ich weiß nicht, ob ich Ihnen das sagen darf, M'am.« Der Mann schloss den Ford auf.

»Wenn Sie es mir nicht sagen, verfolge ich Sie.« Peggy stellte sich ihm in den Weg, als er Max auf der Beifahrerseite in den Wagen drängen wollte.

Der Beamte seufzte. »Ich darf es Ihnen nicht sagen. Aber ich bin ein sehr langsamer Autofahrer.«

Er setzte Max hinein, stieg dazu und fummelte ewig an seinem Sicherheitsgurt herum, sodass Peggy und Laurence genügend Zeit hatten, ein Taxi herbeizuwinken.

Vor dem Belmont Plaza hielt der Detective und ließ Max aussteigen. Peggy verabschiedete sich von Laurence, der den Kindern, Kay und Jimmy Bescheid sagen wollte, was geschehen war. Sie verfolgte den Anmeldeprozess von Max und dem Beamten und checkte ebenfalls in das Hotel ein. Zimmer 432 hatte Max, und sobald sie in ihrem eigenen angekommen war, wählte sie die Nummer des Raumes im Halbstundentakt. Beim dritten Mal meldete sich nicht Max, sondern der Beamte sagte: »Nun kommen Sie schon rüber.«

»Eigentlich würde ich lieber mit Mister Ernst in der Hotelbar auf einen Drink gehen, um unsere Ankunft in Amerika zu feiern«, sagte sie mehr im Scherz. Sie fühlte, wie die lange Reise an ihren Knochen zerrte. Der Rücken schmerzte, ein pochendes Kopfweh hatte eingesetzt. Sie wühlte in ihrer Handtasche nach einer Kopfschmerztablette, befreite sie aus der Dose und schluckte sie ohne Wasser.

Der Beamte schwieg kurz. Dann sagte er: »In Ordnung. In fünf Minuten im Glass Hat.«

Als sie die Hotellobby durchquerte, stürmte plötzlich Howard Putzel auf sie zu. »Darling, Laurence hat mich zur Unterstützung für dich angerufen. Was ist denn hier los, um Himmels willen? Du schleppst Max Ernst aus Europa an, und er wird dir gleich unter den Fingern weg verhaftet? Hättest du dich nicht doch nur mit einem Bild von ihm begnügen können, damals, als wir ihn in Paris aufgesucht haben?«

»Deine Witze kannst du dir sparen, Howard.« Sie war zu müde für so etwas. Er verstand wohl den Ernst der Lage nicht.

»Entschuldige, bitte. Das war blöd von mir.« Er beeilte sich, mit ihr Schritt zu halten, als sie in die Hotelbar eintraten, in der Swingmusik spielte, und auf eine der geschwungenen Ledercouchbänke zusteuerten. »Ich helfe euch selbstverständlich, wo ich kann.«

Kaum saßen sie auf der Ledercouch und hatten einen Singapore Sling vor sich, erschien Max mit dem Beamten. Der Beamte setzte sich an die u-förmige Bar und ließ Max zu ihnen herüberkommen.

Max schüttelte den Kopf: »Was sind das für verrückte Zeiten? Erst verhaften mich die Franzosen, dann die Nazis und jetzt die Amerikaner. Aber ich muss sagen, bisher gefällt mir diese Haft hier am besten. Einen Whiskey, bitte«, rief er dem Kellner zu und wandte sich an den alten Freund. »Mensch, Putzel, alte Kanone. Schön, dich zu sehen.«

Putzel beugte sich vor: »Alfred Barr ist schon informiert, ebenso wie ein paar andere einflussreiche Leute in der Stadt. Wenn sie dich morgen nach Ellis Island bringen und verhören, werden wir alle dort vorsprechen, sodass sie den Quatsch ganz schnell sein lassen werden.«

Max schnaubte. »*The land of the free*, richtig?«

Putzel nahm einen großen Schluck von seinem Drink und schien sich mit diesem Thema nicht länger aufhalten zu wollen. Er wandte sich an Peggy: »Deine Sammlung ist übrigens gerade gestern hier angekommen, hat man mich informiert!«

Sie hatte sich gerade eine Zigarette anzünden wollen und hielt inne. Endlich einmal eine gute Nachricht! Das war ja großartig, dass sie das gleich erfuhr! Wie gut, dass sie vor der Abreise daran gedacht hatte, den lieben Putzel als amerikanischen Generalbeauftragten ihres noch zu gründenden Unternehmens einzusetzen. Er war äußerst gut vernetzt in der amerikanischen Kunstszene und kannte sich auch juristisch einigermaßen aus. Und da er seine eigene Galerie in Los Angeles nun vor ein paar Monaten tatsächlich aufgegeben hatte, war dies der perfekte Zeitpunkt für eine Zusammenarbeit.

»Wohlbehalten!« Putzel strahlte. »Alles da, nichts kaputt. Aber der Zoll ist noch damit beschäftigt.«

»Oje.« Hatten sie also doch einen genaueren Blick in die Kisten geworfen. Sie dachte an die Schwierigkeiten mit dem britischen Zoll bei der Skulpturenausstellung in der Guggenheim Jeune damals. Hoffentlich würden die Amerikaner nicht auch solch abwegig hohe Steuern erheben wollen und Kunst nicht als Kunst erkennen. Aber – sie spürte, wie große Freude in ihr aufstieg – die Sammlung war da! Sie war unversehrt und komplett in Amerika eingetroffen! Alle ihre Lieblinge! Wie freute sie sich, sie bald wiederzusehen. Hoffentlich könnte sie sie bald abholen.

»Sie melden sich bei dir, sobald sie sie freigegeben haben«, sagte Putzel. »Ich habe ihnen gesagt, wann du hier ankommst.«

»Du bist ein Schatz!« Sie schaute zu dem Beamten an der Bar hinüber, der sich ebenfalls einen Drink bestellt hatte und an die Flaschenwand hinter dem Barkeeper starrte. Die Dienstpistole steckte jedoch gut sichtbar in ihrem Holster.

Was war das für ein zwiespältiges Willkommen in ihrer alten Heimat. Die Kunstwerke waren gerettet, das war toll. Aber was würden sie mit Max anstellen auf Ellis Island?

Sie würden ihn doch wohl nicht zurückschicken?

Kapitel 3

Ellis Island,
15. Juli 1941

Die Freiheitsstatue streckte vor ihnen auf der Nachbarinsel die goldene Fackel stolz in den blauen, wolkenlosen Himmel, als sie mit der Fähre steuerbord an der Einwanderungsinsel anlegten. Wie der Beamte erklärte, war ein großes Schiff mit spanischen Einwanderern genau eine Viertelstunde vor ihnen eingetroffen, sodass Max' Fall erst nach diesen Neuankömmlingen behandelt werden würde.

Das konnte dauern.

Der Beamte verabschiedete sich herzlich von Peggy und Max und übergab seinen Gefangenen an einen Kollegen auf der Insel.

»Sie müssen sich nun erst einmal voneinander trennen«, sagte der Mann, der eine anthrazitfarbene Anzugjacke trug, unter der der Dienstrevolver in dem Holster beulte. »Denn wir bringen Mister Ernst jetzt in unserem Gewahrsam unter.«

»Was soll denn das heißen?«, fragte Peggy.

»Sie stecken mich in eine Zelle, stimmt's?« Max' Blick wurde leer.

Der Beamte nickte stumm.

»Aber nein! Können wir nicht hier draußen ein wenig spazieren gehen, bis die Vernehmung stattfindet?«, fragte Peggy, griff Max' Arm und deutete über die Insel mit dem Park und den ordentlichen Wegen, die sie durchkreuzten.

Der Beamte bedeutete Max loszugehen. »Leider nicht, M'am. Wir müssen den Verdächtigen bei uns unterbringen bis zur Verhandlung.«

»Den Verdächtigen?« Ihre Stimme zitterte. Das war doch alles ein Albtraum. Das konnte nicht real sein. Vielleicht spielten ihr der Schlafmangel der letzten Tage und die monatelange Aufregung durch die Flucht nun einen Streich. Sie blickte in das Gesicht des Beamten, das allerdings so furchtbar gewöhnlich kaukasisch aussah, dass es bestimmt in keinem Traum vorkäme.

»Es tut mir leid, aber Deutschland ist Feindesland, und Angehörige solcher Völker müssen wir nun einmal internieren und befragen, bis wir sie als unverdächtig entlassen können.« Er sah allerdings beinahe so aus, als ob ihm das in Max' Fall tatsächlich sehr leidtäte.

»Was kann ich für ihn tun?«, fragte Peggy noch, merkte aber deutlich, wie die Kraft sie langsam verließ. Sie hatte keine Energie mehr, um an dieser Stelle weiterzukämpfen.

»Nichts, M'am, außer dass Sie in der Nähe bleiben und bei der Verhandlung unsere Fragen beantworten.«

Sie nickte stumm.

»Es ist halb so schlimm. Du wirst sehen.« Max gab ihr einen Kuss. »Du bleibst also hier?«

Sie nickte wieder mechanisch und schaute ihm hinterher, bis er in dem Gebäude aus rotem Backstein mit den spanisch anmutenden Türmen verschwunden war. In dem Gebäude, durch das alle Einwanderer Amerikas einst gegangen waren, auch ihre Vorfahren aus der Schweiz.

Sie schleppte sich langsam zum Ufer und setzte sich auf eine Bank, von der aus sie einen guten Blick auf die Lady Liberty auf der Nachbarinsel hatte. Ihre Beine waren auf einmal so ungemein schwer, sie musste sie kurz hochlegen und zog sie auf die Sitzfläche. Ihr Kopf fühlte sich plötzlich ganz leer an. Sie merkte, wie die Augenlider über der Freiheitsstatue zusammensackten. *The land of the free and the home of the brave*, kam ihr ein Teil der Nationalhymne in den Sinn, die sie als Kind so oft gehört hatte, in den letzten gut zwanzig Jahren aber gar nicht mehr. *The land of the free and the home of the brave*, sang eine tragende weibliche Stimme. *The land of the free.* Na hoffentlich. Sie rollte sich auf der Bank zusammen wie ein Pariser Clochard und war auf der Stelle eingeschlafen.

Kapitel 4

New York, Battery Park und Midtown Manhattan,
drei Tage später

»So, jetzt können wir endlich in die Museen gehen«, sagte
Max, als er nach drei sicher sehr unbequemen Nächten in der
Zelle und langatmigen Verhandlungen, in denen offenbar aus-
geschlossen worden war, dass er ein deutscher Spion war, als
freier Mann mit Peggy die Fähre verließ, die sie von Ellis Island zurück nach Manhattan gebracht hatte.

»Natürlich.« Peggy hakte sich bei ihm unter. Wie gut es
sich anfühlte, das tun zu können. Sie hatte selbstverständlich nicht die ganzen drei Tage auf der Parkbank auf Ellis
Island verbracht, sondern die Zeit genutzt, vorerst eine
Unterkunft in einem Hotel für sie zu organisieren, bevor sie eine Wohnung in Aussicht hätten. Denn es schien
ganz so, als ob Max davon ausging, an ihrer Seite zu bleiben. Wie auch immer das im Detail einmal aussehen könnte.
Sie jedenfalls war bereit, ein Zusammenleben zu versuchen,
einen gemeinsamen Start in ein neues Leben. Warum auch
nicht? Sie schaute zu ihm hoch, seine weißen Haare standen
unternehmungslustig zu Berge, und er schien beschlossen
zu haben, sich durch den unfreundlichen Empfang in Amerika nicht irritieren zu lassen. Die Wartezeit schien ihn im
Gegenteil sogar zu entfesseln. Er tanzte beinahe neben ihr

über den Gehweg von Battery Park, als sie sich vom Wasser entfernten.

»Erster Stopp: MoMA?«, fragte er fröhlich. »Einer der Beamten hat mir erzählt, dass dort gerade eine große Picasso-Ausstellung läuft.«

»Da werde ich das meiste schon kennen«, sagte Peggy. »Ein Großteil der Werke stammt nämlich aus der Cork Street von meinem Galerienachbarn, der sie dem MoMA ausgeliehen hat.«

»Also willst du nicht hingehen?« Er schaute enttäuscht.

»Doch, natürlich. Ich will doch das Gebäude kennenlernen und sehen, was sie sonst noch haben. Aber gleich danach möchte ich bei Onkel Solomon und Tante Hilla vorbeischauen, in ihrem *Museum of Non-Objective Painting*.«

Max grinste. »Meinst du, das lohnt sich?«

»Ich denke schon. Immerhin haben sie immer noch viele Kandinskys. Und außerdem bin ich einfach neugierig, wie sie ihre Werke präsentieren.«

Aber erstmal winkten sie einem Taxi und sausten an Backsteinhäusern, kleinen Parks und Art-déco-Bürogebäuden vorbei die 6th Avenue hinauf Richtung Uptown. Peggy fühlte nicht viel, als sie die Kulisse ihrer Kindheit an sich vorbeiziehen sah, aber Max lehnte sich sogar aus dem Fenster und ließ seine Haare vom Fahrtwind zerzausen, um die Spitze des Empire State Building zu sehen, das über den Häusern aufragte. An der Ecke West 53th Street ließ der Taxifahrer sie aussteigen, und sie gingen die letzten Meter bis zu dem klaren, schlichten, geradezu nüchternen Gebäude des MoMA zu Fuß.

Dass sie es bisher noch nie geschafft hatte, das berühmte Museum einmal zu besuchen, erstaunte Peggy nun selbst.

Aber irgendwie war sie eben so selten in der Stadt gewesen seit seiner Eröffnung vor vierzehn Jahren; und wenn sie schon mal da war, dann hatte sie etwas zu erledigen gehabt, was wichtiger gewesen war, als ins Museum zu gehen. Zuletzt die Beerdigung ihrer Mutter, dachte sie traurig und schob die Erinnerung daran schnell beiseite.

»Entrez, Madame!«, sagte Max und hielt ihr die Tür auf. Sie betraten die Eingangshalle und blieben schweigend stehen, um die Architektur auf sich wirken zu lassen.

Max kam schneller zu einem Urteil als Peggy. »Mädchenpensionat trifft Millionärsjachtklub, oder was meinst du?«

Da hatte er leider recht, dachte sie. Kein Charme, null Innovation. Hier war es einfach nur kahl, eckig und kühl. Immerhin entdeckten sie bei ihrem Rundgang einen frühen *Vogel im Raum* von Brancusi, ein paar Braques, Légers, Dalís, Rousseaus und Calders. Auch von Arp und von Tanguy hingen Werke hier, was Peggy besonders freute. »Aber wo sind deine?«, fragte sie.

Max zuckte die Schultern. »Vierzehn Stück hat Alfred Barr eigentlich eingekauft. Vielleicht sind sie im Depot oder irgendwohin ausgeliehen.«

»Sollen wir einmal nachfragen?« Peggy schaute sich schon um, wen sie ansprechen konnten.

Aber Max schüttelte den Kopf. »Lass uns lieber weiter. Ich bin doch so gespannt, was dein Onkel da präsentiert auf der 54th Street.« Er setzte seinen Strohhut auf, und sie verließen das MoMA. Draußen begann Max, sehr schnell zu gehen. »Hier in New York eilt man stets, das habe ich schon bemerkt. Lass uns das Tempo annehmen und so tun, als hätten wir einen irre wichtigen Termin. Ich kann ein bisschen Bewegung jetzt gut gebrauchen nach den drei Tagen herumhocken auf Ellis Island.«

Peggy lachte und hatte Mühe, bei den langen Schritten an seiner Seite zu bleiben.

»Weißt du, was mir übrigens sehr fehlt?«, fragte Max, als sie an einem Hotdog-Stand vorbeiliefen, aus dem es dampfte und der Frankfurter anpries. »Das tägliche Schwimmen im Meer, dort in Estoril.«

»Wir sind hier von Meer umgeben, falls dir das noch nicht aufgefallen sein sollte. Wir werden schon einen geeigneten Ort für dich zum Schwimmen finden«, sagte Peggy und überlegte bereits, wo das sein könnte, während sie auf die Fifth Avenue einbogen und die Schaufenster mit den Mannequin-Puppen in den teuren Roben und dem funkelnden Schmuck passierten.

In den letzten Tagen hatte sie bei jedem Gang durch die Stadt versucht, sich an diese zu anderen Zeiten so normalen Anblicke wieder zu gewöhnen. Aber nach den Bildern der Flüchtlinge in Frankreich, Spanien und Portugal, die mit ihren Habseligkeiten beladen um ihr Leben liefen, empfand sie diese diamantenbesetzten Kleider und Handtaschen aus den abwegigsten Tierhäuten doch schon als sehr befremdlich. Sie war froh, dass sie nach wenigen Schritten in die 54th Street einschwenkten und zum Standort des Museums ihres Onkels gelangten.

Ohne Frage war es ein ehemaliges Autohaus, in dem es untergebracht war. Max rollte schon auf dem Bürgersteig mit den Augen, und sie gingen schnell hinein. Vielleicht wurde es innen besser.

The Art of Tomorrow, so hatten Hilla und Sol ihre

Eröffnungsausstellung genannt. Aber das Erste, was Peggy wahrnahm, war zweihundert Jahre alte Bach-Musik, die aus Lautsprechern drang. Der Geruch von Räucherstäbchen zog durch die Räume. Die Wände waren mit Velours verkleidet, die Bilder an den Fußleisten ausgerichtet. An den Fußleisten! Peggy bückte sich unwillkürlich ein wenig. Allesamt steckten sie in unwahrscheinlich breiten Silberrahmen, vermutlich um sie irgendwie auf Augenhöhe für den Betrachter zu bekommen. Fassungslos trat Peggy nah an die Wand heran. Völlig überdimensioniert waren diese Rahmen! Sie waren ja beinahe so breit, wie ihre Arme lang waren, stellte sie fest. In der Mitte jedes Ausstellungsraumes stand eine gesteppte Samtbank, die an ein Boudoir erinnerte. Auf ihnen sollte der Besucher wohl ausruhen, von ihnen aus hatte er dann wegen der niedrigen Sitzhöhe sicherlich wenigstens den besten Blick auf die Bilder.

»Also, mein Hintern kann alles gut sehen«, sagte Max, der vor einem der Gemälde stand. »Aber schau nur, schau!« Er fing laut an zu lachen.

Und sie sah, was er meinte: Bauer. Überall hing nur Rudolf Bauer! *The Art of Tomorrow* – wo war sie nur? Stattdessen Bauer, Tante Hillas Jugendschwarm! Max gluckste, als er an den Gemälden vorbeilief, ohne sie groß zu beachten.

»Wo rennst du hin?« Peggy versuchte, ihn ein wenig zu bremsen, denn die anderen Besucher guckten schon irritiert.

»Ich suche die richtige Kunst.« Max schaute sich um. »Wo ist sie? Wo sind die Kandinskys? Warum langweilen sie einen gleich auf den ersten Blick mit Bauer, und die guten Werke muss man suchen?«

Sie fanden sie schließlich, und immerhin auch noch einen

Ferdinand Léger, einen Juan Gris, einen Albert Gleizes und ein paar andere ihrer Freunde. Aber sichtlich bedrückt verließ Max wenig später das Museum; Peggy ging es nicht viel anders. Schweigend liefen sie die Straße hinunter.

»Auf Wiedersehen, Bauer-Haus!«, konnte Max sich offenbar nicht verkneifen.

Und sie brachen in Gelächter aus.

Wie schön das war, mit Max durch die Stadt zu streifen, dachte Peggy und schaute zu ihm auf, wie er summend durch die Straßen lief. Die tiefen Furchen in seinem Gesicht schienen schon deutlich geglättet, der Schmerz in den blauen Augen war fort. Nur für wie lange?, fragte sie sich. Für wie lange? Denn dass er eine sprunghafte Ader hatte, das stand für sie außer Zweifel.

Sie hatte sie vorerst im noblen Shelton Hotel eingemietet, aber auch schon Erkundigungen eingezogen und einen Immobilienmakler beauftragt, um ein geeignetes Heim zu finden. Für sich und die Kinder, wenn sie sie besuchten. Denn momentan lebten sie mit Laurence und Kay in Connecticut, ungefähr zwei Stunden außerhalb der Stadt. Das war auch besser so, dachte Peggy und erinnerte sich daran, wie sie in ihrer Kindheit und Jugend durch die Straßen Manhattans eskortiert worden war von ihren ständig wechselnden Gouvernanten. Und wie sehr sie das als beengend und gängelnd empfunden hatte. Auch wenn Pegeen und Sindbad jetzt natürlich schon groß waren: Kinder und Jugendliche brauchten stets die Möglichkeit, einmal richtig loszurennen, war sie der Meinung. Durch einen Wald, über Felder, am Strand. Wie schön das in Megève und erst in Yew Tree Cottage gewesen war für sie alle! Wie schön! Sie musste sich zusammenreißen, um die Tränen zurückzudrängen, die aufsteigen wollten. Yew Tree Cottage würde sie wohl niemals wiedersehen. Vorerst lebte dort noch Wyn. Aber es war klar, dass Peggy das Anwesen verkaufen musste. Und die Bilder, die dort lagerten, mussten herüberkommen. Sie sollte Wyn bitten, sie demnächst zu verschiffen, wenn das noch möglich wäre.

»Wollen wir hier einkehren?«, fragte Max in ihre Gedanken hinein und zeigte auf ein Café auf der anderen Seite dieser kleinen Straße in Greenwich Village, durch das sie nun nach Stunden des Wanderns schlenderten. Sogar ein paar runde Bistrotische und Stühle standen auf dem Bürgersteig bereit. »Fast wie in Paris, non?« Max grinste und schob ihr den Stuhl zurecht.

»Hier in der Nähe muss auch André Breton mit seiner Familie jetzt wohnen, habe ich gehört«, sagte sie und fuhr sich durch die Haare, um sie ein wenig in Form zu bekommen. Immerhin waren es fast dreißig Grad heute, und vom Laufen war ihr warm geworden. »Ein Eistee«, bestellte sie auch prompt bei der jungen Frau.

Max zog die Augenbrauen hoch. »Was sind denn das für neue Sitten. Nur Eistee?«

»Abends mache ich dann einen Long Island Ice Tea daraus, wenn dir das schicker vorkommt. Aber jetzt habe ich Durst!« Wie schön die vielen Eiswürfel in dem Glas klimperten. Ein paar Sachen aus der alten Heimat waren eben doch nicht zu verachten. »Sollen wir André einmal besuchen?«, fragte sie.

»Sollten wir tun. Wir sitzen hier nun schließlich alle eine Weile fest, wie es aussieht, nicht wahr?« Max nippte ebenfalls an seinem Eistee, den er in Ermangelung alkoholischer

Getränke in diesem Café schließlich auch bestellt hatte, und verzog das Gesicht. »Verfluchte Prohibitionsfolgen! Wie kann es denn ein Lokal ohne Wein geben? Kein Wunder, dass damals alle vernünftigen Leute nach Paris gegangen sind.«

Peggy lachte. »Wen meinst du denn mit vernünftig?«

»Ernest Hemingway zum Beispiel. Und die Fitzgeralds.«

Peggy ließ die Eiswürfel klimpern. »Aber jetzt sind eben alle hier«, sagte sie leise.

»Das ist wohl wahr. Einer der Wärter in Ellis Island, ein älterer Mann mit irischen Vorfahren, hat mir erzählt, wen er im Laufe seines Arbeitslebens schon alles ›eingecheckt‹ hat: vor Kurzem die Feuchtwangers und die Werfels, und über die Jahre vorher schon Thomas Mann und seine Familie und auch Friedrich Kiesler.«

»Kiesler. Richtig.« Warum war sie auf ihn nicht schon von ganz alleine gekommen? Wenn das nicht der richtige Kandidat war, um ihre Ausstellungsräume zu bauen, sobald sie ein geeignetes Objekt gefunden hatte! Sie dachte an die verrückten Bühnenausstattungen des Wiener Innenarchitekten mit den völlig überdimensionierten Pflanzen und an die futuristischen, runden Möbel, die er erfunden hatte wie den *Flying-Desk*-Schreibtisch, das *Daybed* und die *Party Lounge*. Kiesler! Natürlich. Er war verrückt und innovativ genug. Ihm traute sie zu, dass er den Besuch in ihrem Museum für alle Gäste zu einem unvergesslichen Erlebnis machen würde.

Ein noch wärmerer Wind fuhr durch die kleine Straße und ließ die Blätter der Linden rauschen.

»Jeder vernünftige New Yorker ist dieser Tage verreist.« Sie fächelte sich Luft mit der Serviette zu.

»Und wir nicht?« Max schaute sie auffordernd an.

Warum eigentlich nicht? Der Immobilienmakler war engagiert, um eine Wohnung und auch eine Lokalität für das Museum zu finden. Er war sicher erst einmal ein paar Wochen beschäftigt. »Meine Schwester Hazel hat uns nach Kalifornien eingeladen, als sie gehört hat, dass wir nach Amerika kommen. Hast du Lust hinzufahren?«

»Das fragst du noch?«

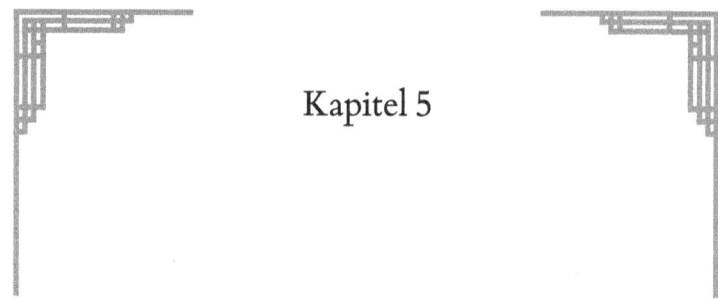

Kapitel 5

Peggy schloss gerade ihren Koffer mit den Sommerkleidern, Sonnenbrillen und Sonnenhüten, die sie bei Saks noch schnell für die Reise erstanden hatte, als das Telefon auf dem Nachttisch im Shelton Hotel klingelte. Der Portier kündigte ihren Immobilienmakler an und verband.

War er so schnell erfolgreich gewesen? Das war ja sagenhaft!

»Frau Guggenheim, ich habe zwei Nachrichten für Sie«, sagte er, und seine Stimme klang eher zaghaft als siegessicher.

Sie schwieg vorerst.

»Punkt eins: Bisher habe ich noch kein Wohnhaus für Sie finden können, aber ich bin guter Dinge, dass das bald klappt.«

Warum behelligte er sie mit dieser Null-Meldung? Das konnte doch nicht der Grund für seinen Anruf sein. »Wie schön«, sagte sie abwartend.

»Punkt zwei ist leider folgender: Ich muss Ihnen mitteilen, dass ich ab sofort kein Museumsobjekt mehr für Sie suchen kann.«

Sie setzte sich auf das Bett. »Wieso nicht? Haben Sie schon alles sondiert?« So schnell konnte er sich doch wohl nicht durch ganz Manhattan gearbeitet haben.

Er schwieg.

»Sind Sie noch dran?«, fragte Peggy nach einer Weile. Was war denn das für ein seltsamer Anruf?

»Ich bin auf Widerstände gestoßen.«

Sie fokussierte einen Punkt auf dem lindgrünen Brokatvorhang am Fenster. »Welcher Art?«

»Der Art, dass Hilla von Rebay mich und zahlreiche meiner Kollegen angerufen hat und uns eindringlich gewarnt hat, Ihnen ein geeignetes Objekt anzubieten«, sprudelte es aus ihm heraus.

»Wie bitte?« Das war wohl nicht sein Ernst! Sie hieb mit der Faust auf den Lederkoffer.

»Allerdings. Und so leid es mir tut, Frau Guggenheim, ich kann es mir nicht leisten, es mir mit Ihrem Onkel und der gesamten Upper East Side zu verscherzen. Ich habe Familie, wissen Sie. Eine Frau und vier Kinder. Draußen in Staten Island sind wir gerade in ein kleines, entzückendes Holzhäuschen eingezogen, das ich uns zusammengespart habe. Ich würde meiner Frau und den Kindern diesen Standard gerne erhalten.«

Peggy fuhr mit der flachen Hand über die Leinenbettdecke, die das Zimmermädchen bereits zur Nacht aufgedeckt hatte, betrachtete das fast fertige Reisegepäck, mit dem sie morgen nach Kalifornien aufbrechen wollten. Sie hatte gehört, was der Mann gesagt hatte. Aber konnte das denn wahr sein? Versuchte Tante Hilla ernsthaft so vehement, die Pläne ihrer Nichte zu zerstören? War denn in ihren Augen wirklich nicht Platz für zwei Guggenheim-Museen in der Stadt?

»Ich danke Ihnen für Ihren Anruf«, sagte sie zu dem Mann, den sie am anderen Ende der Leitung jetzt nervös an seiner Zigarette ziehen hörte. »Wenn Sie möchten, behalten Sie gerne den Auftrag, mir ein Wohnhaus in Manhattan zu besorgen. Um das Museum kümmere ich mich dann persönlich.«

Als sie aufgelegt hatte, sank sie auf das Bett. Hilla hatte also alle Immobilienmakler unter Druck gesetzt. Es war klar, dass sie gegen ihren und Sols Einfluss in der Stadt keine Chance hatte.

Die professionellen Makler fielen aus, dann musste sie es also alleine schaffen. Alleine – aber mithilfe eines guten Freundes.

Sie nahm den Telefonhörer noch einmal ab und ließ sich mit einer Nummer in Manhattan verbinden. Nach dreimaligem Klingeln ging er schon dran.

»Putzel, es gibt Probleme.«

Sie schilderte ihm die Misere und hörte sich seine spontanen Tiraden gegen ihren Onkel und Hilla einen Moment an, aber dann beendete sie das Gespräch und schloss ihren Koffer.

Wenn Tante Hilla Zeit hatte für solch einen Kleinkrieg, dann sollte sie doch ihre Energie da hineinstecken. Sie jedenfalls würde das nicht tun, sondern nun erstmal nach Kalifornien reisen.

Fast musste sie schon lächeln, wenn sie daran dachte, wie Hilla persönlich all die Makler angerufen hatte. Es gab natürlich immer die ungewöhnlichsten Wege, wie man sich richtig lächerlich machen konnte.

Kapitel 6

Kalifornien,
Sommer 1941

Am nächsten Morgen brachen sie auf. Laurence war mit Kay, Sindbad und den kleineren Kindern nach Rhode Island ans Meer gefahren. Peggy und Max nahmen Pegeen und Jimmy mit in den Westen. Beim langen Flug über den Kontinent klebten Peggy und Max bei freier Sicht am Fenster und genossen die Aussicht über die mosaikartigen Felder des Mittleren Westens und, nach einem Zwischenstopp in Reno, die beeindruckenden Salzflächen und das Blau und Lila des Salt Lake in Utah sowie die schroffen Felsen und den Schnee der Rocky Mountains.

»Das ist fast schöner als jedes Gemälde«, rief Peggy begeistert.

»Das meinst du nicht im Ernst«, sagte Max.

Sie tätschelte seinen Arm und blickte zu Pegeen und Jimmy hinüber, die grün um die Nase und mit Spucktüten auf ihren Plätzen saßen und wahrscheinlich verfluchten, dass sie mitgekommen waren.

»Weißt du, was wir tun sollten?«, wandte sie sich wieder an Max. Ihr war soeben beim Schauen in die Wolken eine geniale Idee gekommen.

»Noch so einen Gin Fizz bestellen?« Er schlürfte mit dem

Strohhalm das Cocktailglas leer. »Immerhin gibt es hier oben Alkohol, und sie müssen sich nicht an die Bundesstaatengesetze halten. Stell dir mal vor, wir flögen über einen strikten Nicht-Alkohol-Staat, und sie würden einem den Drink aus der Hand reißen.«

Peggy ging gar nicht darauf ein. »Stell du dir mal lieber Folgendes vor: Wir kaufen oder mieten nicht zwei separate Objekte, sondern eine enge Kombination aus Wohn- und Ausstellungshaus für uns und die Sammlung, wie fändest du das?«

»Du meinst, auf einigen Etagen wohnen die Bilder, auf den anderen wir? Sehr schöne Idee. Ich gehe dann gerne nachts in Pyjama und Pantoffeln hinunter und schaue mir die Werke meiner Freunde an.«

Peggy lachte. »Zum Beispiel. Und vielleicht sollten wir die Idee noch erweitern, indem wir nicht nur in New York nach so etwas suchen. Amerika ist schließlich groß.« Sie schaute aus dem Fenster, wo endlich die Strände und die Klippen der Pazifikküste auftauchten. Die Maschine drehte eine Schleife über der Golden Gate Bridge und der Bucht und setzte auf dem Flughafen von San Francisco auf. Das war ihr erstes Ziel. Denn Hazel hatte im letzten Moment ihr Angebot für einen Besuch bei ihr in L. A. nach hinten verschoben mit der Begründung, dass sie sich einer Nasenoperation unterziehen müsse. *La nouveau nez*, nannte Max sie nach dieser Nachricht nur noch, und Peggy lachte. Denn sehr traurig war sie über die sich dadurch verkürzende Besuchszeit bei ihrer Schwester nicht, hatte sie doch seit dem Vorfall mit Hazels Kindern damals in New York nie wieder ein besonders vertrauensvolles Verhältnis zu Hazel entwickeln können. Irgendwie fröstelte es sie immer ein wenig in ihrer Gegenwart.

So waren sie nun also frei, zu tun und zu lassen, was sie wollten.

In einem Restaurant neben dem Hotel gingen sie gleich am ersten Abend indisch essen, und Max lief rot an in seinem blassen Gesicht, weil er in seinem Curry zu viel Chili erwischte. Sie besuchten das Theater und natürlich die Museen. Und Peggy beauftragte auch hier einen Immobilienmakler mit der Suche nach einem Haus. San Francisco, Los Angeles oder dazwischen, ganz egal. Sie würden sich alles anschauen. Vielleicht waren sie schon bald Kalifornier? Gut vorstellen konnte sie es sich. Die Leute schienen hier deutlich entspannter zu sein als die stets durch die Straßen hetzenden New Yorker. Wie viel Zeit sie sich nahmen, um zu lächeln und zuzuhören, wenn man eine Bitte äußerte. Und dann erst die herrliche Sonne und das weite Meer! Das war schon ein wirklich schönes Fleckchen Erde.

»Erst wird mir in dem bescheuerten Flugzeug so schlecht, und jetzt schleppt ihr mich seit drei Tagen auch noch durch all die öden Museen!«, nörgelte Pegeen und fächelte sich Luft zu, als sie am vierten Tag im San Francisco Museum of Modern Art vor einem Totempfahl und einer Wand mit präkolumbianischen Masken standen. »Ich will endlich nach Hollywood. Wann fahren wir dorthin? Ihr habt es mir versprochen.«

Peggy seufzte. »Dein Schauspieler-Fimmel kann einem wirklich auf die Nerven gehen.« Wie gut, dass es dieses ganze Kinofieber damals in ihrer eigenen Backfischzeit noch nicht

361

gegeben hatte. Diese neumodische Industrie verdarb die Kinder wirklich. Ständig wollte Pegeen in solch ein dunkles Theater verschwinden, einen Film nach dem anderen schauen. Das war doch bestimmt nicht gut für die Augen und diese vielen wilden Geschichten, die gar nichts mit der eigenen Lebenswelt zu tun hatten, bestimmt nicht für die Psyche.

Auch Max drang nicht zu ihr durch. »Ihr jungen Leute guckt immer wie durch ein Schlüsselloch in andere Welten. Das ist doch nicht normal. Das kann doch nicht gut sein.«

»Ihr seid einfach zu alt dafür«, wehrte Pegeen ab. »Ihr versteht das nicht.«

»Du willst doch nur Cary Grant und Humphrey Bogart treffen«, zog Jimmy sie auf.

Sie knuffte ihn gegen den Arm. »Und wenn es so wäre?«

»Dann wäre es ganz und gar lächerlich. Denn mit einer dummen Schülerin kann nun gewiss niemand einen Staat machen.« Jimmy lachte.

»Du bist so gemein! Mama, Jimmy ist so gemein!« Sie stampfte mit dem Fuß auf.

»Bist du sechs oder fast sechzehn, mein Schatz?«, fragte Peggy sanft und versuchte Pegeen in den Arm zu nehmen.

Die befreite sich sofort. »Nur noch fünf Tage lang bin ich fünfzehn, Mama. Und ihr überlegt euch besser eine tolle Überraschung für meinen Geburtstag! In Hollywood! Hier in dieser tristen Stadt will ich ihn jedenfalls nicht verbringen!« Sie drehte sich um und stürmte aus dem Museum auf die Van Ness Avenue, Jimmy folgte ihr.

Max rollte die Augen. »Diese Launen zu ertragen, ist ja wirklich nicht so einfach.«

»Lass sie«, sagte Peggy. »Sie ist noch ein wenig verwirrt und

unsicher und muss ihren Platz hier drüben in Amerika schließlich erst finden.«

»Wie wir alle, nicht wahr?«, sagte Max leise. »Wie wir alle.«

Peggy nahm seine Hand und drückte sie, und gemeinsam
gingen sie hinter den Kindern her auf die sonnige Avenue.

Kapitel 7

Hollywood,
August 1941

Hazels Nase sah noch ein wenig verquollen aus, als sie ihre Gäste an der Haustür ihrer von Palmen umsäumten Villa empfing. Aber man konnte immerhin erkennen, dass es eine hübsche, kleine Nase war, die allerdings aus Hazel eine neue Frau machte. Immer wenn Peggy sie anschaute, erschrak sie, weil sie ein anderes Gesicht erwartet hatte. Die rötlichen Linien an den Augen verrieten, dass Hazel sich im Zuge der Nasen-OP gleich noch einer Augenliderstraffung unterzogen hatte. Und vermutlich hatte sie auch alles andere irgendwie nach hinten ziehen lassen, denn sie wirkte unnatürlich glatt für ihre achtunddreißig Jahre.

Pegeen lief sofort gespannt durch alle Räume der Villa, die Hazel mit ihrem neuen Ehemann Charles gerade erst bezogen hatte, als erwarte sie in jedem Sessel einen Filmstar.

Hazel lachte. »Ich nehme dich morgen mit zu einer Cocktailparty. Dort bestehen gute Chancen auf Kinohelden.«

Pegeen schien zufrieden und lieferte sich mit Jimmy im Garten ein Pingpong-Match, während Peggy und Max ihr Zimmer bezogen, das eine schöne Veranda hatte. Max baute dort sofort seine Staffelei auf und wollte nicht gestört werden. Und so hatte Peggy Gelegenheit, mit ihrer Schwester zu plaudern.

Nur worüber?

Sie bemerkte, wie fremd sie sich geworden waren in den Jahren, die sie sich nicht oder nur selten gesehen hatten. Und natürlich war da immer dieser Gedanke an …

»Ich freue mich sehr, dass ihr mich besucht«, sagte Hazel, als sie in der Küche standen und das Gemüse für das Abendessen schnitten. »Es besuchen mich nicht viele Leute, die mich lange kennen, weißt du.« Ihre Stimme war leise geworden. »Ich hoffe einfach, dass ich mit Charles nun eine neue Chance bekomme, ein neues Leben.« Ihr verquollenes Gesicht leuchtete auf. »Er ist so stark und ein toller Pilot.«

»Wird er für die Air Force auch in Kampfgebiete fliegen?«, hielt sich Peggy schnell an diesem Thema fest.

Hazel nickte. »Er geht bald nach Übersee.«

Peggy verfolgte, wie Hazels wohlmanikürte Hände mit dem Messer den Knoblauch und die Zwiebeln immer schneller hackten. Plötzlich rutschte sie ab und schnitt sich in den Zeigefinger. »Verdammt!« Es blutete stark.

»Wo hast du Pflaster?«, rief Peggy erschrocken und holte sie aus dem Verbandskasten im Wandschrank, wie Hazel es ihr gesagt hatte.

Ganz ruhig saß die Schwester auf dem Barhocker an der Küchentheke und ließ sich von Peggy verbinden.

»Das heilt ja wieder.« Sie schaute zu Peggy auf, Tränen in den Augen. »So etwas heilt wieder. So etwas schon.«

Peggy verstaute den Verbandskasten im Schrank. Und als sie zurückkam, stand Hazel an der Arbeitsplatte und schnitt mit der verbundenen Hand weiter.

Pegeen stieg die Treppe von ihrem Zimmer herunter in einem weißen Kleid mit so großem Rückenausschnitt, dass Peggy sich sehr beherrschen musste, es ihr nicht auf der Stelle zu verbieten. Aber immerhin war es ihr sechzehnter Geburtstag, für den sie sich so chic gemacht hatte. Denn sie luden sie ein ins Ciro's.

»Wenn ihr dort keinen Filmstar trefft, dann weiß ich es auch nicht«, hatte Hazel gesagt, die mit ihrem Mann an diesem Abend eine andere Verpflichtung hatte. Immerhin hatte sie Pegeen bei der Cocktailparty, zu der sie vor ein paar Tagen gegangen waren, schon Charlie Chaplin vorstellen können.

»Uralt war der, Mama. Uralt!« Pegeen hatte den Kopf geschüttelt.

»Na, hör mal. Der ist nur ein paar Jahre älter als ich«, sagte Max. »Bin ich denn uralt?«

»Na ja«, sagte Pegeen.

»Also passen wir dir nicht heute Abend als Begleitung in dieses schicke Restaurant, wir und Jimmy?«, fragte Peggy im Spaß.

»Ich kenne ja sonst niemanden, der mitkommen könnte.«

Max seufzte. »Na dann, auf einen vergnüglichen Abend!«

Doch der Abend gestaltete sich nicht so, wie Pegeen ihn sich vorgestellt hatte, sodass sie die gesamte Fahrt über zurück im Auto weinte.

Max fuhr schweigend. Peggy biss sich auf die Zunge, um nicht einen bösen Kommentar abzugeben. Sie hatten sehr hübsch gesessen in dem Lokal mit seinem komplett weißen Inventar, in dem die Kellner liviert servierten und eine Jazzcombo auf einer kleinen Bühne spielte. Das Essen war

hervorragend gewesen: Pazifikgarnelen in einer Knoblauch-
soße zur Vorspeise, ein wunderbarer Red Snapper als Haupt-
gang und hinterher der Brownie, von dem Pegeen schon in
Europa geträumt hatte.

Aber leider keine Filmstars. Kein einziger. Einige der Gäste
hatten sich zwar so gekleidet und gegeben, als seien sie einer.
Aber bei näherer Betrachtung hatten sie dem Test nicht stand-
gehalten.

Mühsam hatte Pegeen im Lokal die Tränen zurückgehalten,
hatte den Brownie tapfer verzehrt.

Aber nun im Auto war Schluss. Sie lag in Jimmys Arm und
heulte.

»Ich glaube, wir müssen für das Mädchen dringend eine
gute, strenge Schule an unserem neuen Wohnort finden«,
meinte Max. »Wo auch immer das sein wird.«

Peggy stimmte ihm innerlich zu, obwohl sie Pegeens Ent-
täuschung nachvollziehen konnte. Außerdem war sie erst
sechzehn. Und was hatte sie in diesem jungen Alter schon
alles ertragen müssen: die Scheidung der Eltern, die vielen
Schulwechsel, den Kriegsausbruch, die Flucht, nun die Ein-
gewöhnung in Amerika. Kein Wunder, dass sie ein wenig
durch den Wind war.

Das waren sie doch wohl alle. *Wo auch immer das sein wird,*
hatte Max gesagt. Immerhin schien er also weiterhin fest
davon auszugehen, dass sie zusammenblieben. Das war doch
schon mal eine Basis. Sie schaute zu ihm hinüber, wie er den
schweren Buick über die erleuchteten Boulevards von Hollywood lenkte. Eine Basis. Vielleicht ging es auch darüber hinaus. Vielleicht war er ja ein Mann zum Hei…?

»So gemein!«, kam ein Schrei von Pegeen von der Rückbank.

»So.« Sie hieb auf die Rückenlehne des Vordersitzes ein. »Ge. Mein.«

Peggy fuhr herum. »Jetzt ist aber Schluss, Pegeen. Wir hatten einen wunderschönen Abend und haben sehr gerne mit dir deinen Geburtstag gefeiert. Andere Kinder …«

»Mama, begreif es doch endlich: Ich bin kein Kind mehr! Und was andere machen, ist mir egal!« Ihre Stimme kippte, und sie schluchzte in Jimmys Sakko.

Der Buick röhrte durch die leere Straße und bog in Hazels Villenviertel ein. Sie mussten schnell ein Zuhause finden und einen einigermaßen geregelten Alltag entwerfen, dachte Peggy.

Schnell.

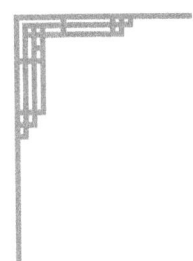

Kapitel 8

Malibu,
Ende August 1941

»Sie werden entzückt sein, M'am. Entzückt!« Die Immobilienmaklerin, deren brombeerfarbenes Kostüm in den Augen stach, schloss mit einem Schlüssel, der aussah, als ob Ludwig XVI. ihn in Versailles benutzt haben könnte, das schmiedeeiserne, verschnörkelte Auffahrtstor am Hang auf. Die dichte Kirschlorbeerhecke versperrte den Blick auf das Anwesen, das sich dahinter verbarg, bis sie eintraten.

»Bitte schön!« Die Maklerin strahlte sie an, als ob sie einen Palast präsentierte, der seinesgleichen suchte. Aber Peggy sah nur einen lang gestreckten Rohbau, aus dem einige Rohrstangen in die Luft ragten. Daneben türmten sich Erdberge auf. Der Hang hinter der Ruine war komplett verwildert. Ihn würde man nur mit einer Machete oder schweren Maschinen frei bekommen können.

Natürlich war der Blick auf die Stadt nicht zu schlagen, stellte Peggy fest, als sie sich umdrehte und Richtung Meer schaute, das unfertige Haus im Rücken. Wenn man die Ausstellungsräume und auch die Wohnräume so gestaltete, dass sie riesige Fensterfronten besaßen, dann hätte man im Haus stets ein besonderes Licht und eine freundliche Atmosphäre. Das wäre natürlich auch nicht zu verachten.

Sie liefen hinter der Maklerin her, die dieses und jenes anpries und dann auf einen großen Berg zeigte, der mit einer Plane abgedeckt war. Sie lüftete die Plane. »Hier haben wir noch etwas ganz Besonderes. Die Vorbesitzer hatten vor ihrer Pleite bereits für den Innenausbau diese wunderschönen mexikanischen Fliesen geordert. Sie wollten damit einen Großteil der Wohnräume auskleiden.« Sie nahm eine der bunten, in warmem Gelb, Rot und Blau verzierten Fliesen heraus und gab sie Max in die Hand.

Peggy sah sofort, wie Max' Augen zu leuchten begannen.

»Sehr schön, sehr schön«, sagte sie schnell. »Aber es ist noch so wahnsinnig viel zu tun.«

»Die Lage ist allerdings nicht zu schlagen. Sie sind hier nah genug an der Stadt, um Gäste in Ihr Museum zu locken. Und weit genug ab vom Schuss, sodass Sie auf diesem tollen Anwesen ein friedliches Familienheim führen könnten.« Sie machte eine weitschweifende Bewegung. »So ein Angebot gibt es nicht mehr häufig. Die meisten Hanggrundstücke sind weg.«

Max tastete mit dem Finger die Unebenheiten der Fliese ab und nahm sich noch eine zweite vom Stapel, die nicht ganz gleich aussah. Mit den Fliesen in der Hand lief er ins Innere der Ruine und hielt sie gegen die Wand.

Für ihn zum Arbeiten wäre das hier natürlich ebenfalls ein prachtvoller Ort, dachte Peggy. Keine Frage.

Aber wollte sie wirklich so viel Geld hineinstecken in einen Rohbau wie diesen? Am liebsten hätte sie ein fertiges Gebäude, das sie gleich in Beschlag nehmen konnten. Wenn so etwas überhaupt existierte. Denn sehr viele Leute, die so lebten, wie sie es nun vorhatten, gab es wohl nicht.

»Vielen Dank für Ihre Mühe!«, sagte Peggy zur Maklerin. »Wir denken darüber nach.«

Sie winkten ihr, die vor dem schmiedeeisernen Tor stehen geblieben war, bis die Straße eine Kurve machte.

Die ganze Fahrt zurück zu Hazels Haus sprach Max kein Wort.

Kapitel 9

Route 66,
Anfang September 1941

»Auf Wiedersehen, Santa Barbara, auf Wiedersehen, Malibu dahinten!« Peggy nahm den Arm wieder in den Wagen und drehte sich zu Pegeen und Jimmy auf der Rückbank um. »Wie schön das ist, dass wir nun quer durch das Land fahren. Das war wirklich eine gute Idee von dir, Pegeen.«

Sie hatten tatsächlich einen wunderschönen Urlaub in Südkalifornien verbracht, dachte sie. Aber einen Urlaub eben. Die Haussuche hatte kein Ergebnis gebracht. Und außerdem spürte Peggy tief im Inneren, dass sie an die Ostküste gehörte. So hatten sie beschlossen, nach New York zurückzukehren. Aber auf die langsame Art.

»Ich wollte nur nicht wieder kotzen müssen«, sagte Pegeen und kaute auf ihrem Kaugummi. »Mama, können wir dieses superneue Restaurant an der Strecke besuchen, diesen McDonald's Bar-B-Q? In San Bernardino ist das. Alle schwärmen davon.«

Peggy drehte sich nach vorne. »Du bist in diesen paar Wochen hier offensichtlich schon ziemlich amerikanisch geworden, liebe Tochter. Dieses Fleisch-auf-den-Grill-Hauen hast du in deinen Internaten in Europa jedenfalls bestimmt nicht kennengelernt.« Sie rümpfte die Nase. »Wir schauen mal, ob wir dort dann gerade Hunger haben. Wir haben schließlich eben erst gefrühstückt, und so weit ist es nicht bis San Bernardino, wenn ich das auf der Karte richtig sehe.«

»Mir ist es wichtig, dass wir das Hopi-Reservat besuchen und den Sonnentanz sehen«, sagte Max vom Steuer aus, den Ellenbogen lässig auf dem heruntergekurbelten Fenster. Irgendwie schien es ihm gut zu gefallen, in dem breiten Buick über den Asphalt zu gleiten.

»Aber bitte kauf denen nicht gleich wieder einen Marterpfahl ab wie diesen furchtbaren aus der Galerie in San Francisco«, sagte Pegeen. »Sonst muss er mit uns hier im Auto auf der Rückbank sitzen.«

»Das war kein Marterpfahl, sondern ein Totempfahl. Das ist ein großer Unterschied. Und er wird auch ganz ohne uns nach New York geschickt.«

Max' Stimme klang genervt. Peggy wusste, wie wichtig ihm die indianische Kunst und Kultur war. Gerade neulich hatte er ihr erneut versichert, dass sein Totemtier der Vogel sei. Und der beschütze ihn stets und auf allen seinen Wegen.

»Mal sehen, wer früher ankommt: der Marterpfahl oder wir!«, rief Jimmy, der den Kopf aus dem Fahrtwind wieder herein ins Innere des Buick zog. »Aber zum Grand Canyon fahren wir auf jeden Fall, oder?«

»Können wir dann auch einen Abstecher nach New Orleans machen und Jacqueline besuchen?«, fragte Pegeen, ohne die Antwort auf Jimmys Frage abzuwarten. »Immerhin haben wir sie seit der Ankunft in New York nicht mehr gesehen. Und ich möchte doch wissen, wie sie zurechtkommt.«

Peggy war sehr froh gewesen, dass Jacqueline Ventadour die Möglichkeit erhalten hatte, bei der Verwandtschaft in New

Orleans unterzukommen. »Abstecher ist gut! Es ist ein gewaltiger Umweg. Aber ich will Jacqueline auch gerne sehen, und mich interessiert die Stadt mit dem French Quarter und der schönen Musik sehr.«

Sie blickte zu Max hinüber. Der nickte.

Sie hatten Zeit. Es trieb sie nichts. Der Immobilienmakler in New York hatte noch kein Domizil für die Familie gefunden, wie sie einem Telegramm entnommen hatte, das er ihr vor ein paar Tagen zu Hazel geschickt hatte. Und Putzel hatte sich in Sachen Museumsimmobilie noch gar nicht gemeldet. Ob sie aber nun in New York Hotelkosten hatten oder hier in diesen Motels entlang der Strecke anhielten und schliefen, während sie auf gute Nachrichten warteten, das nahm sich nicht viel. Und so eine Abenteuerreise war doch deutlich spannender, als nur in der heißen Stadt herumzusitzen. Herumzusitzen und zu warten.

Auf ihr neues Zuhause.

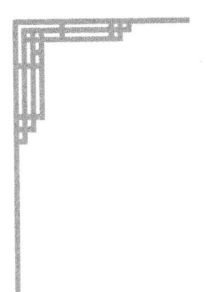

Kapitel 10

Grand Canyon,
September 1941

»Dieses Rot! Schicht für Schicht!« Max' Augen flitzten hin
und her über die steilen Felsformationen, die sich vor der
Aussichtsplattform erstreckten. »Dazwischen graugrün, lila,
braun, ocker, gelb, grau, weiß! Diese Schichten und Kanten!
Wie ein angebissener Baumkuchen! Kennst du Baumkuchen,
Peggy?« Er senkte den Blick. »Und dann dieser grüne Strom
dort unten! Sagenhaft!«

Peggy stand neben ihm und konnte seine Freude nur teilen.
Was war das für eine beeindruckende Landschaft!

»Sagenhaft! Und weißt du was? Ich hab das schon gemalt.«
Max' Stimme sprang fast über. »Peggy, ich hab das schon gemalt! Genau so. Ich hab das gemalt, weil ich diese Gegend
schon vor langer Zeit in meinen Träumen gesehen habe. Ich
kenne das hier!« Er fuhr sich mit der Hand in die Haare und
sprang auf und ab, dass Peggy schon Angst bekam, er käme
der Kante zu nah. »Ich wusste doch, dass ich mit der indiani-
schen Seele eng verbunden bin. Durch die Landschaft, durch
diese wunderschöne Landschaft!« Er breitete die Arme aus, als
wollte er den Himmel oder zumindest den Canyon umarmen.
»Ich bin ein Hopi!«

Ein Finger tippte Peggy auf die Schulter. »Mama, jetzt

habe ich Hunger. Gibt es hier nicht mal einen Hotdog oder so?«

Irgendwie war Peggy dankbar für die Unterbrechung und entfernte sich ein paar Schritte mit ihrer Tochter von Max. »Also wirklich, Pegeen. Deine neuen Essensvorlieben erstaunen mich doch sehr.«

»Wenn wir gestern schon nicht an dem Bar-B-Q-Grill angehalten haben, kaufst du mir dann jetzt wenigstens einen Hotdog?«

Sie sah aus dem Augenwinkel, wie Max sich neben der Kante in den Sand kniete und den Boden küsste, und lief schnell mit Pegeen zu dem silbernen Würstchenkarren am Parkplatz hinüber.

Praktisch waren sie natürlich schon, ihre Landsleute. Aber Stil war etwas anderes. Sie musste ans Café de Flore denken und an die Meeresfrüchte-Bars in Marseille. Sie kaufte den Kindern einen Hotdog und nahm selbst auch einen, während Max weiterhin verzückt an der Canyon-Kante entlanglief und mit sich selbst redete. Oder vielleicht auch mit den Kachina-Göttern oder Geistern der Hopi. Oder mit seinem Totem-Vogel. Sie lächelte. Diese Künstler waren aber auch zu putzig manchmal. Zu putzig. Wenn sie nur nicht auch so schwierig wären.

So schwierig.

Gerade heute Morgen im Motel hatten sie über das Thema Heirat gesprochen. Max hatte gesagt, er bleibe dabei, er fände die Ehe spießig und langweilig, sie töte jede Libido. Sie hatte gefragt, warum er denn dann schon zweimal verheiratet gewesen sei. Er hatte gesagt, man mache eben Fehler und lerne daraus.

Wir werden ja sehen, hatte Peggy gedacht, und sie hatten die Kinder gerufen, waren in den Buick gestiegen und diese Etappe hierher bis zum Grand Canyon gefahren. Ich muss mich doch mal über die Ehegesetze in den verschiedenen Bundesstaaten informieren, dachte Peggy, als sie das letzte Stück ihres Hotdogs kaute. Ich glaube fast, hier ist das letzte Wort noch nicht gesprochen.

Am Abend in einem weiteren Motel mit großen Leuchtbuchstaben an der staubigen Route, als sie gerade aus der fragwürdigen Dusche gestiegen war, in der sie zwei Kakerlaken von unglaublichen Ausmaßen totgeschlagen hatte, überkam sie die Sehnsucht nach New York. Sie ließ Max in dem Motelzimmer zurück und überquerte den Parkplatz zu der kleinen Rezeption mit der unsäglichen Holzlattenverkleidung an den Wänden und dem Tresen. Hinter diesem saß der Motelbesitzer mit einem Cowboyhut auf dem Kopf, obwohl jetzt am Abend und hier drinnen nun wirklich nicht die Sonne schien. Sie ließ sich von ihm ein Gespräch nach New York vermitteln.

»Putzel, gut, dass du gleich dran bist. Du meldest dich ja gar nicht.«

Er schwieg. »Nein.«

»Was heißt: nein?« Seine Stimme klang irgendwie komisch.

»Ja, nein eben. Ich melde mich nicht aus gutem Grund.«

Um Himmels willen. Wollte er etwa abspringen von ihrem gemeinsamen Vorhaben? »Der wäre?«, fragte sie vorsichtig.

Er seufzte. »Der wäre, dass ich leider keine guten Nachrichten habe. Peggy, es scheint, als habe deine Tante Hilla ganze Arbeit geleistet.«

»Inwiefern?«

»Ich kriege einfach keine Immobilien-Angebote. Es ist offenbar bekannt, dass wir beide befreundet sind. Auch wenn ich nicht damit hausieren gehe, dass wir zusammenarbeiten, scheinen es alle bereits zu wissen.«

»Und vermieten dir nichts mehr.« Peggy setzte sich auf den zerfledderten Hocker, der wohl schon manchem Gast beim Telefonieren als Sitzgelegenheit gedient hatte.

Das durfte doch nicht wahr sein!

Der Kühlschrank mit den Erfrischungsgetränken neben dem Holzcounter brummte. Putzel räusperte sich. »Es scheint, als sei Manhattan dicht.«

Peggy hatte natürlich gewusst, dass Onkel Sol und die Familie großen Einfluss in der Stadt hatten. Aber so großen? War die Stadt-Society denn wirklich noch so patriarchalisch ausgerichtet, dass sie, Peggy, als die verlorene Nichte, die zwanzig Jahre in der Ferne gelebt hatte, nun gar keine Chance mehr haben sollte, ins System zurückzukehren?

»Gehen wir auch nach Brooklyn oder sogar nach Hoboken, Peggy? Das müssen wir uns jetzt überlegen.«

Peggy sprang von dem Hocker auf. Der Mann hinter dem Counter zuckte zusammen. »Nichts werden wir! Keinen Zentimeter werden wir aus Manhattan weichen! Das ist doch Blödsinn, dass die Stadt zu klein für zwei Guggenheims sein soll.« Sie ballte die freie Faust. »Wenn die denken, sie kriegen mich aus dem Weg, dann haben sie sich getäuscht! Such weiter!« Damit knallte sie den Hörer auf die Gabel.

Der Mann schob den Apparat wieder auf seiner Ablage an den ursprünglichen Platz.

»Entschuldigung«, sagte Peggy und fuhr sich durch das Haar. Sie deutete auf das rot erleuchtete Diner auf der anderen Seite des Parkplatzes, in dem es wohl nicht viel anderes als ein Sandwich oder ein Steak geben würde. »Ist die Küche noch offen?«

»Natürlich, M'am«, sagte der Mann und wandte sich wieder seiner Zeitung zu. »Guten Appetit und gute Nacht.«

Kapitel 11

New Orleans, Louisiana,
Mitte September 1941

Die Luftfeuchtigkeit war kaum zu ertragen. Die Sümpfe, durch die sie vor der Stadt gefahren waren, hatten gesummt und gebrummt, als ob alle Mücken der Welt sich dort versammelt hätten. Aber hier, im alten Zentrum der Stadt, in der Bourbon Street, fühlte sich Peggy nun wohl. Sehr wohl sogar. Was war das auch für ein niedliches Viertel, dieses French Quarter. Sie hakte sich bei Max unter, und sie flanierten zwischen laut lachenden und redenden Familien und Pärchen, die nur übertönt wurden von einer Dixieband, die an der Straßenecke mit Banjo, Trompete und Schlagzeug für Stimmung sorgte, an den niedrigen, in Pastellfarben bunt angestrichenen Häusern vorbei. Auf den Veranden mit den filigranen eisernen Geländern standen Schaukelstühle und Bänke für die Gäste bereit. Ausrangierte Bourbonfässer dienten als Tische für die Drinks. Vor jeder dieser Kneipen wurden sie eingeladen einzutreten. Endlich entschieden sie sich für ein Lokal, das eine Balkonfront im ersten Stock hatte, sodass sie draußen sitzen und dem Treiben unten auf der Straße weiter zuschauen konnten.

»So eine Stimmung habe ich noch nie erlebt hier in meinem Heimatland«, staunte Peggy und konnte nicht genug bekommen von dem Anblick der friedlichen und fröhlichen Menschen, die die Straße bevölkerten, tanzten, sangen, tranken. »Das ist ja fast wie in Europa.«

»Hier gibt's eben nicht diese bescheuerten *drinking laws* wie sonst in fast allen Bundesstaaten.« Max blickte sich zufrieden um.

»Vielleicht auch ein Ort zum Niederlassen?«

»Das überlegst du neuerdings beinahe überall«, sagte Max kopfschüttelnd.

Jacqueline Ventadour jedenfalls war hier nun dank ihrer Verwandtschaft also heimisch geworden, dachte Peggy. Sie hatten sie im kleinen, aber feinen Haus ihrer Großmutter in einem Vorort der Stadt besucht. Sie bewohnte ein Zimmer, das die Oma ausgestattet hatte, als habe sie eine Siebenjährige erwartet. Peggy hatte geschmunzelt, als sie die rosafarbenen Vorhänge, die kleine Ballerinafigur und den gequilteten Bettüberwurf gesehen hatte. Jacqueline hatte ihr zugezwinkert, aber Peggy hatte in ihren Augen gesehen, wie dankbar und erleichtert sie war, hier einen solch sicheren Ort gefunden zu haben. Auch ihre Mutter hatte es aus Frankreich inzwischen herausgeschafft, und so führten die drei Frauen ein für diese Zeiten geruhsames Leben in dem alten Häuschen der Großmutter.

Eine resolute Frau war das, und sie hatte darauf bestanden, ihnen eine echte Südstaatenplantage vor der Stadt zu zeigen. Pegeen war natürlich Feuer und Flamme gewesen, denn sie hatten in einem Filmtheater in Hollywood gerade erst *Vom Winde verweht* ausgesessen − vier Stunden lang. Peggys Po hatte geschmerzt, während sie Scarlett O'Haras und Rhett Butlers Qualen verfolgt hatte. Aber Pegeen zuliebe − »Acht

Oscars und zwei Ehrenoscars hat der Film letztes Jahr gewonnen, Mama!« – hatte sie durchgehalten, bis Rhett Scarlett endgültig verließ.

Und tatsächlich war das Plantagengebäude, das sie nach einer etwa einstündigen Fahrt durch die Baumwollfelder erreicht hatten, ein Traum in Weiß gewesen mit hohen Säulen auf der Vorderterrasse, umstellt von knorrigen Eichen, an denen Spanisches Moos wie in langen grünen Gardinen hinunterhing. Es hatte dort eine kleine Teestube gegeben, die selbst gebackene Mandeltörtchen, reich belegte Sandwich-Ecken und Blaubeermuffins mit Eistee und Kaffee auf der Veranda servierte. Peggy hatte bemerkt, dass Pegeen sich sofort wie eine echte Südstaatenschönheit gefühlt hatte.

Aber – sie blickte über das schmiedeeiserne Geländer auf die überfüllte Bourbon Street, durch die sich Menschen aller Couleur und Herkunft schoben – diese Atmosphäre hier heute Abend im French Quarter entsprach ihrem eigenen Geschmack doch sehr viel mehr. Gut, dass Pegeen und Jimmy bei Jacqueline geblieben waren. So hatten Max und sie endlich einmal einen Ausgehabend zu zweit. Noch dazu in dieser atemberaubenden Stadt. Welch seltenes Geschenk!

Max trommelte den Takt der Musik mit, während er die Speisekarte studierte. Er entschied sich für ein Rindersteak vom Grill. Peggy nahm die Jambalaya, die hatte sie schon immer einmal probieren wollen. Und als der Kellner sie servierte und der Duft von geschmorter Paprika, Huhn, Shrimps und Chili zu ihr aufstieg und sie den dampfenden Reis dazu sah, da wusste sie, dass sie eine gute Entscheidung getroffen hatte.

Max inspizierte ihren Teller etwas skeptischer. »Das sieht

mir aus wie ein gewöhnlicher Eintopf, den ich von meiner Mutter noch kenne. Der kam bei uns zu Hause in Brühl oft auf den Tisch, bloß ohne Shrimps.«

»Es ist auch nichts anderes als ein Eintopf.« Peggy kaute zufrieden und genoss den vollen Geschmack nach Fisch und Fleisch und die prickelnde Schärfe. »Er ist traditionell kreolisch und stammt aus der Zeit, wo man alles, was man nur bekommen konnte, in den Topf warf. Manchmal sogar Alligatorenfleisch.«

Max schaute noch genauer hin. »Das ist aber heute wohl nicht dabei.«

»Ganz ausschließen kann ich das nicht.« Peggy lachte und trank einen Schluck von dem hervorragenden Chardonnay, den der Kellner ihnen angeboten hatte. »Französische, afrikanische und karibische Einflüsse kommen hier in der Gegend aufs Beste zusammen.« Sie schlang beinahe, so gut schmeckte ihr die Jambalaya. »Was meinst du nun? Sollten wir uns hier niederlassen?«

»War das etwa ernst gemeint vorhin?« Er schaute sie erstaunt an. Dann grinste er. »Meinst du vielleicht, das ist eine gute Idee, damit auch noch deutsche und Ostküsten-Snob-Einflüsse hier in der Stadt dazukommen? Ich könnte kulinarisch zum Beispiel einen Schweinebraten beisteuern.«

»Ostküsten-Snob? Ich bitte dich!« Peggy schmunzelte. »So hat mich noch niemand bezeichnet.« Sie winkte dem Kellner, um noch ein Glas Chardonnay zu bekommen. »Ich sehe mich eigentlich eher als halbe Französin, so lange, wie ich dort drüben gelebt habe. Als Pariserin, wenn du so willst.«

Und ganz plötzlich war die Hochstimmung verflogen. Sie aßen schweigend weiter, bis Max seinen Teller als Erster von sich schob und sich zurücklehnte. »Wir werden bald eine Entscheidung treffen müssen. So geht das nicht weiter, das Wanderleben. Ich brauche einen festen Platz zum Arbeiten, an dem ich mich konzentrieren kann und von dem ich weiß, dass er jeden Morgen da ist, wenn ich ihn aufsuche. Mir fehlt die stetige Arbeit, weißt du?«

Wem sagte er das, dachte Peggy. Sie sehnte sich ebenfalls zurück nach den Tagen in der Guggenheim Jeune, wo sie morgens um neun die Tür aufgeschlossen hatte, wo Wyn wenig später mit einem freundlichen »Guten Morgen« erschienen war und wo sie Ausstellungen vorbereitet, mit Künstlern verhandelt und mit der Presse gesprochen hatten. Sie brauchte wieder etwas ganz Ähnliches – einen festen Platz für ihre Sammlung, die sie der Öffentlichkeit nun endlich präsentieren wollte. Putzel hatte ihr inzwischen telegrafiert, dass der Zoll die Fracht freigegeben hatte und sie sie in einem Lagerhaus abholen könne, wann immer sie wolle. Sie konnte es kaum abwarten, das zu tun – wenn sie nur endlich eine geeignete Stätte für sie gefunden hatten.

Das Jambalaya war auf einmal sehr matschig und der Reis kalt. Sie schob den Teller weg und trank den Chardonnay aus. »Gehen wir?«

Max nickte. »Aber eines müssen wir noch tun, solange wir hier sind.«

»Und das wäre?«

Er reichte ihr die Hand über den Tisch, und sie standen auf. »In eine richtige Jazzbar gehen, in der so eine Band wie die da unten spielt, und mal wieder ordentlich tanzen.«

Peggy lachte. »Du willst tanzen? Na, dann nichts wie los!«

Kapitel 12

Lagerhaus, Staten Island, New York,
Oktober 1941

»Hier entlang, M'am«, sagte der Beamte und schritt vor ihr
her durch die hohe Halle, die voll gestellt war mit Holzkisten
und Kästen in allen Größen, mit Autos, Schränken, Sesselgarnituren, Gerüststreben, Paketen und gerollten Teppichen.
Ein ausgestopfter Kakadu auf einem Holzstumpf hockte auf
dem Schreibtisch des Beamten, als er sie die Papiere unterzeichnen ließ. Es hatte ein wenig mehr gekostet, als sie geplant hatte, aber sie hatte schon damit gerechnet, dass einige
der Skulpturen Schwierigkeiten machen würden. Doch die
Hauptsache war nun: Die Sammlung war komplett gerettet!

»Lassen Sie Ihren Lastwagen bitte an dieses hintere Tor
heranrollen. Das öffnen wir für Sie, und Sie können Ihre
Waren einladen und wegschaffen.« Er streichelte dem Kakadu
über den gelben Kamm. »Gut, dass Sie nun gekommen sind.
Manch ein schönes Stück wird hier nämlich vergessen.« Er
nahm die Hand vom Vogel und setzte leise hinzu: »Oder der
Eigentümer schafft es nicht mehr, seinen Gütern hinterherzureisen.« Er stand auf und begab sich zum Tor, um es zu öffnen.
»Auf Wiedersehen, M'am. Und alles Gute!«

Peggy drehte sich zu ihren Kisten um. Da standen sie. So,
wie sie sie in Grenoble mit René gepackt hatte. Wie es ihm

wohl ging am Strand von Martinique? Ob er überhaupt jemals dort angekommen war? Schnell lief sie zum Tor, um zu schauen, ob Max mit dem gemieteten Lastwagen schon kam. Sie winkte ihn ein, und gemeinsam mit zwei Lagerhausarbeitern hievten sie Kiste um Kiste, Möbelstück um Möbelstück auf die Ladefläche.

Als sie nach über einer Stunde endlich die Plane verzurrten und Max mit dem Lastwagen losfuhr, setzte Peggy sich in ihren kleinen blauen Talbot, der die Überfahrt ebenfalls gut überstanden hatte. Sie startete ihn, er funktionierte einwandfrei, und so brauste sie hinter Max her in ihr neues Familiendomizil – denn der Makler hatte endlich etwas gefunden.

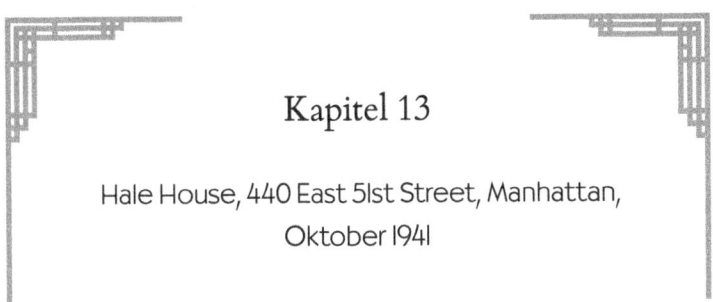

Kapitel 13

Hale House, 440 East 51st Street, Manhattan,
Oktober 1941

Das alte Sandsteinhaus direkt am East River war einfach perfekt! Als der Makler Peggy zum ersten Mal hineinführte, hatte
sie gleich gewusst: Das ist es! Sie hatte den Blick durch die
Halle schweifen lassen, die sich über zwei Etagen erstreckte
und einen großen offenen Kamin beherbergte sowie einen
innen liegenden Balkon auf halber Höhe, auf dem ein Knaben-
chor Platz gehabt hätte. Die Fenster und die vorgelagerte Terrasse erlaubten einen herrlichen Blick auf den Fluss, und es
war genug Platz für alle da: Pegeen bekam die erste Etage, in
der sich auch die große Küche befand und die Gästezimmer.
Max und Peggy bewohnten die zweite Etage, in der neben
dem großen Schlafzimmer mit Bad auch noch das helle, luf-
tige Atelier von Max mit angeschlossener Terrasse zum Fluss
bereitstand.

Noch perfekter wäre es freilich gewesen, wenn Peggy hier
auch ihr Museum hätte einrichten können. Aber dafür reichte
wiederum der Platz nicht ganz. Und es gab eine Nutzungsver-
ordnung, die es in diesem Teil der Stadt verbot, ein Museum
zu betreiben. Also hatten sie beschlossen, erst einmal privat
einzuziehen und die Sammlung hier unterzustellen, bis ein
geeignetes Haus für das Museum gefunden war.

»Wie wunderschön das hier ist«, sagte Max, als sie nach der Ankunft von der Lagerhalle auf der Terrasse im zweiten Stock standen und auf den East River schauten. »Hier werde ich sehr gut arbeiten können.«

Peggy gab ihm einen Kuss auf die Wange. »Das hoffe ich doch. Und mir tut die Atmosphäre auch gut.« Sie nahm seine Hand. »Endlich haben wir ein Heim.«

»Wir haben ein Heim. In Amerika.« Er schüttelte den Kopf, als könne er es immer noch nicht ganz glauben.

»Jetzt, wo wir sesshaft sind, sollten wir da nicht auch in anderer Hinsicht Ernst machen?« Solange man nicht zusammenlebte, war eine Liebschaft vielleicht in Ordnung. Aber wenn man ein Dach über dem Kopf teilte und das Bett – sollte da nicht doch Schluss sein mit der wilden Ehe?

Er entzog ihr seine Hand. »Du weißt, wie ich zum Thema Hochzeit stehe. Und dabei bleibe ich.« Er drehte sich weg und ging ins Atelier, um seine Malsachen auszupacken und die Staffelei aufzubauen.

Peggy wandte sich wieder dem Fluss zu und verfolgte mit den Augen ein Frachtschiff, das geschäftig und stetig seine Spur zog. Sie war eine unabhängige Frau. Das war auch gut so. Aber Max wohnte nun bei ihr. Irgendwie konnte sie nicht anders, als das als falsch zu empfinden, solange sie nicht verheiratet waren. Es fühlte sich einfach nicht vollkommen an. Vielleicht kam da doch noch die Erziehung ihrer traditionell denkenden Mutter durch. Vielleicht wollte sie einfach Klarheit für ihr Leben. Sie war nun dreiundvierzig Jahre alt. Es war wohl an der Zeit, zur Ruhe zu kommen. Allerdings schien das mit einem solchen Mann fast unmöglich zu sein.

Sie verließ die Terrasse und ging an Max vorbei, ohne noch

einmal das Wort an ihn zu richten; er packte weiter schweigend aus und ordnete seine Farbtuben. Vielleicht war es ganz gut, dass er sich so sträubte, dachte sie. Alles andere würde am Ende noch mehr Probleme bereiten als diese Konstellation jetzt hier in Hale House, so unkonventionell sie auch erscheinen mochte.

Sie begab sich ins Erdgeschoss, wo die Packer die Kisten mit der Sammlung abgestellt hatten, und machte sich daran, sie auszupacken. Wenigstens ein paar Stücke wollte sie hier aufhängen und mit ihnen leben. Bis sie in das perfekte Museum umziehen würden, mit dem sie New York und die Welt erstaunen würde. Und Tante Hilla und Onkel Sol sowieso. Leider war Putzel bislang immer noch nicht erfolgreich gewesen mit seiner Suche. Aber wenn sie etwas finden würden, dann wäre es allemal besser als ein ehemaliges Autohaus! Sie schmunzelte, als sie an Max' verächtlichen Ausruf »Bauer-Haus!« dachte. Sie hatten wirklich schon vergnügliche Zeiten durchgemacht – und schwere, wenn sie an Marseille dachte, an das Warten, an die Ungewissheit, an die bohrende Angst.

In guten wie in schlechten Zeiten.

Sie hielten doch auch so zusammen. Vielleicht war das mit der Ehe also doch gar nicht nötig.

Kapitel 14

Die Swing-Musik der Band, die auf dem Balkon auf halber Höhe spielte, war so laut, dass die Konservendosen, die an dem ausladenden Kronleuchter in der Hallenmitte als Lampenschirme dienten, schaukelten. Vielleicht wackelte der Leuchter aber auch vom Gestampfe und Gehopse der gut fünfzig Gäste, die bereits in ausgelassener Stimmung tanzten.

Peggy bahnte sich mit einem Tablett Kanapees den Weg durch die wogende Menge, weil ihr die bestellten Servicekräfte zu langsam arbeiteten. Max thronte in dem potthässlichen Lehnsessel, der fast drei Meter hoch war und den er vor ein paar Tagen, ohne sie zu fragen, angeschleppt und in der Halle aufgestellt hatte. Wie ein König saß er dort und hielt Hof, auch wenn er sich mit den ihn umringenden Bewunderern wegen der lauten Musik anschreien musste.

Bevor sie die Kanapees auf das Büfett stellen konnte, fing André Breton sie ab und umarmte sie stürmisch.

»Das ist die beste Einweihungsparty, bei der ich seit Langem war«, rief er. »Aber weißt du, es ist überhaupt eine der ersten Partys nach der Flucht. Und sie sind alle hier! Tout Paris!« Er küsste Peggy auf die Wange und tanzte weiter zu seiner Frau, die in einem Kostüm erschienen war, das noch aus ihrer Zeit als Unterwassertänzerin zu stammen schien, denn es erinnerte, so grün schillernd wie es war, an eine Meerjungfrau.

Breton torkelte noch einmal zu Peggy zurück: »Lass uns später *La Jeu de la vérité* spielen!«, sagte er mit leuchtenden Augen.

»Also, André, ich glaube, das passt heute nicht so gut«, sagte sie schnell.

Sie hatte keine Lust, mit der New Yorker Kunstszene das Wahrheitsspiel zu spielen, bei dem man über seine Sex-Abenteuer ausgefragt wurde und nicht lügen durfte, sonst warteten furchtbare Strafen wie zum Beispiel, dass man die Augen verbunden bekam und raten musste, welcher der Gäste einen küsste. Dieses Spiel hatten sie in Paris zu wirklich später Stunde öfter gespielt, allerdings in deutlich kleinerem Kreis.

»Es ist deine Party«, sagte Breton, und es klang ein wenig eingeschnappt. Aber schon tanzte er wieder zu seiner Frau und wiegte sich mit ihr selbstvergessen im Takt der Musik.

Peggy stellte die Kanapees ab, auf die sich einige von Bretons surrealistischen Jüngern sofort stürzten. Sie erinnerte sich, wie all diese Männer an dem Abend mit Tanguy im Les Deux Magots an den Lippen ihres Meisters gehangen hatten. Tanguy und die Sage hatten es heute Abend leider nicht geschafft zu kommen, dafür war aber Alfred Barr, auf den sie sehr neugierig gewesen war, der Einladung gefolgt. Er war mit seiner Frau und einem großen Strauß Lilien erschienen, und Peggy hatte erstaunt festgestellt, dass er mit seinem weißen Bart aussah wie Abraham Lincoln und höchst korrekt gekleidet war in einem sehr teuren Anzug. Mädchenpensionat und Millionärsjachtklub – jetzt wunderte es sie nicht mehr so sehr, wie bieder sein Museum aussah. Sie jedenfalls würde das ihre ganz anders gestalten. Ganz anders! Sie lächelte, als sie daran dachte, dass sie bald, sehr bald Friedrich Kiesler aufsuchen wollte, um ihn zu überzeugen, für sie zu arbeiten. Wenn sie nur endlich die richtige Stätte für ihr Museum gefunden hätte. Putzel hatte von zwei Lofts gesprochen, die er besichtigt hatte, die allerdings beide zu klein gewesen waren. Wo blieb er eigentlich heute Abend? Vielleicht hatte er inzwischen ja schon etwas Neues entdeckt, von dem er berichten konnte.

»Meine Liebe!« Djuna kam auf sie zu und umarmte sie. »Wie schön, dass wir uns endlich wiedersehen. Und auf der richtigen Seite des Ozeans, wie wir nun wissen.« Sie boxte Peggy gegen den Oberarm. »Als du mich vor zwei Jahren in den Dampfer gesetzt und weggeschickt hast, war ich ganz schön sauer. Aber der Lauf der Geschichte gibt dir recht.« Sie nahm sich ein Glas Champagner vom Tablett der vorbeieilenden Servicekraft.

Peggy zog die Augenbrauen hoch. »Hast du das jetzt besser im Griff?«

»Du meinst das?« Sie zeigte auf das Glas. »Und wie.« Sie stürzte den Inhalt hinunter. »Zwei am Abend sind mein Limit. Danach gehe ich einsam schlafen in meinem kleinen Kämmerlein.« Sie kicherte und deutete zu Max auf seinem Thron hinüber. »Aber du hast es in deinem Kämmerlein zurzeit nicht so einsam, wie ich sehe.«

»Djuna! Red nicht so ordinär. Das geht dich gar nichts an.«

»Entschuldige mal, wenn du deine Eroberung hier so thronen lässt mitten im Raum, wie soll das mich und ganz New York nichts angehen, bitte schön?« Sie wurde ernst. »Aber Peggy, als deine alte Freundin rate ich dir: Pass bitte auf dich auf. Auf dich und dein Herz. Ich sehe in den eisblauen Augen dieses Mannes nicht dein Glück. Ehrlich nicht.«

Musste Djuna denn sofort wieder anfangen zu stänkern, sobald sie sich sahen? Die lange räumliche Trennung von der Freundin war eigentlich ganz angenehm gewesen, stellte Peggy nun fest. Durch die monatlichen Überweisungen hatte sie natürlich oft an Djuna gedacht. Doch diese Kommentare nun schon wieder, diese nagenden Bemerkungen, die hatte sie tatsächlich nicht vermisst. »Was macht die Arbeit, Djuna?«, wechselte sie das Thema, um die Freundin zu ärgern.

Aber Djuna lächelte. »Ich sitze an einem neuen Roman und komme gut voran, danke der Nachfrage.« Sie legte einen Arm um Peggy; ihr Atem roch doch schon ziemlich nach Champagner. Möglicherweise war das wohl nicht ihr erstes Glas heute Abend gewesen. »Was macht eigentlich Wyn? Kommt sie auch rüber, oder harrt sie in der englischen Provinz aus?«

Peggy zuckte die Schultern. »Wenn sie hier wäre, hätte sie sich sicher gemeldet. Aber ich habe nichts mehr von ihr gehört, seit ich Yew Tree Cottage im Sommer aufgegeben habe.«

»Sie wird sich schon durchschlagen. Kompakt genug ist sie ja.« Djuna lachte über ihren eigenen Witz und schaute sich um. »Aber jetzt muss ich mal für kleine Schriftstellerinnen. Wo ist das hier?«

Peggy deutete ihr den Weg und verfolgte, wie sich der aufwendig montierte Turban seinen Weg durch die Menge bahnte, als sie plötzlich etwas Feuchtes an ihrer Wade spürte, als ob jemand diese ableckte. Sie fuhr herum.

»Nicht, Kachina, nicht!«, hörte sie Putzels Stimme und sah ihn am Boden kauern neben einem entzückenden weiß verstrubbelten Hund, einem Lhasa-Terrier. »Kachina ist sehr verschmust, weißt du?« Putzel kam hoch, der Hund schaute durch seine Haarmähne zu ihnen herauf.

Peggy kniete sich neben ihn und streichelte sein weiches Fell. »Ist der süß. Bist du jetzt auf den Hund gekommen?«

»Es ist ein Mädchen. Und sie ist für dich! Mein Willkommensgeschenk im neuen Heim.«

Peggy fuhr hoch. »Was?«

»Aber natürlich. Ihr braucht doch ein wenig Leben in der Bude hier. Nur ihr zwei und Pegeen und ab und zu Sindbad, wenn er mal zu Besuch kommt. Ich will doch nicht, dass euch langweilig wird.«

»Aber ...« Kachina saß ganz ruhig da, lächelte Peggy an und wedelte mit dem Schwanz.

»Und so ein Hund will spazieren gehen. Ich dachte, das wäre ein zweites Argument für Kachina. Schließlich werden wir alle nicht jünger, nicht wahr?«

»Charmant wie immer.« Peggy lachte.

»Also nimmst du sie?« Putzel hielt ihr die Leine hin.

Peggy zögerte, dann nahm sie sie entgegen. Vielleicht versüßte diese neue Mitbewohnerin ihr wirklich die Zeit hier in Hale House, das zugegebenermaßen ziemlich schwer und alt wirkte.

Sie hockte sich neben Kachina und streichelte sie. Die Hündin leckte ihr die Wange und verfing sich dabei fast in Peggys Ohrgehänge.

»In Ordnung, Howard. Ich wäre alleine nie darauf gekommen, aber es ist eine schöne Idee.«

»Nicht wahr?« Er lachte. »So und nun werde ich etwas trinken. Hab ganz schön geschwitzt, ob du sie magst.« Er wischte sich mit einem Taschentuch über die Stirn. »Bei der

Immobiliensuche bin ich übrigens an etwas ganz Tollem dran. Ich kann dir schon bald sagen, ob es klappt.«

Peggy nickte abwesend, denn Kachina lächelte so ein schönes Hundelächeln und legte den Kopf schief, wie um zu sagen: Spielst du mit mir? Das konnte sie nun natürlich nicht, sondern sie musste sich um ihre Gäste kümmern. Gerade wollte sie sich an einen befreundeten Rechtsanwalt wenden, als hinten am Büfett ein Tumult ausbrach.

»Sie Schwachkopf!«, hörte sie eine Männerstimme laut und deutlich.

»Selber Schwachkopf!«, schrie ein anderer Mann zurück.

Wenn sie das richtig sah, waren das ein berühmter Verleger und ein Kunsthändler, die da mitten in der Halle aufeinander losgingen. Schon flogen die Fäuste, die Kapelle auf dem Balkon verstummte, man hörte nur die Schreie der beiden Kämpfenden und die Hiebe. Sie sah, wie Jimmy blitzschnell zur Wand lief, um den Kandinsky zu retten und auch ein Bild seines Vaters, denn nun spritzte sogar Blut.

Peggy rannte auf die Kontrahenten zu und brüllte sie an. War denn das die Möglichkeit, was fiel diesen beiden Wüstlingen ein? Sie kannte solche Vorfälle ja noch aus der Guggenheim Jeune. Aber nun hier in ihrem privaten Heim war ihr das wirklich zu viel. Auch wenn der Alkohol in Strömen floss, war das doch kein Grund, sich zu benehmen wie dahergelaufene Eckensteher. Diesen Verleger und diesen Kunsthändler – diese beiden Individuen würde sie von ihrer Gästeliste für immer streichen.

Endlich erhob sich auch Max von seinem Thron und schritt ein, indem er sich von hinten an den Verleger hängte und ihm die Arme umklammerte; Jimmy tat es ihm beim Kunsthändler nach. Die Männer schrien sich weiter an und mussten auf die Straße gebracht werden.

Die Gäste begannen ihre Handtaschen und Jacken einzusammeln und sich zu verabschieden. Die Party war beendet. Und als Peggy aufgeräumt hatte und noch eine Runde mit Kachina um den Block drehte, hoffte sie sehr, dass diese Prügelei gleich bei der ersten Feier im neuen Heim kein allzu schlechtes Omen war für die vor ihnen liegende Zeit in Hale House.

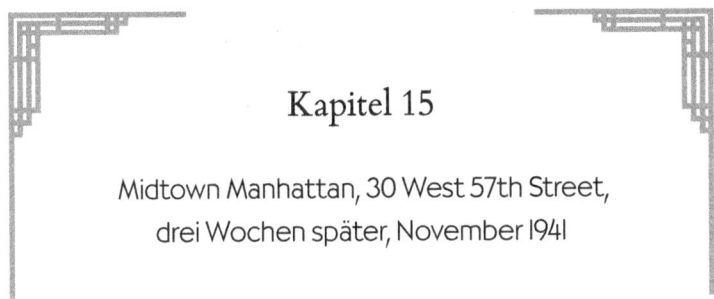

Kapitel 15

»Wie gut, dass du gleich kommen konntest!« Putzel umarmte Peggy wie eine verlorene Tochter. »Du glaubst gar nicht, wie froh ich bin, dir dieses Objekt jetzt zeigen zu können!« Er nickte ganz aufgeregt. »Es ist perfekt, es ist einfach perfekt. Du wirst sehen.«

Peggy schaute an dem unscheinbaren Backsteingebäude hinauf. »Was war das hier einmal?«

»Schneiderwerkstätten. Deshalb sind die Räume auch groß und luftig.« Er machte sich daran, den richtigen Schlüssel zu finden, und steuerte auf die Eingangstür zu.

Peggy blieb einen Moment in der Mitte der Straße stehen und blickte sich um. Keine Galerie weit und breit. Gleich die nächste Querstraße war die Fifth Avenue, dort brauste der Verkehr. Erst dahinter, in der östlichen 57th Street, befanden sich die eingesessenen Kunsthändler. Hier dagegen sah sie einen Hutmacher und einen Juwelier auf der einen Seite im Nachbarhaus, ein Korsagengeschäft auf der anderen. Und ein großes Modekaufhaus gegenüber. Ob das wirklich das richtige Umfeld war? Andererseits war es sicher auch nicht ganz verkehrt, nur zwei Blocks vom Central Park entfernt zu sein, vier Blocks vom MoMA. Und drei von Onkel Sols Bauer-Haus.

»Komm rein«, Putzel drückte endlich die Tür auf. »Es ist ein Loft im sechsten Stock über zwei Etagen.«

»Im obersten Stockwerk?« Wie sollte die Laufkundschaft sie da jemals finden? Das war doch verrückt! Sie seufzte. Aber immerhin hatte er nun endlich einmal etwas anzubieten, was von der Größe und der Lage passte. Tante Hilla hatte in der New Yorker Immobilienbranche tatsächlich ganze Arbeit geleistet. Doch in diesen ehemaligen Schneiderwerkstätten schien sich für Peggy nun endlich doch noch eine Chance zu bieten.

Einen Rundgang war es auf jeden Fall wert.

Der Lift quietschte und knarrte und roch ziemlich muffig; offenbar hatte das Gebäude länger leer gestanden. Mit der Geschwindigkeit einer Weinbergschnecke brachte er sie ächzend in den sechsten Stock.

Als sich die Türen öffneten, erblickte Peggy einen riesigen Raum mit großer Fensterfront nach Norden und ein paar eisernen Trägersäulen. Die blanken Backsteine der Wände zeigten bis an die Decke Spuren von Schränken, die dort wohl einmal zum Lagern der Stoffballen gestanden hatten. Peggy konnte sich vorstellen, wie hier die Frauen, Nähmaschine an Nähmaschine, gesessen hatten, sie hörte das Rattern der Nadeln und sah die Vorarbeiterin durch die Reihen gehen.

»Weißt du, für wen sie hier genäht haben?«

Putzel schüttelte den Kopf. »Vielleicht für die großen Kaufhäuser auf der Fifth Avenue. Es gibt ja einige New Yorker Manufakturisten.« Er drehte sich im Kreis. »Aber erkennst du in diesen Räumen nicht das Potenzial für dein Museum? Spürst du nicht die gewachsene Atmosphäre? Siehst du die gestalterischen Möglichkeiten, die du hier noch ganz frei hast?«

Peggy verschränkte die Arme und schritt die Etage ab. Sie war wirklich groß. Mit der zweiten Etage dazu wären die Räumlichkeiten auf jeden Fall groß genug. Und was die Gestaltung anging – da musste sie wirklich zugestehen, dass sich hier alles Mögliche umsetzen ließ. Sie dachte an die surrealistischen Ausstellungen in Paris und London, die sie gesehen hatte. An die Räume und Nischen und Lichteffekte, die dort gebaut worden waren. Keine Frage, da ließe sich sehr, sehr viel gestalten, hier in diesen luftigen Etagen.

Und die Lage war gut. Die Lage war einfach gut.

Sie drehte sich zu Putzel um. »Weißt du was? Ich mache das! Ich habe ein gutes Gefühl dabei.«

Putzel strahlte und umarmte sie. »Da hast du eine kluge Entscheidung getroffen. Ich mache mit dem Eigentümer gleich einen Termin.«

Eine kluge Entscheidung, das will ich meinen, dachte Peggy und lächelte den ganzen Weg zurück nach Hause. Das war der perfekte Standort. Er würde Tante Hilla sehr ärgern – und sie würde die Räume so gestalten lassen, dass sie einmalig und sensationell erschienen.

Sie wusste auch schon genau, wer ihr dabei am besten helfen konnte. Friedrich Kiesler.

Kapitel 16

Hale House, 440 East 51st Street,
Dezember 1941

Wie sich herausstellte, war Kiesler gerade mit zahlreichen anderen Projekten beschäftigt und würde erst im Frühjahr Zeit für den Ausbau haben. Max tröstete die enttäuschte Peggy, aber sie merkte, dass er angespannt und mit seinen Gedanken eigentlich woanders war. Inzwischen arbeitete er jeden Tag wie besessen in seinem Atelier. Auch heute, an diesem ruhigen 7. Dezember, war er nach einem kurzen, schweigsamen Frühstück in der Küche vor ein paar Minuten hinaufgegangen – in seinem Hausanzug, den er nur noch ablegte, wenn er einen Termin in der Stadt hatte. Manchmal sah sie tagelang nur diesen samtroten Hausanzug, der schon etliche abgeschabte Stellen aufwies. Aber natürlich war Max hier zu Hause. Er konnte tun und lassen, was er wollte. Peggy hätte sich nur gewünscht, dass er sich ein wenig mehr Mühe gab. Und sie hätte sich gewünscht, dass er nicht so abweisend gewesen wäre, sondern sie an seinen Gedanken hätte teilhaben lassen.

Aber sie hatte ohnehin Besseres zu tun, als ihrem Mann, wie sie ihn heimlich nannte, auch wenn sie immer noch nicht verheiratet waren, Kleider- und Verhaltensvorschriften zu machen.

Sie wollte einen aktuellen, einheitlichen Katalog von ihrer

Sammlung erstellen, jetzt, wo die Räume für das Museum gefunden waren. Je länger sie in der Stadt war und je mehr Ausstellungen und Galerien sie besuchte, desto mehr Kunstwerke entdeckte sie nämlich, die unglaublich gut in ihre Sammlung passten, ja, die sogar definitiv dort hineingehörten. So hatte sie bereits mehrere Picassos gefunden, die sie einfach hatte haben müssen: *Der Dichter* von 1911 und *Badende mit Spielzeugboot* von 1937 hatte sie erst letzte Woche gekauft. Gerade gestern hatte sie noch ein nagelneues Mobile von Calder erstanden. Sie wollte all diese Neuerwerbungen, aber auch die alten Stücke, die sie bereits in Grenoble fotografiert hatte, noch einmal einheitlich durchkatalogisieren und das Ganze zu einem wirklich einzigartigen Buch über die Kunst des jetzigen Jahrhunderts zusammenstellen – mit Essays über die unterschiedlichen Stilrichtungen und ausführlichen Porträts der Künstler.

Sie war ganz aufgeregt, wenn sie daran dachte, wie das fertige Buch aussehen könnte. Für das Vorwort hatte sie Mondrian gewinnen können. Breton wollte einen Essay über die Entwicklung des Surrealismus schreiben. Und den Einband würde Max gestalten. Das Ganze wollte sie dann im Museum präsentieren und verkaufen.

Sie setzte sich an ihren Schreibtisch, den sie in der Halle von Hale House aufgestellt hatte, und zog den Text über Tanguy heraus, an dem sie gerade arbeitete. Kachina sprang auf ihren Schoß und wollte gekrault werden. Sie konnte sich ohnehin nicht richtig konzentrieren. Immer wieder sah sie Max in seinem Samtanzug vor sich, sah sein abwesendes Gesicht beim Frühstück und vermisste zumindest ein paar freundliche Worte von ihm.

Um sich abzulenken, schaltete sie das Radio ein und lauschte der klassischen Musik ihres Lieblingssenders – als das Programm plötzlich unterbrochen wurde und ein Moderator in hörbar verstörtem Zustand ans Mikrofon kam. Er atmete schwer, seine Stimme klang beinahe hysterisch. Nach ein paar Worten wusste Peggy, warum.

»Meine Damen und Herren, soeben hat der Verteidigungsminister in Washington bekannt gegeben, dass unsere Kriegsflotte in der Bucht von Pearl Harbor auf O'ahu, Hawaii, von japanischen Kampfbombern angegriffen und schwer beschädigt worden ist. Die Zahl der Toten steht noch nicht fest, wir halten Sie weiter auf dem Laufenden.«

Peggy lehnte sich auf ihrem Schreibtischstuhl zurück und schloss die Augen. Nun war es also so weit. Die USA würden in den Krieg aktiv eingreifen müssen, da führte wohl kein Weg mehr dran vorbei.

Was machte das mit Max? Er war nun nicht mehr nur ein Ausländer, sondern einer, mit dessen Heimatland sich die USA in Kürze offiziell im Krieg befinden würden. Sie sah ihn vor sich, wie er in seinem roten Samtanzug oben im Atelier friedlich malte, den East River vor Augen. Würden die Behörden ihn nun noch einmal genauer ins Visier nehmen? Ohne offiziellen Anschluss hier drüben, beruflich oder familiär, wäre er in so einem Fall völlig verloren. Sein Englisch war so schlecht, dass er einem langen Verhör unmöglich folgen, geschweige denn korrekte und unverdächtige Antworten geben konnte. Sein Aufenthaltsstatus war temporär und konnte jederzeit geändert werden.

Sie scheuchte Kachina von ihrem Schoß, nahm die Leine und lief mit ihr zum Fluss. Sie musste nachdenken.

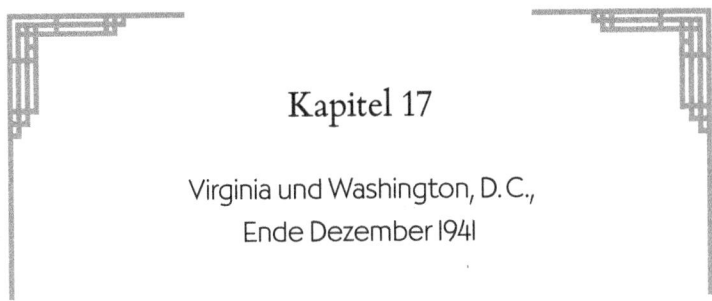

Kapitel 17

Virginia und Washington, D.C.,
Ende Dezember 1941

»Hiermit erkläre ich Sie zu Mann und Frau. Sie dürfen die Braut jetzt küssen.«

Der Richter lächelte Max zu, und Max beugte sich zu Peggy herüber und gab ihr einen Kuss, der sich so weich und warm und lieb anfühlte, dass Peggy glauben wollte, dass nun alles gut würde.

Sie war nun Frau Ernst, wie lustig das klang. Peggy Ernst. Peggy Marguerite Ernst. Aber sie würde sich im geschäftlichen Umfeld weiter Frau Guggenheim nennen, überlegte sie, während sie sich von dem Richter verabschiedeten und das Amtsgebäude verließen.

Sie waren gestern Abend in den kleinen Ort in Virginia kurz vor der Stadtstaatsgrenze von Washington, D.C., gereist, nachdem die Behörden in Maryland, wo sie es zuerst versucht hatten, die Scheidungspapiere von Max' erster Ehe nicht anerkennen wollten, weil sie auf Deutsch waren und sie sie nicht lesen konnten. In New York hatten sie es gar nicht erst probiert, denn dort hätten sie garantiert zu viel Pressewirbel erzeugt.

Peggy erstaunte es immer noch, wie populär Max war. Es war ihnen in den vergangenen Wochen auf den Straßen von

New York des Öfteren passiert, dass ein Fotoreporter vor einem Restaurant, in dem sie gegessen hatten, bereitgestanden hatte. Einige Interviews hatte Max in Kulturzeitschriften und im Radio gegeben, und gemeinsam waren sie sogar für die *Vogue* fotografiert worden – auf dem Schoß Kachina, die auf dem Bild aus irgendeinem Grund wirkte, als ob sie die gleiche Frisur wie Max hätte. Peggy hatte sehr gelacht, als sie das bemerkt hatte. Max nicht. Er hatte sich über seine Haare gestrichen und war gleich am nächsten Tag zum Friseur gegangen.

»Zur Feier des Tages lade ich dich groß zum Essen ein«, sagte Max nun und nahm ihre Hand. »Lass uns nach Washington hineinfahren und ein schönes Restaurant aussuchen.«

Mit Blick auf den Potomac saßen sie wenig später in einem wunderbaren französischen Lokal. Max bestellte einen Bordeaux, Foie gras und eine Seezunge, und es war fast wie in Paris.

»Wie wird es nun weitergehen?«, fragte Max, nachdem sie eine Weile über seine Arbeit geredet hatten und über die Bilder, die er in der letzten Woche an einen Kunsthändler verkauft hatte.

»Du meinst mit uns beiden?«

Er schüttelte langsam den Kopf. »Ich meine: Hat Sindbad schon seinen Musterungstermin?«

Peggy zog sich der Magen zusammen. Sie legte ihr Besteck weg und schüttelte den Kopf. »Jimmy?«

Max verneinte und spielte mit dem Brotmesser.

Sie tranken den Bordeaux und schauten schweigend auf den Potomac, der breit, ruhig und dunkel sein Band durch die Hauptstadt zog.

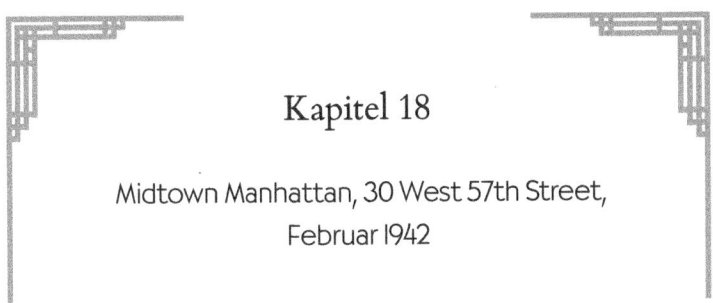

Kapitel 18

Midtown Manhattan, 30 West 57th Street,
Februar 1942

Der kleine Mann mit den über die Glatze gekämmten Haaren
kam auf sie zugewieselt. In seinen Augen sah sie schon sein
Feuer. Er trug einen Anzug und Schlips, wie es sich wohl für
einen hoch angesehenen Dozenten an der Juilliard School of
Music und an der Columbia University gehörte, doch sein
Körper schien sich darin eingezwängt zu fühlen, so zappelte
er.

In wienerisch geprägtem Englisch sprudelte Friedrich
Kiesler sofort los: »Wichtigste Sache, Frau Guggenheim,
wichtigste, grundlegende Sache: Bilder müssen ohne Rahmen präsentiert werden. Immer ohne Rahmen. Rahmen sind
grausam. Trennen nur den Betrachter vom Kunstwerk, schaffen Distanz. Wie eine Schranke. Schranken müssen weg.« Er
trippelte in den ersten Raum, als sie im sechsten Stock aus
dem Fahrstuhl stiegen, und blieb stehen: »Wunderbar, ganz
wunderbar!«

Er stand ganz still und ließ nur die Augen wandern. Peggy
wagte nicht, ihn mit einer Frage zu belästigen, und wartete
ab. Er war nun mal der Beste. Beste waren meistens nicht
einfach. Sie erinnerte sich an seine legendären Schaufenster-
dekorationen bei Saks Fifth Avenue in den Zwanzigerjahren,

als er als junger Mann nach New York gekommen war. Menschentrauben hatten sich vor diesen Mini-Bühnenbildern versammelt. Die meisten seiner echten Bühnenbilder am Broadway hatte sie verpasst, weil sie in Europa gewesen war. Aber selbstverständlich hatten Freunde davon berichtet, und sie hatte die Fotos in den Zeitungen gesehen. Seine Möbel waren natürlich herausragend. Sie sollte sich auch endlich so ein *Daybed* anschaffen, wie sie es neulich einmal bei Freunden in der Wohnung gesehen hatte.

»Ich sehe mit Stoff bespannte, konkave Wände«, sagte Kiesler. »Ich sehe Lichtinstallationen, die die Bilder aufleuchten lassen.« Er wandte sich Peggy mit funkelnden Augen zu. »Ich sehe futuristische Schaukelstühle. Was ist Ihre Lieblingsfarbe, Frau Ernst?«

»Guggenheim. Bleiben wir doch bitte bei Guggenheim.«

»Natürlich, Entschuldigung.«

»Türkis.«

»Ich sehe türkisfarben gestrichene Fußböden. Was ist Ihnen bei Ihrem Museum besonders wichtig?«

»Nun ja, ich würde gerne so viele meiner Kunstwerke wie möglich der Öffentlichkeit zugänglich machen. Sie haben so recht, wenn Sie sagen, wir sollten Barrieren abbauen. Kunst ist schließlich für alle da, und alle sollen so nah herankönnen wie möglich.«

»Sie gefallen mir. Sie gefallen mir.« Er machte sich ein paar Notizen auf seinem kleinen Block, den er aus der Hosentasche gezogen hatte. »Hab schon ein paar Gedanken dazu, ein paar Gedanken.« Er zog weiter in den nächsten Raum, und sie hörte wieder nur: »Wunderbar, wunderbar.« Und: »Genau so machen wir's, genau so.«

Sie lächelte. Sie hatte den richtigen Architekten gewählt. Mal sehen, was er sich alles überlegen würde. Seine Entwürfe sollten die Besucher einladen, sich hineinzustürzen und eine Beziehung zuzulassen mit den Kunstwerken. Keine Schranken, hatte er gesagt. Ganz genau. Es musste endlich Schluss sein mit dieser elitären Kunstauffassung und dem kleinen abgeschlossenen Kunstzirkel. Kunst war für jeden da. Für jeden.

Sie folgte Kiesler in den nächsten Raum, wo sie ihn wieder mit sich selbst reden hörte, und verfolgte, wie er sich eifrig Notizen machte.

Aber was war mit den Menschen, die zur selben Zeit, in der sie hier über Wandbespannungen und futuristische Lampen nachdachten, damit beschäftigt waren, um ihr Leben und ihre Freiheit zu kämpfen? Drüben in Europa. Konnte man in solch einer Zeit eigentlich ein Museum eröffnen?

Sie drehte sich zu den bodentiefen Loftfenstern und schaute über die Dächer der Stadt. Ein Stück vom grünen Dach des Plaza-Hotels konnte sie von hier sehen.

Man konnte, und man musste sogar – um dem Überleben und der Zukunft einen Ausdruck zu geben! Deshalb sollte es eben nicht ein Museum im Sinne der Konservierung der Vergangenheit sein, sondern ein symbolischer Raum für den Blick nach vorne. Eigentlich sogar ein Begegnungszentrum für Künstler, in dem sie neue Ideen entwickeln würden. Künstler aus Amerika, aber auch Künstler aus Europa, die selbst Symbole des Überlebens waren. Sie alle sollten sich hier wohlfühlen, sich anregen lassen von den Werken und natürlich der originellen Architektur des wieselnden, kleinen Mannes, der nun zu ihr zurückkam, den Block in der Hand.

»Ich werde mit ein paar Mitarbeitern wiederkommen

zum Vermessen. Und dann mache ich mich ans Zeichnen der Pläne.« Seine Augen leuchteten. »Sie dürften gespannt sein!«

»Das bin ich.« Peggy lächelte, und sie hätte ihn irgendwie gerne in den Arm genommen, aber das ziemte sich natürlich nicht. »Ich freue mich sehr auf Ihre Ideen, Herr Kiesler.«

»Das will ich doch hoffen. Und übrigens, Frau Guggenheim, ich finde es bemerkenswert, dass Sie das hier alles durchziehen wollen – auch gegen den Willen Ihrer Familie. Ich muss Ihnen sagen, dass ich tatsächlich überlegt habe, ob ich Ihren Auftrag annehmen soll.« Er nickte eifrig. »Aber wissen Sie, dann habe ich gedacht: Wenn ich es mir nun dadurch mit dem alten Guggenheim-Clan verscherze, dann schadet das auch nichts. Ich gehe lieber mit den Zukunftsliebenden als mit den Konservativen. Und Sie, liebe Frau Guggenheim, scheinen mir so eine zu sein, die mehr in der Zukunft lebt als in der Vergangenheit.«

Peggy lächelte. Das war aber freundlich, dass er das von sich aus thematisierte. Sie hatte schon befürchtet, dass er ganz und gar unbedarft an die Sache herangegangen war und demnächst vielleicht seine Meinung geändert hätte und abgesprungen wäre. »Danke, lieber Herr Kiesler. Ich gebe mir Mühe!«

Kiesler grinste. »Tun Sie das. Ich tue es auch!«

Damit verließen sie das Loft, fuhren mit dem Werkstattlift nach unten, und Friedrich Kiesler tänzelte die Straße hinunter zur Fifth Avenue und bog ab Richtung Park, wo er, wie er sagte, beim Eichhörnchenbeobachten am allerbesten nachdenken konnte.

Kapitel 19

West llth Street, Greenwich Village,
Frühjahr 1942

Kiesler war also dran, das war gut, dachte Peggy. Aber der
Katalog! Fast alle Texte waren fertig. Allerdings kamen diese
ihr auf einmal furchtbar fad und öde vor, als sie sie im Ganzen durchlas. Das waren ja nur sture Auflistungen der Lebens-
läufe der einzelnen Künstler, ihrer Werke und ihrer Aus-
zeichnungen! Wie langweilig. Andrés Essay ließ auch noch
auf sich warten, Mondrians Vorwort sowieso. Sie sollte nun
wenigstens zu André gehen, um ihn ein wenig anzutreiben.
Und vielleicht hatte er noch eine Idee, wie man den Katalog
etwas aufpeppen konnte.

Sie pfiff nach Kachina, die von ihrem Körbchen in der Halle
sofort aufsprang, und gemeinsam liefen sie den gesamten Weg
von Hale House nach Greenwich Village zu Fuß. Spazierengehen in Manhattan – das war doch stets das Allerbeste, um
den Kopf frei zu bekommen und neue Ideen und Kraft zu
sammeln. Die konnte sie, mal ganz abgesehen von den Sorgen um den Katalog, sehr gut gebrauchen. Sindbad hatte beschlossen, sich freiwillig zum Militärdienst zu melden. Peggy
hatte vergeblich versucht, ihm das auszureden. Sie hatte ar-
gumentiert, er könne sich doch auch hier in verschiedenen
Komitees engagieren, das habe vielleicht sogar einen noch

größeren Hebel als ein einzelner Soldat dort drüben an der Front. Aber Sindbad hatte darauf bestanden zu kämpfen. Für die Freiheit und gegen die Nazis, Mama. Sie wusste nicht genau, ob das vielleicht der verständlichste, aber unerträglichste Satz gewesen war, den sie in ihrem Leben bisher gehört hatte. Wann er gehen würde, stand noch nicht fest. Momentan verbrachte er jede freie Minute mit seiner neuen Freundin, einer Ostküstenschönheit aus den Hamptons, deren Gekicher und Sprachmelodie Peggy jedes Mal auf die Palme brachten.

Gleichzeitig gestaltete das Eheleben sich auch nicht so harmonisch, wie sie es sich gewünscht und erhofft hatte. Der Hausanzug wurde selten gewaschen, und Max malte und malte und tauchte höchstens in der Küche auf, wenn er Hunger hatte. Ansonsten war die Tür zu seinem Atelier verschlossen. Und selbst wenn er in der Küche ein Sandwich schmierte oder in den Topf schaute, was Peggy gekocht hatte, war die Anzahl seiner Worte überschaubar. Ja, er ging ab und zu mit Kachina eine Runde, nahm teil an den spontanen Partys, die oft abends in Hale House stattfanden, wenn André oder ein anderer alter Pariser Freund mit einigen weiteren Freunden unangemeldet vor der Tür stand und um ein Glas Whiskey bat. Whiskey gab es in Hale House selbstverständlich immer, genauso wie Kartoffelchips. Und wie Peggy gehört hatte, nannte man das Haus in der Stadt inzwischen schon den »Pariser Salon«. Sehr beliebt war besonders die Telefonkabine, die sie in der Eingangshalle installiert hatten. Während der Partys saß ständig irgendjemand darin, und es hatte sich eingebürgert, an den Wänden Telefonnummern, Notizen und Namen zu notieren. Peggy war dagegen nicht eingeschritten, war es doch irgendwie auf eine gewisse Art bohème. Das Einzige, was sie störte, waren die hohen Telefonkosten, auf denen sie sitzen blieb. Die Gäste hatten selbstverständlich kein Geld, aber Freunde und Verwandte in der ganzen Welt.

Endlich erreichte sie die 11th Street, in der André und seine Familie wohnten, und fand die Hausnummer 265, ein typisches Backsteinhaus. Die weiße Eingangstür war mit schönen Intarsien geschmückt. Wann André wohl endlich einmal Englisch lernte, dachte sie, als sie die Stufen hinaufstieg. Er musste doch hier ankommen. Allerdings sprachen alle um ihn herum natürlich Französisch, warum sollte er sich da bemühen. Peggy hätte es nur schön gefunden, wenn er es wenigstens versucht hätte. Schließlich zahlte sie ihm monatlich zweihundert Dollar während dieser Eingewöhnungszeit, so hatten sie es vereinbart. Die Frage war: Wie lange sollte diese Eingewöhnungszeit noch gehen?

»Komm schnell rein, Peggy. Wir haben gerade eine schöne Bouillabaisse auf dem Herd«, sagte Jacqueline und zog sie in die enge, aber helle und freundliche Wohnung.

Aube sah Kachina und kam sofort angerannt, um sie zu streicheln. André stand am Fenster und rauchte.

»Wenn ich die Augen ein wenig zusammenkneife und durch den Rauch schaue, dann sieht die Aussicht vor dem Fenster fast nach den Dächern von Paris aus«, sagte er und gab Peggy die üblichen Begrüßungsküsschen auf die Wangen. »Was führt dich her?«

Sie setzten sich auf die Couch. Kachina legte sich müde vom langen Laufen mit allen vieren von sich auf den Dielenboden. Aube quetschte sich zwischen sie auf das Sofa und nahm ihre Buntstifte wieder auf, die sie bei Kachinas Anblick hatte fallen lassen.

»Schau mal, Peggy, das habe ich vorhin gemalt«, sagte das Mädchen. »Es ist das Schiff, mit dem wir gekommen sind.«

»Das ist sehr schön geworden«, sagte Peggy und bewunderte die große Rauchwolke und die vielen Bullaugen.

»Und jetzt male ich das Schiff, mit dem wir wieder zurückfahren«, sagte Aube.

Jacqueline klapperte sehr laut mit dem Geschirr, als sie begann, den Tisch zu decken. André nahm Aube in den Arm.

»Was kann ich für dich tun?« Er schaute Peggy an.

»Zum einen dein Essay, von dem wir gesprochen haben.«

»Bin dran, bin dran«, sagte André. »Und ich habe auch schon eine wunderbare Idee für die Gestaltung: Wir drucken ihn in Grün.«

»In Grün?« Was das wieder kosten würde!

»In Grün. Das ist schließlich meine Markenfarbe.« Er nickte begeistert.

»Zum anderen«, ohne darauf einzugehen, zog Peggy die französischen Texte des Katalogs aus der Umhängetasche und warf sie auf den Couchtisch, »catastrophe! Das ist so langweilig. Hast du eine Idee, wie wir das spannender kriegen?«

André zog sich ein paar der Texte heran und schüttelte kurz darauf den Kopf. »C'est grave. C'est grave.«

»Das weiß ich selber, dass das schlimm ist. Deshalb bin ich ja hier.«

André überlegte einen Moment, dann sprang er auf. »Zwei Sachen: Wir brauchen Zitate von den Künstlern, in denen sie etwas zu ihren Werken oder etwas Gesellschaftsrelevantes oder meinetwegen auch etwas Anstößiges geäußert haben.«

Peggy nickte langsam.

»Und zweitens: Wie wäre es, wenn wir jedem dieser Texte

ein Foto des Augenpaares des Künstlers voranstellen? Nur die Augen. Das macht es gleich prägnant und spannend.«

Brillant! Natürlich würde das den Charakter des ganzen Katalogs verändern. »Perfekt! So machen wir es.« Sie zögerte. »Allerdings sind nicht alle diese Künstler hier in Amerika, sodass wir nicht die Augen fotografieren können.«

André zuckte die Schultern. »Umso besser. Wo wir sie nicht bekommen, da malen wir sie halt oder überlegen uns etwas anderes. Je abwechslungsreicher es wird, desto besser.«

Peggy lehnte sich auf der Couch zurück. »Es ist doch gut, wenn man solch künstlerisch begabte Freunde hat.«

»Du hast doch sogar einen künstlerisch äußerst begabten Ehemann«, sagte Jacqueline vom Tisch aus. Und die Frage schwang mit: Warum steuert der denn nicht solche Ideen bei zu deinem Katalog?

Weil er sich in seinem Atelier einschließt und kaum mehr als drei Worte in der Woche mit mir spricht, dachte Peggy. »Er gestaltet mir den Umschlag«, sagte sie. Wenn er das denn mal endlich tat. Bisher hatte sie noch nichts davon gesehen.

»Hast du schon einen Titel?«, fragte André. »Wie soll der Katalog denn heißen?«

Peggy lächelte. »Das ist einfach: *Art of this Century* natürlich, schließlich geht es um die Kunst dieses Jahrhunderts.«

»Wirst du dein Museum dann auch so nennen, also, wenn Kiesler jemals zu Potte kommt?« Er grinste.

Das war eigentlich eine famose Idee. »Na klar!«

»Essen ist jetzt fertig!« Jacqueline zog einen Stuhl am Tisch für Peggy hervor. »Setz dich, und genieße diese kleine Reminiszenz an Südfrankreich, meine Liebe.« Sie gab ihrem Mann einen Kuss auf die Wange. »Und du auch, mein Schatz.«

Und zwei Chablis später fühlte es sich so an, als wäre der Katalog quasi schon ein großer Erfolg geworden. Ihr Ehemann war der liebste und interessierteste der Welt und würde mit Sicherheit zu Hause an der Tür auf sie warten und sie in die Arme schließen, sobald er den Schlüssel im Schloss hörte. Er würde ihr sagen, wie sehr er sie liebte, und ihr dann freudig den perfekten Entwurf für den Katalogumschlag präsentieren.

Beschwingt trat sie mit Kachina auf die 11th Street, überlegte kurz, ob sie noch einen kurzen Stopp bei Djuna am Patchin Place beinahe gleich um die Ecke einlegen sollte. Doch dann entschied sie sich dagegen. Die Freundin würde nur wieder etwas zum Nörgeln an Max finden und sie aus ihrer Hochstimmung reißen. Und die wollte sie sich jetzt erstmal nicht so schnell verderben lassen. Nicht so schnell. Sie beschleunigte ihre Schritte und folgte Kachina, die schon eifrig schnüffelnd in die Bleecker Street eingebogen war.

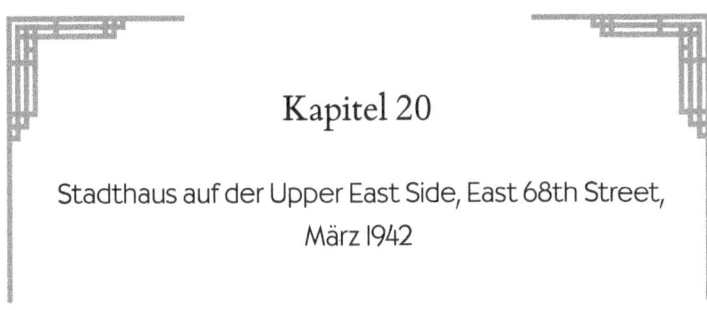

Kapitel 20

Stadthaus auf der Upper East Side, East 68th Street,
März 1942

Das Ehepaar Reis öffnete fast sofort die Tür, als Peggy und
Max geklingelt hatten. Hinter ihnen sah Peggy schon die
Leute tanzen, die Swing-Musik spielte laut. Bernard Reis im
Smoking hielt wie immer seine Zigarettenspitze aus Horn, in
der eine glimmende Zigarette steckte. Becky zog sich ihre
Lorgnette vor die Augen, um Peggys beinahe handtellergroße
Ohrgehänge besser betrachten zu können.

»Was soll da drauf gemalt sein? Etwa die Schmuddelszene,
die ich vermute?«

Peggy lachte. »Siehst du nun gut durch deine zwei Guck-
löcher, oder etwa nicht?«

»Also ja. Von Tanguy?«

Peggy nickte.

»Kommt rein.« Sie zogen die Freunde in die Wohnung.
»Später erwarten wir noch einen ganz besonderen Ehrengast.
Ihr werdet euch sehr freuen!«

»Wir freuen uns auch ganz ohne Ehrengast, bei euch zu
sein«, erwiderte Max und wirkte tatsächlich so entspannt wie
selten in letzter Zeit.

Peggy wusste, dass er Bernard und Becky sehr gerne hatte.
Dass Lipchitz ihnen vor Kurzem Bernard als Steuerberater

415

und Anwalt empfohlen hatte, war wirklich ein Glücksfall gewesen.

»Was macht dein Museum?«, wandte sich Bernard an Peggy, als er sie mit einem Mint Julep versorgt hatte und Max mit Becky bereits in Richtung Büfett unterwegs war.

Max hatte wieder den ganzen Tag gearbeitet, und Peggy hatte nicht gesehen, ob und wann er sich in der Küche etwas zu essen gemacht hatte. Wahrscheinlich hatte er es vergessen. Er hatte gerade eine sehr produktive Phase, machte viele Collagen und malte in Öl. Sie freute sich für ihn, aber sie war ein wenig traurig, dass er sie nie malte. Pegeen hatte er schon porträtiert und viele Leute aus ihrem Bekanntenkreis. Aber Peggy nicht. Natürlich durfte sie ihm seine Modelle nicht vorschreiben, ermahnte sie sich wieder einmal. Vielleicht würde er sie ja irgendwann einmal mit einem Bild überraschen.

Sie konzentrierte sich wieder auf Bernards Frage und erzählte ihm den Stand der Planung mit Kiesler, seinen verrückten Ideen und den ersten Abrechnungen, die sie von ihm bekommen hatte und die leider schon jetzt vermuten ließen, dass der Architekt sein Budget überziehen würde.

Bernard lachte. »Das kommt davon, wenn man mit Künstlern arbeitet.« Dann wurde er nachdenklich: »Steuerrechtlich hätte es übrigens Vorteile, wenn dein Museum nicht nur gemeinnützig wäre, sondern du dort auch etwas verkaufen würdest. Dann könntest du Kosten zur Pflege und Erhaltung deiner Sammlung absetzen.«

Peggy sah ihn erstaunt an. Das würde natürlich vieles erleichtern. Neben den Baukosten, die Kiesler nun verursachte, kam die nicht zu knappe Miete auf sie zu. Und ein paar

Mitarbeiter bräuchte sie auf lange Sicht wohl auch, vorerst hatte sie schon einmal Jimmy eingestellt als privaten Assistenten.

»Aber aus meiner Sammlung will ich natürlich nichts verkaufen. Meinst du, ich sollte in einem Teil der Galerie mit anderen aktuellen Werken handeln? Vielleicht von jungen Künstlern aus der Stadt?«

»Das würde dir zumindest finanziell sehr viel mehr Luft geben.« Er nickte und tupfte sich mit einem Stofftaschentuch Schweiß von der Stirn. »Heiß hier! Dabei habe ich noch nicht mal mitgetanzt.« Er schaute über die wogende Gästeschar und lachte. »Schön übrigens, dich heute Abend hier zu haben, bei uns auf der Upper East Side.«

Peggy zog die Augenbrauen hoch. »Du meinst, weil das eigentlich altes Guggenheim-Land ist?« Sie stupste ihn. »Wir sind doch hier nicht im Wilden Westen, wo jeder seine Scholle abgezäunt hat und Eindringlinge umgehend erschossen wurden.«

»Na, hoffentlich nicht. Aber Hilla von Rebay macht immer noch ordentlich Stimmung gegen dich. Es dürfte ihr übel aufstoßen, dass wir dich heute Abend eingeladen haben und nicht sie.«

»Na, merci beaucoup für eure Generosität!« Sie sog einen Schluck Mint Julep durch den Strohhalm. Die Schärfe der Minze tat gut.

»So war das doch nicht gemeint. Ich will dich nur warnen.«

»Weißt du, Bernard, ich bin den Bomben in Paris entkommen, habe mich in Marseille durchgekämpft, um meine Familie zu retten. Ich bin mit einem der letzten Passagierflüge hier herübergeflogen. Mich schreckt nicht mehr sehr viel. Schon gar keine Tante Hilla.«

»Gut für dich!« Bernard tätschelte ihren Arm. »Entschuldige mich bitte kurz. Dahinten kommt unser heutiger Ehrengast!« Er drängte durch die Menschen gen Eingangshalle.

Sie drehte sich um und entdeckte: Marcel Duchamp! Seine Augen blickten müde, er war sehr schmal geworden, die Falten auf der Stirn hatten sich vertieft – aber er war da! Sie flog fast durch den Raum auf ihn zu und umarmte den Freund. Er hatte es geschafft. Er war hier!

Marcel lachte und schwang sie einmal im Kreis wie ein Vater seine Tochter.

»Wo ist Mary?«, fragte Peggy, als er sie wieder abgestellt hatte.

Sein Lachen erstarb. »Sie hat sich geweigert mitzukommen. Sie kämpft weiter in der Résistance, macht Botengänge, versteckt Verfolgte in ihrer Wohnung. Niemand weiß, wie lange das noch gut geht. Man nennt sie Gentle Mary.«

»Das ist ihr Deckname? Sanfte Mary? Wer hat sich denn den Quatsch ausgedacht? Wenn Mary eines nicht ist, dann sanft«, versuchte Peggy einen Scherz.

Aber Marcel war offensichtlich zu erschöpft, um über die Bemerkung zu lachen. »Lass uns einfach hoffen, dass sie bald zur Vernunft kommt und ihr eigenes Leben rettet, nachdem sie schon so viele andere gerettet hat.«

»Und was ist mit Beckett?«, fragte Peggy leise.

»Das interessiert dich noch?« Marcel sah sie erstaunt an. »Wie ich höre, bist du doch jetzt Frau Ernst?«

»Guggenheim. Mein Name ist und bleibt immer derselbe, egal welcher Mann gerade an meiner Seite ist.« Sie sah ihn ängstlich an. »Und?«

»Er ist in einer Widerstandszelle organisiert, die Réseau

Gloria heißt. Was die genau machen, hat man mir nicht verraten. Aber als ich ihn das letzte Mal vor ein paar Wochen in Paris gesehen habe, hatte er bestimmt zwanzig Pfund abgenommen.«

Peggy spielte mit ihrem Strohhalm. »Ist Suzanne bei ihm?«

»Unzertrennlich.«

»Hier kommt ein Pastis, extra für dich«, sagte Bernard und reichte Marcel ein Glas. »Den haben wir aus unserem letzten Provence-Urlaub vor zwei Jahren mitgebracht. Direktimport. A votre santé!« Er erhob ebenfalls sein Glas, und sie stießen an.

Peggy blickte hinüber zu Max und Becky. Mit wem standen sie denn da? Diese junge Frau mit den dunklen Locken, die so agil lachte und gestikulierte, hatte sie noch nicht gesehen in der Stadt. Auf den ersten Blick konnte man sie fast für Leonora Carrington halten, aber sie war es nicht. Diese hier war jünger, legte jetzt beim Lachen den Kopf in den Nacken, bot ihren schönen weißen Hals dar und fasste Max dabei am Arm.

»Marcel, gutes Eingewöhnen in der Stadt. Komm uns bald einmal in Hale House besuchen, ja?« Damit ging sie zu der Gruppe um Max hinüber und stellte sich dicht neben ihn. Er unterbrach nicht etwa seinen Redefluss, um sie zu begrüßen und in das Gesprächsthema mitzunehmen. Er erzählte weiter vom Verkauf seiner jüngsten Werke in der Galerie Levy. Diese junge Frau hörte mit weit geöffneten Augen zu, sogar ihr weinrot geschminkter Mund stand ein Stück offen. Aber nur so weit, wie es verführerisch aussah. Das wusste sie offenbar genau abzuschätzen, und mit Anfang dreißig, oder wie alt sie maximal war, funktionierte dieser Trick bekanntlich auch noch.

Grrr.

Becky erbarmte sich schließlich. »Peggy, darf ich dir Dorothea Tanning vorstellen? Eine junge, begabte Malerin aus Illinois. Welche Stilrichtung haben Sie noch einmal, meine Liebe?«

Dorothea warf ihre Locken zurück, die aber sofort frisch nach vorne federten. »Mich hat die Ausstellung *Fantastic Art, Dada, Surrealism* 1936 im MoMA sehr inspiriert. Ich würde mich als Surrealistin bezeichnen.«

Ich würde mich als Surrealistin bezeichnen, äffte Peggy sie insgeheim nach. Allzu lang war sie wohl noch nicht in der Stadt, ihren Bauernakzent hatte sie jedenfalls noch nicht abgelegt.

»Ob ich Ihnen wohl einmal ein Bild von mir zeigen dürfte?«, wandte sich Dorothea ganz frech an Max.

Er strahlte. »Aber selbstverständlich!«

»Würden Sie mir dann ein paar Tipps geben und Technikkniffe verraten?« Sie fuhr auf dem Rand ihres Glases langsam mit dem Finger herum.

»Sehr, sehr gerne.« Er versank förmlich in den großen braunen Augen dieser Tanning.

»Max, Marcel ist da. Komm mit, ihn begrüßen.« Peggy legte ihren Arm in den von Max und zog.

»So machen wir das, Miss Tanning. Melden Sie sich gerne bei mir«, sagte er noch schnell, bevor er mit Peggy den Raum durchquerte.

»Was soll das?«, zischte Peggy.

»Was soll was? Ich zeige nur einer jungen, talentierten Kollegin ein paar Tricks.«

»Woher willst du wissen, dass sie talentiert ist? Du hast doch noch nichts von ihr gesehen.«

»Ich habe schon genug von ihr gesehen, um zu wissen, dass es sich lohnen wird.«

Peggys Magen krampfte sich zusammen.

»Max!« Marcel breitete die Arme aus, als sie nun bei ihm ankamen. »Wie schön, euch alle so wohlbehalten wiederzutreffen.«

Als sie auf dem Nachhauseweg im Morgengrauen schweigend nebeneinander durch die Straßen Richtung Hale House liefen, vorbei an den dunklen Häusern, in denen nur ganz vereinzelt ein Fenster erleuchtet war, hätte Peggy sich am liebsten auf das vom Regen nasse Pflaster gekniet und zum Himmel geschrien, so laut, wie sie nur konnte.

Kapitel 21

30 West 57th Street,
Anfang Oktober 1942

»Frau Guggenheim«, Kieslers helle Stimme am Telefon hatte sich förmlich überschlagen. »Es ist so weit. Meine Arbeiter und ich erledigen gerade die letzten Handgriffe und können Ihnen die beinahe fertigen Ausstellungsräume präsentieren. Kommen Sie vorbei?«

Blitzartig hatte sie ihre Handtasche gerafft und war losgeeilt. Nun stand sie im Fahrstuhl und wartete, dass die Türen endlich aufglitten.

Kiesler nahm ohne eine Begrüßung ihre Hand und zog sie in die Loftmitte. Hinter ihm befestigte ein Arbeiter auf einer Leiter einen Haken an der Decke und spannte von dort aus eine Schnur im Dreieck auf den Boden. Die Wände ringsherum waren mit blauem Stoff verkleidet, der auch am Boden und an der Decke befestigt war, sodass er sich wellenförmig in den Raum wölbte. Peggy fühlte sich wie im Meer. Das Tageslicht war auf der Nordseite zur 57th Street hin ausgesperrt durch eine dichte Bespannung mit einem neuartigen Stoff, den Kiesler Ninon nannte und der sie ein wenig an die Verdunkelungen gegen die Bombenangriffe in Paris erinnerte.

Kiesler wippte auf den Zehenspitzen, um auf den

Holzboden aufmerksam zu machen. »Eiche. Gut, nicht?« Er wartete gar keine Reaktion ab. »Kommen Sie, ich zeige Ihnen die Wunderapparate.«

Vorbei an massiv aussehenden Schaukelstühlen, offensichtlich aus einem lackierten Stück Sperrholz gefertigt, zog er sie zu einem Loch in einer Stoffwand, hinter dem sich eine Art Paternoster bewegte. Alle ungefähr zehn Sekunden erschien eine der Gondeln und verschwand dann wieder, sodass sich in ihnen ständig neue Bilder präsentieren würden.

»Für Ihre Klees habe ich mir etwas ganz Besonderes ausgedacht«, sagte er, als sie durch den Korridor in das nächste Abteil gingen. »Treten Sie mal ein Stück vor.«

Sie tat es, und in dem Moment setzte sich eine Konstruktion an der Wand mit sieben Bildhaltern in Bewegung.

»Lichtschranke«, grinste Kiesler.

Bevor sie noch darüber nachdenken konnte, zog er sie weiter. »Und hier noch ein Guckkasten.«

Er drängte sie hineinzublicken. Sie sah eine Scheibe, die sich horizontal drehte, sodass man dort auch mindestens zwei Bilder präsentieren konnte.

Ein Arbeiter lief vorbei, in der Hand einen abgeschnittenen Baseballschläger.

»Was wird denn das?« Peggy schaute ihm irritiert hinterher und sah, wie er an einem dieser massiven Sperrholz-Schaukelstühle den Baseballschläger in ein Loch steckte, sodass er schräg in die Höhe ragte.

»Meine correalistischen Stühle eignen sich hervorragend, um daran diese sportsmännischen Geräte zu befestigen. Und an den Schlägern hängen wir dann jeweils ein Bild auf. Sie wollten doch, dass die Leute nah herankönnen an Ihre Werke.«

»Tolle Idee«, musste Peggy zugeben.

Im nächsten Moment erschrak sie, weil das Licht ausging. Es war stockdunkel, bis ein Scheinwerferkegel auf einen der bereits montierten Baseballschläger fiel und nach wenigen Sekunden wieder erlosch. Sofort leuchtete an einer anderen Stelle ein weiterer Scheinwerfer auf und tauchte den nächsten Baseballschläger in seinen Kegel.

»Alle dreißig Sekunden wollen wir das so machen.« Kieslers Stimme barst fast vor Freude. »Ist das nicht genial?« Er hob den Zeigefinger. »Und jetzt hören Sie!«

Das ohrenbetäubende Geräusch eines herannahenden Zuges drang auf der einen Seite des Lofts hinter der Wandverkleidung hervor. Auf der anderen Seite wurde der Zug wieder leise und ratterte davon.

»Verrückt«, entfuhr es ihr.

»Nicht wahr?« Kiesler freute sich wie ein Kind.

»Aber geht der Zug auch ein klein wenig leiser?« Sie sah sein enttäuschtes Gesicht. »Ich meine, er ist natürlich großartig. Aber so würde er die Leute vermutlich weniger erschrecken. Sie sollen sich ja wohlfühlen hier, bei allem Avantgardismus.«

»Leiser!«, schrie Kiesler einem seiner Helfer zu. Der nickte und verschwand hinter der Wandbespannung. »Jetzt zeige ich Ihnen eine meiner sogenannten Gemäldebibliotheken, kommen Sie.«

Er wieselte vor ihr her in den Teil der Ausstellung, den er Surrealistische Galerie nannte. Hier waren die Wände mit Eukalyptusholz verkleidet und so konkav geformt, dass man sich fühlte, als laufe man in ein liegendes Ei hinein. Kiesler führte sie an einen Apparat, an dem auf Räder montierte, konische Halterungen befestigt waren, die an Zeitungsständer erinnerten.

»An jeden dieser Ständer können Sie ein Bild stecken. Und der Besucher zieht sie dann heran und schaut sie an.«

Peggy schluckte einen Moment. So viele Finger würden ihre Tanguys und Picassos anfassen? Das würde doch dem Zustand der Bilder schaden.

»Sie wollten doch, dass die Besucher ganz nah herankommen!« Kiesler hatte wohl ihren Blick richtig gedeutet.

Ja, in der Tat, sie wollte, dass das Publikum einen direkten Draht zur Kunst entwickelte! Und was war direkter als Körperkontakt? Mit dieser Art der Präsentation war sie mit Sicherheit die Erste im Kunstbetrieb. Und würde es wohl auch lange bleiben. Aber immerhin waren die Kunstwerke ihre. Sie konnte damit machen, was sie wollte. Und in erster Linie ging es ihr schließlich darum, sie der Öffentlichkeit zur Verfügung zu stellen. Mit Haut und Haar, beziehungsweise mit Öl und Leinwand.

»Und schauen Sie nur: der Fußboden!«

Ihn hatte Peggy in diesem Teil der Räume noch nicht wirklich wahrgenommen. »Türkis? Sie haben ihn tatsächlich türkisfarben angestrichen?«

Kiesler lächelte. »Sie sagten, Sie lieben Türkis. Dem wollte ich doch auch an wenigstens einer Stelle Rechnung tragen.« Er nickte eifrig. »Aber kommen Sie, ich zeig Ihnen noch etwas.« Er zog sie weiter. »Für einige stilweisende Künstler wie Marcel Duchamp habe ich Betrachtungskästen kreiert. Man guckt durch ein kleines Loch und findet dahinter das beleuchtete Kunstwerk.« Er ließ sie hineinschauen.

Das wird Marcel gefallen, dachte Peggy. Und Mary würde

es auch gefallen. Ach, Mary, wann würde die Freundin nur endlich nachkommen?

Kiesler zupfte aufgeregt an ihrem Ärmel. »Hier nun noch ein kleines weiteres Schmankerl.«

»Ein was?« Peggy schaute ihn verständnislos an.

Er lachte. »Schmankerl ist österreichisch. So ein schönes Wort gibt es im Englischen nicht.« Er führte sie zurück in den mit blauem Stoff bespannten Raum. »Sie sagten, Sie wollten ein Auditorium.«

Peggy nickte. »Ich möchte, dass Künstler und Besucher sich hier gerne aufhalten, diskutieren, neue Ideen entwickeln. Da sollte man sich irgendwo setzen können.«

Kiesler nickte schmunzelnd. »Das mit dem Auditorium konnte ich Ihnen aus Platzgründen nun nicht bieten. Aber«, er zog hinter der Wandverkleidung etwas hervor, »wir haben neben den correalistischen Schaukelstühlen diese Sitzgelegenheiten entwickelt, schauen Sie.« Er klappte den mit blauem Segeltuch bezogenen Hocker ganz einfach auf und setzte sich. »Davon haben wir reichlich, und die Besucher können sie mit sich herumtragen und sich hinsetzen, wo sie wollen, um Gespräche zu führen oder ein Kunstwerk lange ganz genau zu betrachten.«

Peggy umarmte den kleinen Mann. Das war viel besser als ein Auditorium, wo die Leute wie festgeklebt gesessen hätten, ohne die Ausstellung zu beleben.

»Nichts zu danken.« Er befreite sich. »Eine winzige Kleinigkeit gibt es allerdings noch.« Sein Gesicht wurde ernst. »Es ist ein wenig teurer geworden als gedacht.«

»Ein wenig? Wie wenig?« Sie zog sich einen dieser Hocker heran, klappte ihn auf und setzte sich.

»Die Rechnungen kommen so schnell wie möglich. Aber Sie müssen es einmal so betrachten: Durch meine Präsentation wird Ihre Sammlung in die Kunstgeschichte eingehen und legendär werden.«

Durch seine Präsentation? Peggy fand die Sammlung durchaus auch schon an sich bemerkenswert.

»Also ich ...« Sie unterbrach sich selbst, um auf die Rechnung zurückzukommen, von der er es fast geschafft hatte, sie abzulenken. »Sprechen Sie in Zahlen. Wie viel teurer ist es?«

»Wissen Sie ... Entschuldigung!«, unterbrach er sich und lief schnell hinüber zu einem der Arbeiter, der mit einem Hammer versuchte, die Wandbespannung noch straffer zu befestigen. »Mensch, so doch nicht. Ganz vorsichtig muss man das machen, Sie brutaler Kerl. Wollen Sie hier alles kurz und klein schlagen?«

Peggy blieb auf dem Hocker sitzen, wo sie war, sodass ihm nichts anderes übrig blieb, als zu ihr zurückzukommen, als er mit dem Arbeiter fertig war.

»Also?« Sie sah ihn direkt an.

Als er es ihr gesagt hatte, wurde es Peggy flau im Magen. War er von allen guten Geistern verlassen? Wie sollte sie das bezahlen? Sie presste die Lippen aufeinander, um nicht sehr, sehr laut zu werden. Dann holte sie tief Luft. »Die Räume sind wunderschön geworden, aber Sie hören von meinem Anwalt.«

Sie stand auf, ließ den Hocker und Kiesler mitten im Raum stehen und lief schnell zum Lift, damit er ihre Tränen nicht sah. Wo sollte sie dieses Geld nur hernehmen? Sie war damit eigentlich schon ruiniert, noch bevor sie jemals nur einen Tag ihr Museum betrieben hatte. Es konnte doch nicht sein, dass dieser kleine österreichische Mann ihr kurz vor der greifbaren Eröffnung alles kaputt machte.

Unten auf der Straße stürzte sie Richtung Central Park, um nachzudenken, wie sie weiter vorgehen sollte.

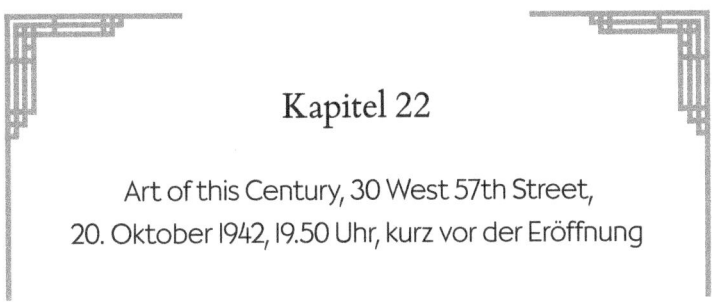

Kapitel 22

Art of this Century, 30 West 57th Street,
20. Oktober 1942, 19.50 Uhr, kurz vor der Eröffnung

Sogar Onkel Solomon und Tante Irene hatten für heute Abend zugesagt. Hilla nicht, aber das war durchaus zu verkraften, dachte Peggy. Sie zog ihr langes weißes Abendkleid über die schöne Spitzenunterwäsche. Diese Unterwäsche war nur für sie, die würde heute Abend niemand zu Gesicht bekommen. Schließlich wusste sie inzwischen, wie wichtig es war, sich selbst mit kleinen Dingen zu stärken.

Natürlich hatte sie sich mit Friedrich Kiesler am Ende geeinigt. Vielmehr die Anwälte hatten das getan. Kiesler hatte sich an den Mehrkosten beteiligen müssen. Es hatte noch böse Worte und Szenen gegeben. Aber das würde ihn nicht hindern, heute Abend hier zu erscheinen und sich feiern zu lassen für seine Genialität. Sollte er. Immerhin waren die Räume wirklich einzigartig geworden.

Djuna trat an Peggy heran und schloss den Reißverschluss des Kleides am Rücken. Peggy setzte sich an ihren Frisiertisch. Beim Auftragen des scharlachroten Lippenstifts zitterte ihre Hand kein bisschen. Ruhig fädelte sie sich die Gehänge, die sie für diesen Abend ausgewählt hatte, in die Ohrlöcher: Eines war von Alexander Calder und sollte die abstrakte Kunst symbolisieren, das andere von Tanguy stand für den Surrealismus.

Sie bearbeitete ihre frisch gefärbten pechschwarzen Haare mit dem Kamm und betrachtete sich im Spiegel.

Natürlich war sie nicht mehr zwanzig, auch nicht mehr dreißig. Man sah ihr an, dass sie ein großes Stück Leben bereits hinter sich hatte. Aber das war gut so. Das war genau richtig. Wieso sollten Frauen immer wirken, als seien sie in einen Jungbrunnen gefallen. Reife Männer erschienen doch oft auch noch attraktiv. Leben im Gesicht, Geschichten, das war doch besser als seelenlose Straffheit, wie manche Damen sie neuerdings zur Schau trugen.

Djuna beugte sich über ihre Schulter. »Was siehst du da im Spiegel, wenn du dich betrachtest?«, fragte sie und tätschelte der Freundin den Arm.

Irgendwie war Djuna deutlich netter geworden, seit sie nicht mehr ganz so viel trank und wieder in der Lage war zu arbeiten.

Peggy musste nicht lange überlegen. »Ich sehe eine Frau Anfang vierzig, die mutig aufbricht in einen neuen Lebensabschnitt.« Sie setzte sich noch aufrechter hin.

»Und das darfst du auch ganz selbstbewusst tun.« Djuna gab ihr einen Kuss auf die Wange. »Schließlich hast du zahlreiche Menschen und einen großen Kunstschatz auf die richtige Seite des Ozeans gerettet, den du nun auch noch allen zugänglich machst.« Sie grinste. »Irgendwie habe ich eine ziemlich starke Freundin, das muss ich zugeben.«

Peggy griff zum Parfumflakon und drückte den Ballon. Eine Duftwolke aus Jasmin und Sandelholz umhüllte sie. Ja, sie war eine starke Frau. Privat hatte sie es geschafft, ihre Familie in Sicherheit zu bringen. Sindbad hatte sich inzwischen doch lieber an der Columbia eingeschrieben und wartete ab, ob er noch eingezogen werden würde. Pegeen ging auf ein Mädchencollege in der Stadt. Das Verhältnis zu Laurence, der sich in Connecticut niedergelassen hatte, war weiterhin einigermaßen gut. Sie hatte es zudem geschafft, auch von hier aus noch einige Freunde und Wegbegleiter mithilfe von Geldtransfers aus Europa zu befreien. Leider längst nicht alle: Ausgerechnet Nelly hing immer noch fest in Marseille und bekam kein Visum. Gerade gestern war wieder ein verzweifeltes Telegramm von ihr angekommen. Aber wenn selbst Varian und Alfred Barr nichts ausrichten konnten, was sollten Peggys Bittgesuche dann noch bringen? Dennoch nahm sie sich vor, in der kommenden Woche nach Washington, D.C., zu reisen und noch einmal persönlich beim Außenministerium für Nelly vorzusprechen.

Beruflich stand sie hier und heute auf dem Höhepunkt ihrer Karriere, sie spürte das. Dieser Abend und diese Ausstellung würden legendär werden und ihr ihren Platz in der Kunstgeschichte zuweisen. Sie lächelte. Mit diesem Museum, mit *Art of this Century*, hatte sie etwas wirklich Einmaliges geschaffen. Einen Überblick über die Kunst dieser Zeit, die Kunst des Jahrhunderts. Sie hatte auf ihrem Weg bis hierher viele junge europäische Künstler gefördert. Wer wusste schon, wen sie in den nächsten Jahren hier in Amerika noch entdecken würde. Sie war gut in dem, was sie tat, stellte sie zufrieden fest. Sie war sehr gut. Und auch wenn sie sich manchmal zerbrechlich fühlte, hatte sie bisher in allen Krisen immer die Kraft und Energie gefunden, aufzustehen und weiterzumachen. Stärker als zuvor. Sogar alleine.

Alleine. Sie tuschte die Wimpern noch einmal stark schwarz nach, das Lächeln erstarb.

Alleine.

So sah es wohl aus. Max war heute Abend zwar noch hier, an ihrer Seite. Er würde auf den Fotos der Presseberichte der weißhaarige Hingucker sein und einer der prominentesten Gäste. Sie würden vielleicht noch Interviews zusammen geben. Aber im Grunde war es vorbei. Die Ehe war gescheitert. Was genau mit der jungen Tanning lief, das wusste Peggy nicht. Aber es würde weiter laufen. Und Max würde laufen. Weg von ihr, weg von der Ehe. Schon bald. Sie spürte das.

Was seltsam war – es schmerzte nicht sehr. Denn tief in ihrem Inneren wusste sie nun: Es war egal, wer an ihrer Seite stand. Wichtig war, dass sie selbst festen Boden unter den Füßen hatte. Dass sie wusste, was sie wollte. Dass sie eine eigene Leidenschaft hatte, die sie trug und beflügelte. Eine Leidenschaft, die ihr kein Mensch nehmen konnte. Sie war überzeugt, dass für jede Frau eine solche Leidenschaft existierte, jenseits der Männer, bei vielen sogar jenseits einer Familie. In jeder Frau lag ein ganz eigenes Fundament des Glücks, eine Liebe, auf die ihr Leben aufbaute. Bei ihr war es die Liebe zur Kunst. Bei Djuna die zum Schreiben. Deshalb waren sie beide noch da. Deshalb waren sie noch nicht zerbrochen.

Sie nahm Puder und Pinsel und fuhr großzügig über ihr Gesicht. Sie würde nicht glänzen auf den Eröffnungsfeierfotos – außer mit ihrer herausragenden Arbeit. Und durch Kieslers futuristische Präsentation. Das war so wichtig. Gerade jetzt inmitten des Krieges musste es schließlich um die Zukunft gehen. Die goldenen Zeiten von Paris und London waren vorbei, so sehr sie es auch bedauerte. Jetzt war New York das Zentrum der Kunstszene, und sie war mittendrin.

Wie es von hier aus weitergehen würde?

Keine Ahnung.

Für sich selber wusste sie nur eines: Sie würde der Kunst treu bleiben. Der modernen Kunst dieses Jahrhunderts. Das war ihr Motor im Leben, ihr Antrieb. Er würde laufen. Egal welche Männer kurzzeitig in ihren Wagen springen und ein Stück mitfahren würden.

Ganz egal.

Stoppen würde sie jedenfalls nicht. Niemals.

Sie stand vom Frisiertisch auf, knipste das Licht aus, öffnete die Tür zum surrealistischen Teil der Galerie und trat unter dem Raunen der Gäste in das Blitzlicht der Fotografen, um *Art of this Century* zu eröffnen.

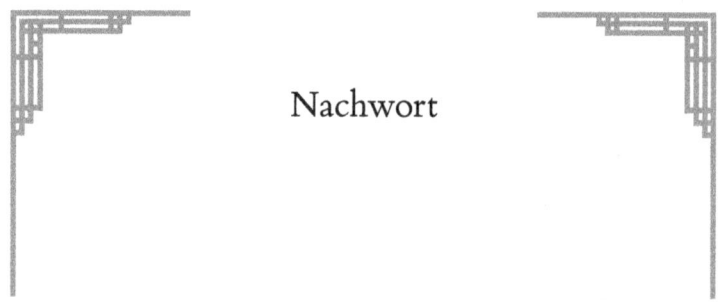

Nachwort

Liebe Leserinnen und Leser,

meine Begeisterung für Peggy Guggenheim begann, als ich vor zwölf Jahren zum ersten Mal in Venedig im Palazzo Venier dei Leoni direkt am Canal Grande ihre Sammlung sah. In dem nie ganz zu Ende gebauten Palast aus dem 18. Jahrhundert lebte Peggy von 1949 bis zu ihrem Tod, zwischen ihrer Kunst und mit ihren Hunden – über die Jahre waren es rund fünfzig Lhasa-Terrier und Shih Tzus. Mit seiner Dachterrasse und dem Garten verströmt Peggys letztes Refugium eine unglaubliche Ruhe in dieser überbordenden Stadt und beherbergt bis heute all die herausragenden Kunstwerke, von denen in diesem Buch die Rede ist – und einige mehr, die sie später kaufte.

Peggy Guggenheim hat diese einzigartige Sammlung als Autodidaktin mit einem unglaublich feinen Gespür zusammengetragen, ohne Rücksicht auf Skeptiker und Spötter. Wie wir gesehen haben, hat sie unbekannte, junge europäische Künstler etabliert; in ihren New Yorker Jahren förderte sie **Mark Rothko** mit einer Einzelausstellung und entdeckte **Jackson Pollock**. Sie gilt als Wegbereiterin des Abstrakten Expressionismus der New York School.

Peggy war auch innovativ genug, schon 1943 eine reine Frauenausstellung in der Art of this Century zu zeigen: *Exhibition by 31 Women*. Mit dabei waren **Frida Kahlo, Kay Sage, Meret Oppenheim** – aber auch **Leonora Carrington** und sogar **Dorothea Tanning**, was Peggys großes Herz und ihre Professionalität unter Beweis stellt. Denn sie verlor **Max Ernst** tatsächlich bald an Dorothea Tanning. Er heiratete sie 1946 in Beverly Hills und lebte mit ihr bis zu seinem Lebensende zusammen, zunächst in Sedona, Arizona. 1953 kehrten sie zurück nach Paris und bewohnten ab 1955 das Landhaus »Le pin perdu« in Huismes, das seit 2009 als »La Maison Max Ernst« Besuchern offensteht. 1958 wurde Max Ernst französischer Staatsbürger. Er starb 1976 in Paris. Im 20. Arrondissement ist eine Straße nach ihm benannt.

Genau wie diese beiden – und Peggy selbst – gingen viele Freunde und Wegbegleiter nach dem Krieg zurück nach Europa; einige blieben aber auch in der neuen Heimat:

André Breton arbeitete in New York an verschiedenen Projekten, unter anderem gab er mit Marcel Duchamp und Max Ernst die Zeitschrift *VVV* heraus. 1942 trennte er sich von seiner Frau Jacqueline. 1946 kehrte er mit seiner dritten Ehefrau Elisa nach Paris zurück und organisierte dort 1947 eine umfassende Surrealismus-Ausstellung. Er blieb dem Surrealismus sein Leben lang treu und starb 1966 in Paris. Ein Platz im 9. Arrondissement heißt Place André Breton.

Mary Reynolds arbeitete bis ins Frühjahr 1943 unter dem Decknamen Gentle Mary in der Pariser Résistance, bevor sie nach einer abenteuerlichen Flucht über die Pyrenäen ebenfalls nach New York kam. Sie kehrte allerdings schon kurz vor Kriegsende nach Paris zurück und erlag dort 1950 einem

Krebsleiden. Marcel Duchamp wachte an ihrer Seite. Im Art Institute of Chicago befindet sich ihr Nachlass. Sie war von Beruf Buchbinderin und benutzte beispielsweise Krötenhaut oder perforiertes Kupfer für ihre Buchumschläge. Sie band viele Bücher, die in Sylvia Beachs legendärer Buchhandlung Shakespeare and Company verlegt wurden, deren gleichnamigen Nachfolger man bis heute an der Rive Gauche in Paris besuchen kann.

Marcel Duchamp blieb in Amerika, arbeitete an zahlreichen Projekten wie Zeitschriften und Ausstellungen. 1942 konzipierte er gemeinsam mit André Breton die Ausstellung *First Papers of Surrealism*, in der unter anderem Werke von Max Ernst und Alexander Calder gezeigt wurden. Nach dem Tod von Mary Reynolds heiratete er 1954 seine zweite Ehefrau Alexina. 1955 wurde er amerikanischer Staatsbürger. 1963 fand die erste Duchamp-Retrospektive statt – in Pasadena, Kalifornien. Als Gast dabei war Andy Warhol. Marcel Duchamp starb 1968 in der Wohnung seiner Schwester in Paris und liegt im Familiengrab auf dem Cimetière Monumental de Rouen. Die Inschrift auf seinem Grabstein hat er selbst vorher bestimmt: »D'ailleurs c'est toujours les autres qui meurent« – »Im Übrigen sind es immer die anderen, die sterben«. In der Tate Modern in London befindet sich eine Replik seines Urinals *Fountain*. Neuerdings steht zur Debatte, ob das Werk wirklich von ihm stammt, oder ob eine Frau seines Umfelds es geschaffen hat. Näheres dazu auf der Website der Tate. Das Bild *Akt, eine Treppe herabsteigend Nr. 2* hängt im Philadelphia Museum of Art.

Nelly von Doesburg blieb während des Krieges in Frankreich. Peggy erreichte durch ein persönliches Vorsprechen im Außenministerium in Washington, D. C., zwar tatsächlich noch, dass die Freundin eine Einreisegenehmigung für die USA erhielt. Aber sie bekam keine Ausreisegenehmigung von Frankreich mehr. Sie handelte in Grasse und in Lyon mit Kunst, setzte sich aufgrund einer Liebesbeziehung mit einem Mann aus Dahomey, Westafrika, für den Unabhängigkeitskampf der französischen Kolonien ein und verbrachte nach einer ernsten Lungenkrankheit einige Zeit auf einem Bauernhof in Cuisery. Sie stand mit Peggy durchgehend in Kontakt und reiste im Februar 1947 nach New York. Dort organisierte sie in Peggys Galerie eine Ausstellung mit Werken ihres verstorbenen Mannes Theo van Doesburg und tourte mit dieser Schau anschließend durch verschiedene amerikanische Städte und Museen. 1949 ging sie nach Frankreich zurück und lebte bis zu ihrem Tod 1975 in dem weißen Haus in Meudon. Die beiden Frauen verband eine lebenslange Freundschaft.

René Lefebvre-Foinet, der Mann, der Peggys Sammlung als Haushaltswaren getarnt über den Atlantik schickte, überlebte den Krieg, denn es ist belegt, dass er Nelly, die er ebenfalls gut kannte, vom Schiff abholte, als sie 1947 in New York ankam. Ob er an der legendären Eröffnung der Art of this Century teilnahm, konnte ich nicht feststellen.

Yves Tanguy lebte bis an sein Lebensende mit seiner Ehefrau Kay Sage in Woodbury, Connecticut. Dort starb er 1955 an einem Hirnschlag infolge eines Sturzes.

Wyn Hendersons Verbleib ist schlecht dokumentiert. Ich konnte nur herausfinden, dass ihr Sohn Nigel Henderson Maler und Fotograf wurde. Durch seine Mutter hatte er Max Ernst, Marcel Duchamp und Yves Tanguy kennengelernt, an denen er sich in seiner Malerei orientierte. Später widmete er sich in London der Straßenfotografie nach dem Vorbild von Henri Cartier-Bresson.

Gisèle Freund ging nach der legendären Farbbilder-Ausstellung in der Guggenheim Jeune (bei der sie, anders als im Roman dargestellt, den 1939 noch unbekannten Samuel Beckett nicht porträtierte; ihn fotografierte sie erst 1964, und dann in Schwarz-Weiß) während des Krieges ins Exil nach Südamerika. Dort war sie eng befreundet mit Frida Kahlo, fotografierte auch Evita Perón. Sie beendete ihre Karriere in den Sechzigerjahren und nahm die Kamera nur noch einmal auf, als François Mitterrand sie 1981 für sein offizielles Präsidentenfoto anfragte. Sie starb im Jahr 2000 in Paris.

Djuna Barnes blieb in Greenwich Village, schaffte jedoch kein Comeback mehr, sondern lebte von Sozialhilfe und von Peggy Guggenheims Zuwendungen. 1959 erschien noch ihr Theaterstück *The Antiphon*, und sie wurde in die American Academy of Arts and Letters gewählt. Sie starb 1982 in New York.

Howard Putzel half Peggy weiterhin in der Art of this Century und lenkte ihre Aufmerksamkeit auf die jungen amerikanischen Künstler. 1944 beschloss er, eine eigene Galerie in New York zu eröffnen, die 67 Gallery. Er verstarb schon 1945; aus welchem Grund, ist nicht dokumentiert. Im oscarprämierten Spielfilm *Pollock* (2000) spielt er (dargestellt von Bud Cort) neben Peggy Guggenheim (dargestellt von Amy Madigan) eine tragende Rolle.

Varian Fry wurde im September 1941 von der Regierung in die USA zurückbeordert, nachdem seine illegalen Aktivitäten in Marseille aufgeflogen waren. Bis dahin hatten

er und sein Team rund zweitausend Personen zur Flucht ver-
holfen, darunter Hannah Arendt, Marc Chagall, Marcel Duchamp, Lion Feuchtwanger, Leonhard Frank, Jacques Lipchitz, Alma Mahler-Werfel, Heinrich und Golo Mann, und
eben mit Peggys direkter Hilfe André Breton und Max Ernst.
Der Zutritt zum Rettungskomitee ERC (Emergency Res-
cue Committee) wurde ihm in der Heimat verwehrt. Er versuchte weiter auf eigene Faust, sich für Flüchtlinge zu engagieren, fand aber keine Mitstreiter. Stattdessen arbeitete
er als Journalist und Werbetexter unter anderem für die
Coca-Cola Company. 1967 bekam er »für seinen helden-
haften Beitrag für die Freiheit« einen Platz in der französischen Ehrenlegion. 1994 war er der erste Amerikaner, der
als *Gerechter unter den Völkern* in die Holocaust-Gedenkstätte
Yad Vashem aufgenommen wurde. Der Platz vor dem amerikanischen Konsulat in Marseille heißt Place Varian Fry. Und
seit 1997 gibt es in Berlin am Potsdamer Platz eine Vari-
an-Fry-Straße.

Samuel Beckett erhielt 1969 den Nobelpreis für Literatur.
Sein bekanntestes Werk *Warten auf Godot* wurde 1953 in Paris
uraufgeführt. Bis an sein Lebensende 1989 lebte er mit seiner
Frau Suzanne Deschevaux-Dumesnil (Hochzeit endlich 1961)
in der französischen Hauptstadt. Sein Grab befindet sich auf
dem Cimetière du Montparnasse.

Laurence Vail starb 1968 in Cannes. **Sindbad** heiratete
Jacqueline Ventadour. Die Ehe wurde aber geschieden,
und Jacqueline ehelichte 1963 den Maler **Jean Hélion** – den
Ex-Ehemann von **Pegeen**. Die Familie musste 1967 einen
schrecklichen Verlust erleiden, als Pegeen mit nur einund-
vierzig Jahren in Paris starb, vermutlich an einer Überdosis

Medikamente. Vorher hatte sie sich jedoch als Malerin einen Namen gemacht. Ihre surrealistischen und naiven Werke wurden in Museen weltweit ausgestellt, unter anderem in New York, Philadelphia, Paris, London, Stockholm, Toronto.

Die meisten dieser beeindruckenden Persönlichkeiten, denen wir in dieser Geschichte begegnen, sind gut erforscht. Ihr Leben ist in Tagebüchern, Autobiografien, Briefen, Presseberichten und Biografien dokumentiert. Sie in einem Roman darzustellen, ist trotzdem schwierig, denn persönlich gekannt haben wir sie natürlich nicht. So muss ihre Charakterisierung immer Interpretation bleiben. Auch bei Orts- und Zeitangaben ist oft Abwägung gefragt, da die Aussagen in den Zeugnissen nicht immer übereinstimmen. Glücklicherweise hat Peggy Guggenheim uns ihre ausführliche Autobiografie *Ich habe alles gelebt* (Bastei Lübbe) hinterlassen. Im Zweifelsfall habe ich mich an ihre Erinnerungen und ihre Interpretation einer Situation oder einer Person gehalten.

So wird zum Beispiel in vielen Presseberichten behauptet, Samuel Beckett habe Peggy zur Gründung der Guggenheim Jeune inspiriert. In Peggys Autobiografie hingegen finden wir, dass ihre Jugendfreundin Peggy Waldman (die ich im Roman nicht erwähnt habe, weil sie in den fünf Jahren, in denen die Geschichte spielt, als Familienmutter in Amerika weilte und die beiden Frauen hauptsächlich nur brieflichen Kontakt hatten) mit ihr diese Idee entwickelt hatte. Samuel Beckett scheint Peggy allerdings tatsächlich gedrängt zu haben, sich auf die moderne, zeitgenössische Kunst zu konzentrieren, was sie ja dann auch sehr erfolgreich getan hat.

Selbstverständlich nimmt ein Leben deutlich mehr Kurven und Umwege als in einem Roman darstellbar. Deshalb habe ich einiges weggelassen, was Peggy in diesen fünf Jahren ebenfalls erlebt hat, wie zum Beispiel diverse Nebenaffären. Außerdem habe ich aus Gründen der Dramaturgie Szenen ergänzt oder örtlich und zeitlich ein wenig verlegt. Drei Beispiele: Peggy erwähnt in ihrer Autobiografie tatsächlich, dass sie das Ehepaar Kandinsky 1939 im Sommerurlaub an der Côte d'Azur im Kensington-Hotel getroffen hat; dass das allerdings ausgerechnet am 1. September war, am Tag des Kriegsausbruchs, ist nicht belegt. Auch ist sie nicht bereits im Herbst 1939 in Kay Sages Luxuspenthouse an der Seine eingezogen, sondern erst im Frühjahr 1940. Die Katalogisierung der Sammlung in Grenoble fand außerdem nicht direkt im Museum statt, sondern Peggy arbeitete daran in einem ungeheizten Hotelzimmer in der Nähe.

Und natürlich sind einige Zusammenhänge deutlich romantischer dargestellt, als sie vermutlich waren (beispielsweise die Affäre mit Yves Tanguy: In der Realität war Peggy Yves' Frau von vornherein bekannt).

Ich hoffe aber, es ist mir insgesamt gelungen, Ihnen ein facettenreiches Bild zu entwerfen von einer beeindruckenden, mutigen Frau, die in der Mitte des Lebens endlich zu einem gewissen Selbstbewusstsein fand, indem sie ihrer Berufung und ihrem Instinkt folgte.

Erstaunlich erscheint mir, dass Peggy Guggenheim, die in der Kunstszene so viel bewegte und so viele Künstlerleben positiv beeinflusste – um nicht zu sagen: rettete –, bis heute in der offiziellen Rezeption meist nicht als agierendes Mitglied der intellektuellen und künstlerischen Bohème gesehen wird, sondern nur als unterhaltsame Randgestalt. Diese Unterschätzung ihrer Person zu hinterfragen und vor allem aufmerksam zu machen auf ihre Lebensleistung, die eben nicht zuletzt darin bestand, zehn Leute und sich selbst direkt per Flugzeug in Sicherheit zu bringen und zahlreiche andere mehr durch die großen Geldspenden an das Rettungskomitee um Varian Fry – das ist mir ein Anliegen.

Darüber hinaus hat sie uns all die wunderbaren Kunstwerke erhalten, die wir heute noch im Palazzo Venier dei Leoni bestaunen können. Die Sammlung gehört inzwischen zur **Solomon R. Guggenheim** Foundation. Peggy hat sie der Foundation 1976 übereignet, nachdem **Hilla von Rebay** bereits nach Solomons Tod 1949 schnell jede Rückendeckung in der Foundation verloren hatte und 1952 ausscheiden musste. Hilla wurde nicht einmal mehr zur Eröffnung des vom Architekten **Frank Lloyd Wright** erbauten schneckenartigen Gebäudes an der Fifth Avenue 1959 eingeladen.

Die Foundation bemüht sich heute, die Sammlung und den durch Hochwasser und Umwelteinflüsse stark leidenden Palazzo in Venedig instand zu halten. Als Fördermitglied kann man die Peggy Guggenheim Collection finanziell unterstützen.

Ich wünsche Ihnen, liebe Leserinnen und Leser, dass Sie diese alte Pracht und die Lebensfreude, die Peggys Sammlung darin bis heute verströmt, einmal dort am Canal Grande erleben können. »Es drehte sich alles um Kunst und Liebe«, sagte Peggy Guggenheim im letzten Interview vor ihrem Tod im Jahr 1979. Eine New Yorkerin stirbt nach einer aufregenden Lebensreise in Italien. Sie war eine der ersten Weltbürgerinnen. Mit ihrem Mut und Elan hat sie sich und uns über die Kontinente hinweg eine ganz eigene, bunte Welt getuscht, gepinselt und gekleckst – auf die Leinwand ihres Lebens und bis in unsere Herzen hinein. Vielleicht gibt ihre Geschichte uns den Anstoß dazu, auch unser heutiges Umfeld ein wenig bunter, froher und tatkräftiger zu gestalten.

Herzlich, Ihre Sophie Villard

Merci!

Das Eintauchen ins Paris der Dreißiger- und Vierzigerjahre, in die Welt der Künstler-Bohème hat mir über das Jahr hinweg, das ich mit der Recherche und dem Schreiben dieser Geschichte beschäftigt war, enorm viel Freude gemacht. Die Erinnerung an die schönen, aber auch furchtbaren Zeiten des vergangenen Jahrhunderts in lebendiger Form wachzuhalten, das ist meiner Meinung nach eine zentrale Aufgabe von Literatur – gerade in Zeiten wie diesen. Ich danke deshalb meiner Agentin Dr. Dorothee Schmidt für ihre Begeisterung für die Geschichte rund um die Person Peggy Guggenheim und die Vermittlung an den großartigen Penguin Verlag, der sie mit so viel Liebe aufgenommen hat.

Mein ganz besonderer Dank geht dort an Martina Pfitzner für das sofortige Interesse und an Anna Mezger für die herzliche Begleitung und das wunderbare Lektorat. Lisa Wolf danke ich für die produktive und sehr sympathische Zusammenarbeit am Feinschliff und Katharina Eichler als Peggy-Guggenheim-Fan für die liebevolle und engagierte Präsentation in Presse und Social Media. Dem ganzen Verlagsteam bei Penguin ein riesengroßes Dankeschön!

Andrea Artz danke ich für die Autorenfotos und den Spaß,

den wir in Paris beim Fotoshooting hatten. Dem Team der Brasserie Les Deux Magots am Place Saint-Germain-des-Prés danke ich für den freundlichen Empfang und den Pariser Charme, der dort auch heutzutage noch versprüht wird! Merci beaucoup!

Der Literaturwissenschaftlerin und Biografin Mary V. Dearborn danke ich für die inspirierende Lektüre von *Ich bereue nichts!* (Lübbe), ihr umfangreiches Werk über Peggy Guggenheims Leben. Ebenso Annette Seemann für *Ich bin eine befreite Frau – Peggy Guggenheim* (ebersbach & simon).

Meiner Familie danke ich für ihre Geduld, Liebe und Unterstützung in allen Schreib- und Recherchephasen, ob ich nun mit der Nase tief in Büchern gesteckt habe, die Finger über die Tastatur geflogen sind oder ich gar nicht zu Hause war, sondern in Paris, London oder einem Museum.

Und ganz besonders danke ich Ihnen, liebe Leserinnen und Leser, die Sie auf dem großen Büchertisch oder online nach diesem Roman gegriffen haben und bereit waren, sich entführen zu lassen – von der Kunst und von der Liebe, auf der Suche nach dem Glück.

Die inspirierende Geschichte der Frau, der wir den *Kleinen Prinzen* verdanken

Paris 1930: Als die junge Malerin Consuelo auf einer Party Antoine de Saint-Exupéry kennen lernt, ist es Liebe auf den ersten Blick. Die temperamentvolle Mittelamerikanerin wird zur Muse des enigmatischen Piloten, der eigentlich viel lieber Schreiben und Zeichnen möchte. Aus seinen unsterblichen Gefühlen für sie entsteht *Der kleine Prinz*. Das Buch macht Antoine in der ganzen Welt bekannt, doch das wahre Leben an seiner Seite ist alles andere als leicht. Consuelo kämpft mit seiner Untreue und dafür, als Künstlerin endlich aus dem Schatten ihres berühmten Mannes zu treten – bis Antoine 1944 zu einem schicksalhaften Aufklärungsflug über das Mittelmeer aufbricht …

 PENGUIN VERLAG